Lilian Faschinger

DIE UNZERTRENNLICHEN

Roman

Paul Zsolnay Verlag

1 2 3 4 5 16 15 14 13 12

ISBN 978-3-552-05577-3

Satz: Eva Kaltenbrunner-Dorfinger, Wien
Druck und Bindung: GGP Media GmbH, Pößneck
Printed in Germany

FSC
www.fsc.org
MIX
Papier aus verantwortungsvollen Quellen
FSC® C014496

»The past is a foreign country:
they do things differently there.«
L. P. Hartley, *The Go-Between*

»Yesterday don't matter if it's gone.«
The Rolling Stones, *Ruby Tuesday*

I

SAUSAL

1

Dass ich am Begräbnis meines Vaters teilnahm, war der erste Fehler. Aber wie hätte ich ahnen sollen, was für Folgen sich daraus ergeben würden?

Meine Großmutter hatte mich in Wien angerufen und mir mitgeteilt, dass er gestorben war.

»Es musste so kommen«, sagte sie. »Wir haben ihn heute früh in der Mühle gefunden. Der Forstgehilfe und sein Bruder, die weiter oben am Bach wohnen, konnten nicht schlafen, weil die ganze Nacht diese fürchterliche Musik, die dein Vater so schätzt –«

Eine Pause entstand. Ich hörte ein kurzes Wimmern.

»– geschätzt hat«, fuhr sie fort. »Jedenfalls, diese fürchterliche Musik dröhnte die ganze Nacht durch den Graben. Natürlich nicht zum ersten Mal, du weißt, wie rücksichtslos dein Vater sein kann.«

Noch eine Pause. Ein leises Ächzen.

»Konnte«, sagte sie dann. Ihre Stimme zitterte. »Nicht auszuhalten, hat der Forstgehilfe gesagt. Also ist er gegen fünf Uhr aufgestanden und zur Mühle gegangen. Im Morgengrauen. Auch nicht zum ersten Mal, soviel ich weiß. Die Eingangstür stand weit offen. Caspar lag am Fuß der Treppe, zusammengekrümmt wie ein Embryo. Wie ein Schlafender. Ganz friedlich. Ich habe sofort gesehen, dass er tot ist, sagte der Forstgehilfe. Er hat zuerst den CD-Player ausgeschaltet, um die fürchterliche Musik nicht mehr hören zu müssen, und dann den Arzt verständigt. Genickbruch. Eine Katastrophe.«

Eine dritte Pause. Etwas raschelte.

»Ich lese dir vor, was auf dem Totenschein steht.«

»Das brauchst du nicht«, sagte ich. »Fraktur des zweiten Halswirbels, Riss der Bänder des Dens axis, Durchtrennung der Medulla oblongata, vergleichbar mit einer Dekapitation.«

»Genau so steht es hier«, sagte meine Großmutter erstaunt. »Wortwörtlich.« Sie fasste sich. »Na ja, schließlich hast du Medizin studiert. Nur das mit der Dekapitation hat er nicht eingetragen. Was ist das?«

»Eine Enthauptung«, sagte ich.

»Enthauptung. Schrecklich«, sagte sie. »Er hätte es eintragen sollen. Eine Tragödie. Erst Mitte fünfzig, dein Vater, ein junger Mensch. Aber es hat niemanden erstaunt. Alle haben es kommen sehen. Es war nur eine Frage der Zeit. Natürlich hatte er Alkohol im Blut.«

»Wie viel?«, fragte ich.

»Zwei Komma zwei Promille.« Sie seufzte. »Eine schwere Prüfung des Schicksals, ein solcher Sohn. Übermorgen ist das Begräbnis. Das Dorf erwartet, dass du kommst.«

»Was soll das heißen, du hast keine Lust, zur Beerdigung zu fahren?«, fragte Emma und setzte sich auf. Emma war die Frau, mit der ich seit ein paar Wochen zusammen war. »Er ist dein Vater, natürlich fährst du! Ich verstehe überhaupt nicht, wie du dich derart ungerührt über seinen Tod äußern kannst.«

Wir lagen im Bett. Sie streckte sich wieder aus und zog meinen Kopf sacht an ihr rechtes Schlüsselbein. »Richtiggehend gefühllos. Erschreckend. Du bist doch sonst nicht so.«

Emma hatte keine Ahnung. Sie leitete eine kleine Privatdetektei, es war ihr Beruf aufzudecken, was die Menschen verbargen, aber was meine Biografie anging, wusste sie gar nichts. Wir kannten uns erst seit kurzem, ich hatte es bisher nicht für nötig gehalten, ihr von meiner Vergangenheit, meiner Herkunft, meiner Familie zu erzählen. Ihr war nur bekannt, dass ich in der Südsteiermark aufgewachsen war, nahe der Grenze zu Slowenien. Sie war einige Jahre älter als ich.

»Ich habe meinen Vater während der letzten Jahre nur selten gesehen«, sagte ich und küsste sie auf das Brustbein. »Er war schwer auszuhalten.«

»Das ist meiner auch«, sagte Emma.

Was stimmte. Emmas Vater war weit über achtzig, erging sich in Phantasien über seine Zeit als Soldat der deutschen Kriegsmarine und baute maßstabgerecht U-Boote aus dem Zweiten Weltkrieg nach. Er war nicht nur schwer zu ertragen, er war verrückt. Wahrscheinlich sind die meisten Väter verrückt. In Österreich und anderswo.

Ich fuhr in den Sausal, zum Begräbnis. Die Kirche mit dem Friedhof lag, umgeben von Weingärten, auf einer steilen Anhöhe. Es war Mitte August, ich hatte allein sein wollen und war zwischen den Rebzeilen hinaufgestiegen. Mir war heiß, ich war zu warm angezogen, aber außer einer schwarzen Hose mit dazugehöriger Jacke, beides aus leichtem Wollstoff, war kein Kleidungsstück, das ich besaß, für eine Beerdigung geeignet. Ich stand vor der kleinen Kapelle außerhalb der Friedhofsmauer, in der mein Vater aufgebahrt war, und blickte über die Hügel. Eine weiche Linie folgte auf die andere, hie und da unterbrochen von einer hohen Pappel, einem Kirchturm, einem roten Hausdach. Die letzte ging in den Himmel über. Unter mir Weinberge, Obstgärten, Wiesen, kleine Wälder, Winzerhöfe. Ein Zorn stieg in mir auf, weil die Umstände, die Menschen mir das Leben in dieser sanften südlichen Landschaft so unerträglich gemacht hatten, dass ich keine andere Wahl gehabt hatte, als wegzugehen. Weil ich mir meine Heimat hatte stehlen lassen.

Ich drehte mich um und betrat die Kapelle, in der sich niemand befand außer meinem toten Vater in seinem hellen Sarg. Kränze und Blumenbuketts umrahmten ihn, Lilien, Gladiolen, Nelken, Gerbera, Callas. Und Rosen, Rosen. Ein Geruch, gemischt aus Blüten, Buchsbaum, Nadelbäumen und Weihrauch. Schwarze Bänder mit Golddruck. Geliebt und unvergessen. In aufrichtiger Anteilnahme. Wir tragen dich im Herzen. Kein Wort war wahr. Lebe wohl, Caspar!

Geboren am sechsten Jänner 1949, benannt nach einem der Heiligen Drei Könige. Hierzulande wurde nicht lange überlegt, man gab dem Neugeborenen den Namen des Tagesheiligen. Kein Heiliger, kein König, mein Vater. Er hätte sich den Namen nicht ausgesucht. Wenn er die Wahl gehabt hätte, dann hätte er sich David Clayton Thomas Fux genannt. Oder Frank Z. Fux. Oder Jimi Fux.

Plötzlich ein Satz in meinem Kopf: Das Dorf beansprucht seine Toten.

Ich trat vor den Sarg hin. Man hatte ihn in einen schwarzen Anzug gesteckt, ähnlich meinem. Er wirkte fremd darin, ich hatte ihn immer nur in Jeans, T-Shirts, Parkas und Lederjacken gesehen. Seine Hände lagen verschränkt über dem Bauch, ein Rosenkranz war um sie geschlungen, sie sahen gefesselt aus. Aus der Öffnung zwischen dem Daumen der rechten Hand und dem Zeigefinger der linken ragte ein Kreuz. Das war zweifellos das Werk meiner Großmutter, der katholischen Hexe. Er hatte jede Art von Religion abgelehnt, auch ihre äußeren Symbole. Seine Fingernägel waren eingedellt und weiß verfärbt, die Nagelmonde rot, Anzeichen für Alkoholismus. Die fleckig geröteten Handinnenflächen sah man so nicht. Tremor hatte er auch keinen mehr.

Ich schaute ihn an. Ganz friedlich. Ein friedlicher toter Alkoholiker. Lidsäcke, Spinnennaevi, punkt- und fleckenförmige Hautblutungen, Gewebeschwund, verhornte Epidermis. Der Teint war grau und teigig. Immerhin war die Gesichtsrötung verschwunden.

Er hatte nicht hierher gepasst, in diese Welt gewiefter Bauern, ebenso wenig, wie ich hierher passte.

Jemand sagte etwas, das ich nicht verstand, und ich wandte den Kopf. Ich hatte nicht bemerkt, dass ich nicht mehr allein in der Kapelle war. Ein junger Mann mit einem schweißnassen runden Gesicht stand neben mir. Er riss den Mund weit auf und lachte mich an. Ich konnte ein paar Amalgamfüllungen und den rosa Gaumen mit dem Zäpfchen sehen. Das Haar klebte an seinem großen Schädel, der Seitenscheitel war schnurgerade gezogen. Er trug die Landestracht, einen grauen Lodenanzug mit grünen Aufschlägen am Rock und grünen Streifen an den Hosennähten, darunter ein violettes T-Shirt mit der Abbildung eines grellroten umgekehrten Kreuzes, und hatte abgetragene braune Arbeitsschuhe an. Außen an der linken Augenbraue glitzerten in einer Reihe vier Piercings. Angestrengt wiederholte er, was er gesagt hatte. In der Mitte seiner Stirn trat eine senkrechte, kerzengerade Ader hervor. Offenbar bereitete ihm das Sprechen Mühe.

»Mein Beileid«, verstand ich schließlich. Und: »Kennst du mich nicht mehr?«

Ich hatte keine Ahnung, wer er war.

In der Kirche war es angenehm kühl. Ich saß neben meinen Großeltern, die aussahen wie das blühende Leben, in der vordersten Bank. Der Großvater hatte sich zur Feier des Tages das Allgemeine Sturmabzeichen an die linke Brustseite gesteckt, ein silberfarbenes Ehrenzeichen in Form eines ovalen Eichenkranzes. Der Pfarrer stand auf der Kanzel, ein großer, hagerer, schlecht rasierter Mensch mit gekrümmtem Rücken, gelber Gesichtsfarbe und bekümmerter Miene. Vielleicht Gallensteine.

»Seht, ich enthülle euch ein Geheimnis«, sagte er mit slawischem Akzent. Ein Pole. Er war neu in der Pfarre, ich hatte am Vortag seine Bekanntschaft gemacht. Hochwürden Wojcik. Sein Tonfall, dieser für Geistliche so typische Singsang, dessen Erlernen wahrscheinlich Teil ihrer Ausbildung war, machte mich schläfrig.

»Reiß dich zusammen!«, zischte mir meine Großmutter ins Ohr. Ich fuhr hoch.

»… wir werden alle verwandelt werden«, sagte der Pfarrer gerade, »plötzlich, in einem Augenblick, beim letzten Posaunenschall. Die Posaune wird ertönen, die Toten werden zur Unvergänglichkeit auferweckt, wir aber werden verwandelt werden.«

Posaune. Es war vorauszusehen gewesen. Ich sah meine Großmutter von der Seite an. Sie hatte wenig von meinem Vorschlag gehalten, die Musik von Blood, Sweat & Tears in die Trauerfeier einzubeziehen. Mein Vater war sein Leben lang ein Fan dieser Band gewesen, insbesondere der Posaunisten. In der Bibel erschallten ständig Posaunen, das wusste man doch. Nichts hätte die Zeremonie passender untermalt als der Song *And When I Die: I'm not scared of dying / And I don't really care / If it's peace you find in dying / Well then let the time be near.*

»Das ist doch nicht dein Ernst«, hatte sie gesagt. »Dein Vater hat uns zu Lebzeiten genug mit dieser fürchterlichen Musik gequält. Deine Kusine Imelda singt das *Ave Maria* von Schubert, und damit basta. Sie ist im Kirchenchor und hat einen wunderbaren natürlichen Sopran.«

Ich hatte nicht lockergelassen, war zu Hochwürden Wojcik gegangen und hatte ihm meine Idee unterbreitet.

»Normalerweise werden profane Musikstücke in den Riten der römisch-katholischen Kirche nicht toleriert«, hatte er gesagt.

»Ich bin sicher, es wäre im Sinne meines verstorbenen Vaters«, beharrte ich.

Er seufzte und fuhr sich mit einer schlaffen Hand langsam durchs Haar. Seine Finger waren lang und knochig, der gelbliche Handrücken schwarz behaart.

»Haben Sie den Text bei sich?«, fragte er.

»Das nicht, aber ich kann Ihnen das Lied vorsingen«, bot ich an. »Können Sie Englisch?«

Er seufzte wieder.

»Natürlich. Ich habe ein Semester am Trinity College in Dublin studiert. Singen Sie. Niemand soll sagen, dass die eine heilige katholische und apostolische Kirche Anregungen nicht offen gegenübersteht.«

Ich sang *And When I Die*. Hochwürden Wojcik hörte zu und schüttelte betrübt den Kopf.

»Nein, nein«, sagte er leise, in bedauerndem Tonfall. »Unmöglich. Dieser Gesang steht in eindeutigem Widerspruch zur rechten Lehre: I can swear there ain't no heaven. Verstehen Sie? Hier wird die Existenz des Paradieses geleugnet. Das ist Häresie. Es tut mir leid.«

»Sie sollten Ihre Galle untersuchen lassen«, sagte ich, bevor ich ging.

Das *Ave Maria* von Schubert gefiel mir nicht. Meinem Vater hätte es auch nicht gefallen. Meine Kusine Imelda, ein feistes weißblondes Geschöpf mit Basedow-Augen, Klassenbeste in der Weinbauschule in Silberberg, trug das Musikstück mit Inbrunst und durchdringender Stimme vor. Man spürte, sie war gläubig.

Der Gottesdienst dauerte lange. Mein Vater, der im Dorf unbeliebt gewesen war, weil er ein aufsässiges Naturell gehabt und sich nicht ins Kollektiv eingefügt hatte, wurde von Hochwürden Wojcik als geselliger, populärer, hilfsbereiter Mensch und wertvolles Mitglied der Pfarrgemeinde bezeichnet, sein viel zu frühes Hinscheiden, das ihn jäh aus unserer Mitte gerissen habe, als unersetzlicher Verlust für die Gemeinschaft beklagt. Ich dachte daran, dass mir meine Großmutter erzählt hatte, mein Vater sei als Kind derart schwer zu behandeln gewesen, dass sie verzweifelt beim Pfarrer Rat gesucht hätte, der ihr vorschlug, den Buben bei besonders heftiger Renitenz mit Weihwasser zu besprengen und dazu laut und energisch die Worte »Fahr aus!« zu sprechen. Danach würde der Höllenfürst, der zweifellos von Körper, Geist und Seele des unglückseligen Kindes Besitz ergriffen habe, augenblicklich von ihm ablassen. Er empfahl ihr auch, ihn körperlich zu züchtigen, so wie es die Bibel verantwortungsvollen Eltern, die ihre Kinder liebten, ans Herz legte. Das Brechen des ungebärdigen Willens eines jungen Wesens liege in seinem eigenen Interesse, ganz abgesehen von dem Gottes.

»Was hätte ich tun sollen?«, hatte meine Großmutter gefragt und mich mit ihren schwarzen Hexenaugen durchbohrt. »Ich musste seinen Rat befolgen. Aber es hat nichts genützt, der Leibhaftige hat sich nicht austreiben lassen. Ein stures Kind, dein Vater. Und dann tut er mir das an und tritt aus der Kirche aus! Als könnte man die Taufe rückgängig machen!«

Sie hatte sich um alles gekümmert, hatte erstaunlich flink für ihr Alter und heiter für den Anlass die nötigen Amtswege erledigt, das Bestattungsunternehmen kontaktiert, die Anzeigen verschickt, den Sarg gekauft, den Ablauf der Begräbnisfeier mit dem Pfarrer besprochen und ein Gasthaus für den Leichenschmaus ausgewählt.

Der Pfarrer redete noch immer. Es fiel mir schwer, die Augen offen zu halten. Als meine Großmutter mich mit dem Ellbogen in die Seite stieß, schreckte ich auf und hörte noch den letzten Satz: »An jedem Ende steht ein Anfang.«

Hinter dem Mesner, der das Kreuz trug, dem Pfarrer in seinem schwarzen Talar und seinem violetten Pluviale, hinter den beiden Ministranten mit Weihwassergefäß, Weihwasserwedel, Weihrauchfass und dem Schiffchen mit den Weihrauchkörnern, hinter dem Sarg, den Großeltern und den beiden Brüdern meines Vaters mit ihren Ehefrauen trat ich durch das Kirchenportal ins Freie. Es war drückend schwül, im Westen zogen dunkelgraue Wolken auf. Während wir uns durch die Reihen der pedantisch gepflegten Gräber, auf deren Steinen sich die Familiennamen wiederholten, langsam zur offenen Grube hin bewegten, blickte ich zurück und wunderte mich über die lange, gewundene Schlange von Menschen hinter mir. Ich hatte nicht erwartet, dass so viele Leute an der Beerdigung teilnehmen würden. Auch der junge Mann im Steireranzug mit den vier Brauenpiercings war darunter. Hatte mein Vater sie alle gekannt? Ich wusste, er hatte das Dorf gehasst, aber nicht die Kraft gehabt, es zu verlassen. Meine Großmutter, seine Mutter, bannte ihn mit ihrem pechschwarzen Hexenblick, bis er sich kaum noch zu rühren vermochte. So konnte sie mühelos an ihm zehren. Die ihrem Sohn genommene Energie reichte für sie selbst und für ihren Ehemann mit dem Allgemeinen Sturmabzeichen. Wahrscheinlich waren so viele Dorfbewohner gekommen, weil sie sich ehrlich darüber freuten, dass wieder einer, so wie sie selbst, den Weg hinaus nicht geschafft hatte.

Die Großmutter hatte den Großvater fest untergehakt. Aufrecht schritten sie dahin in ihren dunklen Gewändern aus gutem Stoff.

»Du gehst hinter uns«, hatte sie zu mir gesagt, als ich neben ihnen hatte gehen wollen, und mich resolut zurückgeschoben, hinter meine beiden Onkel mit ihren Frauen. Also ging ich allein.

Vor dem Familiengrab blieb der Mesner stehen. Mein Vater war der Erste, der darin beerdigt wurde. Ein Kind sollte nicht vor seinen Eltern sterben. Immerhin, die Großeltern, jetzt noch das blühende Leben, würden ihm früher oder später folgen. Sie waren an die achtzig: Wenn sie nicht bald ein neues Opfer fanden, dessen Lebenskraft sie für sich nutzen konnten, dann eher früher.

Keine Abordnungen, keine Verbände, kein Gesangsverein, keine Reden. Der Pfarrer las die Bergpredigt. Der Himmel verfinsterte sich weiter, Wind kam auf und fuhr durch die Blätter der Bibel, die er in Händen hielt. Das violette Pluviale blähte sich. In der Laterne, die neben mir auf einem Grab stand, verlöschte das Kerzenlicht. Die Thuje hinter dem Grabstein bog sich. In der Ferne zuckten Blitze, es donnerte leise. Unter den Trauergästen entstand Bewegung, einige hielten ihre Hüte fest. Ich erkannte nur wenige Gesichter. Zum Großteil waren es ältere Leute, Weinbauern, Bekannte meiner Großeltern. Vielleicht waren sie ihretwegen gekommen und nicht meinem toten Vater zuliebe?

»Freut euch und jubelt: Euer Lohn im Himmel wird groß sein«, sprach Hochwürden Wojcik.

Ein Windstoß warf eine große Vase mit Chrysanthemen um. Das Kirchentor fiel mit einem lauten, dumpfen Schlag zu. Ein langer Blitz teilte den bleigrauen Himmel, und etwa zehn Sekunden später folgte ein Knall. Eine meiner beiden Tanten stieß einen hohen, spitzen Schrei aus, ihr Mann, der einen Herzschrittmacher trug, begann zu schluchzen. Meine Großmutter wandte sich um.

»Hör auf, Hannes, du darfst dich nicht aufregen«, fauchte sie. »Und du, Beate, beherrsch dich gefälligst!«

Es blitzte und donnerte in immer kürzeren Abständen, doch kein Regentropfen fiel. Der Pfarrer segnete eilig das Grab, die Sargträger stemmten sich gegen den Wind und schwankten, während sie den Schrein in die Grube hinabließen. Dem Ministranten fiel das Weihwassergefäß aus der Hand, als er dem Pfarrer das Aspergill reichte. Ich hatte kein Bedürfnis zu weinen.

Hochwürden Wojcik warf ein bisschen Erde auf den Sarg. Als er meiner Großmutter, der Hexe, den Spaten weitergab, schlug der Blitz in das Werkzeug ein.

Während meines Medizinstudiums habe ich mir ein paar oberflächliche Kenntnisse über Blitze und Blitzunfälle angeeignet. Bei einem schweren Gewitter können sich innerhalb von Sekundenbruchteilen einige Millionen Volt an Spannung mit einer Stromstärke von mehreren hunderttausend Ampere über den Blitz entladen. Die Luft im Blitzkanal erhitzt sich auf etwa fünfundzwanzigtausend bis dreißigtausend Grad Celsius und dehnt sich dabei explosionsartig aus, was den akustischen Effekt des Donners erzeugt.

Was unmittelbar nach dem Einschlag geschah, weiß ich nicht mehr genau, denn ich wurde zur Seite geschleudert und fiel auf den Sarg meines Vaters, direkt auf das Blumengesteck aus Callas, weißen Lilien und cremefarbenen Gladiolen in seiner Mitte. Ich wollte aufstehen und aus dem Loch steigen, aber ich spürte meine Beine nicht mehr. Offenbar gaben sie nach, denn ich sank auf die Knie. Ich hörte laute Rufe und stützte mich mit den Unterarmen auf dem Grubenrand auf, um zu sehen, was vor sich ging. Mindestens zehn Personen, darunter der Pfarrer, meine Großmutter, der Mesner, ein Ministrant und meine Tanten und Onkel, saßen oder lagen auf dem Boden zwischen den Gräbern. Mein Großvater hockte neben meiner Großmutter und hielt ihren Kopf umfasst, der zweite Ministrant kümmerte sich um Hochwürden Wojcik, der kein Lebenszeichen von sich gab. Soweit ich erkennen konnte, hatte er keine Haare mehr, und ein Ärmel seines Pluviale war verbrannt.

»Eine Riesenfaust hat mich zu Boden gestreckt!«, rief Onkel Rudolf, der mit zerrissenen Schuhen auf dem Boden saß. »Eine Riesenfaust! Und seht euch meine Schuhe an.«

»Es ist ein Zeichen«, sagte Tante Beate, richtete sich auf und bekreuzigte sich. »Wir müssen Buße tun!«

»Noch nach seinem Tod macht er uns Schwierigkeiten, der Nichtsnutz«, sagte mein Großvater und tätschelte die Wangen seiner Frau. »Toni, wach auf! Ich bitte dich, komm zu dir!«

Ein Mann drängte sich durch die aufgeregten Trauergäste und kam auf uns zu.

»Lassen Sie mich durch«, sagte er. »Bitte lassen Sie mich durch.«

Die Stimme kam mir bekannt vor.

»Ich sehe nichts mehr, ich bin blind, helft mir!«, schrie der Mesner.

»Was ist denn das?«, fragte der Ministrant und zeigte den Umstehenden seinen Unterarm, auf dem sich rote, verästelte Striemchen mit tropfenförmigen Verdickungen an ihrem Ende abzeichneten.

»Das ist die Lichtenbergsche Blitzfigur«, sagte ich und stand auf. Es ging mir besser, das Taubheitsgefühl in den Beinen hatte nachgelassen. »Typisches Merkmal. Sieht aus wie Farnkraut. Verschwindet aber bald.«

Der Mann war bei uns angelangt.

»Ich bin Arzt«, erklärte er. »Wer ist am schwersten verletzt?« Dann sah er mich im offenen Grab stehen.

»Hallo Sissi!«, sagte er und grinste. »Auferstanden von den Toten?«

Da begann es zu regnen, heftig und von einem Augenblick auf den anderen.

So trat Stefan wieder in mein Leben.

»Weshalb bist du an dem Tag an der Kirche vorbeigekommen?«, fragte ich ihn. »Komischer Zufall.«

Wir saßen an einem Ecktisch in einem Restaurant in Leibnitz, drei Wochen nach der Beerdigung, und tranken ein Glas Morillon, wie der Chardonnay in dieser Region genannt wird. Ich hatte wegen eines Termins beim Notar wieder in die Südsteiermark kommen müssen, und wir hatten uns verabredet.

»Gar nicht. Ich wohne in der Nähe. Nachdem ich die Stelle des Kinderarztes in Leibnitz übernommen hatte, haben wir uns hier ein altes Bauernhaus gekauft und es renoviert. Auch ein Weingarten gehört dazu. Du weißt ja, die Gegend hat uns immer gefallen. Das war zwei Jahre, bevor Regina – bevor sie – Hab ich dir das damals am Telefon nicht erzählt?«

»Ich kann mich nicht erinnern.«

»Jedenfalls kam ich zum Begräbnis, wenn auch mit Verspätung. Schließlich habe ich deinen Vater gekannt.«

»So war das also. Jetzt verstehe ich.«

»Du musst mich unbedingt besuchen und meinen Wein kosten. Ich versuche mich als Winzer, weißt du. Es macht wirklich Spaß, seinen eigenen Wein anzubauen. Bis zur Ernte dauert es nicht mehr lange.«

Ich sah ihn an. In dem Haus, in das er mich soeben eingeladen hatte, hatte er zwei Jahre mit Regina gelebt.

»Ach, ich weiß nicht, ich –«, setzte ich an. Er unterbrach mich.

»Aber reden wir über dich. Wie geht es dir? Hast du noch Beschwerden?«

»Ich fühle mich nicht schlecht, abgesehen von einem ziemlich starken Tinnitus.«

»Kein Kribbeln mehr in den Beinen, kein Taubheitsgefühl?«

»Doch, ab und zu, aber es wird immer schwächer.«

»Du hast Glück gehabt.«

»Ich weiß. Mein Vater hat mich beschützt.«

Am Tag des Unglücks hatten wir keine Gelegenheit gehabt, uns zu unterhalten. Stefan war damit beschäftigt gewesen, erst den Pfarrer und dann meinen Onkel durch Herzdruckmassage und Beatmung zu reanimieren, und nachdem ich aus dem Grab gestiegen war, hatte ich gleichfalls versucht, den Verletzten zu helfen, so gut ich konnte.

Meine Tante Dagmar hatte mich telefonisch über die Auswirkungen des Blitzschlages unterrichtet: Die Erblindung des Mesners hatte sich als vorübergehend herausgestellt, geblieben war eine gewisse Lichtempfindlichkeit. Auf seinen Wegen durch das Dorf hielt er blinzelnd jeden an, dem er begegnete, nahm dessen Hände und legte sie auf seine Augen.

»Spürst du es?«, sagte er. »Es ist ein Wunder, ein echtes Wunder! Gott behütet die Seinen.«

Auch der Ministrant hatte sich, abgesehen von gelegentlichen Schluckstörungen und Angstzuständen, rasch erholt und zeigte jedem, der sich dafür interessierte, die Lichtenbergsche Blitzfigur an seinem Unterarm, die allmählich verblasste.

»Farnkrautartig«, sagte er. »Dendritisch, so heißt das Fremdwort. Man kann es auch auf den Fußristen haben.«

Für Hochwürden Wojcik und den Großteil meiner Verwandten aber hatte der Blitzschlag gravierende Folgen: Der

Pfarrer lag mit einem Herzinfarkt im Krankenhaus, den er nur aufgrund der rechtzeitig eingeleiteten Wiederbelebungsmaßnahmen überstanden hatte. Ganz gesund würde er nicht werden, eine Herzschwäche und Rhythmusstörungen würden zurückbleiben. Außerdem hatte er schwere Verbrennungen an der rechten Hand und am Hals, denn er hatte eine Kette mit einem großen Kreuz getragen, die durch die Hitze regelrecht verdampft war.

Meine Großmutter hatte einen Trommelfellriss erlitten, bei Blitzunfällen keine Seltenheit. Auch sie hatte Brandwunden an einer Hand und entlang der Wirbelsäule, dort, wo der Reißverschluss ihres Kleides geschmolzen war.

»Kaum war sie wieder bei sich, hat sie ihren Taschenspiegel in der Handtasche gesucht«, sagte Tante Dagmar. »So eitel ist sie, noch mit achtzig, man glaubt es nicht. Als sie gesehen hat, dass ihre Haare versengt waren, hat sie aufgeschrien, nach Imelda gerufen und von ihr verlangt, dass sie sofort online eine brünette Perücke bestellt. Aber die Perücke ist noch nicht angekommen.«

Meine Tante Beate war seit dem Malheur hochgradig desorientiert und konnte sich an nichts erinnern, was sich an den Tagen vor der Beerdigung zugetragen hatte. Eine klassische retrograde Amnesie. Ständig hob sie ihren Rock und zeigte allen den blauroten Streifen, den der Blitz verursacht hatte und der auf der Rückseite ihres Beins wie eine Strumpfnaht vom Oberschenkel bis zur Ferse hinunter verlief.

»Wisst ihr, was das ist?«, fragte sie. »Es ist die Rache Gottes. Kehrt um auf euren sündigen Wegen, sonst kommt sie siebenfach über euch.«

Bei Onkel Rudolf war eine Woche nach dem Ereignis eine Parese der Gesichtsmuskulatur aufgetreten, doch war zu hoffen, dass die Lähmung mit der Zeit ganz zurückgehen würde.

Der Herzschrittmacher, den Onkel Hannes trug, war durch den Blitzschlag in Mitleidenschaft gezogen worden, was lebensgefährliches Kammerflimmern auslöste. Auch er überlebte nur aufgrund beharrlicher Reanimierungsversuche.

Tante Dagmar war im Alter von achtundvierzig Jahren im vierten Monat schwanger gewesen, eine Tatsache, von der niemand außer ihr gewusst hatte, nicht einmal ihr Mann, Onkel Rudolf. Sie verlor das Kind. Nun wussten es alle.

»Ich hatte natürlich nicht mehr damit gerechnet. Mit achtundvierzig schwanger, zum ersten Mal, stell dir das vor!«, vertraute sie mir am Telefon an. »Es war ein Mädchen. Sogar einen Vornamen hatte ich schon für sie. Carmen.« Sie seufzte. »Der Herr hat's gegeben, der Herr hat's genommen.«

Dem Großvater ging es ausgezeichnet.

»Und du?«, fragte Stefan. »Wie geht es dir? Bist du noch an der Rechtsmedizin in Wien?«

»Ja«, sagte ich.

»Gefällt dir die Arbeit? Sie muss manchmal ziemlich trist sein.«

»Doch«, sagte ich, »die Arbeit gefällt mir. Ich finde sie interessant.«

»Was genau machst du?«

»Ach, ich betreibe ein bisschen Forschung über die Identifikation von Menschen mittels DNA-Analyse und den Nachweis von Giften an exhumierten Leichen, außerdem halte ich eine Vorlesung über forensische Taphonomie und ein Seminar über gerichtliche Medizin und Selbsterfahrung. Gelegentlich werde ich auch als Sachverständige beigezogen. Ja, und manchmal holt mich die Kripo an einen Tatort.«

Stefan schüttelte den Kopf.

»Klingt deprimierend.«

»Na ja, wie man's nimmt. Mir sind Tote lieber als kranke Kinder.«

Der Mann meiner ehemals besten Freundin hatte sich wenig verändert. Sein Haar hatte sich an der Stirn etwas gelichtet und war an den Seiten grau geworden, aber er war noch so schlank wie vor zehn Jahren und wirkte jugendlich. Der Blick, das Lächeln, die Bewegungen waren dieselben. Er hatte mir immer gefallen.

»Und was machen die Männer in deinem Leben?« Er lachte leise. »Oder die Frauen? Bei dir wusste man das nie so genau.«

»Ich bin verliebt«, sagte ich. »Seit zwei Monaten.«

»Frau oder Mann?«

»Frau. – Und was treibst du? Hast du jemanden getroffen, seitdem Regina –«

»Nein. Ab und zu eine kurze Sache, aber nichts Ernstes.«

»Das verstehe ich. Mit Regina lässt sich kaum jemand vergleichen. Sie war –«

Ich breitete die Arme aus, suchte nach einem Adjektiv.

Er schaute mich an und nickte.

»Ich weiß, was du meinst«, sagte er. »Ja, das war sie.«

2

Der zweite Fehler war es, das Erbe meines Vaters anzutreten.

»Ich habe eine Mühle geerbt«, sagte ich zu Emma, nachdem ich vom Notariatstermin in der Südsteiermark zurückgekommen war.

»Wie bitte?«, fragte sie und legte Messer und Gabel beiseite. Wir saßen beim Essen. Ich hatte Kalbszunge zubereitet, Lingua in salsa piccante, ein köstliches Gericht aus dem Aostatal. Dazu tranken wir einen Pinot Grigio aus dem Trentino. Die italienische Küche ist meine Spezialität, und ich behaupte, Emma nicht zuletzt mit meiner Kochkunst erobert zu haben.

Dass ich einen Vater gehabt hatte und dass dieser gerade gestorben war, war ihr nun bekannt. Davon abgesehen, wusste sie aber noch immer nichts über mich und meine Familie. Ich beschloss, sie über ein paar Details in Kenntnis zu setzen.

»Ja, die alte Mühle, in der er während der letzten paar Jahre gewohnt hat. Meine Großeltern haben sie ihm zu Lebzeiten übertragen. Eine Schenkung. Ich war nie dort, hatte kaum noch Kontakt zu ihm. Ab und zu hat er mich angerufen, immer mitten in der Nacht. Aber ich verstand wenig von dem, was er sagte – erstens, weil er jedes Mal betrunken war, und zweitens wegen der lauten Rockmusik im Hintergrund. Geweint hat er auch häufig.«

»Geweint? Weshalb denn?«

»Ach, vor allem wegen meiner Mutter.«

»Was ist mit ihr?«

»Sie war seine große Liebe, und sie hat ihn verlassen. Mich übrigens auch.«

»Wann?«

»Als ich ein halbes Jahr alt war.«

»Was!« Emma riss ihre schmalen, graublauen Augen mit diesen atemberaubenden jadegrünen Einsprengseln darin auf, so weit es ging. »Erzähl mir!«

Also erzählte ich.

Nachdem meine Mutter meinen Vater verlassen hatte und zurück nach Brasilien gegangen war, vernichtete er alle Fotos, auf denen sie zu sehen war. Und das waren nicht wenige, da er stolz auf ihre Schönheit gewesen war und sie oft fotografiert hatte.

»Ich habe alle Bilder zerstört, alle!«, hatte er mir mit schwerem Zungenschlag am Telefon erzählt. »Ich habe sie in die Häckselmaschine geworfen, zusammen mit den Rüben.« Ein Schluchzen. »Ich habe sie zerhackt, Sissi, zerhackt, nichts ist übrig geblieben von Olinda!«

Aber meine Großmutter hatte noch ein Hochzeitsfoto, das sie mir zeigte, als ich ein Kind war. Ich wollte es behalten, doch sie gab es mir nicht. Später habe ich es ihr gestohlen.

»Das ist deine Mutter, die Ausländerin«, hatte sie gesagt. »Ein hübsches Lärvchen, aber hochnäsig. Du schlägst nach ihr, man merkt es schon. Kaum achtzehn, die verwöhnte Gans, als Caspar mit ihr daherkam, aber sie hat alle im Dorf von oben herab behandelt. Als ob sie etwas Besseres gewesen wäre als wir Weinbauern, nur weil ihr Vater Besitzer einer Schnapsfabrik war. Zuckerrohrschnaps. Zur Hochzeit haben sie ein paar Flaschen mitgebracht, ein fürchterlicher Fusel, kann ich dir sagen. Da lobe ich mir unseren Tresterbrand. Dein Vater war schwer betrunken von dem Zeug, schon vor der Trauung, eine Schande für die Familie. Beim Ringwechsel konnte er kaum stehen. Und wie sie angezogen waren, unfassbar! Eine peinliche Hochzeit. Hochnotpeinlich, die ganze Geschichte, von Anfang bis Ende. So etwas hat es nie im Dorf gegeben, vorher nicht und nachher auch nicht. Ich habe es Caspar niemals verziehen. Caspar, habe ich gesagt, du warst immer ein stures Kind, und ich habe dir vieles verzeihen müssen. Aber das, Caspar, das verzeihe ich dir nicht!«

Auf dem Foto stehen meine Eltern nebeneinander vor dem Tor der Kirche, in deren Friedhof mein Vater jetzt begraben liegt. Sie sehen linkisch aus, wie schüchterne Halbwüchsige. Viel älter waren sie auch nicht. Beide sind sehr groß und dünn, meinem Vater reichen die dunklen Haare bis auf die Schultern, er hat einen Schnurrbart und Koteletten und trägt eine John-Lennon-Brille, ein bis zum Brustbein offenes, loses weißes Hemd und eine Glockenhose in Grün, Blau und Violett mit Paisley-Muster.

»Ein solcher Aufzug«, sagte meine Großmutter, »wie die Zigeuner! Aber wir mussten einwilligen, sonst hätten sie nur standesamtlich geheiratet, und das hätte mir das Herz gebrochen. Natürlich hat es uns einige gute Flaschen gekostet, den Pfarrer zu überzeugen. Ein Karneval in der Kirche!«

Meine Mutter hat das lange, glatte blonde Haar offen und in der Mitte gescheitelt und ein buntes Tuch um die Stirn geschlungen, dessen Zipfel über eine Schläfe herabfallen. An ihren Ohren hängen große dünne goldene Creolen, sie trägt einen fließenden Hosenanzug aus einem dünnen Material mit Rüschen und Volants und einem Muster aus roten und orangefarbenen Kreisen, dazu sonnengelbe Schuhe mit hohen Plateauabsätzen. Sie sieht aus wie Joni Mitchell, nicht so, wie man sich eine Brasilianerin aus Pernambuco vorstellt.

»Sie war so schön, Sissi«, sagte mein Vater am Telefon. »So schön, unvorstellbar. Blond, aber kohlschwarze Augen, eine Seltenheit. Das Blonde kam von den Holländern, weißt du, die Holländer waren eine Zeitlang in der Gegend, aus der sie stammt. Ein Hexenblick – wenn sie mich ansah …« Er begann laut zu weinen.

Wegen der Holländer hieß meine Mutter Olinda mit zweitem Vornamen Saskia. Die Stadt, aus der sie kam, hieß ebenfalls Olinda.

»Es heißt: O, wie schön!«, erklärte mir mein Vater. »Verstehst du? Das sagt alles: O, wie schön!«

»Sympathische junge Leute«, sagte Emma, nachdem ich ihr das Foto gezeigt hatte. »Sei stolz auf deine Eltern. So fein und zart. Wie anmutige Tiere. Rührend. Du hast die Figur deiner Mutter. – Wie haben sie sich kennengelernt? Erzähl!«

Und ich erzählte.

Meinem Vater war das Dorf immer zu klein.

»Schon bei seiner Geburt wusste ich, dass es mit diesem Kind nichts als Schwierigkeiten geben würde«, sagte meine Großmutter zu mir. »Noch bevor die Nabelschnur durchtrennt war. Es war die Art, wie er schrie. Und ich hatte recht. Er war von Anfang an obstinat. Vom allerersten Schrei an.«

Mein Vater sah es anders.

»Ich hatte keine Lust, Weinbauer zu werden, so wie alle im Dorf. Mir war langweilig hier, ich wusste nicht, was ich mit mir anfangen sollte. Das änderte sich mit der Kawasaki.«

Ach, die Kawasaki. Ich erinnere mich noch an die Ausfahrten mit meinem Vater. Ich war keine drei Jahre alt, da setzte er mich schon vor sich auf den Tank und brauste auf den kurvenreichen Straßen im Sausal dahin, hügelauf und hügelab. Es gefiel mir nicht, mir wurde übel. Später dann saß ich hinter ihm und hielt mich in panischem Entsetzen an ihm fest, wenn er beschleunigte. Er verstand meine Reaktion nicht.

»Sei doch nicht so verkrampft, Sissi! Lehn dich in die Kurve hinein, so weit du kannst. Ganz locker. Du musst mit der Maschine mitgehen, dich anpassen, mit ihr verschmelzen. Nein, nicht hinaus, hinein! Ja, so ist es besser – ein herrliches Gefühl!«

Die Kawasaki Samurai, die ihm seine Eltern widerwillig schenkten, machte einen Mann aus ihm, noch vor meiner Mutter.

»Was hätten wir tun sollen, dein Großvater und ich?«, sagte meine Großmutter. »Monatelang lag er uns in den Ohren mit seinem Gejammer, er bat und bettelte und drängte, drohte, nach Kanada auszuwandern, wenn er die Maschine nicht bekam. Der Starrsinn in Person, dein Vater. Und unbescheiden, genau wie du. Er hat kein gutes Haar am Dorf gelassen, hat gespottet über die Leute hier, uns als Hinterwäldler bezeichnet. Also haben wir sie ihm schließlich gekauft. Wir hofften, durch das Motorradfahren würde sich seine Widerborstigkeit etwas legen. Die Kawasaki kostete ein Heidengeld. Wir mussten uns sehr einschränken, dein Großvater und ich. Aber was hätten wir machen sollen?«

Laut meinem Vater, der mich mit technischen Einzelheiten nicht verschonte, war die Präsentation der Kawasaki A1 Samurai im Jahre 1966 eine Sensation.

»Sie schlug ein wie eine Bombe«, erzählte er mir. »Den Motorradfans auf der ganzen Welt stockte der Atem. Ich war damals siebzehn und setzte mir die Maschine in den Kopf. Ein Jahr später hatte ich sie. Die Kawasaki hat mein Leben verändert. Eine echte Zweitakt-Rakete. Praktisch eine Rennmaschine mit Straßenzulassung. Einunddreißig PS und eine Spitzengeschwindigkeit von sagenhaften einhundertsiebzig Stundenkilometern. Der Motor kam bis auf zehntausend Umdrehungen pro Minute.«

»Tatsächlich«, sagte ich.

»Tatsächlich. Dank der zuverlässigen Frischölschmierung.«

»Ah.«

»Die Samurai war leicht, handlich und spritzig«, fuhr mein Vater fort. »Man nannte sie auch den Kleinen Ritter.« Er seufzte. »Ein Fahrgefühl, unwahrscheinlich! Kannst du dich noch an unsere Ausfahrten erinnern?«

»Ja«, sagte ich. »Unvergesslich.«

»Nicht wahr? Candy Red, das war die Farbe. Ein kräftiges, lebhaftes Rot. Doppelschleifenrahmen, Telegabel für die Führung des Vorderrades und Stahlrohrschwinge mit zwei Federbeinen zur Hinterradführung. Die Fahrerfußrasten waren hochklappbar. Weißt du noch?«

»Ja«, sagte ich. »Weiß ich noch.«

»Eine Legende, das Bike. Du verdankst ihm dein Leben, Sissi. Ohne die Samurai wäre ich deiner Mutter nie begegnet, und es gäbe dich nicht.«

Meinen Vater hätte es wegen der Kawasaki Samurai und wegen meiner Mutter um ein Haar auch nicht mehr gegeben. Nachdem Olinda ihr Abitur gemacht hatte, fuhren ihre Eltern mit ihr nach Europa.

»Ihr Vater, also dein Großvater, wollte sie ihren Wurzeln näher bringen«, sagte mein Vater. »Er war Italiener, aus Spoleto gebürtig, und ist nach Brasilien ausgewandert, kurz nachdem Mussolini erschossen worden war. Ein überzeugter Faschist, er hatte Angst vor den Amerikanern, und das zu Recht. Das habe ich anfangs natürlich nicht gewusst. Das und noch so einiges.«

Spoleto war das erste Ziel der Reise, doch meine brasilianische Großmutter war von Italien im Allgemeinen und von Spoleto im Besonderen nicht sonderlich begeistert und wollte so schnell wie möglich nach Wien.

»Olindas Mutter war eine ganz ordinäre Person und eine Hexe obendrein«, behauptete meine Großmutter, die Hexe, »man sah es auf den ersten Blick. Eine Aufsteigerin, die Tochter von Plantagenarbeitern. Kaffee. Sie war mindestens zwanzig Jahre jünger als ihr Mann, der aussah wie eine Erdkröte, dick und voller Warzen. Dass sie ihn seines Geldes wegen geheiratet hatte, war mir sofort klar, mich täuscht man nicht so leicht. Ordinär, aber arrogant, so wie es oft der Fall ist. Olinda hatte die Arroganz von ihr, und du hast sie von Olinda, das muss leider gesagt werden. Und überheblich und vulgär, wie sie war, wollte sie natürlich nach Wien und mit der Erdkröte in die Oper, ins Konzert, ins Theater, in die Kaffeehäuser, was weiß ich. Ich war ja noch nie in Wien. Wozu auch? Die Wiener sind unehrliche Menschen und schenken in ihren vielgerühmten Kaffeehäusern schlechten Wein aus. Außerdem hat der Steirer in seiner Heimat alles, was er braucht.«

Meine Mutter und ihre Eltern fuhren also mit einem Mietauto von Italien nach Norden und über Venedig und Ljubljana in Richtung Wien. Kurz nach Leibnitz blieben sie an einer Tankstelle stehen. Während ihr Vater volltankte, stieg Olinda kurz aus, um sich ein bisschen die Beine zu vertreten. Da sah sie das goldene Gefieder eines Fasans in einem Feld auf der anderen Seite aufglänzen und lief über die Straße. In diesem Augenblick kam mein Vater mit seiner Kawasaki A1 Samurai aus Richtung Graz angefahren.

»Das musst du dir vorstellen, Sissi«, erzählte er mir. »Ich fahre mit über hundert Sachen dahin, genieße die Geschwindigkeit, den Fahrtwind, und da rennt plötzlich etwas vor mir über die Straße, etwas Großes, Langes. Ich sehe nicht einmal genau, ob es ein Mensch oder ein Tier ist. Ich bremse wie verrückt, das Vorderrad bockt, ich verliere die Herrschaft über den Lenker, das Ding rutscht unter mir weg, und es katapultiert mich in ein Maisfeld. Ich liege also auf dem Bauch mitten im hohen Mais, im Dunkeln. Da höre ich ein Rascheln, dann eine Stimme, eine helle Stimme:

Mister, Mister, are you all right?

Ich versuche den Kopf zu drehen, es funktioniert, und ich begreife, dass ich mehr Glück als Verstand gehabt habe. Ich sehe einen Schatten über mir, eine lange, schmale Silhouette. Und habe mich augenblicklich in sie verliebt. In die Silhouette deiner Mutter.«

Die Sichtweise meiner Großmutter war weniger sentimental.

»Diese magere brasilianische Ziege hat ihm nichts als Unglück gebracht. Im Grunde wollte sie ihn umbringen, das hat sich gleich zu Anfang gezeigt. Und es ist ihr fast gelungen. Sieh ihn dir doch an! Ein Säufer, der zu nichts mehr taugt. Man ist wirklich geschlagen mit einem solchen Sohn.«

»Was für eine Begegnung!«, sagte Emma. Du bist ein Kind der Liebe, so viel steht fest. Erzähl weiter.«

»Ein andermal. Hast du Lust, am kommenden Samstag mit mir in den Sausal zu fahren und die Mühle zu besichtigen?«, fragte ich.

»Warum nicht?«

»Ich mag das Land nicht«, sagte ich, während wir die Staubstraße zum Hof meiner Großeltern hinauffuhren. »Es langweilt mich. Man fühlt sich ständig überwacht. Die Bauern sind heimtückisch. Sie reden nicht viel und schauen einen scharf an. Im Grunde denken sie nur ans Geld.«

»Und jetzt erbst du ein Haus hier«, sagte Emma und lachte. »Was wirst du damit machen?«

»Weiß ich noch nicht. Verkaufen vielleicht. Aber wer will schon eine alte Mühle mitten im Wald?«

Meine Großeltern saßen in der Stube. Ich erkannte meine Großmutter nicht sofort, denn sie trug die Perücke, die sie sich nach dem Blitzunglück zugelegt hatte. Offenbar hatte man sich bei der Bestellung geirrt, denn die Perücke war blond und die Frisur wie die von Doris Day. Meine Großmutter stand auf, kam mit ausgestreckten Armen in ihrer blauen Kleiderschürze auf uns zu und musterte Emma dabei ebenso misstrauisch wie unverhohlen.

»Das ist also deine Bekannte aus Wien«, sagte sie mit einem gekünstelten Lächeln. Ich erschrak, denn meine Großmutter lächelte selten. »Willkommen im Sausal, Frau Emma!«

Sie sprach sehr laut, und wenn man mit ihr redete, musste man ebenfalls die Stimme erheben. Seit dem Trommelfellriss hörte sie schlechter.

Mein Großvater, der die steirische Ausgabe der *Kleinen Zeitung* las, schaute kurz auf und nickte uns zu.

»Sie werden hungrig sein, Toni!«, rief er.

Meine Großmutter setzte uns eine typische südsteirische Jause vor: Roggenbrot, Bauernbutter, geräucherte Rohwurst und Rohschinken, Leberwurst, einen Aufstrich aus gehacktem Räucherspeck mit viel Knoblauch, einen zweiten, vegetarischen, Essiggurken und scharfe Pfefferoni und dazu einen Krug Weißwein. Ziemlich schwer verdaulich, das meiste.

»Iss ordentlich, Sissi« sagte meine Großmutter. »Du siehst aus wie ein Skelett. Nichts als Haut und Knochen.« Und, zu Emma gewandt: »Das Kind war immer spindeldürr, wissen Sie. So wie ihre Eltern. Guten Appetit, Frau Emma!«

Das Kind, das im Mai vierunddreißig geworden war, begnügte sich mit etwas Brot und Liptauer. Emma dagegen hatte ich noch nie mit so großem Genuss essen und trinken sehen, nicht einmal, als ich mir mit dem ligurischen Fischeintopf solche Mühe gegeben hatte. Das enttäuschte mich ein bisschen.

»Herrlich!«, sagte sie und bestrich noch eine Scheibe Brot fingerdick mit diesem unsäglichen Aufstrich aus fettem Speck. »Ich liebe bodenständige Kost!« Und nach einem schuldbewussten Seitenblick auf mich setzte sie hinzu: »Deine italienischen Spezialitäten natürlich auch. Man kann das nicht vergleichen.«

»Übrigens haben wir in der Mühle schon aufgeräumt, deine Tanten und ich«, sagte meine Großmutter.

»Das hätte ich ja selber machen können!«, rief ich. »Mit Emma!«

»Du? Mit deinen zwei linken Händen? Und weshalb schreist du so?«, fragte meine Großmutter und zog ihre grauweißen, leicht zerzausten Augenbrauen hoch. »Wissen Sie, Frau Emma, das Kind hat sich von Anfang an ungeschickt angestellt, wahrscheinlich mit Absicht. Um sich vor der Arbeit zu drücken, genau wie ihre Mutter, die Ausländerin.« Sie drehte sich zu mir. »Die Räume waren in einem unvorstellbaren Zustand, Sissi. Und ein Gestank! Wir haben mindestens hundert leere Schnapsflaschen gefunden.« Und wieder zu Emma gewandt: »Eine Prüfung des Schicksals, ein solcher Sohn. Sissi hat Ihnen sicher von Caspar erzählt.« Sie wischte sich mit einem Zipfel der blauen Kleiderschürze über die Augen. »Schlimmer als die zehn Plagen Ägyptens. Gottlob erlegt einem der Allmächtige nie mehr auf, als man tragen kann.«

Der Großvater schaute über seine Zeitung.

»Jetzt hör aber auf, Toni!«, rief er.

»Wenn es doch wahr ist«, sagte meine Großmutter.

Später gingen wir zu Fuß zur Mühle. Die Großeltern hatten uns den Weg beschrieben. Es war ein klarer, warmer Tag im Frühherbst, an den Bäumen hingen die ersten Äpfel und Zwetschken. Im Obstgarten neben einem Haus waren zwischen den Stämmen Wäscheleinen gespannt, die weißen Betttücher blähten sich im leichten Wind. Eine Frau mit einem Kopftuch und einer Schüssel im Schoß saß auf den steinernen Eingangsstufen und säuberte Pilze. Sie sah uns nicht. Neben ihr stand ein großer Topf mit Geranien. Ein alter, gebeugt gehender Mann mit einem dicken Stock und einem dunkelblauen Arbeitskittel kam uns entgegen. Ein Schäferhund lief hinter ihm her. Der Mann schaute nicht auf, als er an uns vorüberging. In den Feldern leuchteten gelb die Kürbisse. Bis zu ihrer Ernte würde es noch einige Wochen dauern.

»Es ist schön hier«, sagte Emma. »Aber ich kann verstehen, dass du weggegangen bist.«

Ich schlug den Weg in den Wald ein. An den Zweigen der Holundersträucher hingen schwarze Dolden. Ich zeigte auf eine Eberesche mit orangefarbenen, fast roten Beeren.

»Mit dem Schnaps, den man daraus gewinnt, hat sich mein Vater gern betrunken«, sagte ich. »Vogelbeerschnaps. Am liebsten war es ihm, wenn ich mit ihm trank.«

Wir gingen eine Weile den Bach entlang. Beim alten Wehr zweigten wir ab und betraten den schattigen Hohlweg, der zur Mühle hinunterführt. Gleich war es kühler. Wir kamen am Haus des Forstgehilfen vorüber. Niemand schien zu Hause zu sein, nichts rührte sich.

»Hier möchte ich nicht leben. So tief im Graben, ohne Sonne«, sagte Emma. »Weißt du, wer hier wohnt?

»Der Forstgehilfe mit seinem Bruder. Ich kenne sie nicht, aber meine Großmutter hat mir erzählt, dass sie meinen Vater gefunden haben.«

»Du meinst, als er –

»Ja, da war er schon tot.«

Der Weg wurde schmaler, während es tiefer in den Graben ging. Ich schob ein paar Erlenzweige beiseite. Eine schwarzweiße Bachstelze trippelte am Rand des Rinnsals dahin, das früher der Mühlbach gewesen war. Ihr Schwanz wippte, sie zwitscherte leise. Als sie uns bemerkte, flog sie in einer langen Wellenbewegung auf.

Emma umfasste sich mit den Armen.

»Es ist kalt hier.«

»Wir sind da«, sagte ich und nahm den großen eisernen Schlüssel für die Eingangstür aus meiner Handtasche. Neben mir verlief das baufällige, aus Holzbrettern bestehende Mühlgerinne, in dem kein Wasser floss. Es endete auf dem Rad, dem einige Sprossen fehlten. Die Mühle war seit Jahren nicht mehr in Betrieb. Ein kleines Gebäude aus verwittertem Holz, an dessen Rückseite Schnittholz aufgeschichtet war. Damit hatte mein Vater wahrscheinlich geheizt. Wir bogen um die Hausecke und standen vor dem Eingang. In einem Hackstock neben der Tür steckte eine Axt.

Als ich den Schlüssel im großen Schlüsselloch drehte, merkte ich, dass die Tür offen war, und stieß sie auf.

»Sie haben vergessen, die Tür zuzusperren«, sagte ich.

Wir gingen ins Haus. Emma betrat die Stube zur Linken und fuhr zurück.

»Hier ist jemand«, sagte sie.

In einem Lehnstuhl, über den eine zerschlissene graubraune Decke geworfen war, saß der junge Mann mit dem Mondgesicht und den gepiercten Augenbrauen, der mir am Tag der Beerdigung begegnet war. Er hatte das violette T-Shirt mit dem auf dem Kopf stehenden roten Kreuz an und ein Buch in der Hand. Als er mich sah, grinste er und brachte mehrmals mit Anstrengung einen Laut hervor, der wie ein langgezogenes I klang. Vielleicht versuchte er meinen Namen zu sagen.

»Was machst du hier? Wer hat dich eingelassen?«, fragte ich.

Er deutete auf die Tür und sagte etwas.

»Die Tür war offen?«, fragte ich. Er nickte.

»Wer ist das?«, flüsterte Emma. »Frankensteins Butler? Und dieses umgedrehte Kreuz – ist das nicht ein satanistisches Symbol?«

»Wie heißt du?«, fragte ich.

»Oian«, sagte er.

»Florian?«, riet Emma. Er nickte wieder. »Und wo wohnst du?«, fragte sie weiter. Er wandte sich um und deutete zu dem Fenster hin, das auf die Rückseite des Hauses hinausging.

»Oon«, sagte er.

»Oben? Im Haus da oben?«, fragte ich. Er nickte rasch. »Wo der Forstgehilfe wohnt?« Er lachte, nickte noch heftiger.

»Uda«, sagte er und stieß sich mit dem Zeigefinger mehrmals in die Brust.

»Sein Bruder bist du?«

Wieder lachte er und nickte.

»Du musst jetzt gehen«, sagte ich. »Wir haben hier viel zu tun.«

Er blieb sitzen und schaute finster.

»Du kannst ein andermal wiederkommen«, sagte ich.

Er blickte auf.

»Ida omen?«, sagte er.

»Ja, ein andermal.«

Er stand auf, legte das Buch auf die Sitzfläche des Lehnstuhls und ging langsam rückwärts zur Tür. Bevor er sich umdrehte und hinausging, lächelte er breit.

»Ida omen«, wiederholte er.

Emma ging zum Stuhl hin und nahm das Buch in die Hand.

»*Zen und die Kunst, ein Motorrad zu warten*«, las sie. »Merkwürdiger Titel.«

Wir übernachteten in der Mühle, in dem breiten, frisch bezogenen Bett in einem der beiden Zimmer im ersten Stock. Ich fragte mich, ob mein Vater in diesem Bett geschlafen hatte. Wir nahmen Kerzen mit hinauf, elektrisches Licht gab es nur im Erdgeschoß.

Emma stellte sich ans Fenster und schaute hinaus in die Schwärze. »Hier braucht man keine Vorhänge«, sagte sie. »Und wie still es ist.«

Ich erinnerte mich daran, wie mein Vater mitten in der Nacht stockbetrunken seinen CD-Player auf volle Lautstärke gedreht hatte, an sein heiseres Grölen zur Musik von Colosseum, Led Zeppelin, Cream, Deep Purple, Black Sabbath und wie seine Erlöser alle geheißen hatten. Wie er irgendwann halb bewusstlos auf dem Fußboden liegen geblieben war. Das alles kannte ich aus den Jahren, in denen ich mit ihm zusammengewohnt hatte, in einem Haus, das nie fertig geworden war. *I was her love / She was my queen / And now a thousand years between.* Olinda, die Königin. Es war immer schlimmer geworden mit ihm. Ich stellte ihn mir vor in dieser Mühle, allein, alkoholsüchtig, halb verrückt. *Hush, hush / I thought I heard her calling my name now / Hush, hush / She broke my heart but I love her just the same now.*

»Unheimlich«, sagte Emma und kam zu mir ins Bett. »Aber romantisch. Hat was, die Mühle. Wenn man von deinem seltsamen Nachbarn absieht. Igor, meine ich. Aber wohnen könnte ich hier nicht. Viel zu einsam, und so dunkel. Ist dir nicht kalt?«

Sie schlang die Arme um mich und zog mich an sich. Ich drückte meine Nase in die Vertiefung zwischen ihren weichen, schweren Brüsten und atmete tief ein. Ein wunderbarer Ort, diese Mulde. Ich liebte Emmas Geruch.

»Morgen würde ich gern einen alten Freund besuchen, der sich hier in der Gegend niedergelassen hat«, sagte ich. »Kommst du mit?«

»Warum nicht?«

Der Sonntag war ebenso blank und sonnig wie der Tag davor. Als wir aus dem Wald traten, kniff ich unwillkürlich die Augen zusammen, so hell war das Vormittagslicht. Ein kleines Mädchen in einem karierten Kleid stand gebückt in einer Wiese und streichelte versunken eine weiße Katze mit schwarzen Flecken. Ein Lastwagen, der Holz geladen hatte, fuhr an uns vorüber, die beiden Männer, die darin saßen, lachten uns zu. Ihre Gesichter waren dunkel, und einer hatte nur noch wenige obere Schneidezähne.

»Wir haben Chancen«, sagte Emma und kicherte wie ein Mädchen. »Also, wer nimmt den Satansjünger mit den Reinkarnationsschwierigkeiten im Graben und wer den zahnlosen Herrn hier? Knobeln wir?«

Wir kehrten zu meinem Wagen zurück, der vor dem Hof der Großeltern stand, und fuhren los, ohne das Haus zu betreten. Vor uns am Straßenrand gingen schweigend ein älterer Mann und ein kleiner Bub, die gemeinsam einen grünen Eimer trugen. Eine Frau in ländlicher Sonntagstracht mit einem schwarzen Kopftuch und einer großen, blitzblauen Sonnenbrille kam uns auf einem roten Moped entgegen. Emma schaute aus dem Fenster.

»Was um Himmels willen ist das für ein Bauwerk?«, fragte sie und deutete auf ein großes, verwahrlost wirkendes und kompliziert konstruiertes Gebäude neben der Straße. Es hatte ein rotes Dach, mehrere Türmchen, Balkons und Terrassen sowie von Säulen getragene Arkadengänge im Erdgeschoß und wirkte in dieser Umgebung grotesk. Die Mauern waren nicht verputzt, die Ziegel grau. »Da hat sich jemand nach einem Urlaub in Mallorca seinen Traum von einer Finca erfüllt.« Sie lachte.

Ich fuhr an den Straßenrand und schaltete den Motor aus. Ein hohes Tor aus verschnörkeltem Schmiedeeisen bot Zugang zu dem eher kleinen Grundstück. Es gab keinen Zaun, der es umschloss, nur das Tor. Um das Haus herum stand vertrocknet das hohe Gras. Ein paar verdorrte Agaven säumten das lange Schwimmbecken an der Seite des Hauses, das statt mit Wasser mit toten Blättern gefüllt war. Zwischen zwei gedrechselten Steinsäulen hing eine verblichene, zerfetzte Hängematte.

»Weshalb bleibst du stehen?«, fragte Emma. »Und warum sagst du nichts?«

»Das, meine Liebe, ist keine Finca, es ist eine Estancia, in Brasilien Fazenda genannt«, erklärte ich. »Es ist das Haus, das meine Mutter sich gewünscht hat und das mein Vater mit dem Geld seiner Eltern für sie erbauen ließ. Sie kehrte zurück nach Pernambuco, bevor es fertig war. Und dann ging meinen Großeltern das Geld aus.«

»Was?«

»Meine Mutter war eine anspruchsvolle junge Frau aus einer gutsituierten Familie, und mein Vater wollte ihr imponieren und um jeden Preis ein standesgemäßes Zuhause bieten, eines, in dem sie sich wohlfühlen und um das sie von allen anderen Frauen im Dorf beneidet werden sollte, ein Haus, geräumig genug für ein glückliches Paar mit vielen Kindern. So war es geplant. Aber so kam es nicht. In diesem Haus bin ich aufgewachsen, als Einzelkind, hier habe ich jahrelang allein mit meinem Vater gewohnt.«

»Ist ja sagenhaft. Langsam begreife ich, weshalb du schon so lange bei dieser Therapeutin für katathymes Bilderleben bist«, sagte Emma. »Erzähl weiter.«

Ich erzählte weiter. Während wir über die Weinhügel fuhren, zu Stefan.

Nach der Hochzeit stellten meine Eltern ihr Glück zur Schau, die sicherste Methode, binnen kürzester Zeit den Neid aller auf sich zu ziehen. Doch das wussten sie nicht, jung und naiv, wie sie waren. In ihren weiten, bunten Hippiegewändern spazierten sie Hand in Hand durchs Dorf und blieben alle paar Meter stehen, um sich zu küssen. Zunächst bewohnten sie zwei Zimmer im Haus meiner Großeltern. Das ging nicht lange gut.

»Der kleinste Handgriff war dem verzogenen Ding zu viel«, sagte meine Großmutter zu mir. »Dein Großvater und ich, wir hätten uns natürlich eine aus dem Dorf als Schwiegertochter gewünscht. Aber nein, eine Brasilianerin muss es sein, eine Dahergelaufene mit langen Fingernägeln, die vom Weinbau keine Ahnung hat! Jeder Nagel war in einer anderen Farbe lackiert, das musst du dir vorstellen. Ein verspieltes Ding ohne Ernst und Verstand, deine Mutter, du bist ihr nicht unähnlich. Und dein Vater fällt darauf herein. Nie hat er sich benommen wie ein normaler Mensch, immer musste er alles anders machen als die Leute hier. Na ja, wohin das führt, hat sich gezeigt, man spottet nicht ungestraft über seine Heimat.«

»Deine Großmutter und Olinda haben sich auf den ersten Blick gehasst«, erzählte mir meine Tante Beate. »Eine Herrschsüchtige erkennt die andere, und zwei Herrschsüchtige unter einem Dach, das geht nicht gut. Olinda hat sich ihrer Schwiegermutter nie untergeordnet, es gab ständig Streit. Schließlich hat sie Caspar vor die Wahl gestellt: Entweder wir ziehen aus, oder ich gehe zurück nach Brasilien, hat sie gesagt, ich weiß es noch genau, ich war dabei. Na ja, und dann haben sie dieses Haus gebaut, aber damit wurde nichts besser, im Gegenteil, es war der Anfang vom Ende.«

»Eine einzige Katastrophe, der Hausbau«, sagte meine Großmutter. »Aber wenn Olinda sich etwas in den Kopf setzte, konnte niemand sie davon abbringen, auch nicht Caspar. Ihre ausgefallenen Wünsche trieben deinen Großvater und mich an den Rand des finanziellen Ruins. Es waren bittere Zeiten. Nichts war ihr recht. Unsere soliden steirischen Dachziegel waren ihr nicht gut genug, sie versteifte sich auf brasilianische. Im letzten Augenblick konnte dein Vater sie zu spanischen überreden, ich weiß noch, sie wurden von einem Betrieb mit Sitz in den Pyrenäen geliefert. Engobiert, ich erinnere mich, deine Mutter wollte engobierte Ziegel und nicht glasierte. Rot geflammt, mit zweifacher Wölbung. Die beiden Musterziegel im Farbton Encarnado trafen zerbrochen aus den Pyrenäen ein, kein Wunder bei dem langen Weg. Unsere braven südsteirischen Dachdecker hatten größte Mühe mit der Dachdeckungstechnik, die im Mittelmeerraum üblich ist. Mönch und Nonne, so heißt diese Bauweise. Keiner der hiesigen Handwerker hatte je etwas davon gehört. Oben der Mönch, unten die Nonne. Und das war längst nicht alles. Für die Terrasse wollte Olinda blauen Quarzit aus ihrer Heimat, gab sich aber schließlich mit italienischem zufrieden. Die graugrünen Platten der Marke Gran Paradiso, bruchrauh mit naturbelassenen Kanten, kosteten deinen Großvater und mich ein Vermögen. Ein Betrieb aus der Nähe von Turin, die reinsten Halsabschneider, diese Welschen. Und das sind nur zwei Beispiele, Sissi, zwei von vielen. Ein Desaster, der Hausbau.«

Meine Mutter fand im Sausal keine Freunde. Sie hatte Heimweh. Das steirische Essen schmeckte ihr nicht, sie aß immer weniger und wurde noch dünner, als sie ohnehin schon war.

»Olinda war nur noch ein Schatten ihrer selbst. Und dann, als deine Großmutter schon mit einem siegessicheren Zug um den Mund durchs Dorf ging, weil die Staribacherin, die damals im Reisebüro in Leibnitz arbeitete, ihr zugeflüstert hatte, ihre Schwiegertochter habe einen Flug nach Recife gebucht –«, sagte Tante Beate und legte eine Pause ein, »– ja, dann wurde deine Mutter schwanger.«

»Endlich«, seufzte Emma und schloss die Augen. »Und weiter?«

Ich erinnere mich. Ich erinnere mich an die erste, die früheste Zeit. Daran, dass ich herumgetragen wurde, an eine schaukelnde Bewegung, einen weichen Stoff, der mich einhüllte, an ein helles Orange, einen festen Bauch, eine warme Brust, an einen Duft, von dem ich heute denke, dass es ein Geruch nach Fisch und Zitronen war, an eine hohe Stimme, die manchmal leise auf mich einsprach, manchmal sang und manchmal klagte. Ich mochte es nicht, wenn ich weggelegt wurde, denn dann veränderte sich alles. Es wurde kalt, alles um mich herum war weiß, und es roch unangenehm nach etwas, das wohl Farbe und Lack gewesen war.

»Schon im ersten Schwangerschaftsmonat stolzierte deine Mutter triumphierend, mit herausgestrecktem Bauch durchs Dorf«, erzählte meine Großmutter. »Aber Gott straft die Überheblichen, wir wissen es alle«, fuhr sie mit einem boshaften Lächeln fort und legte den Kopf schief. »Deine Mutter wurde hässlich, Sissi, das muss gesagt werden. Praktisch über Nacht.«

Ihr Lächeln vertiefte sich. »Und sie gewann ihre Schönheit auch nach der Geburt nicht zurück. Ihre Haut wurde fleckig, das Gesicht aufgedunsen, die Haare fielen ihr aus, und sie verlor einen oberen Schneidezahn. Sie, die kaum etwas zu sich genommen hatte, aß jetzt Unmengen von schwarzen Bohnen und nahm rasch sehr viel zu, was unseren Doktor Wohlmuth, der vierzig Jahre lang praktischer Arzt in Kitzeck war, zunächst zu der Prophezeiung veranlasste, es handle sich um Zwillinge.« Das Lächeln verschwand, sie sah mich missbilligend an. »Zum Glück hat er sich geirrt, eine halbe Ausländerin in der Familie ist genug. Und dann der Kaiserschnitt! Olinda hätte dem Arzt in Leibnitz, der die Wunde nähte, am liebsten das Gesicht zerkratzt, doch es war zu spät. Er hat tatsächlich schlampig gearbeitet, das muss gesagt werden, die Narbe war lang und breit und blutrot – aber deine Mutter war hoffärtig, und der Allmächtige, dem alles Dünkelhafte ein Dorn im Auge ist, hat an ihr ein Exempel statuiert.«

Meine Großmutter schüttelte den Kopf und schwieg eine Weile.

»Ach, Sissi«, seufzte sie dann, »sei froh, dass deine Mutter dorthin zurückgekehrt ist, wo sie hingehört. Das dumme Ding hatte nicht die geringste Ahnung von Kindererziehung. Dieses grellorange Tuch, das sie sich aus ihrer Heimat kommen ließ und in dem sie dich trug! Ich war krank vor Sorge, sie könnte dich damit ersticken. Oder zumindest deine Wirbelsäule ruinieren. Und wie sich herausgestellt hat, war meine Befürchtung nicht grundlos.« Wieder bedachte sie mich mit einem abfälligen Blick. »Sieh dir deine Haltung an, wie eine Trauerweide stehst du da. Das ist das Ergebnis. Ich weiß noch, unser Herr Doktor Wohlmuth hat entsetzt den Kopf geschüttelt, als er deine Mutter so mit dir im Dorf herumgehen sah. Das arme Kind, hat er gesagt, ohne Bandscheibenschaden kommt dieses Kind nicht davon, eine Skoliose ist vorprogrammiert.«

»Olinda hat sich fast nur von einem unappetitlichen Eintopf aus schwarzen Bohnen ernährt«, verriet mir Tante Dagmar. »Und dich auch. Unsere Käferbohnen waren ihr nicht gut genug. Es war das einzige Gericht, das sie zubereiten konnte. Abgesehen von Stockfisch. In der halbfertigen Küche der halbfertigen Villa Olinda, dieser Ausgeburt ihres Größenwahns, standen ständig Bottiche mit Stockfisch herum. Olinda wässerte den getrockneten Fisch tagelang, aber wenn man ihn aß, war er noch immer fürchterlich salzig. Beides ließ sie sich aus Pernambuco kommen. Ihre Eltern müssen Unsummen für das Porto ausgegeben haben. Kein Wunder jedenfalls, dass Caspar irgendwann beschloss, sich wieder von seiner Mutter verköstigen zu lassen.«

»Was soll ich dir sagen«, seufzte meine Großmutter. »Binnen kürzester Zeit war dein Vater ein Skelett. Er kam zu mir zurück, wie zu erwarten war. Ich musste ihn aufpäppeln wie einen Schwerkranken. Gottlob hat er sich allmählich erholt, unser goldgelber steirischer Kürbis, der nahrhafte Heidensterz und das gesunde Kernöl haben Wunder gewirkt. Deine Mutter hat es nicht verkraftet, sie wurde durch seine Weigerung, ihre Bohnen und den stinkenden Fisch zu essen, noch verrückter, als sie es schon war. Ich sehe sie vor mir, wie sie, dich auf den Rücken gebunden, im leeren Haus von einem Zimmer ins andere läuft, mit wirrem Haar und verstörtem Blick. Als wäre es gestern gewesen. Sie murmelte, lachte, sang, weinte, kein Mensch verstand sie. Und eines Tages war sie weg. Du warst fünf Monate und zwei Wochen alt.«

Emma sah mich mitfühlend an und fuhr mir übers Haar.

»Ein hilfloser Säugling«, hauchte sie, »von der Mutter im Stich gelassen. Was für eine traurige Geschichte.«

Es war nicht schwer, Stefans Haus zu finden. Als ich mir an einer Weggabelung nicht sicher war, welche Richtung ich einschlagen sollte, sprach ich eine große, grauhaarige Frau in einem blau-weiß geblümten, kurzärmeligen Kleid an, die in schmutzigen weißen Nike-Laufschuhen ohne Socken vor einem Bildstock stand und rosa Astern in einer zitronengelben Plastikvase anordnete.

»Zum Herrn Doktor König wollen Sie?«, sagte die Frau und hob einen dünnen, einem gerupften Hühnerflügel nicht unähnlichen Arm. »Sehen Sie das Haus auf dem Hügel? Dort wohnt er. Wenn Sie hier nach links fahren, können Sie es nicht verfehlen, die Straße führt direkt daran vorbei.« Sie bückte sich und sah Emma und mich durch das offene Autofenster hindurch scharf an. Ihre Augen waren hellblau. »Der arme Herr Doktor König«, sagte sie dann, »er bekommt nicht oft Besuch in letzter Zeit. Ganz allein wohnt er in dem schönen Haus, seitdem seine Frau –« Sie richtete sich wieder auf und blickte zum Hügel hoch, auf dessen Kuppe das Haus lag. »Ein bewundernswerter Mensch, unser Herr Doktor König. Tut alles für seine kranken Kinder. Unermüdlich. Er hat es nicht verdient. Seine Frau und er, sie waren ein so sympathisches Paar. Und er hat sie dermaßen –«

»Vielen Dank. Auf Wiedersehen«, unterbrach ich sie.

Sie ließ sich nicht aus der Ruhe bringen.

»Er hat sie so geliebt«, sagte sie. »Abgöttisch.«

Wir fuhren auf einer Staubstraße weiter.

»Abgöttisch!«, rief sie uns nach.

»Was ist mit seiner Frau passiert?«, fragte Emma.

»Sie ist gestorben. Vor zwei Jahren.«

»Ist ja schlimm. Woran denn?«

Ich gab keine Antwort. Emma schaute mich von der Seite an.

»Du willst nicht darüber reden«, sagte sie und verschränkte die Arme über der Brust. »Auch gut.«

»Wenn das Wetter so bleibt, kann ich in zwei Wochen ernten«, sagte Stefan, schnitt zwei schwere gelbe Trauben mit einer großen spitzen Schere ab, reichte mir eine und Emma die zweite. Ich aß ein paar der fast durchsichtigen Beeren.

»Nicht schlecht«, sagte ich. »Sehr süß.«

Emma steckte eine Beere in den Mund, verzog das Gesicht und schwieg.

»Nicht wahr?«, sagte Stefan. »Der Weinberg ist ideal gelegen. Südhang, vierzig Prozent Neigung. Aber das Ernten ist anstrengend bei dem steilen Terrain.«

»Ach«, sagte ich, »der Weingarten ist doch nicht groß.«

Stefan sah mich an.

»Du kannst mir ja helfen, wenn du möchtest.«

Wir spazierten weiter durch die Rebzeilen. Emma und Stefan hatten seit unserer Ankunft kaum ein Wort miteinander gewechselt.

»Ich liebe meine Rebstöcke. Dabei waren wir anfangs überhaupt nicht daran interessiert, Regina und ich. Aber wenn wir das Haus wollten, mussten wir den Weingarten mit in Kauf nehmen, der frühere Besitzer bestand darauf.«

Regina und ich.

»Es ist viel Arbeit, vor allem der Schnitt. Man muss die jungen Triebe regelmäßig anbinden, sonst werden die Stämme krumm. Überflüssige Sprossen müssen entfernt werden, die verholzten zurückgeschnitten, die ohne Blüten ausgebrochen.

Und dann das Lockern des Bodens, das Düngen, das Jäten. Ich bin ständig beschäftigt.«

Er blieb stehen, hielt die Hand über die Augen und schaute in die Richtung, wo das Blaugrau der Hügel und der hellgraue Horizont ineinanderflossen.

»Ich glaube, da kommt ein Regen«, sagte er und blickte zum Haus zurück. Der Weinberg war nicht Teil des Grundstücks, auf dem das Bauernhaus stand, sondern etwa fünf Minuten Fußweges davon entfernt. Ich sah Stefans kurze Bartstoppeln, den kleinen Ansatz des Doppelkinns, das vertraute Profil mit der langen, geraden Nasenlinie, und plötzlich fiel mir der Abend ein, an dem wir ihn in diesem verrauchten und lauten Studentenlokal kennengelernt hatten. Regina und ich. Dass er um vier Uhr früh ziemlich betrunken mit ihr und nicht mit mir nach Hause gegangen war, war klar. Ich war das Mauerblümchen. Regina bezauberte jeden.

»Gehen wir zurück?«, fragte Stefan.

»Mein Riesling vom vorigen Jahr«, sagte er etwas später und hob ein tulpenförmiges Weinglas gegen das Licht. »Eine schöne Farbe, ganz hell, mit einem Stich ins Grünliche. Der Wein ist noch jung, später wird er goldgelb.«

Wir saßen auf einer hölzernen Eckbank an einem großen quadratischen Tisch im geräumigsten Zimmer des kleinen, niedrigen Gebäudes. Auf der Tischplatte lag die gestreifte Decke, die ich vor Jahren aus Marokko mitgebracht hatte. Die Fenster standen offen, man hörte das gleichförmige Geräusch des Regens, der seit einer Viertelstunde niederging. Es duftete frisch nach Gras, nach Laub.

Stefan neigte das Glas und roch am Wein. »Wie grüne Äpfel, das Bouquet«, sagte er, nahm einen Schluck und behielt die Flüssigkeit lange im Mund. »Wirklich nicht schlecht für einen Amateur, ich bin stolz darauf.« Dann hielt er mir das Glas entgegen. »Trinken wir auf unser Wiedersehen, Sissi.« Emma ignorierte er.

Wir stießen miteinander an. Wie ein Heiligenschein umrahmten die vielen Fotos, die an der Wand hinter ihm hingen, Stefans Kopf. Regina und er in dicken weißen Pullovern und mit Sonnenbrillen vor einer ausgedehnten Eisfläche, dahinter ein schneebedeckter Vulkan. Das musste auf der Reise nach Island gewesen sein, zu der sie sich spontan in einem ungewöhnlich heißen August entschlossen hatten. Regina im Bikini an einem Strand, ein langes Bein ausgestreckt, das andere angezogen, die Arme hinter sich im Sand abgestützt, den Kopf in kokett schräger Haltung. Regina und Stefan eingehängt und lachend in roten Windjacken mit übergezogener Kapuze im Sprühregen eines Wasserfalls, über ihnen im Dunst ein Regenbogen. Regina, die schwarzen Haare ins gebräunte ovale Gesicht mit der schönen hohen Stirn geweht, in einem leichten, hellen Sommerkleid, an eine Steinbrüstung am Wasser gelehnt, hinter ihr Holzpfähle und jenseits der Wasserfläche die Silhouette der Giudecca. Regina und ich an einem Holztisch mit Essensresten auf einer mit groben grauen Steinplatten ausgelegten Terrasse sitzend, den Fotografen anlächelnd. Korsika.

Stefan bemerkte meinen Blick.

»Weißt du noch?«, fragte er. »Das Dorf auf dem Hügel in der Nähe von Calvi? Wir hatten dieses wunderbare alte Steinhaus gemietet, mit dem weiten Blick auf die Berge und das Meer. Sobald es dämmerte, kamen die Fledermäuse.«

»Ja«, sagte ich. »Weiß ich noch.«

Emma stand auf und ging zu einem Regal, das an einer Schmalseite des Zimmers über einem CD-Player an der Wand angebracht war. Sie verschränkte die Hände auf dem Rücken und betrachtete die Reihen der CDs.

»Deine Freundin langweilt sich«, stellte Stefan leise fest.

»Wundert dich das?«, fragte ich. »Du beachtest sie überhaupt nicht.«

Er überging meine Bemerkung, wandte sich halb um und deutete auf ein Foto.

»Und das hier? Kannst du dich daran erinnern?«

Regina und ich nebeneinander in einem Ruderboot auf einem See. Sie sitzt kerzengerade auf der Ruderbank und lässt die rechte Hand ins Wasser hängen. Ihr langes Haar ist im Nacken zusammengefasst, die sehr hellen Augen blicken in die Kamera. Ich habe den Arm um ihre schmalen Schultern gelegt und schaue sie an. Die Sonne steht schräg, das Licht ist goldgelb, erleuchtet unsere Gesichter, macht sie fremd.

»Das war am Ortasee«, gab er sich selbst die Antwort, »nach der Wanderung im Aostatal, wir ruderten auf diese kleine Insel hinaus. Wo wir den Flötenspieler hörten. Erinnerst du dich?«

»Natürlich«, sagte ich. »Natürlich erinnere ich mich.«

Emma hatte eine CD aus dem Regal gezogen und drehte sich um.

»Darf ich?«, fragte sie.

»Klar«, sagte Stefan, ohne den Blick von mir abzuwenden. Dann strich er leicht über das Tischtuch.

»Dein Hochzeitsgeschenk«, sagte er. »Ich habe es zur Feier des Tages aufgelegt.«

»Ja«, sagte ich. »Es ist mir nicht entgangen.«

Plötzlich war der Raum von Reginas Stimme erfüllt, ihrem eher dunklen, vibrierenden Timbre. Es verstörte mich, ich begriff nicht sofort, woher die Stimme kam. Stefan fuhr hoch und hielt sich am Tisch fest. Das halbvolle Glas vor ihm fiel um, der Wein breitete sich in einer länglichen dunklen Figur über die bunte Tischdecke in meine Richtung aus.

»Was –«, flüsterte er.

»In dämmrigen Grüften träumte ich lang«, sang Regina. Es war die CD mit Liedern von Richard Strauss, ihr erster Erfolg. Ihr Gesang war gleichzeitig angestrengt und mühelos, gespannt und schwebend, befangen und frei.

Emma stand mit der CD-Hülle in der Hand neben dem Player, ihr Blick ging zwischen Stefan und mir hin und her.

»Ich wollte nur –«, sagte sie.

»Machen Sie die Musik aus!«, rief Stefan.

Wir hatten das Erscheinen der CD zu dritt mit einem Essen im Oswald & Kalb in der Bäckerstraße in Wien gefeiert. Regina hatte ein enges schwarzes Kleid mit rechteckigem Ausschnitt und die Halskette mit dem großen ovalen, milchig weißen und zart bläulich schimmernden Mondstein getragen, die Stefan ihr zu dem Anlass geschenkt hatte. Wir waren bester Stimmung gewesen und hatten auf unsere Freundschaft getrunken.

»Liebe macht die Herzen krank«, sang Regina mit ihrem unverwechselbaren Mezzosopran.

»Auf das Vertrauen!«, hatte sie damals mit leuchtenden Augen und geröteten Wangen gesagt und ihr Glas erhoben. »Und auf uns! Auf die Unzertrennlichen!«

»Ruhe, ruhe, meine Seele, deine Stürme gingen wild …« Eine Stimme, subtil und direkt, zärtlich und gefährlich.

Emma machte keine Anstalten, das Gerät auszuschalten, und Regina sang weiter. Wir waren wie erstarrt, ein Standbild, herausgenommen aus der Bildfolge einer Filmsequenz.

»… ruhe, ruhe, meine Seele, und vergiss, was dich bedroht.«

»Ausschalten, habe ich gesagt!«, schrie Stefan. Er klammerte sich noch immer am Tischrand fest.

Ich stand auf und ging über den leuchtend blauen Teppich, um den wir auf einer Reise zu dritt im Bazar in Izmir gefeilscht und für den wir einen viel zu hohen Preis bezahlt hatten, zu Emma hin. Als ich mich bückte, um den CD-Player auszuschalten, der auf einem niedrigen Tischchen stand, fiel mein Blick auf einen Rahmen an der Wand, in dem auf schwarzem Samt die silberne Kette mit dem Mondstein aufgezogen war.

»Wie sind wir wandermüde – ist dies etwa der Tod?«, sang Regina.

Richard Strauss. *Vier letzte Lieder.*

Ich berührte die Taste. Die Musik verstummte.

»Er kann mich nicht leiden«, stellte Emma fest, während wir zurückfuhren.

»Du ihn auch nicht«, sagte ich.

Emma streckte sich und drückte mit den Handflächen gegen das Innere des Autodaches. Wir waren hastig aufgebrochen, und Stefan hatte uns nicht zurückgehalten.

»Hm«, sagte sie dann, »er ist merkwürdig. Und er war wirklich unhöflich. Zuerst nimmt er kaum Notiz von mir, und dann schreit er mich an. Schließlich konnte ich nicht ahnen, dass ich eine CD seiner verstorbenen Frau aufgelegt hatte, ich wusste nicht einmal, dass sie Sängerin war. Du wolltest mir ja nichts über sie erzählen.« Sie sah mich von der Seite an. »Er hatte nur Augen für dich. Vielleicht war er eifersüchtig auf mich?«

»Bist du verrückt?«, sagte ich und wunderte mich über meinen heftigen Ton. »Regina war die Liebe seines Lebens, er hat ihren Verlust nie verwunden, hast du das nicht bemerkt? Sie war sein Ideal. Sie war unser Ideal!«

»Tatsächlich?« Sie blickte skeptisch. »Auf jeden Fall war sie sehr schön. Wenn es sich um die Frau auf all den Fotos handelt, wie ich stark annehme. Das Haus ist eine einzige Erinnerungsstätte.«

Bevor wir nach Wien zurückfuhren, verabschiedeten wir uns von den Großeltern. Meine Großmutter wusste bereits Bescheid über unseren Besuch bei Stefan, was mich nicht erstaunte. Hier ließ sich nichts verheimlichen, die Leute langweilten sich zu Tode, ihre Gier nach allem, was von außen kam, war unersättlich.

»Wie geht es dem Doktor König?«, fragte sie unverblümt und setzte, ohne meine Antwort abzuwarten, hinzu: »Schlecht natürlich. Wie soll ein Mensch sich von einem solchen Schlag erholen, frage ich dich. Schwer geprüft, unser Doktor König.« Sie wandte sich an Emma. »Eine Tragödie, diese Geschichte, Frau Emma«, sagte sie. »Furchtbar, furchtbar. Da führt der Allmächtige zwei Menschen zusammen, die füreinander geschaffen sind wie kaum ein anderes Paar, und ein erbarmungsloses Schicksal reißt sie auseinander, viel zu früh, viel zu früh. Ach ja, mitten im Leben sind wir vom Tode umgeben, ich sage es immer wieder, nicht wahr, Ägyd?«

Sie blickte meinen Großvater an, der, die steirische Ausgabe der *Kleinen Zeitung* auf dem Schoß, mit offenem Mund in seinem Sessel schlief.

»Er schläft schon wieder, er schläft ununterbrochen«, sagte sie, dann schrie sie unvermittelt: »Sage ich es nicht ständig, Ägyd!«

Mein Großvater fuhr aus seinem Sessel hoch.

»Was?«, fragte er.

»Dass wir mitten im Leben vom Tode umgeben sind!«

»Ja, ja, Toni!«, rief mein Großvater.

Die Großmutter wandte sich wieder an Emma.

»Ich schwöre Ihnen, Frau Emma, eine Liebe, eine Hingabe, ein Glück, unvorstellbar! Frau Regina war ein Engel in Menschengestalt, und das ist keine Übertreibung. Eine Zartheit, eine Anmut – und diese Stimme! Überirdisch. Wenn sie die

Messe gesungen hat, hat die halbe Gemeinde geweint. Sie hat nie auch nur einen Groschen für ihren himmlischen Gesang genommen, obwohl sie sogar im Grazer Stefaniensaal gesungen hat. Vor ausverkauftem Haus.«

Sie drehte sich um.

»Sage ich die Wahrheit oder nicht, Ägyd? – Man glaubt es nicht, er ist schon wieder eingeschlafen.« Und erneut zu Emma: »Frau Regina war die Güte in Person. Sie hat auch unentgeltlich Orgel gespielt und notleidende Pfarrmitglieder finanziell unterstützt. Die Fleisch gewordene Barmherzigkeit, man kann es nicht anders ausdrücken. Und dann ertrinkt sie, von einem Tag auf den anderen!«

Emma sah mich an. Meine Großmutter bemerkte den Blick.

»Ja, so war es. In Italien. Ich sage es immer wieder, den Welschen ist nicht zu trauen. Nicht wahr, Ägyd?«

Mein Großvater schreckte erneut aus seinem Schlummer auf.

»Was hast du gesagt, Toni?«

»Dass den Welschen nicht zu trauen ist.«

»Was?«

»Den Italienern!«

»Ach, die Italiener.« Er formte mit Daumen und Zeigefinger der linken Hand ein Loch, fuhr mit dem Zeigefinger der rechten schnell darin hin und her und lachte laut. »Die Italiener!«

»Hör auf, du ordinäres Mannsbild!«, rief meine Großmutter, die Hexe. »Mich bringt jedenfalls kein Mensch nach Italien, nicht einmal der Papst. Schließlich hat der Steirer in seiner Heimat alles, was er braucht.«

3

Der dritte Fehler war es, Stefans Einladung anzunehmen und ihm bei der Weinernte zu helfen.

Zwei Wochen später, zu Herbstbeginn, fuhr ich also wieder in den Sausal. Der Himmel war dunkelblau, die Landschaft wie in Gold getaucht. Diesmal war Emma nicht mitgekommen. Sie sah sich gezwungen, ihr Detektivbüro einen Monat lang allein zu führen, denn Mick Hammerl, ihr dicklicher, hypochondrischer Mitarbeiter, hatte vor kurzem geheiratet und befand sich mit Asli, seiner türkischen Frau, auf Hochzeitsreise in Anatolien.

»Er sollte längst zurück sein«, sagte Emma verärgert, »aber er hat beschlossen, an einem Workshop der tanzenden Derwische in Konya teilzunehmen.«

Mick war Anhänger des Mevlevi-Ordens und versuchte sein stilles Zentrum zu finden, indem er sich einen hohen Zylinder aus braunem Filz aufsetzte, einen langen weißen Glockenrock und eine weiße Bolerojacke anzog und sich stundenlang im Kreis drehte.

Ich fuhr langsam an ausgedehnten, hie und da schon abgeernteten Sonnenblumenkulturen vorüber. Zum Teil standen die Pflanzen noch vertrocknet auf den Feldern und wurden von riesigen Maschinen mit vorgesetzten, gefährlich aussehenden Schneidewerken geschnitten. Auch die Kürbisernte hatte schon begonnen. Wo maschinell geerntet wurde, lagen die Früchte in langen, geraden Reihen, durch welche bunte Erntemaschinen fuhren, die die gelbgrünen Kugeln auf große Räder spießten. Auf einem kleinen Acker saßen drei dicke

Frauen mit im Nacken verknoteten Kopftüchern auf alten Stühlen neben einer Vogelscheuche, einen Berg halbierter Kürbisse und rote Plastikeimer vor sich, und entfernten die Kerne mit den Händen aus dem Fruchtfleisch.

Ich fuhr durch das Dorf und stellte meinen alten, flaschengrünen Polo an der Stelle, wo der Weg zur Mühle abzweigt, am Straßenrand ab. Unter einem Birnbaum in der Wiese stand ein Mann in einer blauen Arbeitsbluse mit einem kleinen Strohhut auf dem Kopf und schärfte mit einem Wetzstein ein Sensenblatt. Er tat, als sehe er mich nicht. Ich betrat den Waldweg und ging an den Holunder- und Haselsträuchern, den Ebereschen vorüber ins kühle Halbdunkel hinein. Den Großeltern würde ich erst später meine Aufwartung machen. Meine Großmutter konnte anstrengend sein.

Vor dem Eingang zur Mühle zog ich den großen eisernen Schlüssel aus meiner Tasche. Erst als ich im Begriff war, das Tor aufzusperren, fiel mein Blick auf den Hackstock. Ein riesengroßer orangefarbener Kürbis stand darauf. Ein Kopf. Ein Gesicht. Ausgeschnittene Schlitze waren die Augen, ein Dreieck die Nase. Der Mund war breit, auf der Unterseite deuteten scharf ausgesägte Zacken die Zähne an. Licht drang aus den Öffnungen. Die Axt, die im Hackstock gesteckt hatte, fehlte. Ich trat näher. Der flackernde Schein vermittelte der Fratze etwas Lebendiges, ihre Züge wirkten aufgrund der Schlitzaugen und der Haifischzähne zugleich aggressiv und verschlagen. Ich hob den Kürbis hoch. Darunter stand eine Kerze, ein Grablicht in einer roten Plastikumhüllung. Man konnte sehen, dass sie noch nicht lange brannte. Ich schaute mich um. Nichts rührte sich, niemand war zu sehen. Ich blies die Flamme aus.

Auf der Fahrt zu Stefans Haus kam ich wieder an dem nun verwaisten exotischen Bauwerk vorüber, in dem ich aufgewachsen war. Als ich sah, dass sich jemand im Schwimmbecken zu schaffen machte, hielt ich an, stieg aus und ging durch das hohe dürre Gras hin zum Bassin. Darin stand ein Mann mit einem kleinen Oberlippenbart, einem schmierigen dunkelgrünen Lodenhut und einer mit einem rosa Pflaster geklebten dicken Brille und schaufelte die trockenen Blätter aus dem Becken. Er bemerkte mich, hielt in seiner Arbeit inne, stützte sich auf den Spatenstiel und strich sich mit der rechten Hand über die Stirn. Ich sah, dass ihm der Zeigefinger fehlte.

»Grüß Gott, Frau Doktor!«, sagte er.

»Was machen Sie denn hier? Wer hat Ihnen das angeschafft?«

»Die alte Frau Fux. Die Blätter müssen verbrannt werden.«

»Wer sind Sie überhaupt? Ich kenne Sie nicht.«

Er griff nach einer Flasche Bier, die auf dem Rand des Bassins stand, und trank einen Schluck. Dann hielt er mir die Flasche hin. Ich schüttelte den Kopf.

»Aber ich dich«, sagte er dann. »Du bist die Sissi. Wir sind miteinander in die Volksschule gegangen. Ich darf doch du sagen?«

Ich ignorierte die Frage.

»Ich kann mich nicht erinnern.«

»Ich schon.« Er maß mich mit einem unverfrorenen Blick von oben bis unten. »Groß bist du geworden, ganz schön lang. In letzter Zeit habe ich dich ein paarmal bei der Mühle gesehen.« Er grinste anzüglich. »Mit einer Frau. Ich wohne auch im Graben.«

»Dann sind Sie der Forstgehilfe?«

Er nickte.

»Genau. Meinen Bruder kennst du ja. Jag ihn einfach weg, wenn er dir lästig wird. Er hat als Kind eine schwere Hirnhautentzündung gehabt. Eine Infektion. Seither kann er nicht mehr richtig reden.« Er lachte. Es schien ihn nicht zu stören, dass ich ihn weiter in der Höflichkeitsform ansprach. »Und er ist auch sonst ein bisschen wunderlich. Aber du brauchst dich nicht vor ihm zu fürchten. Er mag dich.«

Er nahm den Spaten wieder in die Hand und fuhr in seiner Verrichtung fort.

»Deine Großeltern haben manchmal Arbeit für mich«, sagte er. »Das ist gut, ich brauche das Geld.« Er deutete mit dem Kinn auf das Gebäude. »Aber hier bin ich nicht gern.«

»Warum nicht?«

»Weil die Ausländerin im Haus umgeht. Die Hexe.«

Typisch. Diese Dorfidioten.

»Seien Sie vorsichtig mit Ihren Behauptungen. Meine Mutter ist keine Hexe. Und sie lebt in Brasilien.«

Der Mann sah mich spöttisch an. Eine Spur von Verachtung lag in seinem Blick. Auch wenn ich hier aufgewachsen war, auch wenn ich Ärztin war, ich war eine Frau und ein Bastard und hatte im Grunde nichts an diesem Ort zu suchen.

»Kann schon sein, aber sie geht hier um. Ohne Kopf, mit einem Fisch in der Hand. Sie seufzt und stöhnt und weint und redet ununterbrochen. Kein Mensch versteht das Kauderwelsch. Bei Vollmond kommt sie aus dem Haus, legt sich in die Hängematte und schaukelt hin und her. Der Binder, unser Gendarm, hat sie gesehen. Seitdem zuckt sein linkes Augenlid ununterbrochen. Der Pfarrer hat schon zweimal alles mit Weihwasser besprengt und mit Weihrauch ausgeräuchert, aber es hat nichts genützt. Niemand kauft das Haus.« Er lachte laut und schüttelte den Kopf. »Deine Großeltern möchten es seit Jahren loswerden, aber keiner will es.«

»Unsinn!«, sagte ich. »Das ist dummer Aberglaube.«

»Kein Aberglaube«, sagte der Forstgehilfe. »Und nicht dumm. So etwas gibt es.«

»Meine Mutter lebt in Brasilien«, hatte ich gesagt. Tatsache war, dass ich das vermutete, aber nicht genau wusste. Sobald ich schreiben konnte, und das war früh, schickte ich Zeichnungen und Briefe an die Adresse, die wir von ihr hatten. Sie kamen alle zurück. Ob nicht angenommen oder unzustellbar, ließ sich nicht exakt feststellen. Ich schrieb trotzdem weiter, jahrelang.

»Hör endlich auf damit«, sagte meine Großmutter. »Du siehst doch, dass es keinen Sinn hat. Sie hat euch vergessen, dich und Caspar. Du brauchst ihr keine Träne nachzuweinen, das ist sie nicht wert. Sorgen wir vielleicht nicht gut für dich? Sicher hat Olinda inzwischen eine reiche Erdkröte geheiratet, so wie ihre Mutter. Obwohl sie von Rechts wegen ja noch mit deinem Vater verheiratet ist. Eine Bigamistin und Ehebrecherin, deine Mutter, nichts anderes.« Sie lächelte, und ihre schwarzen Hexenaugen leuchteten. »Das ewige Höllenfeuer ist ihr sicher.«

Irgendwann gab ich auf.

Aus den Kronen einiger hoher italienischer Pappeln, die die Staubstraße säumten, welche zum alten Winzerhaus führte, waren dicke Äste gebrochen, zum Teil befanden sie sich zersägt im Gras darunter. Auf der Fahrbahn lagen verstreut kleine Äste, Zweige und Laubwerk. Seit meinem letzten Besuch musste es einen Sturm gegeben haben. Der an seinem Wipfel rot verfärbte Spitzahorn neben dem niedrigen Gebäude, das er um viele Meter überragte, war von weitem zu sehen. Das Haus war das einzige auf der Kuppe des kleinen

Hügels, ein exponierter Standort, von dem aus der Blick in alle vier Windrichtungen ging. Als ich den Wagen am Straßenrand abstellte, sah ich Stefan rauchend in Jeans und T-Shirt an einem runden Steintisch im Baumschatten sitzen. Er stand auf, dämpfte die Zigarette aus und kam lächelnd auf mich zu.

»Du bist also doch gekommen«, sagte er, strich mit den Händen leicht über meine Oberarme und küsste mich ebenso leicht auf beide Wangen. »Möchtest du etwas trinken, bevor wir an die Arbeit gehen? Ich habe gestern schon mit der Lese angefangen, ein paar Freunde haben mir geholfen. Es ist nicht mehr viel zu tun.«

Nach drei Stunden Arbeit im Weinberg brannte mir die Sonne auf den Kopf, und mein Rücken schmerzte. Stefan hatte recht gehabt, das Arbeiten auf dem schrägen Terrain war anstrengend. Er redete viel, und ich versuchte mir meine Müdigkeit nicht anmerken zu lassen und legte weiter sorgfältig Traube für Traube in den grünen Plastikeimer neben mir. Meine Hände waren klebrig und schmutzig, an einem Finger hatte sich eine Blase gebildet, da ich seit vielen Jahren keine Leseschere mehr in der Hand gehabt hatte. Stefan hatte mir aufgetragen, unansehnliche oder faule Traubenteile samt dem Stiel auszuschneiden. Sobald der Eimer voll war, trug er ihn zu dem alten Pritschenwagen, mit dem er so nahe wie möglich an die Weinstöcke herangefahren war, und leerte die Trauben auf die Ladefläche.

»Wir müssen heute noch pressen«, sagte er. »Oder spätestens morgen früh. Die Maische darf nicht lange stehen, sonst oxidiert der Wein.« Er schaute mich an. »Deine Wangen glühen. Sollen wir eine Pause machen?«

»Nein, nein«, sagte ich und richtete mich auf. »Noch nicht. Es macht Spaß.«

Stefan trat zu mir und strich mir eine Haarsträhne aus der Stirn. Die Langsamkeit und Zärtlichkeit der Geste überraschten mich.

»Immer noch die alte Kämpferin«, sagte er leise. »Man sieht es dir nicht an, zerbrechlich, wie du wirkst. Regina erschien viel stärker, aber in Wahrheit –«

Ich unterbrach ihn.

»Wirklich, es macht Spaß«, sagte ich und roch an den hellroten Blüten des kleinen Rosenstrauchs am Beginn der Rebzeile. »Schön, die Rosen. Eine hübsche Idee.«

»Regina hat sie gepflanzt«, sagte Stefan und entfernte ein paar welke Blütenblätter ebenso zärtlich und langsam wie die Haare aus meinem Gesicht. »Sie haben eine Funktion«, sagte er dann. »Rosen sind empfindlicher als Weinstöcke und werden schneller von Schädlingen befallen. So kann man die Reben früh genug schützen.«

»Ich weiß«, sagte ich.

Später saßen wir unter dem niedrigen Edelkastanienbaum, der mitten im Weinberg stand, tranken Traubensaft und aßen Brot und Bauernsalami. Ich hatte den Rücken an den glatten, silbrig grauen Stamm gelehnt und schaute hinunter ins Tal. Etwas weiter entfernt hörte man das Geräusch eines der für die Gegend typischen hölzernen Windräder, die mit ihrem Klappern die Vögel aus den Weingärten verscheuchen. Stefan griff nach einer der Früchte, die unter dem Baum lagen, und löste die glänzende rotbraune Esskastanie aus ihrer stacheligen Hülle.

»Die Maroni müsste ich auch ernten«, sagte er. »Ich frage mich nur, woher ich die Zeit nehmen soll. Mit Regina war das einfacher. Wir haben uns die Arbeit geteilt.« Er hielt inne und schaute mich an. »Wir haben alles geteilt.«

»Ich weiß«, sagte ich.

»Ja, du kennst sie. So war Regina. Intensiv. Sie verlangte viel und gab viel.«

Ich wechselte das Thema.

»Eigenartig. Ich bin hier geboren und aufgewachsen und lebe in Wien. Du bist nicht aus der Gegend und hast dich hier niedergelassen.«

»Es war ihre Idee. Sie wollte hierher. Weil sie mit dir so oft hier gewesen war. Schon damals, als ihr noch in Graz zur Schule gegangen seid. Sie hat häufig von diesen Hügeln, diesem Himmel gesprochen. Von euch. Deine Freundschaft hat ihr sehr viel bedeutet.«

Ich gab auf. Er würde nicht aufhören, von ihr zu reden.

»Ja«, sagte ich. »Und jetzt bist du immer noch hier. Ohne sie.«

Ich weiß nicht, weshalb ich nach diesem Satz plötzlich auflachte. Jedenfalls nicht genau. Es war unangebracht. Stefan schaute mich irritiert an.

»Entschuldige«, sagte ich. »Bitte entschuldige.«

Am Nachmittag trugen wir die geernteten Trauben in Eimern über eine gewundene Steintreppe mit unregelmäßig hohen Stufen in den kühlen Weinkeller des Winzerhauses. Der Stein war glatt und dunkel und glänzte wie eingefettet. Im Lauf der Jahrzehnte und Jahrhunderte waren viele Füße darüber gegangen. Es dauerte eine Weile, bis ich mich an die schlechte Beleuchtung in dem alten Gewölbe mit den feuchten braunroten Ziegelwänden und dem gestampften Lehmboden gewöhnt hatte, wo es stark nach Moder, nach dem Holz der Fässer und nach Wein roch. Stefan leerte einen Teil der Trauben in zwei große Holzbottiche.

»Und was machen wir jetzt?«, fragte ich.

Er lachte.

»Du hast wirklich wenig Ahnung von der Winzerei«, sagte er. »Kaum zu glauben, dass deine Großeltern Weinbauern sind. Jetzt maischen wir. Ich mache das noch auf die altmodische Art.« Er griff nach einem Paar grüner Gummistiefel, die neben einem Regal mit Weinflaschen standen, und warf sie mir zu. »Fang auf!«, rief er. »Du hast doch dieselbe Schuhnummer wie Regina, nicht? Zieh sie an. Und dann steig in den Bottich.«

Es war ein merkwürdiges Gefühl, mit nackten Füßen in Reginas Stiefeln zu stecken und die Trauben zu zertreten. Ich blickte auf die Kuppen und konzentrierte mich. Stefan summte vor sich hin.

»Hilfst du mir noch beim Pressen?«, fragte er nach einer Weile.

»Wenn du willst«, sagte ich.

Da trat er aus seinem Bottich und stieg in meinen. Darin war nicht viel Platz für zwei. Er legte seine Hand leicht auf meine Taille, ergriff meine Rechte mit seiner Linken und hob und streckte sie, wie bereit zu einem Tanz.

»Dann musst du über Nacht bleiben«, flüsterte er mir ins Ohr und drehte mich langsam einmal in dem Traubensumpf herum.

Wir saßen in der Stube, Stefan am Tisch und ich mit angezogenen Beinen und barfuß in dem mit dunkelblauem Leder bezogenen Schaukelstuhl neben dem Regal mit den CDs. Ich hatte geduscht und mir die Haare gewaschen und war in den langen weinroten Hausmantel geschlüpft, der an einem Haken im Badezimmer hing. Es war still. Vor den Fenstern war es dunkel geworden. Ich blätterte entspannt in einem Buch über Weinbau. Etwas von der alten Vertrautheit zwischen uns hatte sich eingestellt.

»Angenehm, dein Kimono«, sagte ich und zog den Gürtel ein wenig enger.

»Es ist nicht meiner«, entgegnete Stefan, ohne mich anzusehen. »Er gehört Regina.«

Natürlich.

»Entschuldige, das habe ich – Ich ziehe ihn –«

»Nein, nein«, unterbrach Stefan. »Behalte ihn an, er steht dir. Nimm ihn mit. Es ist gut, dass wieder jemand Verwendung dafür hat.« Er schaute mich an. Seine Iris war dunkelgrau, der Blick ging in die Tiefe. Ich hatte diese Augen immer interessant gefunden. »Weißt du, nachdem ich mich bei deinem letzten Besuch deiner Freundin gegenüber so schroff verhalten habe, bin ich in mich gegangen und habe beschlossen, mit meinem Reliquienkult aufzuhören.« Er machte eine Pause. »Ich habe sehr lange nichts weggeben können, was ihr gehört hat«, meinte er dann.

Ein Fensterladen schlug heftig gegen die Hauswand. Stefan stand auf.

»Es hat Sturmwarnung gegeben«, sagte er. »Ich muss die Läden festmachen.«

Er ging aus dem Zimmer. Ich trat an eines der Fenster und sah mich darin gespiegelt, lang, mager, eckig, mit hängendem dünnem Haar. Unwillkürlich zog ich den Kimono noch fester um mich zusammen. Ich gefiel mir nicht, auch wenn Emma noch so oft sagte, sie fände mich sexy. Regina musste in dem Weinrot hinreißend ausgesehen haben. Stefans undeutliche Konturen tauchten vor dem Fenster auf und überlagerten sich mit meinem Spiegelbild. Er schloss die Läden, und ich zog die Vorhänge vor und setzte mich wieder in den Schaukelstuhl. Gleich darauf kam er in die Stube.

»Es ist kühl geworden«, sagte er und rieb sich die Oberarme. »Ich kann mich nicht erinnern, dass es früher im Herbst solche Stürme gegeben hätte.« Er sah mich an. »Ich mache mir Sorgen um den Ahorn, seine Krone wird allmählich zu schwer. Ein paar waagrechte Äste habe ich schon notdürftig gestützt. Er steht so dicht neben dem Haus, bei jedem Sturm habe ich Angst, ein Ast könnte brechen und auf das Dach fallen.« Er seufzte. »Ich liebe den Baum, er ist weit über hundert Jahre alt und denkmalgeschützt. Regina und ich sind so oft darunter gesessen. Es wäre schlimm für mich, wenn wir ihn absägen müssten.«

»Der Ahorn schützt vor Hexen«, sagte ich. »Zuverlässig. Und vor Blitzschlag.«

Stefan lachte.

»Leider stand keiner auf dem Friedhof …«

»Hast du etwas zu trinken?«, fragte ich. »Ein Glas Rotwein vielleicht?«

»Ach, entschuldige bitte, ich bin ein unaufmerksamer Gastgeber.«

Er ging hinaus in den mit Steinplatten ausgelegten Flur und weiter in die Küche. Ich hörte ihn dort herumhantieren, hörte Geräusche, ein Quietschen, wahrscheinlich die Scharniere eines der vielen Türchen der alten Kredenz, ein Scharren, vielleicht eine Lade, ein Knistern, dann Gläserklingen. Er kam mit einem kleinen runden Holztablett zurück, auf dem zwei bauchige Weingläser, ein Korkenzieher, eine Schale mit Erdnüssen und eine Flasche standen, und stellte es auf dem kleinen Beistelltischchen ab, das zwischen meinem Schaukelstuhl und einem alten Lehnsessel stand.

»Den Wein hat mir ein Patient geschenkt«, sagte er. »Blauer Zweigelt. Seine kleine Tochter hatte eine akute Appendizitis mit nachfolgender Peritonitis, und er behauptet, ohne mein rasches Reagieren wäre sie gestorben.« Er lächelte. »Manchmal bezahlen einen die Bauern in Naturalien. Wein, Fleisch,

Brennholz. Ich habe nichts dagegen.« Er zog den Korken aus der Flasche und roch daran. »Er sollte noch etwas atmen, bevor wir ihn trinken.«

»Ich möchte jetzt gleich einen Schluck«, sagte ich schnell.

Er sah mich an.

»Du kannst es nicht erwarten«, meinte er leise.

Er goss wenig Wein in ein Glas und hob es hoch.

»Eine wunderbare Farbe«, sagte er. »Rubinrot, mit violettem Schimmer. Fast wie der Kimono, den du trägst.« Er kostete. »Guter Jahrgang. Neunziger.« Dann schenkte er das zweite Glas halb voll und reichte es mir.

»Auf Regina«, sagte er. »Auf die Vergangenheit. Auf uns drei.«

Mit einem Singen stießen die Gläser aneinander. Stefan ließ sich im Lehnsessel nieder und starrte auf sein Glas, während er den Stiel langsam zwischen Daumen und Zeigefinger drehte. Ich empfand das Schweigen nicht als unangenehm.

»Die Insel heißt Procida«, sagte er nach einer Weile. »Ich meine, der Ort, wo es passiert ist. Habe ich es dir am Telefon gesagt?«

»Procida«, wiederholte ich. »Ich erinnere mich nicht. Ich weiß kaum noch, was du gesagt hast. Es war etwas unzusammenhängend. Du warst verstört. Und ich auch.«

»Es ist eine kleine Insel in der Nähe von Neapel. Nicht weit von Capri und Ischia. Pastellfarbene alte Häuser. Bigotte Bewohner. Schwarze Strände. Laute Mopeds.« Er schwieg und hörte auf, das Weinglas zu drehen. »Es war im Mai. Wir hatten uns auf den Urlaub gefreut. Regina hatte eine lange Konzertreise hinter sich, und ich hatte viel gearbeitet. Wir waren beide erschöpft.«

Er atmete tief ein und aus und drehte das Weinglas von neuem.

»Überall duftete es nach Orangen- und Zitronenblüten. Wir wohnten in der Pensione Paradiso.« Er blickte kurz auf. »Elsa Morante hat dort geschrieben, auf einem Felsvorsprung, der steil zum Meer abfällt. Einen Roman mit dem Titel *Arturos Insel.* Eine dunkle Geschichte. Das Ödipus-Thema.«

»Kenne ich nicht«, sagte ich. »Weder die Autorin noch das Buch.«

»Sie lebt nicht mehr. Sie war lange mit Alberto Moravia verheiratet.«

»Kenne ich auch nicht. Ich lese nicht gern.«

»Regina kannte sich da aus. Deshalb wollte sie in dieser Pension wohnen. Du weißt, sie hat Bücher verschlungen.«

Regina, die Kultivierte, Beschlagene. Die nicht nur schön war und talentiert, sondern auch klug und gebildet. Die alles las, über alles Bescheid wusste. Die gelegentlich selbst schrieb. Ihre Kurzgeschichten waren interessant. Die ebenso gut Schriftstellerin hätte werden können wie Sängerin. Oder Bildhauerin. Malerin. Die aus dem Vollen schöpfte. War es nicht beneidenswert, eine so außergewöhnliche Person gekannt zu haben?

Wieder hörte Stefan auf, das Glas zu bewegen.

»An dem Tag hatten wir beschlossen, zu Fuß nach Vivara zu gehen. Ein der Insel im Westen vorgelagertes Inselchen, durch eine Brücke mit der Hauptinsel verbunden. Ein Vogelschutzgebiet, sehr schön und ruhig. Es gibt nur Vögel dort, kaum Menschen. Vögel und wilde Kaninchen. Keinen Sandstrand, nur Felsen. Wir wollten schwimmen. Regina ist – sie war eine sehr gute und ausdauernde Schwimmerin, das weißt du ja.«

»Ich weiß.«

»Aber gerade ausgezeichnete Schwimmer ertrinken nicht selten. Sie gehen Risiken ein. Jedenfalls breiteten wir unsere

Decke auf einem Felsplateau drei Meter über dem Meer aus und zogen unsere Badesachen an. Regina meinte, sie habe Lust, quer über die Bucht zwischen Vivara und der Hauptinsel bis zu dem kleinen Felsvorsprung zu schwimmen, der das Halbrund auf der anderen Seite begrenzte, sich dort ein bisschen auszuruhen und dann wieder umzukehren. Ich versuchte sie von dieser Idee abzubringen, denn die Strecke war weit. Außerdem hatte ich gehört, dass es in der Bucht gefährliche Unterströmungen und Strudel gab.« Er schaute auf. »Wegen des vulkanischen Ursprungs der Inselgruppe«, sagte er erklärend. »Aber sie lachte nur, trat an den Felsrand, beugte sich vor und hob die Arme. Ich weiß noch, dass ich stolz war auf ihren graziösen, fehlerlosen Körper in dem knappen schwarzen Badeanzug, auf dieses Geschenk, das sie mir gemacht hatte, nur mir, und dass ich dachte, was für ein Glück es war, mit einer solchen Frau zu leben. In einem eleganten Bogen sprang sie kopfüber ins Wasser, das heftig an die Felsen schlug. Ich sah zu, wie sie sich von mir entfernte, immer kleiner wurde. Dann schwamm sie um die Felswand herum, und ich verlor sie aus den Augen.«

Er senkte den Kopf und begann lautlos zu weinen. Eine Träne hing an seiner Nasenspitze und tropfte ins Weinglas. Beinahe hätte ich dem Impuls nachgegeben, aufzustehen und ihm den Arm um die Schultern zu legen. Mit ihm um Regina zu weinen. Aber ich hielt mich zurück. Nach einer Weile richtete er sich wieder auf.

»Es war das letzte Mal, dass ich sie sah. Bis heute weiß ich nicht genau, was passiert ist.«

»Was hast du unternommen?«

»Zunächst gar nichts«, sagte er. »Ich habe stundenlang auf ihre Rückkehr gewartet. Am späten Nachmittag ging ich den langen Weg um die Bucht herum, bis hinaus zu dem Felsvorsprung am anderen Ende, zu dem sie hatte schwimmen wollen. Nirgends eine Spur von ihr. Dann kehrte ich zurück zur Pension, aber auch dort war sie nicht. Ich suchte im Ort nach ihr, in dem Restaurant, in dem wir manchmal aßen, in der Eisdiele, den kleinen Boutiquen, ging zum Hafen hinunter, zu den Fährschiffen, den Schnellbooten, die zwischen Neapel und Procida verkehren, und hinaus auf die Mole. Nichts. Schließlich beschloss ich, Ruhe zu bewahren und die Nacht abzuwarten. Sicher würde sie in den nächsten Stunden auftauchen, sicher gab es eine einfache Erklärung für ihre Abwesenheit. Aber das ungute Gefühl, das mich in dem Augenblick überkommen hatte, als sie hinter den Felsen verschwunden war, ließ sich nicht verscheuchen.«

Stefan seufzte, stützte die Ellbogen auf den Knien auf und nahm den Kopf zwischen die Hände.

»Es wurde die längste Nacht meines Lebens. Als Regina am Morgen noch immer nicht zurück war, meldete ich sie bei der lokalen Polizei als vermisst.«

»Und dann?«

»Die Wasserpolizei hat wegen der Strömungen und Wasserwirbel in der Bucht sofort einen Unfall vermutet und das Meer bis weit hinaus und in große Tiefe durchsucht. Mit Booten und Tauchern. Sogar ein Hubschrauber wurde eingesetzt. Und Hunde, die das Ufer der Bucht abliefen und Reginas Geruch aufspüren sollten.«

Er hielt inne und schaute mich mit großen Augen an. Ein hilfloser, kummervoller Blick.

»Und das Schlimmste, Sissi – das Schlimmste war, dass sie auch mich verhört haben. Sie trieben einen Dolmetscher auf und vernahmen mich lange, stellten mir alle möglichen Fragen. Ob unsere Ehe intakt war, solche Sachen. Ich war verdächtig, verstehst du. Der Ehemann ist immer verdächtig.«

Plötzlich verzog er das Gesicht und begann zu schluchzen.

»Kannst du dir das vorstellen? Ob unsere Ehe intakt war! Intakt! Du weißt, wie unsere Ehe war, Sissi, du weißt, wie glücklich wir waren. Von Anfang an. Wir haben einander rückhaltlos vertraut. Das weißt du doch, Sissi! Es gab keine Eifersucht in unserer Beziehung. Wir waren einander treu. Du weißt es genau, Sissi, nicht wahr? Es war die beste Ehe, die ich kenne. Die allerbeste!«

Seine Schultern hoben und senkten sich. Der Ausbruch beunruhigte mich, ich reagierte innerlich abwehrend, fühlte mich getrennt von Stefan, unbeteiligt, obwohl ich selbst den Verlust meiner besten Freundin lange nicht hatte hinnehmen können, obwohl kein Tag verging, an dem sie mir nicht einfiel, an dem ihr Gesicht nicht vor mir auftauchte, ihre Stimme sich nicht in meinem Kopf vernehmen ließ.

»Die allerbeste«, wiederholte ich, »natürlich.« Ich stand auf und ging zu Stefan hin, in einem halbherzigen Versuch, ihm Trost zu bieten. Er zog mich zu sich hinunter, und ich kniete mich neben den Lehnsessel auf die alten Dielen. Als ich zu ihm hochblickte, in die Augen voller Tränen, begann auch ich zu weinen. Es entsprang keinem Mitgefühl, es war einfach ansteckend.

»Wir haben sie beide geliebt, jeder auf seine Weise«, sagte ich und streichelte seine Wange, im selben Augenblick peinlich berührt von der Abgedroschenheit des Satzes und meiner Geste. Die Situation erschien mir befremdlich, so, als stünde ich neben der Szene. Wie eine Dritte. Wie Regina zum Beispiel.

Er nahm mein Gesicht in die Hände und küsste mich. Ich hatte ein Empfinden, als fülle seine Zunge meine Mundhöhle vollkommen aus. Mein Körper reagierte augenblicklich auf die Stimulation.

Ich wachte auf, weil die Sonne in mein Gesicht schien. Mir war nicht gleich klar, wo ich mich befand. Links und rechts schräge Holzwände, dunkle Dachsparren, spitz nach oben zulaufend. Ich hob den Kopf. Ein großer länglicher Raum, in dem es nach altem Holz roch. Das Licht fiel durch ein Fenster über dem Bett, in dem ich lag. Ich hatte nichts an. Neben mir ein zerknülltes hellgraues Kopfkissen, auf der Marmorplatte eines Nachtkästchens ein halbvolles Glas Rotwein, ein Digitalwecker. Zehn nach zehn. Ein schwarzer Scherenschnitt in einem Rahmen. Ein vertrautes Profil. Regina. Ich setzte mich auf und stieß dabei mit dem Kopf gegen einen Balken. Ich lag in Stefans Bett, dem vormaligen Ehebett des vormaligen ehelichen Schlafzimmers im ausgebauten Dachboden des Winzerhauses. Abends zuvor hatte ich den Raum kaum wahrgenommen, wir hatten viel getrunken und waren im Dunkeln die Treppe hinaufgestiegen. Stefan hatte mich vor sich hergeschoben, seine Hände auf meinen Hüften.

Ich stieg aus dem Bett und griff nach einem Kleidungsstück, das davor auf dem Boden lag. Ein hellblaues Männerhemd. Ich streifte es über, knöpfte es zu, schwankend. Mir war schwindlig und leicht übel, und ich hatte das vage Gefühl, einen Verrat begangen zu haben. Weshalb? Regina war seit zwei Jahren abgängig und höchstwahrscheinlich tot.

Stefan war weder in der Küche noch im großen Zimmer im Erdgeschoß. Während ich barfuß über die Steinplatten im Flur ging, läutete das Mobiltelefon in meiner Handtasche, die auf dem Garderobenständer hing. Ich nahm den Anruf entgegen und lehnte mich an den Rahmen der offenen Eingangstür. Der alte Freund stand gebückt unter dem Ahorn, sammelte Zweige und kleine Äste auf, die der Sturm in der Nacht vom Baum gebrochen hatte, und legte sie auf andere Äste und

Zweige, die er zu einem kleinen Stoß aufschichtete. Er bemerkte mich nicht gleich.

»Guten Morgen«, sagte Emma. »Ich habe schon einmal angerufen. Wie hast du geschlafen?«

»Ausgezeichnet«, sagte ich und musste gähnen.

»Es ist lächerlich, aber in der Nacht habe ich mir Sorgen um dich gemacht. Die Mühle liegt so einsam. Und dieser Verrückte mit dem umgedrehten Kreuz, ganz in deiner Nähe ...«

Ich dachte an den von innen erleuchteten Kürbis auf dem Hackstock.

»Es ist alles in Ordnung«, sagte ich. »Florian ist völlig harmlos.«

»Wo bist du jetzt?«, fragte Emma.

»Na, in der Mühle natürlich. Ich koche gerade Kaffee.«

Stefan richtete sich auf und dehnte und streckte sich.

»Dann bin ich beruhigt«, sagte Emma. »Ich muss los, ich arbeite heute. Bis morgen Abend.«

Nun hatte er mich gesehen. Ich lächelte und winkte ihm zu. Die Mühelosigkeit, mit der ich gelogen hatte, hob meine Stimmung.

»Ja, bis morgen«, sagte ich. »Ich freue mich auf dich.« Dann beendete ich das Gespräch.

»Ausgeruht, Prinzessin?«, rief Stefan mir zu.

Ich trat in die Wiese vor dem Haus und ging ihm entgegen. Das Gras war angenehm kühl und nass. In diesem Augenblick fuhr ein Auto auf der Straße vorüber, und die Fahrerin hupte ein paarmal und streckte den Kopf aus dem Fenster. Es war die Frau, die Emma und mir den Weg zum Winzerhaus gewiesen hatte, die grauhaarige Frau mit den Nike-Laufschuhen und dem scharfen Blick.

»Schönen guten Morgen, Herr Doktor König!«, rief sie im

Vorbeifahren. »Ein solcher Sturm! Er hat meinen Gartenzaun umgerissen, stellen Sie sich das vor! Eine Katastrophe!«

Am frühen Abend fuhr ich zurück nach Wien. Vorher stattete ich meinen Großeltern noch einen kurzen Besuch ab. Als ich in die Stube trat, blickten mir sechs Augenpaare entgegen. Das siebente, das des Großvaters, und das achte, das des hölzernen Christus an dem kleinen, mit einem vertrockneten Palmkätzchenstrauß geschmückten Kreuz im sogenannten Herrgottswinkel in der Ecke, konnte man nicht mitzählen, denn diese vier Augen waren geschlossen. Außer meinen Großeltern saßen noch Onkel Rudolf und Onkel Hannes mit ihren Ehefrauen sowie Hochwürden Wojcik um den Tisch, in dessen Zentrum eine Zweiliterflasche ohne Etikett stand, zu einem Drittel mit einer durchsichtigen Flüssigkeit gefüllt. Hausbrand, sechzigprozentig. Alle hatten Schnapsgläser vor sich stehen und gerötete Wangen, die Männer, einschließlich des Pfarrers, zusätzlich einen glasigen Blick.

Meine Großmutter stand auf und rückte ihre leicht verrutschte blonde Perücke mit einem energischen Handgriff zurecht.

»Man hat dich gesehen«, sagte sie.

Ich schaute von einem zum anderen. Die Augenpaare blickten anklagend.

»Hast du uns nichts zu sagen?«, fragte Tante Beate.

»Ich wüsste nicht –«, setzte ich an.

»Man hat dich gesehen, Sissi«, wiederholte meine Großmutter, die Hexe, um etliche Dezibel lauter. »Bei unserem Doktor König. Auf seiner Wiese. Barfuß und im Nachthemd.«

»Am Tag des Herrn«, sagte Hochwürden Wojcik und griff sich mit der schlecht vernarbten knochigen Rechten müde an die Stelle, unter der sich sein infarktgeschwächtes Herz befinden musste. »Zweiter Sonntag vor Michaelis. So kurz vor dem Erntedankfest.« Seine Haare waren noch nicht ganz nachgewachsen, grauer Flaum bedeckte seinen Kopf, was ihn wie ein Raubvogeljunges aussehen ließ. Er war schlechter rasiert und gelber im Gesicht denn je.

»Die Dirnböck ist zufällig am Haus vorbeigekommen und hat uns alles berichtet«, sagte Onkel Hannes und blinzelte. »Wahrheitsgemäß. Eine achtbare Witwe, die Dirnböck.«

»Und ein vertrauenswürdiges Mitglied unserer Gemeinde«, fügte Hochwürden Wojcik hinzu. »Ihr obliegt seit Jahren die Instandhaltung der pfarreigenen Bildstöcke, eine Aufgabe, die sie in vorbildlicher Weise erfüllt. Ehrenamtlich.« Der Alkoholgenuss verstärkte zwar seinen polnischen Akzent, schien aber seine sonstige Kompetenz in der Fremdsprache eher zu verbessern.

»Würdest du uns freundlicherweise mitteilen, was genau du in diesem peinlich kurzen Nachthemd bei unserem Doktor König zu suchen hattest?«, fragte Tante Dagmar. Sie sprach langsam.

»Ich –«, begann ich.

»Ich bitte dich, Dagmar, was sie gesucht und offenbar auch gefunden hat, ist doch sonnenklar«, unterbrach mich Tante Beate in leicht gereiztem Ton. »Der Gesichtsausdruck sagt alles.«

»Es muss die Großstadt sein, die das Kind derartig verändert hat«, vermutete Onkel Hannes. »Wien ist für seine losen Sitten bekannt. Ein gefährlicher Boden für rechtschaffene Menschen aus der Provinz.« Er schüttelte langsam den Kopf. »Sie hätte bei uns bleiben sollen.«

Mein Großvater ließ seinen runden Schädel weit nach hinten sinken und schnarchte kurz auf.

»Er schläft schon wieder«, sagte meine Großmutter. »Er schläft andauernd. Es ist ein Jammer.«

»Ich kenne Stefan seit Jahrzehnten, das wisst ihr doch«, sagte ich. »Wir waren sehr gut befreundet, Regina, er und ich.«

»Eben«, sagte meine Großmutter. »Eine innige Kameradschaft zwischen drei jungen Leuten. So etwas hält man in Ehren.«

Der Großvater wachte auf und begann fröhlich zu singen: *Schwarzbraun ist die Haselnuss, / Schwarzbraun bin auch ich, ja ich …*

Die Großmutter unterbrach ihn barsch.

»Halt den Mund, Ägyd! Schlaf weiter!«

Er sackte in sich zusammen. Sie wandte sich wieder an mich.

»Wo war ich?«, sagte sie. »Ach ja. Unschuldig und innig. Eine solche Freundschaft behält man in teurer Erinnerung, noch dazu, wo sich doch später diese furchtbaren Ereignisse abgespielt haben. Du hast Reginas Andenken beschmutzt, traurig, aber wahr. Alles hat seine Grenzen, Sissi. Aber Grenzen hast du nie respektiert, schon gar nicht die des Anstands. In diesem Punkt bist du deiner Mutter ähnlich, das muss gesagt werden.«

»Genau«, warf Onkel Rudolf ein und rülpste, »es ist das schlechte südamerikanische Blut. Das Mädchen ist nur zum Teil verantwortlich.«

»Aus der Art geschlagen, so ist es und nicht anders«, sagte meine Großmutter-Hexe und skandierte die Wörter »Art«, »ist« und »anders« durch Schläge mit der flachen Hand auf die Tischplatte.

»Exakt«, sagte Onkel Rudolf und zog seinen Kopf eingeschüchtert zurück. »Aus der Art geschlagen.«

»Und meiner Carmen blieb der Weg in diese Welt verwehrt. Das ist schmerzlich«, sagte Tante Dagmar. Ihre Aussprache war undeutlich.

»Aber ich habe doch –«, hob ich an.

»Schmerzlich und ungerecht«, nuschelte die Tante weiter. »Umgarnt diesen reizenden Menschen und hält ihn ab von seiner aufopfernden Tätigkeit.« Sie stand schwankend auf und erhob den rechten Zeigefinger. »Zweiter Brief des Johannes: Denn viele Verführer sind in die Welt ausgegangen …«

»Sei still, Dagmar, du bist ja betrunken«, sagte meine Großmutter.

»Betrunken …«, murmelte der Großvater, griff nach der Flasche in der Mitte des Tisches und schenkte sich mit unsicherer Hand nach. Der Hausbrand floss über. Er näherte das Schnapsglas vorsichtig seinem Mund und leerte es in einem Zug.

Auf der Rückfahrt nach Wien schob ich eine CD von Regina in den Player, die ich heimlich aus Stefans Regal genommen hatte, die Dowland-Lieder, die sie in London mit einem bekannten englischen Lautenisten aufgenommen hatte. Ich mochte sie besonders, der elegische, melancholische Ton dieser Musik aus der Elisabethanischen Zeit ließ ihre Stimme eine ganz spezielle Färbung annehmen, ließ Schmerz, Enttäuschung, Verzweiflung anklingen, Gefühle, die die beschwingte, lebensfrohe Regina, jemand, der die Menschen mühelos für sich einnahm, nicht zu kennen schien.

I sit, I sigh, I weep, I faint, I die / In deadly pain and endless misery, sang meine einstige Freundin, und mit einem Mal sah ich sie deutlich vor mir. Sie blickte mich durch die Windschutzscheibe an, ihre Miene war ernst, fast düster, und ich erschrak und schaute kurz zur Seite. Die Sonne stand tief, und in einer Wiese, auf die Bäume ihre langen Schatten warfen, schleuderte ein Mädchen in einem langen weißen Kleid in diesem Moment einen Strohhut mit einem blauen Band in die

Höhe. Der Hut segelte in weitem Bogen durch die Luft und blieb an einem Ast hängen.

Der Lenker des Wagens, der mich gerade überholte, hupte und tippte sich an die Stirn. Ich war auf der Fahrbahn zu weit nach links geraten. Rasch korrigierte ich den Kurs und richtete den Blick wieder nach vorn. Reginas Gesicht war nicht mehr da.

»Cold love is like to words written on sand / Or to bubbles which on the water swim.«

Diese Stimme. Hatte ich mir in der vergangenen Nacht etwas genommen, was mir nicht zustand? Hatte ich tatsächlich eine Grenze überschritten, wie es mir das Familientribunal vorgeworfen hatte? Den ganzen Tag schon hatte ich das Gefühl, mir etwas angemaßt zu haben. Als hätte ich mit einem Geliebten im Ehebett der Eltern geschlafen.

Ich war längere Zeit mit keinem Mann zusammen gewesen, bevorzugte seit einigen Jahren Frauen. Ich fand sie körperlich ansprechender, sie waren feingliedrig, ihre Gesten sanft, die Bewegungen geschmeidig, ihre Haut zart und glatt: Wenn ich eine Frau umarmte, begegnete ich mir selbst. Das erstaunte und entzückte mich jedes Mal von neuem.

Und nun Stefan. Meine Erinnerung an seinen Körper, an unsere Berührungen in der Finsternis war nicht sehr klar, da ich betrunken gewesen war. Mein Verlangen, durch den Alkohol verstärkt, war heftig gewesen, so viel wusste ich, auch, dass mich der männliche Körper anfangs etwas irritiert hatte, die Kraft und Schwere, die ich nicht mehr gewohnt war, der Geruch, die Behaarung. Der Wind hatte ums Haus gejammert und die Balken und Sparren zum Knacken, zum Seufzen gebracht. Stefan hatte ständig leise vor sich hin gesprochen, Worte gemurmelt, die für mich unverständlich waren bis auf meinen und Reginas Namen. Und damit, dass er ihren Namen nannte, beschwor er ihre Anwesenheit. Irgendwann schliefen wir zu dritt miteinander, draußen der Sturm. Reginas Fingerkuppen glitten gleichzeitig über meine Hüften und Stefans Bauch, ihre schwarzen Haare legten sich zugleich auf meine Brust und auf Stefans Gesicht, ihr Mund biss leicht in meinen Hals und dann in sein Ohr. Es war das Phantom Regina, das die Verbindung zwischen uns beiden herstellte, unsere Lust gestattete und steigerte.

Warum empfand ich mein Verhalten dann als unzulässig?

Alas, I am condemned ever / No hope, no help there does remain / But down, down, down, down I fall / And arise I never shall, sang Regina.

Ich sah sie, das Gesicht verhüllt von den langen Haaren, die ihren Kopf umschlangen wie die Arme eines Polypen, langsam in die Tiefe sinken, von der hellen, durchsichtigen Wasseroberfläche hinunter in dunklere Gewässer, bis in undurchdringliche Schwärze.

Then all must as they may / In darkness learn to dwell.

Wie versprochen, hatte ich Stefan am Vormittag noch beim Pressen der Trauben geholfen. Er war freundlich und zuvorkommend, erwähnte aber unsere gemeinsame Nacht mit keinem Wort und wirkte abwesend, wenn er mir ab und zu leicht und flüchtig über die Wangen, die Schultern, den Kopf strich und den Blick dabei nicht direkt auf mich richtete, sondern über mich hinaus in unbestimmte Distanz. Die Korbpresse stand im Keller, gemeinsam schöpften wir die zerstampften Trauben aus den Bottichen und schütteten die Masse in die Öffnung.

»Jetzt lasse ich den Most vierundzwanzig Stunden ruhen«, erklärte er und strich sich mit dem Unterarm über die Stirn. »Zucker und Hefe müssen auch noch zugesetzt werden. Dann kann der Saft gären. Der Keller ist der ideale Ort dafür.«

Nach dem Pressen füllten wir den klaren, von Schalen, Samen und Stielen befreiten Traubensaft sofort in große Glasballons.

»In der Nacht hast du ein paarmal Reginas Namen genannt«, sagte ich.

Stefan legte den Trichter, durch den er die Flüssigkeit in die Glasbehälter geschüttet hatte, beiseite, trat auf mich zu, nahm meine Hände in seine, schob mich zur Kellerwand hin, hob meine Arme hoch, presste meine Handrücken gegen die kalten Ziegel, drückte sich an mich, ließ seine Stirn auf meine Schulter sinken und verharrte eine Weile wortlos in dieser Stellung. Dann zog er den Kopf ein wenig zurück.

»Tatsächlich?«, sagte er. »Ach, Prinzessin, ich kann mich nicht erinnern. Ich kann mich nur an wenig erinnern.« Er legte den Kopf schief und lächelte mich an. »Regina und ich hatten eine leidenschaftliche Beziehung. Es war die Erfüllung, Sissi. Unsere Sexualität hat sich nie abgenutzt, nie verbraucht, im Gegenteil. Sie war bis zum Ende ungemein befriedigend.«

Da war es. Deshalb hatte ich das Gefühl, mich auf verbotenem Terrain zu bewegen. Stefan gehörte Regina. Man hatte ihre Leiche nie gefunden. Die Bindung zwischen ihnen war unauflöslich. Was wollte ich? Hatte ich mich mit der schönen, unwiderstehlichen Freundin messen wollen? Ich würde mich zurückziehen. Sofort.

»Lass mich los«, sagte ich.

But o, the fury of my restless fear! / The hidden anguish of my flesh desires!, sang Regina.

Inzwischen war die Sonne untergegangen, der Himmel im Westen war nicht mehr blutrot und orange, sondern zartlila und violett. Ich fühlte mich nicht gut, normalerweise trank ich wenig Alkohol. Ich bog auf den Parkplatz vor einer Raststätte ein und stieg aus. Eine stark geschminkte Frau in einem schwarzen T-Shirt mit dem giftgrünen Aufdruck BAD GIRL kämmte sich vor dem Rückspiegel eines weißen Motorrollers die Haare. Sie lächelte mich an.

»Müde?«, fragte sie.

»Ja«, sagte ich, »ich brauche einen Kaffee.«

4

Ich zog mich nicht zurück. Noch ein Fehler.

Von meiner Großmutter hatte Emma erfahren, dass am zweiten Wochenende im Oktober, zugleich mit der Erntedankfeier, im Dorf ein großes Weinlesefest stattfand.

»Sie müssen unbedingt dabei sein, Frau Emma, unsere Erntekrone ist die schönste weit und breit. Wir Frauen aus dem Dorf binden sie selbst, aus Getreidegarben, Weintrauben, Äpfeln und Maiskolben. Eine Augenweide, Sie werden sehen, ich verspreche Ihnen nicht zu viel! Das Brauchtum muss gepflegt werden, sage ich immer, eine Missachtung des Brauchtums wäre der Anfang vom Ende. Wir Dorffrauen sind sehr stolz auf unsere Erntekronen, sie sind schon mehrmals vom Tourismusverband und von der Diözese ausgezeichnet worden. Sage ich die Wahrheit oder nicht, Sissi?«

Mir war wenig an solchen Festlichkeiten, wie an der Brauchtumspflege überhaupt, gelegen, aber Emma war von der Aussicht auf zwei ländliche Herbstfeste an einem Tag und am selben Ort angetan, außerdem litt ich seit Jahren unter Agoraphobie, und meine Therapeutin für katathymes Bilderleben drängte mich ständig, mich meiner Furcht vor Menschenansammlungen und öffentlichen Plätzen zu stellen, es sei die einzige Möglichkeit, sie zu überwinden. Also gab ich nach, wenn ich es auch ablehnte, dem Erntedankgottesdienst beizuwohnen.

»Da sehen Sie es, Frau Emma, das Kind ist die Gottlosigkeit in Person«, war der Kommentar meiner Großmutter zu dieser Weigerung. »Ein Wunder, dass sie sich dazu herabgelassen hat, unsere schöne alte Kirche zu betreten, als ihr Vater bestattet wurde. Eine Heidin, traurig, aber wahr. Ohne Zweifel sind es die Gene.

Sissis Mutter hat uns erzählt, dass ihre brasilianische Großmutter als Geisterbeschwörerin weit über die Grenzen von Pernambuco hinaus bekannt war, stellen Sie sich das vor! Voodoo-Priesterin, so nennt man das dort, eine unappetitliche Sache. Sie benützen tote Hühner für ihr Hexenwerk, man glaubt es nicht. Anstatt sie zu essen.«

Wir fuhren also hin, diesmal in Emmas uraltem Käfer. Da sie die feierliche Prozession am Vormittag auf keinen Fall versäumen wollte, brachen wir sehr früh auf. Gleich nach der Ankunft im Sausal gingen wir zur Mühle, wo wir übernachten wollten. Als wir um die Ecke des kleinen Holzhauses bogen, schrie Emma auf, fuhr sich mit einer Hand an den Mund und zeigte mit der anderen auf den großen Kürbis, der noch immer auf dem Hackstock stand. Nur leuchtete er jetzt nicht mehr von innen und war von der Axt, die das letzte Mal gefehlt hatte und die nun in dem Kopf mit den fratzenhaften Zügen steckte, in zwei Teile gespalten.

»Das muss dieser Geistesgestörte gewesen sein. Florian«, flüsterte sie. »Wer sonst?« Ihre Finger zitterten.

Ich legte ihr den Arm um die Schultern und versuchte ruhig zu bleiben, obwohl ich selbst erschrocken war.

»Es ist ein Zeichen«, sagte sie und blickte mich verstört an. »Er bedroht uns, Sissi!«

»Ach, hör auf! Jemand hat sich einen Scherz erlaubt, das ist alles. Du kennst das Land nicht, die Leute hier haben einen sonderbaren Sinn für Humor. Wir sind zwei Frauen aus der Großstadt, wir fallen auf, man kann uns nicht einordnen.«

»Nein«, sagte Emma und löste sich von mir, »nein. Hier bleibe ich keine Sekunde länger. Ich fahre sofort nach Wien zurück.«

Sie wandte sich zum Gehen. Ich griff nach ihrer Hand und zog sie zurück.

»Beruhige dich, Emma. Du hast dich so auf das Fest gefreut. Wir sind doch gerade erst angekommen. Nur deinetwegen sind wir überhaupt hier.«

Sie starrte auf den Kürbis.

»Irgendetwas stimmt hier nicht«, murmelte sie. »Irgendetwas stimmt hier überhaupt nicht ...«

Ich nahm sie in den Arm. Schließlich konnte ich sie überreden zu bleiben.

»Aber ich fahre heute noch zurück«, sagte sie. »Heute Abend.«

Wir sahen uns die Prozession, die träge in Richtung Kirche kroch, vom Straßenrand aus an. Jugendliche in langen weißen Gewändern mit Kapuzen, ähnlich der Aufmachung des Ku-Klux-Klans, gingen voran, dann folgte die in ihren überdimensionalen Ausmaßen leicht monströse Erntekrone, getragen von vier kräftig aussehenden Halbwüchsigen mit gesunder Gesichtsfarbe, darauf die Männer des Dorfes in ihren grauen Lodenanzügen, die Schärpen in den Landesfarben Grün und Weiß diagonal darüber drapiert, und die Frauen in bodenlangen, schillernden Festtagstrachten aus Satin und Brokat und Samt, in den Händen Sträuße aus getrockneten Blumen und Früchten. Zu meiner Überraschung war auch Stefan darunter, ebenfalls in Landestracht. Als er mich sah, hob er die Hand und winkte mir zu.

»Schau, dein Freund im Steireranzug. Ganz schön angepasst«, sagte Emma.

»Grüß Gott, Herr Doktor, grüß Gott, grüß Gott!«, rief die neben ihr stehende Frau mittleren Alters mit einem aschblonden Haarknoten im Nacken und einem graubraunen Kostüm mit Faltenrock, die glaubte, der Gruß gelte ihr, und winkte enthusiastisch zurück. »Ein herzensguter Mensch«, sagte sie dann, zu uns gewandt, »er hat meinem Neffen das Leben gerettet. Im Krankenhaus in Graz hatten sie ihn schon aufgegeben.« Sie senkte die Stimme. »Eine Blutkrankheit, wissen Sie. Es liegt in der Familie.«

Eine Frau mit dünnen weißen Haaren und einem Schultertuch aus dotterblumengelber Seide mit dunkelgrünen Fransen, die hinter ihr stand, nickte heftig.

»Ja, ein nobler Herr, der Herr Doktor König, da haben Sie recht. Gäbe es nur mehr solche Menschen! Ich habe gehört, dass er eine ansehnliche Summe für das Erntedankfest gespendet hat – für den Kirchenschmuck.«

Meine Verwandten marschierten vollzählig und würdevoll geradeaus blickend auf. Nur meine Großmutter, die Hexe, die noch immer ihre Doris-Day-Perücke trug, was sie nicht jünger aussehen ließ, warf mir einen wütenden Blick zu. Sie hatte bis zuletzt gehofft, ich würde an der Prozession teilnehmen. Welches Ehrenzeichen der Wehrmacht mein Großvater heute aus gegebenem Anlass trug, war aus der Entfernung nicht auszumachen. Danach kam der als Himmel bezeichnete tragbare Baldachin, unter dem sich Hochwürden Wojcik mit seinem grauen Haarflaum, tiefen Ringen unter den Augen und erschöpfter Miene in seinem in Blau und Gold gestickten Chormantel dahinschleppte, die Monstranz, die das sogenannte Allerheiligste einschloss, unter sichtlichem Kraftaufwand mit gestreckten Armen vor sich hertragend. Den Schluss bildeten die Mitglieder der Blaskapelle in weißen Hemden, ärmellosen weinroten Westen, knielangen Lederhosen, grauen Kniestrümpfen und schwarzen, mit grünen Bändern geschmückten Hüten. Die feierliche Gemessenheit der geistlichen Musikstücke, die sie zu spielen hatten, bereitete ihnen Schwierigkeiten, sie hatten Mühe, sich so langsam im Gleichschritt zu bewegen.

Gegen Abend saßen wir mit meinen Verwandten und mehreren Mitgliedern der Freiwilligen Feuerwehr, die zu dieser Gelegenheit ihre braunen Uniformröcke mit den Goldknöpfen und den roten, den Dienstgrad kennzeichnenden Kragenspiegeln angelegt und ihre dazupassenden braunen Kappen aufgesetzt hatten, an einem der langen, mit weißen Tüchern bedeckten Tische auf der großen Wiese vor der Volksschule. Die meisten hatten an den Weinständen bereits reichlich verkostet und waren entsprechender Stimmung. Zwischen den Tischen liefen kleine Kinder, Katzen, Hunde und ein paar fette weizenfarbene Sulmtaler Hühner herum. Auf einem schief stehenden Küchenstuhl mitten in der Wiese saß ein hagerer Mann in Hemdsärmeln und einer schwarzen, mit bunten Blümchen bestickten Samtweste, dem eine unangezündete Zigarette an der Unterlippe hing, und spielte auf einer zinnoberroten Knopfharmonika steirische Volkslieder.

Mein Großvater, der großzügigerweise eine Flasche Sliwowitz sowie eine Flasche Tresterbrand aus eigener Produktion auf den Tisch gestellt hatte, und der ihm gegenübersitzende Feuerwehrkommandant, Hauptbrandinspektor Direktor Strohriegl, waren im Begriff, ihre Auszeichnungen miteinander zu vergleichen.

»Diese Ehrenmedaille am orangegelben Band für fünfundzwanzig Jahre eifrige und ersprießliche Tätigkeit auf dem Gebiet des Feuerwehr- und Rettungswesens hat mir der Landeshauptmann persönlich angesteckt«, sagte der Hauptbrandinspektor und zeigte auf eine unter mehreren an seine linke Brustseite gehefteten Dekorierungen.

»Sehr schön, sehr schön«, sagte mein Großvater, nahm einen Schluck von seinem Sliwowitz und klopfte sich an die Brust. »Und das hier ist das Infanterie-Sturmabzeichen. Es wurde mir für meine Bewährung im Sturmangriff von Regimentskommandant Oberst Falke – äh, Haake – Walke …« Er brach kurz ab. »Ist ja egal, der Balkanfeldzug war jedenfalls kein Honiglecken, das kann ich euch sagen. Ich habe drei Sturmangriffe überlebt, in vorderster Linie, Einbruch mit der Waffe in der Hand.« Er neigte sich zum Feuerwehrkommandanten hin, sodass dieser das Abzeichen besser betrachten konnte.

»Sturmangriff«, sagte Oberfeuerwehrmann Kienreich langsam nickend und schaute melancholisch in sein Glas schwarzroten Blauburger. »Ihr wart Helden.«

»Das daneben«, fuhr Hauptbrandinspektor Strohriegl fort und tippte auf ein sich unmittelbar neben dem Ehrenzeichen für fünfundzwanzigjährige ununterbrochene Aktivität auf dem Sektor des Brandschutzes befindliches weißes Kreuz, »also, das daneben ist das Verdienstkreuz Erster Klasse für Feuerwehrleute, die besonders gefährliche Situationen gemeistert haben. Eine Tankwagenexplosion bei Edelschuh vor sechzehn Jahren. Ich erinnere mich noch genau daran. Als wäre es gestern gewesen. Zwei Tote, bis zur Unkenntlichkeit verbrannt. Ein schönes Andenken, dieses Ehrenkreuz. Einundvierzig Millimeter hoch und breit, achtspitzig, emailliert. Sehr eindrucksvoll die roten Flammenbündel zwischen den Kreuzarmen und das steirische Landeswappen auf silbernem Grund in der Mitte.«

»Super«, sagte Probefeuerwehrmann Jauk, der gerade erst sechzehn geworden war, setzte die Flasche mit dem Tresterbrand an die Lippen, machte einen langen Schluck, stellte sie zurück und wischte sich mit dem Handrücken über den Mund. »Echt super. So ein Kreuz hätte ich auch gern.«

»Für jeden kommt die Stunde der Bewährung, in der er sich auszeichnen kann«, sagte Brandmeister Haas und legte dem Probefeuerwehrmann die Hand auf die Schulter. »Auch für dich.«

Mein Großvater, der sich nicht genügend beachtet fühlte, stand auf und erhob die Stimme: »Und das hier, das hier«, rief er und wölbte die kümmerliche Brust, »das ist das Verwundetenabzeichen in Schwarz! Zweimalige schwere Verletzung vor Saloniki, eine Kugel in der Schulter, ein Granatsplitter im Unterschenkel! Eine schöne Auszeichnung, schaut alle her! Ein Stahlhelm mit auf der Spitze stehendem Hakenkreuz. Hohlgeprägtes Eisenblech.«

»Gestatten, Oberlöschmeister Resch«, sagte ein junger Mann mit zusammengewachsenen Augenbrauen, dichtem lockigen Haar, einem buschigen Schnurrbart und langen Koteletten, den solcherlei Ehrungen offenbar weniger interessierten, zu Emma und verbeugte sich leicht schwankend vor ihr. »Darf ich Sie zu einer Portion Kastanien und einem Viertel Sturm einladen?«

»Was sagt er?«, flüsterte Emma mir zu. »Ich verstehe die Leute hier so schlecht«.

»Recht so, recht so«, sagte Feuerwehrkommandant Strohriegl, »unsere Gäste aus der Bundeshauptstadt müssen anständig bewirtet werden, nicht wahr?«

Der Oberlöschmeister hatte Emma schon an der Hand gepackt, von der Bank hochgezogen und ihren rechten Arm durch seinen abgewinkelten linken gefädelt. So eingehängt, gingen sie auf einen hochgewachsenen dünnen Mann in einer blauen Schürze mit einem für seinen Kopf zu kleinen Hut zu, der Kastanien in einer großen Pfanne mit langem Stiel über einem Feuer in einer rostigen Blechtonne rüttelte, sodass sie gleichmäßig geröstet wurden. Meine Großmutter verdrehte den Hals.

»Dort geht der Forstgehilfe mit seinem Bruder«, sagte sie, »er kümmert sich rührend um ihn. Vom Schicksal geschlagen, der arme Florian! Seit er als kleines Kind diese Gehirnhautentzündung gehabt hat, ist er nicht mehr ganz richtig im Kopf. Ich gebe zu, er ist mir ein bisschen unheimlich – die Art, wie er plötzlich neben einem steht, ohne dass man ihn hat kommen hören … Bedauernswert, aber auch ein bisschen unheimlich, muss man sagen.«

»Also, was mich betrifft, ich fürchte mich vor ihm«, bekannte die Witwe Dirnböck, die auch an unserem Tisch saß, und leerte ihr Glas Traminer. »Stellt euch vor, letzten Samstag taucht er auf einmal in meiner Küche auf! Ich walke gerade den Brotteig, und da habe ich das Gefühl, als sei jemand hinter mir. Ich drehe mich um, und da steht er und lacht mich mit aufgerissenem Mund an, ohne ein Geräusch! Ich schwöre euch, mein Herz hat kurz ausgesetzt.« Sie schwieg und musterte mit feinem Lächeln und scharfem Blick die blonde Haartracht meiner Großmutter. »Übrigens, deine neue Haarfarbe ist bezaubernd, Toni, sie macht dich um Jahre jünger. Ich sage immer, wir Frauen dürfen nicht aufgeben, auch nicht im hohen Alter.«

Meine Großmutter sah die Witwe Dirnböck argwöhnisch an, unsicher, ob sie in der Bemerkung ein Kompliment oder eine Beleidigung vermuten sollte.

»Florian. Wir müssen für ihn beten«, meinte meine Tante Beate, die nicht mehr nüchtern war, was am roten Sturm lag, der ihr heuer besonders gut schmeckte.

»Genau«, sagte meine weißhäutige Kusine Imelda und

schlug die frommen Basedow-Augen nieder. »Beten, das hilft.« Ich hatte noch nicht bemerkt, dass sie auch eine leichte Struma hatte. Sie trank Buttermilch.

»Ach was«, sagte die Witwe Dirnböck, »er gehört in eine Anstalt. Die Weber Hilde hat mir unter dem Siegel der Verschwiegenheit erzählt, dass sie vor ein paar Monaten allein im Wald spazieren ging und dass er plötzlich hinter einem Baumstamm hervorgesprungen ist und sie unsittlich berührt hat – eine Frau in meinem Alter! Man fühlt sich ja nicht mehr sicher im Dorf, solange dieser gemeingefährliche Mensch frei herumläuft. Wozu gibt es schließlich diese große Irrenanstalt in Graz? Dort wäre doch Platz für ihn.«

»Genau«, sagte Probefeuerwehrmann Jauk und rückte auf seiner Bank so lange nach links, bis er die Flasche Sliwowitz in bequemer Reichweite hatte.

Emma und Oberlöschmeister Resch kamen an den Tisch zurück und setzten sich wieder.

»Ah, hier ist sie ja, die Bekannte der Frau Doktor aus Wien«, sagte die Witwe Dirnböck und streckte Emma ihre Rechte hin. »Gestatten, Helene Dirnböck, sehr erfreut. Wie man hört und sieht, haben Sie beide Ihre Vorliebe für den Sausal entdeckt.« Sie schüttelte kräftig Emmas Hand, wandte sich zu mir und lächelte honigsüß. »Und für unseren Doktor König, nicht wahr? Am Sonntag vor drei Wochen habe ich Sie zufällig vor seinem Haus gesehen, erinnern Sie sich? Am frühen Vormittag. Wahrscheinlich mussten Sie bei ihm übernachten, weil am Abend vorher dieser starke Wind aufgekommen ist, oder?«

Emma sah mich überrascht an. »An dem Sonntag, als ich dich so gegen zehn angerufen habe?«, fragte sie.

»Sie hat sich sichtlich wohlgefühlt bei unserem Doktor König«, sagte die Witwe Dirnböck heiter. »Barfuß im Gras, und noch im Nachthemd. Ganz ungezwungen.«

Emma schaute noch überraschter. »Aber du hast doch gesagt, du wärst in der Mühle«, sagte sie. »Beim Kaffeekochen.«

»Kaffeekochen!« Onkel Rudolf schlug sich auf die Schenkel. »Kaffeekochen! Das ist gut.«

»Ich erkläre es dir bei nächster Gelegenheit«, sagte ich leise.

Emma ignorierte mich, stand auf und blickte in die Runde. »Es war mir ein Vergnügen«, sagte sie. »Aber ich muss heute noch nach Wien zurück. Gute Nacht, allerseits.« Sie sah mich böse an. »Gute Nacht, Sissi.« Sie drehte sich um und ging.

»Aber Frau Emma –«, rief meine Großmutter ihr nach.

»Aber Fräulein Emma –«, sagte Oberlöschmeister Resch enttäuscht. Doch Emma war bereits außer Sichtweite.

»Was hat sie denn?«, fragte Onkel Hannes und trank sein Glas Tresterbrand auf einen Zug aus. »Weshalb ist sie so überstürzt aufgebrochen?«

»Trink nicht so viel, Hannes«, fuhr seine Mutter ihn an. »Denk an dein Herz.«

»Sie ist eifersüchtig«, sagte ich.

»Aber weshalb denn?«, fragte Tante Beate. »Ich verstehe das nicht.«

»Wir sind zusammen, deshalb.«

»Wie, zusammen?«, fragte Onkel Hannes.

»Na ja, wir sind ein Paar.«

»Was!« Meine Großmutter setzte sich kerzengerade auf. »Eine Schamlosigkeit sondergleichen!« Sie griff nach der Flasche mit dem Sliwowitz, wobei ihr die Perücke tief in die Stirn rutschte und ein paar dünne weiße Haarsträhnchen in ihrem Nacken freilegte, schenkte sich ein Achtelglas halb voll und trank die Hälfte. »Glaube bloß nicht, dass dein Großvater und ich von solchen widernatürlichen Dingen keine Ahnung haben, im Fernsehen wird ja ununterbrochen davon geredet. Nicht wahr, Ägyd? Jetzt wollen sie auch noch heiraten!«

Mein Großvater hörte sie nicht, denn erstens saß er am anderen Ende des Tisches, zweitens hatte sein beachtlicher Alkoholkonsum seine Hörfähigkeit bereits beeinträchtigt, und drittens hatte er sich gerade mit Brandmeister Haas auf ein Streitgespräch über jugoslawische Partisanen im Zweiten Weltkrieg eingelassen.

»Er hört nichts, es ist ein Trauerspiel.« Meine Großmutter schob die Perücke wieder hoch und wandte sich erneut an mich. »Sissi, jetzt gehst du zu weit. Das verzeihe ich dir nicht, ebenso wenig, wie ich deinem Vater diese absurde Hochzeit verziehen habe, eine geradezu harmlose Entgleisung im Vergleich zu deinem schweren Fehltritt.«

»Ich verstehe es nicht«, wiederholte Tante Beate. »Was ist denn dann mit ihr und unserem Doktor König?«

»Da kennt sich doch kein Mensch mehr aus«, sagte Onkel Hannes.

»Sie wird diesbezüglich nicht so wählerisch sein.« Onkel Rudolf zog den rechten Mundwinkel amüsiert hoch, der linke hing herab. Die Gesichtslähmung, Folge des Blitzunglücks, hatte sich bedauerlicherweise kaum gebessert. »Habe ich recht, Sissi?«

»Wählerisch, was heißt hier wählerisch?«, rief meine Großmutter. »Das ist ja ekelhaft. Aber hier ist unser Herr Pfarrer, er wird Licht in dieses dubiose Dunkel bringen. Natürlich verraten wir ihm nicht, dass es sich um Sissi handelt, über einen öffentlichen Skandal käme ich nicht hinweg. – Hochwürden!«

Hochwürden Wojcik, der ganz in Gedanken dahinspazierte und dabei rosa Zuckerwatte von einem Stäbchen in seiner Linken zupfte, um sie sich anschließend in den Mund zu stecken, hob den Kopf.

»Kommen Sie, Herr Pfarrer, wir hätten gern Ihre Meinung gehört. Zu einem heiklen Thema.«

Hochwürden änderte gemächlich die Richtung und trat an den Tisch. Er wirkte ausgesprochen weltlich in seinem Anzug, nur der weiße Priesterkragen verriet seine Profession.

»Setzen Sie sich, Herr Pfarrer, setzen Sie sich«, sagte Tante Dagmar und klopfte mit der flachen Hand auf den freien Platz neben sich. »Ein herrlicher Abend, nicht wahr? Ein so gelungenes Erntedankfest! Die Kirche war wunderschön geschmückt!«

Hochwürden setzte sich mit Bedacht.

»Um gleich zur Sache zu kommen«, sagte meine Großmutter. »Was halten Sie von diesen Leuten, die – ich meine, von diesen Frauen, die nicht mit Männern – also, die mit Frauen –«

»Sie will wissen, wie Sie über Lesben denken«, half Onkel Rudolf nach.

»Aha«, sagte Hochwürden und legte die Fingerspitzen seiner Hände vorsichtig aneinander. »Aha. Verstehe. Verstehe. Also, meine bescheidene Meinung tut hier nichts zur Sache. Die Kirche hingegen nimmt in der Frage der Homosexualität, gleich ob männlich oder weiblich, eine entschiedene Haltung ein, spätestens seit dem Lehrschreiben *Persona humana* von 1975. Darin heißt es, dass homosexuelle Handlungen per se, was so viel bedeutet wie in sich, nicht in Ordnung und damit in keinem Fall zu billigen sind.«

»Nicht in Ordnung, pfff«, sagte die Witwe Dirnböck. »Das ist ja wohl milde ausgedrückt, nicht in Ordnung …«

»Um es etwas schärfer zu formulieren«, setzte Hochwürden Wojcik fort, »die Sünde der Sodomiter zählt mit Verweis auf Genesis 18, Vers 20 sowie 19, Vers 13 zu den himmelschreienden Sünden der katechetischen Tradition und ist somit als schwerwiegende Störung der sittlichen Ordnung einzustufen.«

»Sodomie«, stöhnte meine Großmutter und trank ihren Sliwowitz aus. »Auch das noch!«

»Dennoch – für die meisten der von dieser unseligen Neigung heimgesuchten Männer und Frauen stellt diese eine Prüfung dar«, führte Hochwürden weiter aus, »weshalb ihnen mit Achtung, Mitleid und Takt zu begegnen ist. Die eine heilige katholische und apostolische Kirche schließt niemanden aus. Jedoch sollten solche Menschen zu bestimmten Aufgaben nicht herangezogen werden, so da sind …«

Der Rest der Erläuterungen des Pfarrers ging in Geschrei unter, das vom anderen Tischende zu uns drang. Wir drehten uns um.

»Du elender Kommunist!«, rief mein Großvater und schwang seine kraftlose Altmännerfaust über den Tisch in Richtung Brandmeister Haas, der ihr mühelos auswich. »Jeder weiß, dass dein Vater mit den Partisanen unter einer Decke gesteckt ist. Ein Vaterlandsverräter und Überläufer, der alte Haas! Er hat den Mast der Starkstromleitung bei Neudorf in die Luft gesprengt, der Bandit! Und der ist auf die Radlbacherin gestürzt, die Mutter meiner Schwägerin. Sie war auf der Stelle tot, auf der Stelle! Der Apfel fällt nicht weit vom Stamm!«

»Du hast es nötig, andere zu beschuldigen, du alter Nazi!«, schrie Brandmeister Haas und sprang auf. »Du hast meinen Onkel Willi bei der Gestapo angezeigt, weil er den englischen Sender gehört hat, du nichtswürdiger Denunziant! Man hat ihn dann verhaftet und gefoltert, er hat die Verhöre nicht verkraftet und ist verrückt geworden!«

Feuerwehrkommandant Hauptbrandinspektor Direktor Strohriegl, der gleichfalls bereits einige Gläser Tresterbrand zu sich genommen hatte, stand auf, streckte die Rechte aus und in die Höhe und begann zu singen:

»Wo die Gemse keck von der Felswand springt / Und der Jäger kühn sein Leben waaagt / Wo die Sennerin frohe Jodler singt / Am Gebirg, das hoch in Wolken raaagt / Dieses schöne Laaand ist der Steirer Land, ist mein liebes, teures Heimatlaaand / Dieses schöne Laaand ist der Steirer –«

Hier brach er ab, die Tonlage wurde ihm zu hoch.

Hochwürden Wojcik stand auf, eilte zu den Kontrahenten und hob besänftigend die Hände: »Aber, aber, meine lieben Pfarrkinder, wer wird denn an diesem schönen und harmonischen Abend die Vergangenheit –«

»Halt den Mund, du polnischer Untermensch!«, brüllte mein Großvater und stieß den Mann Gottes in die Hühnerbrust, sodass dieser zurücktaumelte und von meiner Großmutter aufgefangen wurde, die sich inzwischen ebenfalls am unteren Tischende befand. »Misch dich nicht in unsere Angelegenheiten ein, du scheinheiliger Pfaffe, deine Meinung interessiert hier niemanden!«

»Hör sofort auf, unseren Hochwürden zu beleidigen, du impotenter Tattergreis!«, rief meine Großmutter. »Was fällt dir ein? Der Haas hat recht, ein alter Nazi bist du, so wie deine ganze Sippschaft! Weiß der Himmel, warum ich dich geheiratet habe!«

»Warum? Warum? Ich werde dir sagen, warum: weil deine Verwandten arm waren wie die Kirchenmäuse, deshalb! Slowenische Tagediebe, alle miteinander! Und ich hab mir von dir berechnendem Luder den Kopf verdrehen lassen, jung und dumm, wie ich war. Du hast es von Anfang an auf den Hof abgesehen gehabt, auf nichts anderes!«

Meiner Großmutter verschlug es die Sprache, und Oberfeuerwehrmann Kienreich, der bisher kaum etwas gesagt hatte, nützte die so entstandene kurze Unterbrechung für einen Einwurf. »Genau! Genau!«, schrie er. »Slowenisches Lumpengesindel! Die komplette Untersteiermark haben sie uns nach dem ersten Krieg gestohlen, auf unbewaffnete Deutschösterreicher haben sie in Marburg geschossen, mein Urgroßvater, ein Uhrmacher, hat dabei seinen Arm verloren und war ruiniert! Und die –«

»Halt's Maul, Kienreich!«, fuhr Brandmeister Haas dazwischen. »Das sind Lappalien gegen das, was ihr Nazis angerichtet habt. Ihr habt unschuldige Menschen vertrieben, ihnen verboten, ihre Sprache zu sprechen, ganze Dörfer habt ihr ausgerottet, ihr Verbrecher!«

Hochwürden Wojcik setzte zu einem weiteren Beschwichtigungsversuch an. »Also, ich möchte doch bitten –«

Man beachtete ihn nicht.

»Partisanenschwein!«, rief mein Großvater, beugte sich vor und riss Brandmeister Haas erbost einen glänzenden goldenen Knopf von seiner Uniform. »Und was hat Tito nach Kriegsende gemacht? Wir Deutsche wurden enteignet, inhaftiert, ermordet, eine beispiellose Brutalität! Mein bester Freund, der Joschi, ist jahrelang unschuldig im Gefängnis gesessen!«

»Unschuldig, dass ich nicht lache!«, schrie Brandmeister Haas. »Er hat einen slowenischen Partisan mit dem Gewehrkolben erschlagen, so ist es gewesen, so und nicht anders. Ein feiger Mörder, dein bester Freund!«

»Was sagst du da?!«

Mein Großvater ging heftig wankend um den Tisch herum und stürzte sich auf Brandmeister Haas, der ihn packte, hochhob, vor sich auf den Boden stellte und ihm einen Faustschlag ins Gesicht versetzte. Der Großvater griff sich an die Nase, fiel um und blieb liegen. Meine Großmutter warf sich auf ihn.

»Um Himmels willen, Ägyd, Ägyd, sag doch was! Heilige Maria, Mutter Gottes, er hat ihn umgebracht, der Haas hat meinen Mann erschlagen!«

Da machte der Großvater die Augen auf. »Hör auf mit dem Theater, Toni, gib mir einen Schnaps!«

Inzwischen war es weit nach Mitternacht, die meisten hatten die Festwiese verlassen, die schon lange im Dunkeln lag. An unserem Ende des Tisches saßen nur noch, mir gegenüber aufgereiht, meine mittlerweile stark alkoholisierte Tante Dagmar, der immer noch muntere Onkel Rudolf und die stocknüchterne Witwe Dirnböck mit dem scharfen Blick. Jemand setzte sich neben mich. Eine Hand legte sich leicht auf meinen rechten Oberschenkel.

»Du hast aber ganz schön lange ausgehalten, Prinzessin«, sagte Stefan.

Ich hatte mich an diesem Nachmittag und Abend gelegentlich nach ihm umgesehen, ihn aber nirgends entdeckt.

»Ach, der Doktor – der Doktor – wie heißt er schon –«, lallte meine Tante Dagmar und streckte eine schlaffe Hand aus. »Was ist jetzt eigentlich mit Ihnen – mit Ihnen und –« Die Hand pendelte langsam zwischen mir und Stefan hin und her.

Stefan zog mich hoch. »Gehen wir?«, fragte er.

»Aber Herr Doktor, bleiben Sie doch ein bisschen«, sagte die Witwe Dirnböck mit einem gewinnenden Lächeln. »Es ist uns eine Ehre, noch dazu, wo Sie die Pfarre mit einer so reichlichen Spende bedacht haben. Eine solche Großzügigkeit! Wirklich, eine solche Ehre!«

»Die wollen nicht bleiben«, sagte Onkel Rudolf, »die wollen ganz woanders hin.« Er lachte laut und trank seinen Schnaps aus. Ein Teil der Flüssigkeit lief aus seinem linken Mundwinkel. Die partielle Gesichtslähmung. Er konnte es nicht verhindern.

Abermals landete ich im Ehebett des Ehepaares König – denn genau genommen waren Regina und Stefan das noch. Es sollte nicht das letzte Mal sein, und ich wusste es. Diesmal intervenierte das Phantom Regina kaum. Was wir in dem harten, breiten Bett taten, gefiel mir, und ich hatte den Eindruck, dass es auch Stefan Spaß machte. Wie von selbst bewegten sich unsere Körper so, dass ich ein Optimum an Genuss empfand, wie von selbst fielen sie in einen angenehmen, langsamen Rhythmus, der Befriedigung für beide garantierte. Deshalb war ich überrascht, als Stefan mich plötzlich umdrehte, heftig von hinten in mich eindrang und irgendetwas wie »Schlampe« hervorkeuchte. Ich war mir nicht sicher, ob ich richtig verstanden hatte, und der Moment war schnell vorüber, denn Stefan kam fast im selben Augenblick und fiel seufzend auf mich. Lange lagen wir so da, bis ich ihn abwälzte, weil er mir zu schwer wurde.

Ich ging ins Badezimmer. Als ich zurückkam, schien er schon zu schlafen. Ich legte mich zu ihm ins Bett, und er murmelte, wie im Traum: »Hure, du Hure ...«, legte seinen Kopf an meine Schulter, seinen Arm um meine Taille und seinen Oberschenkel über meine Beine. Auch diesmal war ich mir ungewiss, ob ich recht gehört hatte.

Am Morgen weckte mich das Geräusch des Regens. Ich öffnete die Augen und sah, wie die Tropfen auf das Fenster in der Dachschräge trafen und daran herabliefen. Wieder war Stefan vor mir aufgestanden, ich konnte hören, wie er sich unten in der Küche zu schaffen machte. Rasch schlüpfte ich in Reginas weinroten Hausmantel, ging die Treppe hinab und betrat die Stube. Kaffeegeruch durchzog das Haus. Der Tisch war mit Besteck, Tassen und Tellern aus dicker grünweißer Keramik und mit Servietten aus Leinen für das Frühstück gedeckt.

Ich ging zu dem Stutzflügel, der eine Ecke des großen Raumes ausfüllte.

Über den Tasten war ein kleines Schild mit der Aufschrift Gebrüder Stingl angebracht. Ich griff nach dem Notenheft auf dem Ständer. Hugo Wolf, »Sechs Lieder für Frauenstimmen«. Ich blätterte darin. »Die Spinnerin«.

O süße Mutter / Ich kann nicht spinnen / Ich kann nicht sitzen / Im Stüblein innen / Im engen Haus / Es stockt das Rädchen / Es reißt das Fädchen / O süße Mutter / Ich muss hinaus.

Ich drückte eine Taste nieder. Der Klang war nicht angenehm.

»Kennst du den Flügel noch? Aus der Wohnung in der Liechtensteinstraße?«

Stefan war mit einem Tablett ins Zimmer getreten, stellte es auf den Tisch, kam auf mich zu und küsste mich auf den Nacken.

»Ich weiß nicht mehr genau.«

»Deine Haare«, sagte er dann und lachte. »So kurz und fein. Ich muss mich erst daran gewöhnen. Regina hatte dieses –«

»Ja, ja«, sagte ich, »sie hatte dieses unglaublich dichte, lange schwarze Haar. Wunderschön. Wunderschön. Wun-derschön!«

»Was hast du denn?«

»Nichts.« Ich schlug eine andere Seite im Notenheft auf. »*Und eine Träne quillet / Hervor so heimlich still*«, las ich. »Morgentau. Aus einem alten Liederbuch.«

»Regina hing an diesem Flügel.« Er strich über den aufgeklappten Deckel. »Nussbaumholz. Das Klavier ist alt, 1915, glaube ich, es klingt nicht mehr gut. Die Wiener Mechanik ist etwas problematisch.« Er nahm mir das Notenheft aus der Hand. »Ach, die Hugo-Wolf-Lieder. Ich habe es nicht fertiggebracht, die Noten nach ihrem – ihrem Tod wegzuräumen.

Sie liegen seit zwei Jahren hier.« Er stellte das Heft zurück, und wir setzten uns auf die Eckbank.

»Der Kaffee duftet herrlich«, sagte ich und schenkte uns beiden ein. Auf dem Tisch stand eine Vase aus undurchsichtigem türkisen Glas mit frischen weißen, gelben und violetten Dahlien darin.

»Hübsch, die Blumen«, sagte ich und strich über die festen und nassen kugeligen Köpfe. »Du warst schon draußen?«

»Ja – hast du das Beet hinter dem Haus gesehen? Regina hat –«

Die Tasse glitt mir halb aus der Hand, und der heiße Kaffee ergoss sich über Stefans Oberschenkel. Er stieß einen Schrei aus, sprang auf und lief aus dem Zimmer.

»Entschuldige, bitte!«, rief ich ihm nach. »Es tut mir ja so leid!«

Ich war bestürzt, verstand nicht, wie ich so ungeschickt hatte sein können. Nicht ganz jedenfalls.

Ich kannte die Vase. Vor Jahren hatten Regina und ich sie auf dem Flohmarkt in Wien gefunden, und ich hatte sie ihr zum Geschenk gemacht. Ich entsann mich noch gut. Ein greller, frischer Frühlingsmorgen. Wir hatten in den Kleiderbergen der Verkäufer aus dem Osten gewühlt, uns die alten Röcke und Blusen an den Körper gehalten und die schmutzigen handgestrickten Wollschals um den Hals geschlungen, die speckigen Hüte aufgesetzt und dabei Grimassen geschnitten, waren in die viel zu weiten Jacken mit den dicken Schulterpolstern und in die viel zu großen und langen, steifen und rissigen Ledermäntel geschlüpft. Regina war ausgelassener Stimmung gewesen, hatte gestrahlt, mit den Verkäufern gescherzt und alle Blicke auf sich gezogen. Mich beachtete niemand. Wie üblich.

Gab es denn gar nichts, was in diesem Haus nicht an sie

erinnerte? Und daran, wie unbedeutend und farblos ich im Vergleich zu ihr war? Nichts, worüber man sich unterhalten konnte, ohne sie zu erwähnen oder zumindest an sie zu denken? War ich im Begriff, eine ménage à trois mit einem alten Freund und einem Gespenst einzugehen?

Stefan kam zurück. Er trug andere Jeans und wirkte gefasst.

»Ist alles okay?«, fragte ich. »Es tut mir wirklich leid.«

»Ja«, sagte er, »ich habe kalt geduscht, der Schmerz war gleich vorbei.« Er lächelte. »Wolltest du mich kastrieren, Prinzessin?«

Ich lachte.

»Weshalb sollte ich das?«, sagte ich. »Ich würde mir damit nichts Gutes tun, oder?« Ich berührte die Vase. »Übrigens habe ich Regina diese Vase geschenkt. Sie ist vom Flohmarkt. Wir haben einen guten Preis ausgehandelt. In Gablonz hergestellt, ziemlich sicher.«

Stefan zog die Vase näher zu sich heran, drehte sie langsam: »Ja, Regina hatte ein gutes Auge für Antiquitäten. Man konnte ihr wenig vormachen.«

Er blickte über mich hinweg zum halb geöffneten Fenster. Draußen rauschte der Regen. Wie nach der ersten Nacht war er liebenswürdig, aber distanziert, und wirkte eher unaufmerksam. Wenn er mich berührte, dann kurz und wie beiläufig. »Wie habt ihr euch eigentlich kennengelernt, Regina und du?«, fragte er, ohne den Blick vom Fenster abzuwenden.

»Das weißt du doch.«

»Nein, weiß ich nicht. Oder nicht mehr.«

»Im Gymnasium in Graz. Sacré Coeur. In der Leonhardstraße.«

»Ach ja? So lange ist das schon her? Wie alt wart ihr da?«

»Fünfzehn. Ich war neu in der Klasse. Die Lehrerin setzte mich zu ihr.«

Die Erinnerung kam zurück, deutlich. Regina, skeptisch, fast abweisend zu mir hochblickend. Ich hatte noch nie ein so schönes, elegantes Mädchen gesehen. Selbst zählte ich damals zu den Vorreiterinnen der Gruftis und war stolz darauf. Schwarze Kleidung, das Gesicht totenbleich geschminkt, die Augen mit Kajal umrandet, ein Krähennest aus rabenschwarz gefärbten Haaren, löchrige Strumpfhosen, schwarz lackierte Fingernägel, jede Menge Armreifen.

Wir wurden schnell Freundinnen, hörten Prince, *Purple Rain*, und Falco, *Junge Römer*, wollten als Erntehelferinnen nach Nicaragua, sahen uns *Dame Edna* und *Spitting Image* im Fernsehen an, trugen Swatch-Armbanduhren, lasen Garfield-Comics, vergötterten Harrison Ford in *Indiana Jones und der Tempel des Todes* und waren kurz in denselben Mod mit militärgrünem Parka, dem Union Jack auf dem Rücken und apfelgrüner Vespa verliebt.

Eine Weile aßen wir schweigend.

»Sie hätte bestimmt gewollt, dass wir zusammen sind«, sagte Stefan dann.

»Glaubst du?«

»Ganz sicher. Wir drei waren wie eine Person. Ein Herz und eine Seele, hat sie oft gesagt. Kannst du dich an den Abend in deinem Zimmer in der Heinestraße erinnern, als wir uns die Arme ritzten und unser Blut vermischten?«

»Ja. Jeder trank ein paar Tropfen. Sie lachte. Trio infernal, sagte sie, jetzt sind wir Verschworene.«

»Siehst du. Es ist nur natürlich.«

Das Bild der zu mir aufschauenden Regina mit dem hellen, leicht überheblichen Blick wollte sich nicht verflüchtigen.

»Bist du eigentlich später noch einmal nach Procida gefahren?«, fragte ich.

»Nein. Weshalb?«

»Um nachzuforschen. Man hat ihren – ihre – man hat sie ja nie gefunden.«

»Aber es gab doch keinen Zweifel. Sie ist ertrunken, das steht fest. Alles hat darauf hingedeutet.«

»Trotzdem …«

Emma und ich saßen in meiner Wohnung in Wien. Ich hatte sie zum Essen eingeladen und mir mit dem Kochen große Mühe gegeben, ein Versuch, die Verstimmung zwischen uns aus der Welt zu schaffen. Was eignet sich besser dazu als eine italienische Mahlzeit? Bisher hatten wir nicht viel miteinander gesprochen.

Emma schnitt eine Scheibe vom Zampone ab und begutachtete die Fülle gründlich, bevor sie sich entschloss, davon zu kosten. Das missfiel mir. Ich hatte mir vorgestellt, dass sie den gefüllten Schweinsfuß, dessen Zubereitung mühevoll und aufwendig ist, mit etwas mehr Appetit verzehren würde.

»Was ist denn da drin?«, fragte sie argwöhnisch.

»Schwarte, Schulter, Haxe und Backe – und Zunge«, sagte ich. »Ach ja, und Pistazien. Schmeckt es dir nicht?«

»Ehrlich gesagt, nicht besonders.«

Ihr Kommentar kränkte mich. So kannte ich sie nicht. Normalerweise war sie taktvoll und höflich und lobte meine italienischen Gerichte.

»Schade, dass du es so wenig zu würdigen weißt, wenn ich dich mit etwas ganz Besonderem überrasche. Ich habe den Zampone zwölf Stunden gewässert. Dann habe ich die Schwarte der Länge nach mit einer Stopfnadel in drei Reihen eingestochen und mit einem scharfen Messer auf der Unterseite ein kleines Kreuz gemacht. Siehst du es?«

Emma drehte und wendete den Schweinsfuß missmutig mit Gabel und Messer in ihrem Teller und betrachtete ihn von allen Seiten. »Nein. Außerdem – da sind ja noch die Klauen dran!«

Ich ignorierte diesen laienhaften Einwurf. Natürlich waren die Klauen dran. Wären sie es nicht, dann wäre es kein authentischer Zampone di Modena.

»Diese langwierigen Vorbereitungen verhindern, dass der Schweinsfuß beim Kochen platzt. Dann habe ich ihn in ein Tuch aus Musselin gewickelt, in einen Topf gelegt, mit Wasser bedeckt und bei schwacher Hitze dreieinhalb Stunden garen lassen. Das ist viel Zeit, die ich auch am Institut hätte zubringen können, wo man meine Arbeit schätzt.«

Nun schob sie die gekochten Linsen, die ich dazu serviert hatte, achtlos an den Tellerrand. Ich fand, dass meine Linsen es verdienten, mit mehr Respekt behandelt zu werden.

»Man reicht das Gericht traditionell mit lenticchie«, sagte ich, »speziell zu Neujahr. Sie sind ein Symbol für Wohlstand und Glück.«

»Ich habe Linsen nie gemocht«, stellte Emma fest.

»Ich verstehe dich nicht«, sagte ich. »Du hast meine Speisen bisher immer mit Appetit gegessen.«

Emma legte Messer und Gabel weg und schaute mich an. »Nein«, meinte sie dann. »Den habe ich dir vorgespielt. Um dich nicht zu verletzen. Dein italienisches Essen hat mir nie geschmeckt. Ich ziehe die österreichische Küche vor. Schweinsbraten mit Semmelknödeln, Zwiebelrostbraten, Erdäpfelgulasch, Krautrouladen, du weißt schon. Geröstete Leber. Oder diese wunderbare Jause, mit der deine Großmutter uns bewirtet hat.« Ihr Blick wurde weich. »Einfache, wohlschmeckende Mahlzeiten …«

Meine Gekränktheit wich, wie ich fand, berechtigter Entrüstung. »Ich habe dir das Beste vorgesetzt, was die italienische Küche zu bieten hat! Zum Beispiel den Cacciucco alla livornese, diesen herrlichen Fischeintopf, erinnerst du dich? Das erste Mal, als du hier warst.«

»Ja«, sagte Emma, »ich erinnere mich sehr gut. Eine gelbliche Brühe, in der zerkochte Fischstücke schwammen. Und diese Blumen, die ich essen musste! Mit einer braungrauen – graugrünen – grünbraunen Paste gefüllt.«

»Wie bitte? Das waren Zucchiniblüten, Fiori di zucchini ripieni, eine Delikatesse. Das Pesto war von mir selbst zubereitet. Mit viel Liebe.«

»Und wenn schon«, sagte Emma ungerührt. »Und danach, die Hauptspeise! Schlangenartige weiße Streifen in einer orangeroten Masse. Es roch sehr merkwürdig. Kutteln?«

»Du meinst die Trippa alla fiorentina – eine Spezialität aus der Toskana!«

Ich konnte es kaum glauben.

»So, so«, sagte Emma. »Jedenfalls bin ich froh, dass du jetzt die Wahrheit weißt. Und diese Weine mit den unsäglich langen italienischen Namen, die du mir zu den Speisen einschenkst! Dieser zum Beispiel. Wie heißt er?«

Sie hob ihr Glas.

»Ein ausgezeichneter Rotwein. Colli Piacentini Gutturino.«

»Siehst du, was ich meine? Großspurig. Mir ist ein ganz gewöhnlicher Zweigelt aus dem Burgenland lieber. Oder ein Grüner Veltliner beim Heurigen.«

Den Panettone, den ich zum Dessert auftischte, lehnte sie auch ab, er war ihr zu trocken.

»Eine Kardinalschnitte wäre jetzt schön …«, seufzte sie und schob den Teller zurück. »Was ich noch sagen wollte – es macht mir nichts aus, dass du mit diesem Arzt etwas angefangen hast. Das war vorauszusehen. Mich hat nur geärgert, dass du mich belogen hast.«

»Das hast du mich ja auch, wie ich gerade höre.«

»Dann sind wir quitt.« Sie machte eine kleine Pause und schien zu überlegen. »Ich war nie interessiert an Frauen«, sagte sie dann. »Du bist die erste. Und wahrscheinlich die letzte. Ein Augenblick der Schwäche. Du hast mich verführt, Sissi. Betrunken gemacht und verführt. Nach Strich und Faden. Während wir uns diesen Hitchcock-Film ansahen. Ich war unfähig, mich zu wehren.«

»*Frenzy*«, sagte ich.

»Genau. Ein Augenblick der Schwäche, wie gesagt. Aber ich hoffe, wir bleiben Freunde.«

II

PROCIDA

5

Den Anstoß zu der Reise gab ein Traum.

Die Affäre mit Stefan ging weiter – oder soll ich sagen, das Dreiecksverhältnis zwischen Stefan, Regina und mir? Denn Regina blieb als Dritte anwesend. Ich fuhr an den Wochenenden in den Sausal, Stefan kam nie nach Wien. Die Person Regina war untrennbar mit dem alten Winzerhaus verbunden, dem Ort, wo sie die letzten zwei Jahre ihres Lebens verbracht hatte. Sie hielt uns dort fest. Hätten wir das Haus, das Dorf verlassen, wären wir aus dem Schatten getreten, den sie auf uns warf, dann hätte sich unsere Beziehung wahrscheinlich in nichts aufgelöst. Es war die Erinnerung an sie, ständig neu angeregt durch Gegenstände im Haus, durch Gespräche, die diese Verbindung ermöglichte und aufrechterhielt, ihr Spannung verlieh. Der immer wieder aufkommende Schmerz, den ihr Verschwinden, aber auch meine Eifersucht auf sie hervorrief, das Gefühl, so gar nicht an ihre geistigen, emotionalen und sexuellen Dimensionen heranzureichen, eine untergeordnete Rolle in diesem Terzett zu spielen – dieser Eindruck des Ungenügens vertiefte meine Empfindungen. Eine solche Art der Intensität war neu für mich.

»Masochismus«, hätte Emma gesagt, wenn sie davon gewusst hätte. »Typisch Frau. Du bist eine Masochistin, ganz klar.«

In diesem Urteil wäre sie noch durch die Tatsache bestärkt worden, dass Stefan mich weiterhin mit wenig schmeichelhaften Bezeichnungen bedachte, während wir miteinander schliefen. Falls seine wie im Traum hingemurmelten, zweideutigen Benennungen sich tatsächlich auf mich bezogen. Da ich unsere Sexualität mehr und mehr zu genießen begann und sie auch weiterhin genießen wollte, sah ich davon ab, ihn darauf anzusprechen. Vielleicht hatte Emma ja recht, und die abwertenden Bemerkungen erregten mich wirklich. Bis zu einem gewissen Grad.

Überhaupt redeten wir nicht sehr viel miteinander. Es war nicht nötig. Unsere Gespräche drehten sich meist um Medizin und um Regina. Sie wurde ausschließlich von Stefan erwähnt, aber auch in diesem Punkt unterdrückte ich meinen Unmut, zeigte mich aufmerksam und unterbrach ihn nicht.

Etwa einen Monat nach dem Weinlesefest fand ich einen Brief – genauer gesagt, die obere Hälfte eines Blattes aus cremefarbenem Büttenpapier. Die untere fehlte, sie war abgerissen worden. Während Stefan an einem nebligen Samstagmorgen damit beschäftigt war, die vielen roten Äpfel von dem kleinen, fast schon unbelaubten Apfelbaum hinter dem Haus zu pflücken, stieß ich auf der Suche nach Lektüre auf ein Buch, ein zerlesenes, staubiges, vergilbtes altes Taschenbuch hoch oben in einem seiner Bücherregale. Ein Roman von Patricia Highsmith, einer Schriftstellerin, von der Regina fasziniert gewesen war. Ich stand auf einer Leiter, und als ich das Buch in die Hand nahm und aufschlug, glitt das halbe Blatt aus den Seiten und fiel zu Boden. Ich stieg die Sprossen hinunter und hob es auf. Die Handschrift war klein und stark nach rechts geneigt, die Abstände zwischen den Wörtern auffallend weit. Der Brief war mit Tinte geschrieben.

Zürich, im Dezember 2000, stand in der rechten oberen Ecke. Ich las weiter.

Regina, meine Königin, mein Engel.

Hatte Stefan ihr den Brief von einer Tagung im Ausland geschrieben? Nein, ich kannte seine Schrift, das war sie nicht.

Zürich ist kalt und abweisend. Du fehlst mir. Immerhin sind die Konzerte in der Tonhalle ausverkauft. Teresa ist musikalisch nicht ganz auf der Höhe, sie sorgt sich um Leo, was verständlich ist. Du weißt ja, wie sensibel sie auf jede Störung reagiert. Jakob spielt wie ein Gott, er liebt die Métamorphoses nocturnes.

Ich hörte ein Klopfen. Stefan stand hinter dem geschlossenen Fenster und zeigte stolz auf den großen Korb voller Äpfel, der an seinem Arm hing. Ich beeilte mich, weiterzulesen. Die Schrift war nicht einfach zu entziffern.

Wie geht es Dir, meine Göttin? Wenn ich im Schneeregen durch die Altstadt spaziere, stelle ich mir vor, dass Du mir entgegentrittst, aus der Tiefe einer Gasse, aus dem Schatten eines Haustores. Der Gedanke, dass Du in wenigen Tagen mit Stefan auf dem Land Weihnachten feiern wirst, macht mich traurig und wütend. Ich hasse diesen –

Hier war das Schreiben zu Ende. Ich faltete das halbe Blatt rasch zweimal zusammen. Stefan trat ins Zimmer. Sein Blick fiel in dem Moment auf mich, als ich es in die Tasche meiner Jeans steckte.

»Ich hab fast alle Äpfel geerntet«, sagte er, nahm einen aus dem Korb und bot ihn mir an. »Ganz schön viel Arbeit. Hier sind die schönsten. Nimm.«

»Jetzt nicht«, sagte ich. »Ich koste später einen.«

Er warf einen Blick auf das Buch in meiner Hand.

»Was hast du dir da ausgesucht?«, fragte er. »Ach, Patricia Highsmith. Eine gute Wahl.« Er blickte genauer hin. »›Der süße Wahn‹. Ein großartiger Roman über die Eifersucht.«

Er schaute mir direkt ins Gesicht. Dann biss er in den für mich bestimmten Apfel.

»Süß, die Äpfel …«, sagte er. »Diese alten Sorten sind unübertroffen.«

Ein paar Tage später hatte ich einen Traum.

Ich sah die Vorderfront eines Hauses. Ein altes Gebäude. Der Putz war abgeblättert, unter dem neueren, weißen waren alte Farbschichten erkennbar, ockerfarben und türkis. Eine Steintreppe, überwölbt von einem Torbogen, führte steil hinauf und hinein in das Haus. Rechts neben der Treppe war ein kleines Schild angebracht, in Weiß auf dunkelblauem Grund, offenbar eine Hausnummer, die Nummer 14. Darunter lehnte ein violettes Fahrrad mit einem rosa Sattel an der schmutzigen Wand. Über eine Mauer links vom Torbogen hingen Zweige, schwer von großen Zitronen. Eine mediterrane Landschaft. Plötzlich stand eine Frau auf der Treppe. Regina. Ich kannte das Kleid, das sie trug, ein enges schwarzes Kleid mit rechteckigem Ausschnitt, das sie zu besonderen Gelegenheiten angehabt hatte. Sie blickte ernst, hob langsam die rechte Hand und winkte mir. Dann drehte sie sich um und ging die Treppe weiter hinauf, bis ihre Gestalt verblasste und verschwand.

Ich wachte auf, agitiert, da die Traumszenerie und Regina selbst einen so lebendigen, wirklichkeitsnahen Eindruck gemacht hatten, und lag lange wach. Mir war unbegreiflich, wie Stefan sich mit der Ungewissheit zufriedengeben konnte, die über Reginas Verschwinden lag, mit der wenig zufriedenstellenden Bilanz der Ermittlungen der italienischen Polizei. Wie konnte er leben, ohne weiter nachzuforschen? Bis er Gewissheit hatte.

Auch die Bedeutung des Brieffragments, das ich gefunden hatte, verstand ich nicht. Regina sollte einen Geliebten gehabt haben? Das war unvorstellbar. Ich kannte die beiden nur als heiteres, verliebtes Paar, als zwei Menschen, die einander in Zuneigung und Loyalität verbunden gewesen waren, deren harmonische Ausstrahlung alle, mich eingeschlossen, stark angezogen und in deren Gegenwart sich jeder wohlgefühlt hatte.

In dieser Nacht erwachte eine Neugier.

Am folgenden Tag setzte ich mich nach der Arbeit an meinen Laptop und tippte das Wort *Procida* in die Suchmaschine ein. Google kam auf knapp über eine Million Ergebnisse, in der Hauptsache auf Deutsch, Italienisch, Englisch und Französisch. *Isola di Procida.* Von einer bezaubernden kleinen Insel war die Rede, die wie ein unentdeckter schwimmender Garten neben ihren großen Schwestern Ischia und Capri lag, vom betörenden Duft der Zitronen- und Orangenblüten, der sie einhüllte, von Regisseuren, deren Schönheit sie zu Filmen, von Schriftstellern, die sie zu Romanen inspiriert hatte. Ich klickte mehrere Websites an, betrachtete Fotos. *Immagini di Procida.* Aus der Vogelperspektive sah die Insel aus wie ein seine Fangarme nach allen Seiten ausstreckender Kraken. Kleine Häuser in Rosa, Weiß, Terrakotta, Dunkelrot und Hellblau mit flachen Dächern und Rundbögen; archaisch wirkende Kuppeln, vergitterte Fenster, halb offen stehende Türen, den Blick auf üppige Gärten freigebend; weiße und gelbe Kirchenfassaden an kleinen, mit abgeschliffenen schwarzen Steinen gepflasterten Plätzen; bunte Fischerboote, bunte Netze; eine riesige, ummauerte Abtei auf dem höchsten Punkt der Insel; Pinien, Palmen, Kaskaden von Bougainvillea und immer wieder Zitronen- und Orangenbäume; steile Abbrüche aus vulkanischem Gestein bis hinunter zu einem blauen, mit weißen Segelbooten getüpfelten Meer; verborgene Strände, Wege zwischen hohen Mauern; und überall Treppen.

Treppen. Eine Steintreppe auf einem Foto. Ich klickte darauf, vergrößerte es. Oberhalb der Stufen, die in ein Haus hineinführten, ein Torbogen, daneben ein violettes Fahrrad mit einem rosa Sattel. Zitronen, über eine Mauer hängend. Und die Zahl 14 in Weiß auf einem dunkelblauen Schild an der Hausmauer.

Ich beschloss, nach Procida zu reisen. Die Insel war offenbar sehr schön, und Süditalien gehörte zu meinen Lieblingsgegenden. Ich beherrschte die Sprache gut und hatte Lust, sie wieder einmal im Land selbst zu sprechen. Dazu liebte ich die italienische Küche. Außerdem hatte ich in den Monaten zuvor viel gearbeitet und sehnte mich nach ein paar Tagen Ferien, nach einem Ortswechsel, nach Sonne und Wärme.

In Wahrheit war natürlich keiner dieser Gründe ausschlaggebend für meinen Entschluss. Ich handelte aus einem Impuls, einer Intuition heraus. Es ging mir einzig und allein um den Traum, um das Foto. Um die Zahl 14. Es ging um Regina.

Da ich schon lange keinen Urlaub mehr genommen hatte, wurde mein Ansuchen umgehend und anstandslos bewilligt. Auch war es kein Problem, zu dieser Jahreszeit ein Zimmer mit Frühstück und Blick auf den Golf von Neapel in der Pensione Paradiso zu buchen. Ich hatte nicht vor, Stefan von meinem Vorhaben zu erzählen, da ich sicher war, dass er es missbilligen würde. Also rief ich ihn an und sagte ihm, man habe mich eingeladen, auf einer internationalen Konferenz einen Vortrag über forensische Toxikologie zu halten.

»Wo?«, fragte er.

Ich hatte mir keinen Ort überlegt. Auf meinem Tisch lag aufgeschlagen die Zeitung. Mein Blick fiel auf einen Artikel über den finnischen Architekten Alvar Aalto.

»Helsinki«, sagte ich.

»Helsinki! Da ist es jetzt doch schon eiskalt! Und die Tage sind so kurz. Wann fliegst du?«

Unwillkürlich lächelte ich. Für das blitzartige Erfinden von Unwahrheiten zeigte ich eindeutig Begabung.

»Kommenden Montag.«

»So bald schon? Weshalb hast du mir das nicht früher gesagt?«

»Die Finanzierung der Reise und des Aufenthalts war lange unsicher, ich habe erst heute die offizielle Genehmigung erhalten.« Spontan lügen machte Spaß. »Es ist eine große, renommierte Konferenz über Rechtsmedizin, ich treffe dort auch einige Kollegen aus dem Ausland, mit denen ich bisher nur telefoniert und E-Mails ausgetauscht habe. Wahrscheinlich werde ich sehr beschäftigt sein. Sei mir also bitte nicht böse, wenn du eine Woche lang nichts von mir hörst.«

Stefan seufzte. »Du wirst mir fehlen, Prinzessin.«

»Du mir auch.«

Ich nahm den Zug nach Rom mit Kurswagen nach Neapel, ein Liegewagenabteil für zwei Frauen, recht geräumig, und hoffte, ein gnädiges Schicksal würde mir keine oder wenigstens eine angenehme, wenig mitteilsame Reisegefährtin bescheren. Das obere Bett war noch nicht ausgeklappt, und ich setzte mich auf das untere, ans Fenster. Eine große Frau mit fuchsrot gefärbten, toupierten Haaren um die fünfzig schob die Abteiltür mit Wucht zur Seite. Sie trug einen voluminösen Mantel aus Kunstpelz mit Leopardenfellmuster und war ganz außer Atem.

»Ein schrecklicher Bahnhof, der Südbahnhof!«, stöhnte sie und schob, stieß und zerrte einen Koffer nach dem anderen ins Abteil. Nun wirkte es schon weniger geräumig. »Finden Sie nicht? Der Westbahnhof ist nicht viel besser, das einzig Ästhetische daran ist die Statue der Kaiserin Sisi in der Halle. Und erst der Franz-Josephs-Bahnhof! Grauenhaft. Von Wien Mitte ganz zu schweigen. Man bekommt es mit der Angst zu tun, wenn man abends wegfährt. Sie nicht? Als Frau allein, meine ich. Und ich bin nicht furchtsam von Natur. Das Gesindel, das sich hier herumtreibt! Finden Sie nicht auch?«

Sie legte den Pelzmantel ab und hängte ihn an einen Haken. Darunter trug sie weiße Jeans, die einen Hintern von beachtlichen Ausmaßen und kolossale Oberschenkel einquetschten, so gut sie es vermochten, und ein enges, langärmeliges T-Shirt mit einem schwindelerregenden Muster in Pink, Blitzblau und Gelbgrün, unter dem ein Fettwulst den anderen überlappte. Dann stellte sie sich vor mich hin und stützte die Arme in die Hüften. Ihr über dem breiten goldfarbenen Gürtel mit strassbesetzter Schnalle gefährlich weit vorspringender Bauch war wenige Zentimeter von meinem Gesicht entfernt. Sie roch intensiv nach Haarspray. Solche Pflanzen wuchsen und gediehen nur in Wien, die Stadt war das ideale Habitat für diesen Typus. Ich drückte mich in die Ecke neben dem Fenster.

»Finden Sie nicht auch?«, wiederholte sie drohend und neigte sich noch näher zu mir.

Ich wich zurück, so weit ich konnte: »Ach, ich weiß nicht, ich –«

»Sie finden es auch, ich dachte es mir.« Mein Ansatz einer Antwort hatte sie offenbar zufriedengestellt, denn sie richtete sich wieder auf und zog die Lippen auseinander, sodass eine Reihe solider falscher Zähne sichtbar wurde. Dann ließ sie sich neben mich auf das Bett fallen, schlug die Beine in den hochhackigen, beigefarbenen Stiefeln übereinander, deren Schaft mit mehreren Reihen fröhlich wippender Lederfransen geschmückt war, und nahm ein Päckchen Parisienne und ein Plastikfeuerzeug aus ihrer gleichfalls goldfarbenen Handtasche.

»Das ist ein Nichtraucherabteil«, sagte ich.

Sie ignorierte diese Bemerkung, zündete sich eine Zigarette an und machte einen langen, genussvollen Zug. »Endlich weg von Wien!«, sagte sie dann. »Eine furchtbare Stadt. Ordinäre Leute.« Sie blickte neckisch und näherte ihren Mund meinem rechten Ohr. Die Duftmelange aus billigem Haarspray und Nikotin war überwältigend, und ich hielt den Atem an. »Ich fahre zu meinem Freund«, flüsterte sie. »Wollen Sie seinen Namen wissen?«

»Ehrlich gesagt –«

»Ercole. Herkules! Dabei ist er nur einen Meter einundsechzig groß und achtundfünfzig Kilo schwer!« Sie lachte laut. »Und was glauben Sie, wie er mit Familiennamen heißt?«

»Keine –«

»Caruso!« Sie lachte noch lauter, die soliden falschen Zähne blinkten. »Es stimmt, Ehrenwort. Natürlich ist er jünger als ich, für ältere Männer habe ich nie viel übriggehabt. Er hat ein Schuhgeschäft in Neapel, ich decke meinen Bedarf bei ihm. An Schuhen und – na ja, Sie wissen schon.« Sie stieß mich mit dem Ellbogen in die Seite und zwinkerte. »Ich sage Ihnen, der Mann ist ein Vulkan! Bricht aus wie der Vesuv anno vierundvierzig. Jedes Mal. Verlässlich.« Sie kicherte wie ein Schulmädchen. »Sie werden begreifen, dass ich nach Neapel fahre, sooft ich kann. Ein jüngerer Mann ist ein Geschenk des Himmels. Finden Sie nicht auch? Ercole ist ausgesprochen unglücklich verheiratet. Seine Frau arbeitet auch im Schuhgeschäft. Medea.« Ein Wiehern. »Ehrlich, so heißt sie. Man glaubt es nicht. Hässlich wie die Nacht.« Die dralle Wienerin streckte ein Bein aus. »Ich habe diese Stiefel im Geschäft anprobiert, und sie ist vor mir gekniet, hat sie mir übergestreift und nicht den blassesten Schimmer gehabt, dass ich mit ihrem Mann seit zwei Jahren –« Wieder zwinkerte sie. »Sie verstehen schon.«

»Also, ich möchte –«

Die Dame war nicht zu bremsen.

»Na ja, zum Trost hat sie schließlich den Sohn. Er ist achtzehn, ein unglaublich gutaussehender Kerl. Und sportlich! Spielt beim SSC Napoli. Ehrenwort. In der Jugendmannschaft. A-Junioren. Ich sage Ihnen, wenn ich nicht schon mit dem Vater – Sie wissen, was ich meine. Und was denken Sie, wie der heißt? Der Sohn? Sie glauben es nicht. Enea. Das heißt Äneas. Äneas!«

Erneut ein Wiehern. Dann rückte ihr Kopf abermals bis auf wenige Zentimeter an mein Ohr heran. »Und die Schuhe«, flüsterte sie, »also, die Schuhe, das ist feinste italienische Markenware, Ferragamo, Pollini, Brunate, Alberto Gozzi, Forzieri –«

»Ich würde jetzt gern –«

»Selbstverständlich schenkt er sie mir. Ercole. Aber wissen Sie was?«

Sie sah mich erwartungsvoll an.

»Was?«, fragte ich, um ihr einen Gefallen zu tun.

»Es sind Imitationen. Produktpiraterie! Täuschend echt. Sehen Sie sich meine Stiefel an.« Wieder streckte sie ein strammes Bein in die Höhe, diesmal das andere. »Sergio Rossi. Kein Mensch kann sie vom Original unterscheiden. Die Camorra hat die Hand im Spiel, wer sonst? Die Clans beherrschen so gut wie alles. Regieren über ganz Kampanien. Ich weiß es von Ercole persönlich. Drogen, Waffen, illegale Müllentsorgung, Designermode, Zement.« Sie sah mich an. »Weshalb eigentlich Zement?«

»Ich glaube –«

Meine Antwort interessierte sie nicht.

»Wie auch immer. Er hat Kontakte zu ein, zwei Leuten. Nicht ungefährlich, kann ich Ihnen sagen.«

Sie dehnte und räkelte sich.

»Ach, Italien! Das pralle Leben!«, rief sie dann. »Passione! Pericolo!«

Die Liegewagenschaffnerin schob die Tür zur Seite und blickte beunruhigt ins Abteil. Sie war jung, hatte das blonde Haar unter der Uniformmütze zu einem Pferdeschwanz gebunden und sah müde aus.

»Was ist hier los?«

»Was soll denn los sein?«, sagte meine Mitreisende gereizt. »Man plaudert ein bisschen. Man unterhält sich.«

»Außerdem ist Rauchen im Abteil verboten.«

»Haben Sie nichts Besseres zu tun, als zu spionieren? Machen Sie wenigstens die Betten, wenn Sie schon hier sind.«

Ich tat die ganze Nacht kein Auge zu. Die redselige Wienerin redete auch im Schlaf. Sie murmelte, raunte, klagte, jammerte, seufzte, stöhnte, schnatterte, brabbelte, nuschelte, schrie. Ich verstand kein Wort.

Am Morgen wirkte sie erschöpft und mürrisch und sagte nichts. Keine Silbe. Am Hauptbahnhof in Neapel trennten wir uns stumm.

Ich nahm die Straßenbahn zum Hafen. Vor mir stieg ein sehr großer, magerer Mann mit schmächtigen Schultern in einem abgeschabten hellbraunen Ledermantel ein und versuchte einen gleichermaßen hellbraunen und abgeschabten Lederkoffer mit vielen Aufklebern über die Stufen ins Wageninnere zu befördern, was ihm Mühe machte, da er zudem einen riesigen schwarzen Rucksack umgeschnallt hatte. Er kippte nach hinten, und ich streckte automatisch die Arme aus, um zu verhindern, dass der offensichtlich schwere Rucksack auf mich traf. Von meinen Armen aufgehalten und angestoßen, nahm der Mann einen zweiten Anlauf. Diesmal schaffte er es. Er wandte sich um und lächelte freundlich. Ein langes Gesicht, ein breiter Mund, schmale Augen. Blau? Grau? Grün? Hell jedenfalls.

»Danke, Fräulein«, sagte er auf Italienisch, »tausend Dank.« Eine überraschend tiefe, heisere Stimme.

»Nichts zu danken. Was ist denn in dem Rucksack? Steine?«

Er lachte. Eine Art Grollen, Husten, Krächzen. Ein starker Raucher?

»Nein, Bücher.«

Jedenfalls stieg der Typ auch am Hafen aus. Die Fähre, die nach Procida und weiter nach Ischia fuhr, hatte noch nicht angelegt, und ich setzte mich an ein Tischchen vor einem eher schäbig aussehenden Café und bestellte bei einem missmutigen alten Kellner mit langen, strähnigen grauen Haaren in einer unbeschreiblich schmutzigen weißen Kellnerjacke einen Espresso und ein Cornetto. Bis auf zwei abgekämpft aussehende, schweigende Männer in blauer Arbeitsmontur, die einander am Nebentisch gegenübersaßen, war ich der einzige Gast. Während ich meinen Espresso trank, schaute ich mich nach dem Mann aus der Straßenbahn um, aber er war nirgendwo zu sehen. Ich fragte mich, was für Bücher es waren, die er in seinem Rucksack trug. Ein kalter Wind wehte, das Meer war aufgewühlt und grau, der Himmel hatte dieselbe Farbe. Ich zog meine Jacke über der Brust zusammen und verschränkte die Arme. Hinter mir, nur durch die Fahrbahn vom Wasser getrennt, erhob sich ein eindrucksvolles Bauwerk, eine alte Burg. Das musste das Castel Nuovo sein. Ich war zwar schon in Neapel gewesen, aber nie am Molo Beverello, von wo aus die Fähren und Schnellboote nach Procida fuhren, nach Casamicciola Terme auf Ischia, nach Capri und noch weiter, bis zu der kleinen Insel Ustica im Tyrrhenischen Meer nördlich von Sizilien. Im Hafen, an und auf den anderen Molen, war viel Bewegung, riesige orangefarbene, blaue und gelbe Kräne drehten sich langsam, ergriffen ihre Last, hoben sie hoch und setzten sie wieder ab. Möwen schrien, Fährschiffe legten an und fuhren weg, man hörte das langgezogene, dumpfe Geräusch der Schiffshörner, weiter draußen ankerten große Frachtschiffe. Nicht weit von mir entfernt lagen nebeneinander zwei kleine schwarze U-Boote, und ich dachte an Emma und ihren Vater, der solche Schiffe maßstabgetreu nachbaute, wenn auch die der deutschen Wehrmacht. Emma wusste, dass ich nach Italien gefahren war, auf eine Insel, ich hatte ihr gesagt, ich sei überarbeitet und wolle mich ein paar Tage entspannen. Sie hatte mich von der Seite angesehen.

»In der Tat?«, hatte sie gesagt. »Fährst du allein?«

»Ja, klar. Schließlich möchte ich mich erholen.«

»Tatsächlich«, hatte sie wiederholt, und das zweite Mal hatte es eher wie eine Feststellung denn wie eine Frage geklungen.

Auf der Fähre sah ich den hageren Italiener mit dem schweren Gepäck wieder. So wie ich saß er trotz des kühlen Windes an Deck und unterhielt sich mit zwei jungen Frauen. Ich konnte nicht hören, was sie sagten, aber sie lachten viel, und tatsächlich rauchte er ununterbrochen, zündete sich die neue Zigarette am Stummel der alten an. Die Überfahrt dauerte etwa eine Stunde. Nach einer Weile stand ich auf, ging nach vorne zum Bug und stellte mich an die Reling. Der Großteil der Wolken hatte sich verzogen, die Sonne zeigte sich, und die Schönheit der Insel, welcher wir uns rasch näherten, war atemberaubend – die Pastellfarben der Häuserfront am Pier, die Gebäude der Altstadt weiter oben, linker Hand die Festung auf einem steilen Felsen, die vielen großen und kleinen Boote im Hafenbecken und auf der bewegten, glitzernden Meeresoberfläche, alles unter einem nun hohen, klaren Himmel. Plötzlich empfand ich eine Gespanntheit, eine Aufgeregtheit, eine Art Vorfreude, und zog unwillkürlich die Luft ein. Da sprangen nicht weit von der Fähre drei Delfine in elegantem Bogen aus dem Wasser, einer knapp nach dem anderen.

»Wunderbare Tiere, die Delfine, nicht wahr?«, sagte jemand. »Ein Symbol für Christus, unseren Herrn. Wenn sie schlafen, bleibt ein Auge immer geöffnet. Haben Sie das gewusst?«

Ich wandte den Kopf in die Richtung, aus der die Stimme gekommen war. Ein kleiner, kahlköpfiger Mann mit einem erstaunlicherweise wie Australien geformten Feuermal mitten auf der Stirn war neben mich getreten. Naevus flammeus, angeboren. Zur Illustration seines Kommentars hielt er ein Auge zugedrückt. Es sah aus, als zwinkere er mir zu. Als sei er mein Komplize. Er war mir nicht sympathisch.

»Nein«, sagte ich.

»Delfine nähern sich den Schiffen, um auf den Wellen zu reiten. Sie hören und sehen sehr gut.« Er machte das Auge wieder auf, legte den Kopf schief und musterte mich. »Sie sind eine große Frau. Ein bisschen zu groß. Ein bisschen zu dünn, wenn ich das sagen darf. Keine Italienerin, Italienerinnen sind kleiner. Aber sie verstehen Italienisch. Sind Sie Engländerin?«

Jetzt wurde er auch noch unhöflich.

»Nein«, sagte ich und richtete den Blick nach vorn, auf die Insel.

»Deutsche?«

»Nein«, wiederholte ich, ohne ihn anzusehen.

»Holländerin?« Er kicherte.

Ich schüttelte den Kopf. Ärgerlich, dieses Ratespiel, zu dem man in Italien ständig genötigt wurde. Der Mann streckte mir die Hand hin. Ich nahm sie nicht. Es schien ihn wenig zu stören.

»Gestatten, Filippo di Natale. Ich bin Zeuge Jehovas. Unser Missionsgebiet ist Neapel, aber mein junger Kollege Fulco und ich kommen öfter nach Procida, um auch hier unseren Predigtdienst zu versehen.« Er wies auf einen jungen Mann, der nicht weit entfernt mit angezogenen Knien auf einer langen Bank lag und schlief. »Wir Zeugen Jehovas sind der Ansicht, auch die Inselbewohner haben ein Anrecht zu erfahren, dass die furchtbare Schlacht von Armageddon unmittelbar bevorsteht und dass danach das Tausendjährige Reich endlich anbrechen kann.«

»Ach, das Tausendjährige Reich? Davon habe ich gehört, allerdings in anderem Zusammenhang. Entschuldigen Sie, ich muss zu meinem Gepäck zurück, wir kommen gleich an«, sagte ich und ließ den Mann mit dem Naevus in der Form Australiens stehen.

»Ausgezeichnet, Ihr Italienisch!«, rief er mir nach. »Wir sehen uns in Procida!«

Das hoffte ich nicht. Der Zeuge Jehovas hatte mir den Anblick der Delfine, dieser freien, verspielten Lebewesen, verleidet.

Wenig später stand ich neben meinem kleinen Koffer am Fährhafen Marina Grande auf Procida und versuchte die Fahrerin des einzigen Taxis, das weit und breit zu sehen war, durch lautes Rufen und heftiges Winken auf mich aufmerksam zu machen. Doch die beiden Zeugen Jehovas kamen mir zuvor, und im Vorbeifahren lächelte Signor di Natale mich schadenfroh durch das Seitenfenster an. Sein Feuermal leuchtete. Ich beschloss, zu Fuß zu meiner Pension zu gehen, weit konnte sie nicht sein. Da trat der Mann mit dem abgeschabten hellbraunen Ledermantel aus der Straßenbahn in Neapel rauchend auf mich zu.

»Mit den Taxis ist das hier so ein Problem«, sagte er. »Es gibt nur wenige. Wohin wollen Sie?«

»Zur Pensione Paradiso.«

Er krümmte sich und hustete lange. Raucherhusten.

»Ich habe meinen Wagen zwei Minuten von hier geparkt«, sagte er dann. Für einen Italiener aus der Gegend sprach er langsam. »Wenn Sie möchten, bringe ich Sie hin.«

Er erschien mir vertrauenswürdig, also sagte ich ja und blieb beim Gepäck stehen, während er das Auto holte, einen roten Fiat 500. Der Italiener bewegte sich auch langsam. Da er Mühe hatte, den Rucksack und die beiden Koffer auf dem Rücksitz zu verstauen, half ich ihm dabei. Kein starker Mann. Es war amüsant zu sehen, wie der lange Mensch, die Zigarette in der Hand, sich mehrmals zusammenfaltete und es schließlich schaffte, seinen dünnen Körper hinter dem Steuer des kleinen Wagens unterzubringen. Die eckigen Knie befanden sich auf Lenkradhöhe. Ich hatte wenig Platz neben ihm. So langsam, wie er sprach und sich bewegte, fuhr er auch, zunächst die Mole entlang. Dann bog er rechts in eine Straße ein, die leicht aufwärts führte.

»Machen Sie hier Ferien?«, fragte er schließlich.

»Ja«, sagte ich.

Er dämpfte die Zigarette im Autoaschenbecher aus, zog eine neue aus einem der fünf Päckchen Lucky Strike, die ordentlich aufgereiht auf dem Armaturenbrett lagen, und zündete sie an. Im Zuge dieses Manövers, das eine ganze Weile dauerte, geriet er zu weit nach rechts und streifte heftig am Randstein an.

»Hoppla«, sagte er und lachte sein heiseres Lachen. »Sie werden sehen, Ihre Pension ist angenehm. Wenn auch ein bisschen seltsam. Kommen Sie aus Rom?«

Das beliebte italienische Ratespiel begann von vorne. Ich beschloss, es abzukürzen.

»Nein«, sagte ich. »Aus Wien.«

Er blickte mich überrascht von der Seite an. Interessanter Blick. Hell. So hell. Wie Wasser.

»Sie sind Wienerin?«

»Sozusagen. Ich lebe in Wien. Und die nächste Frage stelle ich.«

Er lächelte.

»Nur zu.«

»Was sind das für Bücher in Ihrem Rucksack?«

»Solche, die ich aus dem Italienischen ins Deutsche übersetze. Und noch ein paar andere.« Plötzlich sprach der Mann Deutsch, mit norddeutschem Einschlag. »Außerdem schwere Wörterbücher, die ich aus Hamburg mitschleppe.« Er verfiel wieder ins Italienische. »Auf der Insel gibt es ein internationales Kollegium für literarische Übersetzer, in dem man gut arbeiten kann. In einem schönen alten Gebäude, dem Palazzo Catena. Ich komme oft hierher, auch im Spätherbst und Winter. Da gefällt mir die Insel besonders gut.«

»Dann sind Sie Deutscher? Aber Sie haben nicht den leisesten Akzent!«

»Danke für das Kompliment. Sie auch nicht, nebenbei bemerkt. Sollen wir Deutsch sprechen?«

»Nein«, sagte ich schnell. »Nein, bleiben wir beim Italienischen.«

»Hier sind wir«, sagte er, fuhr an den Straßenrand und hielt an, machte jedoch keine Anstalten auszusteigen.

Ich öffnete die Beifahrertür, trat auf die Straße und blieb unschlüssig stehen.

»Passen Sie bloß auf die Motorinos auf!«, sagte er. »Die jungen Leute hier fahren wie die Wilden.«

Ich nahm meinen Koffer vom Rücksitz, stellte ihn auf den Gehsteig und beugte mich zum Fahrerfenster hinunter.

»Also dann«, sagte ich. »Vielen Dank.«

»Ciao, bella«, sagte der Mann aus Hamburg und zog kräftig an der Zigarette. »Bis irgendwann.«

Mit dem Koffer in der Hand ging ich durch ein halb offen stehendes hohes Tor aus dunkelblau gestrichenem Holz, neben dem auf einem ovalen, türkisfarbenen Schild aus Keramik in verblasster, von angedeuteten Meereswellen und Seesternen umrahmter rosa Schrift Pensione Paradiso stand, und betrat einen schmalen, schlecht gepflasterten Weg, der kerzengerade durch einen verwilderten Garten führte und an dessen Ende man das Meer sah. Die Pension, ein großes altes, einladend wirkendes Haus, lag gleich zur Linken, auch das Haustor war nur angelehnt, und aus dem Spalt drangen stockend die melancholischen Klänge eines Akkordeons. Ich stieß das Tor auf und überschritt die Schwelle. Der Spieler saß hinter der Rezeption, ein gebrechlich wirkender alter Mann in weißem Hemd und schwarzer, ärmelloser Weste. Als ich eintrat, schob er das Instrument, das einen Misston von sich gab, wie einen Blasebalg zusammen, nahm die Gurten von den Schultern und stellte es auf einen Stuhl.

»Guten Tag – Sie wünschen?«

»Schön, die Musik!«

»Ach, Sie müssen entschuldigen, Sie müssen entschuldigen«, sagte der alte Mann, »aber im November ist nicht viel zu tun, da spiele ich ab und zu ein bisschen, zum Zeitvertreib.« Er blickte sich vorsichtig um und senkte die Stimme. »Das heißt, wenn die Chefin nicht in der Nähe ist. Das Akkordeon ist noch von meinem Vater, eine Victoria. Galliano spielt auf einer Victoria, Frank Marocco auch.« Die Namen sagten mir nichts. Seine dünnen lila Lippen verzogen sich zu einem schüchternen Lächeln. Auf seinem vorspringenden Kinn prangte eine große Warze, aus der ein langes weißes Haar spross.

»Ich habe ein Zimmer gebucht«, sagte ich. »Sissi Fux aus Wien. Mit Meerblick.«

»Ja, natürlich, natürlich«, sagte der Alte und schlug sich mit einer ausgemergelten, von Pigmentflecken übersäten Hand an die Stirn. »Entschuldigen Sie. Entschuldigen Sie. Mit Frühstück, nicht wahr? Wir haben telefoniert, nicht wahr? Ich habe mich noch gewundert, dass Sie unsere Sprache so gut sprechen. Das Hochzeitszimmer ist für Sie reserviert. Unser schönstes Zimmer. Mit Himmelbett.« Wieder das scheue Lächeln. »Um diese Jahreszeit kommen keine frisch verheirateten Paare vom Festland, sie kehren erst im Mai wieder. Warten Sie, warten Sie, ich schaue gleich nach.«

Schließlich händigte der alte Mann mir den Schlüssel für Zimmer neun aus, einen großen, ziemlich kalten Raum im ersten Stock mit einem goldbraunen, teilweise von abgetretenen, ausgefransten dunkelroten und blauen orientalischen Teppichen bedeckten Fliesenboden, leicht vergilbten Tapeten und einem offenen Kamin. Auf dem Bett lag eine aus vielen bunten, offenbar handgestrickten Wollquadraten zusammengesetzte Decke, und am Kopfende saß zwischen roten Seidenkissen eine große, pausbäckige Plastikpuppe mit steifen, glänzenden schwarzen Haaren und Augenwimpern und einem grünen, weiß gepunkteten weiten Rock mit Volants und dazupassendem Bolero. Das linke Augenlid der Puppe hing herab, es sah aus, als sei sie meine Komplizin, als zwinkere sie mir zu. Das Bett hatte an den Ecken vier Pfosten, die in etwa zweieinhalb Meter Höhe durch einen quadratischen Holzrahmen miteinander verbunden waren. Dieser Rahmen war jedoch nicht mit Stoff bespannt, weshalb die Liegestatt irgendwie spartanisch wirkte, obwohl sie sehr breit war. Ein riesiger, dunkler alter Schrank mit einem großen ovalen Spiegel füllte den Großteil einer Wand aus.

Ich trat an eines der drei großen, nach Süden ausgerichteten Fenster, öffnete es und atmete tief ein. Der Blick auf das Meer war nicht völlig frei, er wurde durch die teils immergrünen, teils spärlich belaubten Bäume und Sträucher des Gartens etwas beeinträchtigt. Aber man konnte die blaue Wasserfläche hinter den Ästen, den Zweigen, dem Laub sehen, man hörte und roch das Meer.

Plötzlich überkam mich eine große Müdigkeit, und ich ging zurück zum Bett, schlüpfte aus den Schuhen und legte mich angekleidet unter die Decke. Ich war erschöpft von der Reise, hatte wegen der fortwährend im Schlaf sprechenden Wienerin eine unruhige Nacht verbracht. Die Meeresluft tat das Ihre. Das Letzte, was ich vor Augen hatte, bevor ich einschlief, war das Gesicht des alten Mannes an der Rezeption, lächelnd und überzogen von einem Raster unzähliger feiner Fältchen.

»Entschuldigen Sie, gnädige Frau, entschuldigen Sie, aber ich bestehe darauf, Ihr Komplize zu sein«, sagte er auf Deutsch und zwinkerte mir zu.

6

Am nächsten Morgen servierte mir eine füllige Dame mittleren Alters mit mahagoniroten, sorgfältig ondulierten Haaren in einem weißen, mit enormen Schulterpolstern bestückten Mohairpullover das Frühstück. Außer mir saß nur noch ein unausgeschlafener, totenbleicher jüngerer Mann mit nassen schwarzen Kraushaaren im Frühstückszimmer, der aussah, als habe er ein Magengeschwür. Auf allen horizontalen Oberflächen außer auf den Esstischen der Gäste standen entweder Töpfe mit Pflanzen oder Zierfiguren aus Porzellan in allen Größen. Nahezu jeder Quadratzentimeter Wand war von Stillleben und Meereslandschaften in schweren Rahmen bedeckt. Es war ungemütlich kühl im Raum. Aber der Kaffee schmeckte ausgezeichnet.

»Seien Sie herzlich willkommen in meiner bescheidenen Herberge!«, sagte die Dame, offenbar die Pensionswirtin. Sie bewegte sich schnell und resolut, die hohen Absätze ihrer kirschroten Lacksandalen klickten laut auf dem Fliesenboden. »Achille hat mir erzählt, dass Sie gestern angekommen sind. Unser Rezeptionist. Er hat mir verraten, dass Sie ausgezeichnet Italienisch sprechen. Über Gäste aus dem Ausland freuen wir uns natürlich besonders. Ich hoffe, Sie haben gut geschlafen.«

Achille. Ich fühlte mich in das bemerkenswerte neapolitanische Universum der gesprächigen Wienerin aus dem Zug versetzt. Der totenbleiche junge Mann erhob sich seufzend von seinem Tisch und ging zur Tür. Wie er wohl mit Vornamen hieß?

»Bis heute Abend, Signora Smaldone«, sagte er mit kummervollem Blick und verließ das Zimmer.

»Ein liebenswürdiger Mensch, Signor Tucci«, sagte die Signora, »ein bisschen trübsinnig, aber liebenswürdig. Er hat Probleme mit dem Magen, wissen Sie. Ein so junger Mensch! Ein Handelsreisender aus Caserta. Er kommt dreimal im Jahr auf die Insel und mietet ein Zimmer für eine Woche. Immer Zimmer Nummer fünf. Halbpension. Ich mache ihm einen guten Preis. Ihnen auch, wenn Sie wollen. Wie mir meine Gäste nicht selten versichern, bin ich eine exzellente Köchin.« Sie legte den Kopf schief und verzog die Lippen zu einem Lächeln, das gewinnend sein sollte, aber eher wie das Zähnefletschen eines Raubtieres wirkte und mich ein bisschen beunruhigte, ähnlich wie das Lächeln meiner Großmutter, der katholischen Hexe. »Das sage ich in aller Bescheidenheit. Sie sind das erste Mal hier, nicht wahr? Darf ich fragen, wer Ihnen unsere Pension empfohlen hat?«

»Ein guter Freund von mir, Herr Doktor König.«

Signora Smaldone blieb abrupt stehen, das rhythmische Klicken ihrer Sandalen brach ab: »Der Signore Dottor König? Was sagen Sie? Der Dottore! Der Unglückselige!« Sie berührte den Anhänger an ihrer Halskette, ein kleines rotes Hörnchen. »Eine entsetzliche Geschichte! Wir alle sprechen noch heute mit Schaudern davon.« Es schauderte sie tatsächlich, und sie führte das Hörnchen an die Lippen, küsste es und bekreuzigte sich. »Ach, unsere herrliche Insel ist dieser Frau mit der begnadeten Stimme zum Verhängnis geworden. Signora Regina. Eine solche Stimme, schön wie ein Bild und die Güte selbst! Die Güte und die Warmherzigkeit! Der Dottore hat sie auf Händen getragen, kein Wunder. Er lag ihr zu Füßen. Jeder konnte sehen, dass er sie anbetete.«

Die lebhafte Rhetorik der Signora verwirrte mich ein bisschen. Da hörte sie unvermittelt auf zu reden und schaute mich mit ihren runden, haselnussbraunen Augen prüfend an.

»Sind Sie verheiratet?«

»Nein«, sagte ich.

»Nein? Aber Sie sind doch katholisch?«

»Nein, auch nicht«, sagte ich.

»Nicht verheiratet und nicht katholisch!«, rief die Pensionswirtin aus, legte den Kopf schief und bedachte mich mit einem zugleich bedauernden und missbilligenden Blick. »Sie Arme! Gehen Sie denn nicht in die Kirche?«

»Nein«, wiederholte ich, und mir wurde klar, dass ich diese eine Silbe auf meiner Reise bisher häufig ausgesprochen hatte.

»Nein? Da entgeht Ihnen viel. Ich werde jedenfalls den Sonntag nie vergessen, an dem die Signora in der Kirche der Madonna delle Grazie die Messe gesungen hat. Kein Auge ist trocken geblieben, ich schwöre es Ihnen, kein einziges! Selbst den Stein der Statue des heiligen Antonius hat ihre Stimme erweicht – der Ministrant, der kleine Paolo Campanella, der Sohn des Automechanikers, der direkt neben unserem Heiligen gestanden ist und die Altarschelle geläutet hat, kann bezeugen, dass ihm eine Träne über die marmorne Wange geronnen ist.«

Ich sah die Pensionswirtin an, und wieder dachte ich an meine Großmutter, die von den Italienern nicht viel hielt, wiewohl neben slowenischem und etwas deutschem sicher auch italienisches Blut in ihren Adern floss. Signora Smaldone war gut ein Vierteljahrhundert jünger als diese und glich ihr nicht im mindesten, aber ihre Art, sich auszudrücken, war ähnlich. Eine Schauspielerin. Das katholisch Dramatische ließ sich schwer verleugnen.

Die Signora trat an meinen Tisch. »Sie erlauben?« Sie setzte sich und rückte mit dem Stuhl, dessen Beine über die Fliesen scharrten, nahe an mich heran. »Aber, wissen Sie, eine solche Begabung, eine solche Schönheit, ein solches Eheglück, das zieht natürlich ungeheuer viel Neid auf sich.« Sie rückte noch näher. »Ich werde Ihnen sagen, was wir alle hier über dieses Drama denken«, flüsterte sie, machte eine Pause und riss ihre großen runden Haselnussaugen noch weiter auf. »Wir glauben, dass jemand sie mit dem bösen Blick verhext hat. Jemand von uns, verstehen Sie. Aus Missgunst. Eine Frau natürlich. Ich habe da so meine Vermutungen. Jedenfalls ist das die einzig plausible Erklärung.«

Wieder berührte sie das kleine rote Hörnchen. Ein Cornicello, wie es so viele in Süditalien an einem Kettchen um den Hals oder als Schlüsselanhänger tragen, aus Koralle, Glas oder Kunststoff, zur Abwehr von Schadenzauber, gegen den bösen Blick. Dann lehnte sie sich in ihrem Stuhl zurück.

»Eine so gute Schwimmerin ertrinkt nicht einfach und wird nie wieder gefunden«, fuhr sie lauter, in entschiedenem Ton fort. »Nein, nein, es war der Malocchio, der sie ins Verderben gestürzt hat. Das böse Auge und nichts anderes. Sie hätte mich berühren sollen.«

Sie bemerkte meinen fragenden Blick.

»Ja, das hätte sie! Dann wäre ihr nichts geschehen. Wissen Sie, ich bringe Glück. Es ist angeboren. Die Leute berühren mich, treffen kurz darauf die Liebe ihres Lebens, werden befördert oder gewinnen viel Geld im Glücksspiel. Beim Pferdewetten zum Beispiel. Oder im Lotto. Berühren Sie mich doch auch!«

Ich machte keine Anstalten. Da griff die Signora rasch nach meiner Hand und führte sie kurz an ihre Stirn.

»Jetzt werden Sie Glück haben«, sagte sie, lächelte zufrieden, stand auf und verließ den Frühstücksraum.

Als ich in mein Zimmer zurückkam, saß ein junges Mädchen mit ungepflegten dunklen Haaren auf dem Bett und wiegte die große Plastikpuppe mit dem hängenden linken Augenlid versonnen in ihren Armen. Sie sah mich, errötete, sprang auf, ließ die Puppe auf das Bett fallen und strich ihre weiße Schürze glatt.

»Entschuldigung, aber ich wollte gerade das Zimmer aufräumen«, sagte sie dann. »Soll ich später wiederkommen?«

»Nein, nein«, sagte ich, »bleiben Sie nur. Ich gehe gleich weg, dann sind Sie ungestört.«

Das Zimmermädchen lächelte erleichtert. Das Lächeln war nicht schön, denn ihre Zähne standen schief.

»Ich bin Mirella«, sagte sie. »Sie sind aus Österreich, nicht wahr? Achille hat es mir gesagt.«

»Ja – so wie der Signore Dottor König und seine Frau. Erinnern Sie sich? Es sind – es waren gute Freunde von mir.«

Das Mädchen erschrak und legte eine Hand auf ihren Mund.

»Haben Sie auch ihr Zimmer gemacht?«, fragte ich. »Vor zwei Jahren?«

Mirella blickte zu Boden und schwieg. »Nein, das war meine Schwester«, sagte sie dann leise. »Elettra.«

Elettra. Es war nicht zu glauben.

»Die Frau hatte sehr schöne Kleider«, sprach das Zimmermädchen langsam weiter. »Ihr Mann hat sie nach – also, nach dem Unfall nicht mitgenommen. Nach dem Unglück.« Sie bekreuzigte sich mehrmals. »Heiliger Nikolaus und heiliger Florian, bewahrt mich vor dem Tod durch das Wasser«, murmelte sie rasch, dann fuhr sie lauter fort. »Die Chefin wollte die Kleider behalten, aber sie haben ihr nicht gepasst.« Das Mädchen grinste. Zwei der schiefen Zähne waren schwarz. »Sie ist zu dick. Viel zu dick. Na ja, schließlich hat sie Elettra erlaubt, die Kleider mit nach Hause zu nehmen. Wir sind vier Schwestern – Fiorina, Chiara, Elettra und ich. Wir haben die Kleider unter uns aufgeteilt. Wenn wir am Sonntag tanzen gehen, ziehen wir sie an. Damit sind wir die Schönsten.« Mirella lächelte stolz. Oben links hatte sie eine Zahnlücke. »Die Schönsten von allen.« Dann zögerte sie. »Sie haben das Ehepaar gut gekannt, wirklich?«, fragte sie schließlich.

»Ja, sehr gut«, sagte ich.

»Ich meine, weil – also, hinterher haben alle gesagt, dass die beiden so glücklich waren. Ununterbrochen glücklich. Überall, wo man sie sah. Ein ideales Paar. Aber Elettra – sie hat gehört, wie sie sich gestritten haben. Wie sie sich angeschrien haben. Und einmal, als sie die Tür öffnete, um das Zimmer aufzuräumen – es war dieses Zimmer hier, sie haben auch im Hochzeitszimmer gewohnt –, jedenfalls, da hat sie gesehen, wie der Dottore – also, wie er seine Frau durchs Zimmer gestoßen hat. Ziemlich brutal, hat Elettra gesagt. Eine so schöne Frau!«

Das Mädchen schüttelte den Kopf.

»Meine Schwester hat es niemandem erzählt. Niemandem außer Chiara, Fiorina und mir. Keiner hätte es ihr geglaubt. Aber wir glauben es. Sie hat es geschworen. Elettra würde niemals lügen. Sie ist die Frömmste in der Familie. Sie möchte Nonne werden. Und Lügen ist eine Todsünde.«

Mirella biss sich auf die Lippen und wandte den Blick ab. Ich traute ihr und ihrer Schwester nicht.

»Und da ist noch etwas«, sagte sie dann. »Wir haben etwas entdeckt. Aber nicht sofort, erst später. Als die Suche schon eingestellt war. Deshalb haben wir dieses kleine Ding auch nicht zur Polizei im Palazzo Catena gebracht. Es war in ihrer Windjacke. In der Innentasche. Ich hatte noch nie so etwas gesehen, ich kenne mich bei Computern nicht aus. Meine

Schwester Chiara hat gesagt, es ist ein USB-Stick.« Wieder das schüchterne Lächeln. »Chiara geht in Neapel in die Handelsschule, sie ist klug, die Klügste von uns allen. Auf einem USB-Stick kann man Sachen speichern, hat sie mir erklärt. Ich glaube, sie hat ihn an ihren Laptop angesteckt. Kann sein, dass sie etwas gefunden hat, sie hat es mir nicht gesagt.« Sie zog die Schultern hoch und sah mich an. »Wir könnten es ohnehin nicht lesen, wenn es in Ihrer Sprache geschrieben ist. Auf Österreichisch. Jedenfalls haben wir das Ding noch. Wenn Sie wollen, bringe ich es Ihnen morgen mit. Meine Schwestern haben sicher nichts dagegen. Wo Sie doch so gut befreundet waren mit dem Dottore und seiner Frau.«

Die Eröffnung des Stubenmädchens, dass Regina einen so persönlichen Gegenstand zurückgelassen hatte, setzte mir zu. Ich versuchte mich zu beruhigen. Wahrscheinlich war der USB-Stick leer. Wahrscheinlich waren die darauf gespeicherten Aufzeichnungen uninteressant. Zweifellos wurde ein Benutzername verlangt, ein Passwort, ich würde keinen Zugang zu den Dokumenten finden. Aber die Anspannung ließ nicht nach. Im Grunde hatte ich nicht damit gerechnet, so bald auf etwas zu stoßen, das in unmittelbarem Zusammenhang mit dem Leben meiner verschwundenen Freundin stand. Um mich abzulenken, beschloss ich, mich auf der Insel etwas umzusehen. Beim Verlassen der Pension stieß ich beinahe in einen großen, breitschultrigen Mann mit kariertem Hemd und einer blauen Arbeitshose, der vor der Eingangstür neben einem Fahrrad stand. Neben einem violetten Fahrrad mit rosa Sattel. Das überraschte mich, aber nicht allzu sehr. Solche Dinge kamen vor.

»O, Pardon!«, sagte ich.

Der Mann richtete sich auf. Er hatte fast schulterlanges

schwarzes Haar, buschige Augenbrauen und einen ebenso buschigen Schnurrbart. In seine niedrige Stirn waren drei lange, schnurgerade horizontale Falten tief eingegraben. Ein Typ wie Anthony Quinn in *La Strada*. Ich liebe italienische Filme. Der Mann wischte sich die große rechte Hand an der Hose ab und streckte sie mir entgegen.

»Smaldone«, sagte er. Ich sah ihn an. Oreste? Orfeo? Als habe er meine Gedanken erraten, fügte er hinzu: »Giuseppe.« Ich war ein bisschen enttäuscht. »Sie müssen die Dame aus Wien sein. Meine Frau hat mir von Ihrer Ankunft erzählt. Entschuldigen Sie die schmutzigen Hände – es ist nur ein bisschen Kettenschmiere.« Er wies auf das Fahrrad. »Hab ich gefunden«, sagte er. »Auf der Müllhalde. Ich verstehe nicht, wie jemand ein solches Fahrrad wegwerfen kann. Die Leute haben einfach zu viel Geld. Ich hab es mit ein paar Handgriffen repariert, es ist wie neu. Gehen Sie spazieren?«

»Ja«, sagte ich, »ich möchte mich ein bisschen umsehen. Die Insel ist ja nicht sehr groß.«

»Nicht groß? Unterschätzen Sie unsere Insel nicht.« Er hielt inne. »Nehmen Sie das Fahrrad«, sagte er dann. »Das ist besser, als zu Fuß zu gehen. Hier steht es ohnehin nur herum, ich habe ein Motorino, und meine Frau fährt nur mit dem Auto, sie geht keinen Meter zu Fuß, wenn es nicht unbedingt sein muss.«

Ich überlegte kurz.

»Gute Idee«, sagte ich. »Vielen Dank.«

Er probierte die Klingel aus.

»Sogar die Klingel funktioniert wieder«, sagte er mit Genugtuung und hielt mir das Fahrrad hin. Ich setzte mich darauf und fuhr einmal ums Haus herum.

»Na, wie fühlen Sie sich?«, fragte Signor Smaldone. »Ist der Sattel nicht zu hoch?«

»Nein«, sagte ich, »die Höhe ist genau richtig. Also bis später. Und danke noch einmal.«

Langsam lenkte ich das Fahrrad über den unebenen Weg und durch das dunkelblaue Tor hinaus ins Freie und bog links in eine leicht abschüssige Straße ein. Der Morgen war hell, ein frischer Wind wehte, und ein paar Schäfchenwolken zogen rasch am blassblauen Himmel dahin. Ich fuhr an dunkel gekleideten, o-beinigen alten Frauen mit schwarzen Kopftüchern und an kleinen, schnurrbärtigen, krumm gehenden Männern mit Schirmmützen vorüber und klingelte öfter, als nötig war. Der Übersetzer aus Hamburg hatte recht: Man musste höllisch auf die Mopeds und Kleinmotorräder achtgeben, die in hohem Tempo um die Straßenecken gefahren kamen. Um ein Haar wäre ich mit einem der öffentlichen Busse zusammengestoßen, die fast die ganze Breite der schmalen, kurvenreichen Fahrbahnen einnahmen. Ich verstand nicht, was der Fahrer mir wütend hinterherrief, lachte einfach, aus Freude darüber, dass ich Glück gehabt hatte. Wahrscheinlich hielt er mich für verrückt, denn er tippte sich an die Stirn. Ich fuhr am Tor des Friedhofs vorüber und sah, wie sich zwei Kinder auf dem Gehsteig und ein Paar, das mich in einem Auto überholte, davor bekreuzigten. Gleichgültig, ob es eine kleine italienische Insel war oder die Südsteiermark – abergläubisch waren sie hier wie dort. Bald lag das Zentrum des Ortes hinter mir, und ich fuhr auf holprigen, von baufälligen Steinmauern gesäumten engen Straßen dahin, auf denen kein Mensch und kein Fahrzeug zu sehen waren. Das Leben schien sich jenseits der Mauern abzuspielen. Mein hinterer Kotflügel klapperte, und der Lärm verscheuchte ein paar Katzen, die auf den von der Morgensonne erwärmten Steinen lagen. Die Art der Fortbewegung begann mir zu gefallen. Auf der anderen Seite der Mauern standen Palmen mit dürren Wedeln, grün belaubte

Bäume voller Orangen und hohe Gewächse mit ledrigen Blättern und kugeligen roten Früchten. Auch lange Stangen überragten sie, auf denen Weinranken aufgezogen waren, deren Laub braun und trocken war. Die Trauben hatte man längst geerntet.

Als ich bemerkte, dass ich mich in unmittelbarer Nähe des Meeres befand, hielt ich an, lehnte das Fahrrad an eine schiefe Holzwand mit vielen Schichten verblichener, zum Teil heruntergerissener alter Werbeplakate und ging zwischen Olivenbäumchen auf einem staubigen Pfad in Richtung Strand. Ein kleiner toter Hund lag, von Insekten umsurrt, im stacheligen Gebüsch am Wegrand. Seine Augen waren weit offen. Plötzlich fühlte ich mich unbehaglich. Da öffnete sich der Blick auf das Meer, das rostige Wrack eines ehemals weißen Vergnügungsschiffes lag nicht weit vom Ufer entfernt im seichten Wasser, und in der Ferne konnte man den hohen Felsen mit der Abtei sehen, die sogenannte Terra Murata.

Der Pfad endete, und ich hielt mich an verdorrten, mir in die Handflächen schneidenden Grasbüscheln fest und kletterte über eine etwa zwei Meter hohe, zu flachen Wellenlinien erstarrte Basaltwand hinunter zu einer kleinen Bucht. Am Strand aus feinem schwarzen Sand saß ein Mann und schaute aufs Wasser hinaus. Als er mich bemerkte, drehte er sich um. Es war der Zeuge Jehovas mit dem Flammenmal auf der Stirn. Seine dunkelbraunen Schuhe standen exakt parallel zueinander auf dem Sand, die schwarzen Socken lagen ordentlich ausgebreitet daneben. Die Füße hatte er ins Wasser getaucht, seine Zehennägel waren lang, gebogen und gelblich.

»Ah, die große dünne Frau! Ich wusste, dass wir uns bald wiedersehen würden«, sagte er. »Ein schöner Ort, nicht wahr? Aber einsam. Setzen Sie sich doch zu mir!«

Ich hatte keine Lust, mich neben Signor di Natale niederzulassen, der einen schwarzen Anzug und ein weißes Hemd trug, eine dunkelbraune Krawatte umgebunden hatte und in dieser fast feierlichen Kleidung deplaziert und auf dem schwarzen Sand außerdem ein wenig unheimlich wirkte. Also blieb ich neben ihm stehen.

»Wo ist Ihr Kollege?«, fragte ich, um etwas zu sagen.

Er blickte zu mir hoch und kniff ein Auge zu, denn die Sonne stand hinter mir.

»Welcher Kollege? – Ach, Fulco meinen Sie? Er ist im Königreichssaal und bereitet alles für die Versammlung vor. Sie sind herzlich eingeladen. Heute Abend um neun, Via Lingua Nummer drei. Ich werde über das Problem der Bluttransfusion sprechen. Wir Zeugen Jehovas lehnen das ab. Auch das Spenden von Blut. Ein interessantes Thema, Blut …« Er griff nach meinem linken Knöchel und hielt ihn fest. Ich rührte mich nicht. Er kicherte. »Wollen Sie mir noch immer nicht sagen, woher Sie kommen?«, fragte er dann. »Ist es ein Geheimnis?«

»Ich komme aus Wien.«

»Wien …« sagte er nachdenklich, ließ meinen Knöchel los und schaute wieder aufs Meer hinaus. »Wirklich, ein schöner Ort hier. Aber einsam, einsam. Sie sollten sich auf der Insel nicht allein herumtreiben.« Noch ein Kichern. »Nicht, dass ich Ihnen Angst machen will. Übrigens kann auch das Meer gefährlich sein. Die Touristen unterschätzen es. Es gibt heimtückische Strömungen und Wasserwirbel. Sie werden es nicht glauben, aber wir sitzen hier auf einem Vulkan, einem tätigen Vulkan. Alles ist instabil unter uns, höchst instabil. Heißes Wasser und Dampf, hoher Druck. Manchmal steigen Rauchsäulen aus dem Meer auf. Immer wieder ertrinkt jemand. Letztes Jahr war es eine Frau, in Ihrem Alter etwa, eine sehr schöne Frau aus – Oder war das schon vor zwei Jahren?

Jedenfalls war sie aus –« Er überlegte kurz, griff sich an die Stirn. »Sie war aus Österreich!«, rief er dann. »Ja, aus Österreich. Sie war aus Ihrer Heimat, ein merkwürdiger Zufall, finden Sie nicht?«

»Ein Zufall? Na ja, im Grunde –«

Schon wollte ich Signor di Natale erzählen, dass ich Regina gekannt hatte, aber dann hielt ich mich zurück.

»Ein Badeunfall«, sagte er. »Wenn es einer war. Manche hier denken anders darüber, als die Polizei es uns weismachen wollte. Schließlich ist ihre Leiche nie aufgetaucht.«

»Tatsächlich?«

»Ja. Eine schlimme Geschichte. Die schöne Frau war verheiratet, sie war mit ihrem Ehemann hier. Sie war zu allen freundlich.« Er kicherte abermals. »Ein bisschen zu freundlich vielleicht. Vor allem zu den Männern. Zu Fulco zum Beispiel, meinem Helfer. Kein Wunder, er sieht ja auch gut aus.« Ein Grinsen. «Und er ist jung, sehr jung.« Er blickte sich um und senkte die Stimme, so, als könnte uns an diesem einsamen Platz jemand belauschen. »Ich habe sie überrascht, Fulco und die schöne Österreicherin, wissen Sie.«

Ich horchte auf.

»Wie, überrascht?«

»Also, ich habe die beiden gesehen, abends, bei den Felsen von Ciraccio, wo es ganz einsam ist. Sie –« Er unterbrach sich und sprach in normalem Tonfall weiter. »Aber reden wir nicht mehr davon, wir Zeugen Jehovas denunzieren einander nicht. Anselmo, der Fischer von der Corricella, schwört jedenfalls, dass er die Frau kurz vor ihrem Tod mit drei Männern gesehen hat. Männer aus Neapel, die hier bekannt sind.« Ein amüsiertes Glucksen. »Ziemlich bekannt. Sie kommen öfter mit dem Boot hierher. Übrigens, wir werden heute Abend auch über das Zusammenleben ohne Trauschein, über Polygamie und über Homosexualität sprechen. Wir Zeugen Jehovas lehnen das ab.«

Er blickte auf das große Zifferblatt seiner Armbanduhr, zog umständlich seine Socken an, schlüpfte in die braunen Schuhe, stand auf und klopfte seinen Anzug ab. »Entschuldigen Sie, aber ich muss gehen. Es sind noch mehrere Hausbesuche in der Nähe zu erledigen. Der Felddienst ist das Um und Auf unserer Lehre.« Er blickte mir ins Gesicht, griff mir gleichzeitig blitzschnell mit beiden Händen an die Brust, kicherte ein letztes Mal, drehte sich um und ging über den schwarzen Sand. Ich war zu verblüfft, um zu reagieren. Signor di Natale kletterte den Abhang hinauf, und am Beginn des Pfades, der zur Straße führte, drehte er sich um und winkte.

»Wir sehen uns wieder!«, rief er.

Das hoffte ich nicht.

Als ich zurückkam, saß Achille, sein Akkordeon umgehängt, hinter der Rezeption. Sein Kopf war auf den Balg des Instruments gesunken, er schnarchte leise, eine Art Winseln, wie das eines Hundes. Als ich die Tür hinter mir schloss, fuhr er hoch.

»Entschuldigen Sie, entschuldigen Sie«, sagte er und zog verlegen an dem langen Haar auf seinem Kinn. Die Kanten der Falten des Balges hatten vertikale rote Linien in seine Stirn gedrückt. »Ich bin nur ein bisschen eingenickt. Nur ein bisschen. Es ist ja nicht viel zu tun.«

Ich fragte ihn, ob man in der Pension gut essen könne. Mit dem langen, gekrümmten Zeigefinger eines Skeletts winkte er mich näher zu sich. »Was ich Ihnen jetzt sage, bleibt unter uns«, sagte er leise, mit heiserer Stimme. »Natürlich will die Chefin, dass Sie im Haus essen. Natürlich. Aber ich muss Sie warnen. Sie kocht nicht gut, die Chefin.« Er blickte entschuldigend. »Ich möchte sie nicht anschwärzen, sie kann nichts dafür, gar nichts, das Talent ist ihr einfach nicht gegeben. Ihre Polpi alla napoletana sind zäh wie Gummi, und von der Parmigiana di melanzane möchte ich ernsthaft abraten. Sie nimmt zu viel Öl, wissen Sie. Viel zu viel Öl. Und das Öl ist nicht das beste. Preiswert, aber nicht das beste. Außerdem ist der Fisch nicht immer frisch. Sie kauft ihn billig ein, sehr billig, verstehen Sie. Voriges Jahr hatten wir einen Urlauber aus Holland hier, einen Signor Frijhoff aus Utrecht. Er bestellte die Sgombri alla marinara und musste dann vom Notarzt – also, er musste nach Neapel gebracht werden und –« Er hielt inne, blickte zu Boden und schüttelte den Kopf. «Eine unerfreuliche Sache. Unerfreulich. Es war nicht das erste Mal, wissen Sie – nicht das erste Mal, dass die Chefin einen Gast mit ihren Speisen –« Wieder stockte der alte Mann und wandte den Blick von mir ab. »Man weiß nie bei ihr. Na ja, lassen wir das. Lassen wir das. Wie gesagt, ich möchte der Chefin nichts unterstellen, nicht das Geringste. Und ich zähle natürlich auf Ihre Diskretion. Aber am besten gehen Sie zur Corricella hinunter, zum alten Fischerhafen, dort gibt es einige gute Bars und Restaurants, die Trattoria Gabriela zum Beispiel. Nehmen Sie das Kaninchen mit Polenta, es ist ausgezeichnet. Ganz ausgezeichnet. Natürlich wird es die Chefin ärgern, dass Sie nicht hier essen, natürlich, aber an der Corricella kann Sie niemand – also, dort kann Ihnen in puncto Essen nichts passieren.«

Als ich später aus dem Haus ging, spielte Achille eine Melodie, die mir bekannt vorkam, und sang mit wimmernder Stimme dazu. Er klang wie eine singende Säge. Die senkrechten roten Linien auf seiner Stirn hatten sich verflüchtigt.

Inzwischen war es dunkel geworden. Ich schaute nach dem Fahrrad. Die Vorderlampe funktionierte, es gab auch einen Rückstrahler, und so beschloss ich, es zu benützen. Ich fuhr bis zur Piazza dei Martiri, wo eine schöne, gelb gestrichene barocke Kirche mit einer großen Kuppel stand. Das unebene Pflaster des Vorplatzes aus dunklem vulkanischen Gestein glänzte im Licht der Straßenlaternen. Was ich nicht gewusst hatte, war, dass man von dort aus nur über enge Treppen zur Corricella und ans Meer gelangen konnte. Da ich das Rad, für das ich kein Schloss hatte, nicht stehen lassen wollte, hob und schob ich es mühevoll über die vielen Stufen hinunter. Ein Fischer mit einer roten Mütze und zylinderartigen Reusen über der Schulter kam mir entgegen.

»Brauchen Sie Hilfe?«, fragte er.

»Nein, danke, es geht schon.«

Er zuckte die Achseln.

»Starke Frau«, meinte er. »Und groß! Sind Sie Holländerin? Starke Frauen, die Holländerinnen.«

Ich zog es vor, nicht zu antworten, und ging weiter.

»Sie sehen aber gar nicht stark aus!«, rief er mir nach.

Die eng aneinandergebauten Häuser, zwischen denen sich die Treppen zum Meer hinunterwanden, wirkten ärmlich und baufällig, soweit ich dies im Licht der schlechten Straßenbeleuchtung ausmachen konnte. Die Wände waren schmutzig, der Putz abgeblättert, das Holz der Fensterrahmen und Türen abgenützt und morsch.

Als ich endlich am alten Hafen ankam, war ich ziemlich erschöpft. Boote schaukelten auf dem Wasser, Berge rotbrauner, ockerfarbener und safrangelber Netze lagen am Ufer. Obwohl es kühl war, saßen einige ältere Männer, wohl Fischer, in schmutzigen Jeans und T-Shirts, mit Schildmützen auf dem Kopf und Wein- und Schnapsgläsern vor sich an ein paar Tischen vor den kleinen Restaurants und unterhielten sich lautstark. Die Eingangstüren der Gasthäuser waren offen, es roch nach Fisch, und ich merkte, dass ich hungrig war, denn mir lief das Wasser im Mund zusammen. Ich schob mein

Fahrrad an den Männern vorüber, auf der Suche nach der Trattoria Gabriela. Als sie mich sahen, begannen sie zu lachen. »Hallo, Süße!«, rief einer. »Wie war die Fahrt über die Treppen? Holprig?«

»Die einzige Touristin auf der Insel, garantiert«, sagte ein anderer. »Wer kommt schon im November hierher?« Er reckte den Kopf nach mir.

»Haben Sie den Drahtesel am Flughafen in Neapel gemietet?«, fragte er. »Bei Hertz?«

Alle lachten. Sie nahmen wohl an, dass ich sie nicht verstand.

»Bestimmt eine Deutsche. Die haben immer ihr Fahrrad dabei. Sicher ist sie auf den Spuren von Neruda unterwegs«, vermutete ein Dritter. »Signorina, die Locanda del Postino ist gleich da hinten! Wenn Sie Glück haben, ist er drin und spielt Tischfußball mit Massimo Troisi und seiner Liebsten.«

Erneut lautes Auflachen. Ich hatte den Film gesehen, aber kein besonderes Bedürfnis, das Lokal zu besuchen, in dem der Postbote Mario die schöne Wirtstochter Beatrice kennen und lieben gelernt hatte. Die Insel war auch malerischer Hintergrund in Minghellas Film *Der talentierte Mr. Ripley*, gedreht nach dem Kriminalroman von Patricia Highsmith. Wer weiß, vielleicht war dieser Umstand sogar der Grund dafür gewesen, dass Regina und Stefan sich für Procida als Urlaubsziel entschieden hatten? Sicher hatte sie sich während ihres Aufenthalts die Schauplätze angesehen. Ich hatte mich manchmal gefragt, was eine so vernünftige, geradlinige, psychisch unversehrte Person wie Regina an diesen morbiden Geschichten, den skrupellosen Machenschaften ihrer geistig wie seelisch abnormen Protagonisten so faszinierend fand. Es war wohl die Anziehung der Gegensätze gewesen. Ohne etwas zu sagen, ging ich an den Männern vorüber.

»Freundlich ist sie nicht, die Hübsche«, bemerkte einer.

»Was heißt hier hübsch? Die ist doch dünn und lang wie eine Bohnenstange!«

»Genau, sie kann sich bequem hinter einem Laternenpfahl umziehen!«

Das Lachen der Männer folgte mir. Offenbar unterschieden sie sich nicht von ihren Geschlechtsgenossen im Sausal. Nicht grundlegend. Nach ein paar Schritten sah ich den grünen Neonschriftzug Trattoria Gabriela über dem schmalen Eingang eines kleinen blauen Hauses. Ich lehnte mein Fahrrad an die Mauer und betrat das Lokal. Die Gastwirtschaft bestand aus einem einzigen, relativ kleinen Raum mit einem niedrigen Gewölbe, von dem Netze mit getrockneten Seesternen und Seepferdchen hingen. In einer Ecke lehnte ein riesiger rostiger Anker mit einem Stück der Ankerkette. Hinter dem Schanktisch stand mit gelangweiltem Blick, fettigen grauen Haaren und einer Stirnglatze, ein kariertes Geschirrtuch in der Hand und eine schmutzige weiße Schürze umgebunden, ein dicker Mann mittleren Alters. Er wandte den Kopf in meine Richtung.

»Guten Abend«, sagte er, ohne zu lächeln.

Es gab nur fünf Tische, zwei davon waren besetzt. Um einen Tisch war ein jüngeres Paar mit zwei Kindern gruppiert, und am zweiten saß, unter dem bedrohlich aus der Wand ragenden Schwert des auf Holz aufgezogenen großen Kopfes eines präparierten Schwertfisches, eine Zigarette in der schmalen Hand mit den langen Fingern, der Übersetzer mit den wasserhellen Augen aus Hamburg. Als ich mich an einem der freien Tische niederlassen wollte, sah er mich und lächelte.

»Ach, die Signorina aus Wien!«, sagte er auf Italienisch, zog an der Lucky Strike und blies den Rauch durch seinen breiten Fischmund aus. »So trifft man sich wieder. Setzen Sie sich zu mir, ich bin seit Jahren Stammgast hier und kann Sie bei der Speiseauswahl beraten, wenn Sie wollen.« Er rückte einen der mit Stroh bespannten Stühle zurecht, und ich setzte mich hin. Der Stuhl wackelte, die Sitzfläche war hart. Der Wirt ließ das Geschirrtuch in Richtung Espressomaschine schnalzen. Der Norddeutsche bemerkte meinen Blick. »Nein, Vittorio fängt keine Fliegen, er ist nur gereizt, seine übliche Gemütsverfassung. Aber seine Frau und seine Schwiegermutter kochen nicht schlecht, also empfiehlt es sich, sein unfreundliches Wesen zu tolerieren.«

»Anders, du Tagedieb, was verbreitest du da für Lügen über mich?«, rief der Wirt.

Anders hieß er also. Er hieß Anders.

Zwei Stunden später saßen wir beim Nachtisch. Die Familie hatte das Lokal inzwischen verlassen, wir waren die einzigen Gäste. Der Übersetzer hatte mir zu Lingue di Suocera geraten, zu Schwiegermutterzungen, einem zarten, mit Zitronencreme gefüllten Gebäck, das in diesem Restaurant tatsächlich von der Schwiegermutter des Wirtes hergestellt wurde. Vittorio hatte uns den Teller mit ausladender Geste und der Bemerkung »Ganz frisch! Der Drache wünscht guten Appetit!« auf den Tisch gestellt.

Der Mann namens Anders aß ebenso gemächlich, wie er sprach, sich bewegte und sein Auto lenkte. Zwischen den Gängen rauchte er. Fasziniert hatte ich ihm dabei zugesehen, wie er das Fleisch seiner kleinen Krebse bedächtig aus der Schale herauslöste, es umständlich auf die Gabel spießte, im Zeitlupentempo zum Mund führte und unendlich langsam zerkaute.

»Sie heißen Cicarelle«, erklärte er. »Delikat. Schmecken wie Hummer.«

»Wir nennen sie Pisskrebse«, sagte Vittorio verächtlich und stocherte mit dem linken Zeigefingernagel in seinen Zähnen. »Ich verstehe nicht, was die Leute daran finden. Sie pissen, wenn sie gekocht werden. Ekelhaft. Es verdirbt den Geschmack. Meine Alte und der Drache spießen sie deshalb vor der Zubereitung auf, um sie schon vorher dazu zu bringen. Wenigstens das. Man sollte sie leben lassen, sie sind sehr intelligent und unglaublich schnell. Ihre Augen sind viel besser als unsere, sie sehen mehr Farben als wir. Ich war früher Fischer, ich kenne die Tierchen.«

Der Deutsche ließ sich den Appetit nicht verderben, ebenso wenig wie ich. Es gab für mich nichts Schöneres, als in einer kleinen Trattoria in Italien auf einem wackeligen Stuhl unter Netzen mit totem Meeresgetier zu sitzen und lokale Spezialitäten auszuprobieren. Ich hatte den Rat von Signor Achille beherzigt und mich für Coniglio Cacciatore entschieden, Kaninchen nach Jägerart. Es schmeckte vorzüglich.

»Und dieses Getue mit den Kaninchen«, murrte der Wirt und zog mir den noch nicht ganz leeren Teller unter der Nase weg. »Wer wird schon satt von dem bisschen Fleisch? Im La Vigna verlangen sie das Doppelte dafür. Dabei sind sie nicht halb so gut wie bei uns. Die Chefin dort geht von Tisch zu Tisch und preist sie an, die ausgemergelten Kadaver.« Er äffte eine hohe Frauenstimme nach. »Etwas ganz Besonderes, ein Rezept aus dem achtzehnten Jahrhundert! Sie müssen wissen, es geht auf die bourbonischen Könige zurück, die hier auf Kaninchenjagd gingen!« Er kratzte sich am Hinterkopf und ging in Richtung Küche. »Bourbonische Könige, ha!«, schimpfte er. »Blutsauger, sonst gar nichts!«

Ich spürte den Alkohol. Der Übersetzer hatte mir einen Rotwein aus der Gegend namens Aglianico empfohlen, er selbst trank Weißwein.

»Falanghina, eine uralte Sorte, genau wie der Wein, den Sie trinken. Beide Rebsorten wurden wahrscheinlich schon von den Griechen angebaut«, sagte er und hob sein Glas hoch. Plötzlich sah ich Stefan vor mir, wie er das tulpenförmige Weinglas mit dem selbst gekelterten Riesling, auf den er so stolz war, gegen das Licht gehalten hatte. Es war das erste Mal seit dem Antritt der Reise, dass er mir in den Sinn kam. »Eine schöne Farbe. Wollen Sie ihn probieren?«

Ich probierte. Ein wunderbarer Wein. Der Mann aus dem Norden wurde mir immer sympathischer. Ich brachte es mit dem steigenden Alkoholspiegel in Zusammenhang. Auch an Emma musste ich denken. Ihre Beurteilung meiner Kochkunst, die mich so enttäuscht hatte, erschien mir nun eher erheiternd.

»Woran denken Sie?«, fragte Anders.

»Weshalb?«

»Weil Sie lächeln.«

»Ach, an nichts Besonderes. An eine Freundin aus Wien mit merkwürdigen kulinarischen Vorlieben.«

Nachdem wir bezahlt hatten, trat Vittorio mit einer schlanken, eine gelbe Flüssigkeit enthaltenden Flasche ohne Etikett und mit drei kleinen Gläsern an unseren Tisch. Er zog einen Stuhl heran, setzte sich zu uns und schenkte den Likör ein.

»Limoncello aus unseren Zitronen, den größten und saftigsten in ganz Italien. Eiskalt, so, wie es sich gehört. Mit den besten Empfehlungen von meiner Alten und dem Drachen. Cincin!«

Wir prosteten einander zu und tranken. Der Übersetzer wies mit schlaffer Hand auf mich. Eine kraftlose, aber elegante Geste.

»Vittorio, darf ich dir –« Er verstummte und blickte mich fragend an. »Ich weiß ja nicht einmal, wie Sie heißen.«

»Sissi. Sissi Fux.«

»Das ist Sissi Fux. Aus Österreich.«

»Österreich«, brummte der Wirt. »Gehört nicht zu meinen Favoriten. Da sind mir ja die Deutschen noch lieber.« Er lachte laut und schlug Anders auf die Schulter. »So wie der da! Österreich, na, ich weiß nicht … Kam da nicht auch die Frau her, die vor zwei Jahren ertrunken ist?«

»Genau. Regina König. Die Sängerin«, sagte Anders. »Die Polizei hat damals den Ehemann verhört und mich gebeten zu dolmetschen.«

Mit einem Mal war ich nüchtern.

»Also, wenn du mich fragst, an der Sache war was faul«, sagte der Wirt und trank sein Glas aus. »Oberfaul. Sie kamen öfter hierher, haben groß getafelt. Nach ein paar Gläsern von unserem schweren Wein konnten sie ziemlich laut werden. Vor allem die Gnädige, die immer so vornehm tat. Die beim Gehen ein paar Zentimeter über dem Boden schwebte, wie die heilige Cäcilia. Die Grazie in Person. Da klang ihre Stimme nicht mehr so engelsgleich wie damals, als sie in der Kirche die Messe gesungen hat. Ich verstehe ja kein Deutsch, aber was sie sich da an den Kopf geworfen haben, das waren keine Koseworte! Und dann die Verzweiflung des Ehemannes, nachdem sie verschwunden war. Fausto, der Polizist, der mit dem Fall zu tun hatte, hat mir erzählt, dass der Typ gar nicht mehr aufgehört hat zu heulen. Das ist doch übertrieben! Ich sag dir, Anders, da stimmt was nicht.«

Er tippte sich mit dem rechten Zeigefinger an die gerötete, von blauen Äderchen durchzogene Nase. Wahrscheinlich Alkoholabusus. Nichts Ungewöhnliches bei einem Wirt.

»Schön ist er nicht, mein Zinken«, fuhr er fort, »aber seine Witterung ist ziemlich fein. Außerdem hat Gabriela –« Er wandte sich erklärend zu mir. »Also, meine Alte, Gabriela, hat den Ehemann mit Elettra gesehen, der Tochter von Luigi, dem Lotsen, die als Stubenmädchen in der Pensione Paradiso gearbeitet hat, wo das Ehepaar wohnte. Die Kleine war damals sechzehn. Wenn nicht fünfzehn. Jedenfalls hat meine Alte sie gesehen. In einem Boot, in der Bucht zwischen Punta Ottimo und Punta Serra. Ein Ruderboot am Strand. Gabriela ist ein Kind des Volkes und bei Gott nicht prüde, aber was sie da gesehen und gehört hat …« Er schwieg. »Ach, die Reichen!«, sagte er dann und stand auf. »Alle gleich! Heuchlerisches Pack! Nur auf Geld und Sex aus. Auf möglichst frisches Fleisch.« Er hob den Kopf, riss den Mund weit auf und gähnte geräuschvoll. »Wie auch immer, ich geh ins Bett. Sperrstunde!«

Das böswillige Geschwätz hörte nicht auf. Hier langweilten sich die Leute offenbar ebenso wie im Sausal. Ich fragte mich, wie Vittorios Frau und seine Schwiegermutter aussahen. Sie waren den ganzen Abend nicht zu sehen und kaum zu hören gewesen.

Gemeinsam verließen der Mann aus Hamburg und ich die Trattoria. Ich ging zum Fahrrad, das an der Mauer lehnte.

»Gott sei Dank, es ist noch da«, sagte ich. »Ich habe nämlich kein Schloss, wissen Sie.«

Der Übersetzer nahm seine Zigarette aus dem Mund, blieb abrupt stehen und starrte auf das Rad.

»Das ist mein Fahrrad«, sagte er tonlos.

»Wie bitte?«

Im Grunde erstaunte mich seine Behauptung nicht sehr. Es war durchaus stimmig. Manchmal geschahen eben sonderbare Dinge.

»Ja, es gehört mir. Irrtum ausgeschlossen. Die Farbe – ich habe es selbst gestrichen, es war ziemlich rostig. Auch die

Form, der rosa Sattel. Unverkennbar. Man hat es mir gestohlen, vor einem Monat ungefähr. Wo haben Sie es her?«

Er blickte mich argwöhnisch an. Sein Misstrauen ärgerte mich.

»Was denken Sie denn? Sie wissen doch, dass ich erst gestern angekommen bin. Signor Smaldone von der Pensione Paradiso hat es mir geliehen. Er hat es auf einer Müllhalde gefunden und repariert.«

Anders besah sich das Rad.

»Unglaublich«, sagte er und schüttelte den Kopf. »Es ist jetzt in besserem Zustand als vorher.«

»Sie müssen das mit dem Pensionswirt besprechen«, sagte ich. »Ich gebe es natürlich sofort zurück.«

»Nein, nein, behalten Sie es nur, solange Sie hier sind«, sagte er. »Ich bin nicht oft damit gefahren. Aber dieser Zufall! Eigenartig.«

»Ja, eigenartig«, sagte ich und musste lächeln. Als wir am Fuß der Treppe angekommen waren, nahm er mir die Lenkstange aus der Hand, während er weiterrauchte.

»Lassen Sie mich das Rad schieben«, sagte er. »Ich sehe schwach aus, aber ich bin zäh.«

Er krümmte sich und hustete seinen krächzenden Raucherhusten. Wir standen direkt unter einer Straßenlampe. Jetzt erst sah ich, dass jemand einen Zettel unter den Gepäckträger geklemmt hatte.

»Was ist denn das?«, sagte ich und zog den Zettel heraus.

»Ein Strafmandat«, sagte Anders. »Falsch geparkt.« Sein Krächzen ging direkt in ein heiseres Lachen über, das sich kaum von seinem Husten unterschied. Es gefiel mir sehr. Ich faltete den Zettel auseinander.

Wir brauchen hier keine Schnüffler, stand darauf. In Blockbuchstaben. Mit grünem Filzstift geschrieben.

Anders nahm mir den Zettel aus der Hand.

»Was hat das zu bedeuten?«, fragte er. »Sind Sie die Schnüfflerin?«

Ich beschloss, ihn ins Vertrauen zu ziehen. Ein Mann mit einem solchen Lachen verdiente es.

»Ich war mit dem Ehepaar König gut befreundet«, sagte ich.

»Tatsächlich? So ein Zufall. Eigenartig«, sagte Anders.

»Ja, eigenartig.«

Nun lachten wir beide.

»Zum Lachen ist das gar nicht«, sagte der Übersetzer dann. »Eine traurige Sache, der Unfall.«

»Es waren sie, die mir die Pensione Paradiso empfohlen haben«, erklärte ich. »Schon vor Jahren. Ich hatte seit langem die Absicht, die Insel zu besuchen, weil sie mir oft davon vorschwärmten. Nur die Pensionswirtin und das Stubenmädchen wissen, dass ich das Paar gekannt habe.«

»Und ich weiß es jetzt auch«, sagte Anders und lachte wieder. »So sind wir schon drei. Sie sind ganz schön vertrauensselig.«

»Wahrscheinlich hätte ich niemandem davon erzählen sollen«, sagte ich.

»Wohl besser nicht. Vielleicht hat Vittorio recht. Ich bin aus der Sache nicht ganz klug geworden. Es gab einige Ungereimtheiten. Das Ganze ist jedenfalls nicht eindeutig geklärt, weil die Leiche der Frau nie gefunden wurde. Wie sehen Sie die Sache eigentlich?«

»Für mich stand immer fest, dass Regina ertrunken ist«, sagte ich. »Ihr Mann hat es so dargestellt, dass es keinen Zweifel gab. Aber später – Und wenn Sie meinen, dass es – dass da – Und jetzt dieser Zettel …«

Wir stiegen die Treppen hinauf. Es ermüdete mich, nach dem üppigen Essen. Der Deutsche schob das Fahrrad keuchend über die Stufen. Ganz so zäh war er wohl nicht. Eine Weile redete er nichts, dann blieb er stehen und begann erneut zu husten. Nachdem er sich gefasst hatte, sagte er: »Da gab es diese Sache mit den drei Männern und dem Motorboot aus Neapel. Sie kommen öfter hierher. Undurchsichtige Typen, man weiß nicht genau, was sie machen. Geschäfte jedenfalls. Vielleicht haben sie etwas mit der Camorra zu tun, kann sein. Jedenfalls hat damals die Witwe Ciaccioppoli, eine alte Frau, behauptet, sie habe Muscheln gesucht und vom Ufer aus mitangesehen, wie die drei die Österreicherin aus dem Wasser ins Boot zogen und mit ihr weiterfuhren. Die Signora Ciaccoppoli hat sich bei der Polizei gemeldet, nachdem sie gehört hatte, dass eine Touristin verschwunden war. Aber da sie demenzkrank ist, ließ man ihre Zeugenaussage nicht gelten. So jedenfalls hat es mir Fausto Sacco geschildert, der Polizist, der das Protokoll aufgenommen hat. Im Palazzo Catena, wo ich arbeite, ist nämlich auch die Polizei untergebracht. Wir benützen die gleichen Toiletten. Das verbindet. Da kommt man zum Reden.«

Wieder lachte er sein heiseres Lachen. Dann blieb er stehen und zündete sich eine neue Zigarette an. »Wissen Sie was? Ich habe eine Idee. Weshalb gehen Sie nicht zu Fausto und sprechen mit ihm? Ich stelle gern den Kontakt her.«

Am folgenden Morgen servierte Signora Smaldone mir und dem morosen, leichenblassen Signor Tucci am Nebentisch wieder das Frühstück. Ihre Schritte waren noch hastiger, das Klicken ihrer Absätze noch resoluter als tags zuvor. Sie war schweigsam, stellte mir das Kännchen mit dem Kaffee so nachdrücklich auf den Tisch, dass er überschwappte, und schenkte mir auch nicht ein.

»Ich habe gehört, Sie haben gestern Abend in der Trattoria

Gabriela gegessen« sagte sie schließlich wie nebenbei. »Hat es Ihnen geschmeckt?«

Daher wehte also der Wind.

»Es war nicht schlecht«, sagte ich vorsichtig.

»So?« Sie klang pikiert. »Signor Tucci zieht es jedenfalls vor, hier zu Abend zu speisen. Er hatte noch nie Grund zur Klage. Nicht wahr, Signor Tucci?«

»Nein, niemals«, sagte der junge Mann, ohne sie anzusehen, griff sich an den Magen und stand leise stöhnend auf. »Auf Wiedersehen, die Damen.«

Er ging schleppenden Schrittes zur Tür hinaus.

»Da hören Sie es«, sagte Signora Smaldone zufrieden. »Aber ganz wie Sie meinen. Haben Sie übrigens Peppina gesehen? Die Schwiegermutter?«

»Nein, ich glaube, sie stand die ganze Zeit in der Küche.«

»Ha!« Die Signora lachte auf. »Da haben Sie recht, man bekommt sie selten zu Gesicht. Und wissen Sie, weshalb?« Sie lächelte schadenfroh, ihre Miene ließ mich erneut an meine Großmutter, die Hexe, denken, an den Ausdruck, den ihr Gesicht nicht selten annahm. »Sie schielt stark. Einwärts. Ihr Anblick würde den Gästen den Appetit verderben.«

Ich nickte.

»Innenschielen« sagte ich. »Wahrscheinlich wurde es nie behandelt. Wäre sicher leicht mit einer Brille zu korrigieren gewesen.«

»Ach, was wissen Sie schon davon? Sie hat den bösen Blick, ganz einfach – so wie die Einäugigen und die Rothaarigen und die, deren Augenbrauen zusammengewachsen sind. Das ist der wahre Grund, weshalb Vittorio sie fast immer in der Küche einsperrt. Damit sie möglichst wenig Schaden anrichten kann. Glauben Sie mir, wir in Süditalien kennen uns aus mit dem Malocchio. Wer will schon einen solchen Blick auf sich ziehen? Schlaflosigkeit, Kopfschmerzen und Übelkeit sind noch die harmlosesten Folgen. Natürlich kann einen auch Schlimmeres treffen, Unfruchtbarkeit und Impotenz, Lähmungen, geistige Umnachtung …« Sie machte eine kleine Pause, trat zu mir an den Tisch und beugte sich zu meinem Ohr hinunter. »Sogar der Tod«, flüsterte sie. »Der Malocchio leert die Häuser und füllt die Särge. Das weiß jeder.«

Ich vermied ihren Blick und schaute geradeaus. Die Hypothesen der Signora waren mir peinlich. Und ein bisschen unheimlich. Da sah ich Mirella an der offenen Tür vorübergehen. Sie bedeutete mir mit einer kleinen Geste, ihr zu folgen.

Die Dame des Hauses richtete sich wieder auf, küsste geschwind das kleine rote Hörnchen an ihrer Halskette und sprach in normalem Ton weiter. »Die Signora Regina war öfter in der Trattoria Gabriela. Was soll ich Ihnen sagen?« Sie hob die Schultern, breitete die Arme aus und zog die Mundwinkel hinunter. »Peppina hat sie gesehen und auf der Stelle glühend beneidet. Ist es ein Wunder? Und der missgünstige Blick einer Schielenden ist ein starker Schadenzauber. Leider konnte sich die Signora, dieses Lämmchen, naiv und gutgläubig, wie sie war, nicht dagegen wehren. Sie hat von niemandem schlecht gedacht, das edle Geschöpf! Sicher war ihr nicht einmal die corna bekannt, die Geste, mit der man sich schützen kann.« Die Wirtin hob die Hand, spreizte den Zeigefinger und den kleinen Finger von der Faust ab und stieß sie mir entgegen. »Ach, ihr Touristen aus dem Norden seid doch völlig ahnungslos«, sagte sie dann resigniert, ließ die Hand fallen, drehte sich um und verließ den Raum. Gleich darauf stand auch ich von meinem Tisch auf und ging zurück in mein Zimmer.

7

Wie ich erwartet hatte, saß Mirella auf meinem Bett, die Puppe mit den steifen schwarzen Haaren und den Pausbacken im Arm. Als ich eintrat, sprang sie auf und legte sie weg.

»Ich habe Ihnen den – also, diesen Stick mitgebracht«, sagte sie und lächelte mich unsicher an. Sie brauchte wirklich eine Zahnspange. »Meine Schwestern und ich, wir sind froh, dass wir ihn los sind. Wir können ohnehin nichts damit anfangen. Wenn wir jetzt erst damit zur Polizei gingen, würden wir uns doch nur lächerlich machen, nicht? Oder sogar verdächtig?« Sie starrte mich erschrocken an. »Da, nehmen Sie«, sagte sie dann, griff rasch in die Tasche ihrer weißen Schürze, drückte mir den USB-Stick in die Hand und ging zur Tür. Sie schien es eilig zu haben.

»Ich muss auf den Fischmarkt, nach Pozzuoli«, sagte sie. »Wenn ich die Fähre versäume, wird die Signora böse. Auf Wiedersehen.«

»Danke«, sagte ich, »vielen Dank.«

Ich hatte ihr einen Geldschein zustecken wollen, aber sie war schon verschwunden. Sofort schaltete ich meinen Laptop ein, der auf einem Holztisch unter einem der drei Fenster stand, und schob den USB-Stick in die Schnittstelle. Es war so einfach: Ein paar Sekunden später hatte ich Zugang zu Reginas Aufzeichnungen. Weder Benutzername noch Passwort wurden verlangt. Diese Sorglosigkeit wunderte mich – aber im Grunde war sie nicht untypisch für meine ehemals beste Freundin. Sie hatte es als unter ihrer Würde betrachtet, Dinge zu verbergen, war immer offen und direkt gewesen.

»Ein ehrlicher Mensch, Regina, du kannst dich glücklich schätzen, eine solche Bekannte zu haben«, hatte meine Großmutter öfter als einmal festgestellt. »Grundehrlich und grundanständig, ein untadeliger Charakter. Und aus so guter Familie!« Dann hatte sie mich kritisch gemustert und hinzugefügt: »Manchmal frage ich mich, was sie an dir findet. Rätselhaft. Jedenfalls kannst du sie dir zum Vorbild nehmen.«

Von ihrem ersten Besuch im Sausal an war Regina im Haus der Großeltern ein gerngesehener Gast gewesen. Der Großvater hatte sich zwar nie persönlich über sie geäußert, das entsprach nicht seiner Art. Aber man merkte, dass ihm ihre Anwesenheit angenehm war. Auch meine Onkel und Tanten hatten sie sehr sympathisch gefunden. Manchmal fragte ich mich, weshalb sie mich nicht verstießen und Regina adoptierten, es wäre naheliegend gewesen. Alle bevorzugten sie, alle hatten sie lieber als mich.

Nur meine Kusine Imelda, die damals noch ein Kind war, konnte sie nicht leiden. »Regina ist eine eitle Gans«, verkündete sie. »Eine eitle Stadtgans.«

Auch mein Vater war skeptisch.

»Reizend, deine Freundin, ganz reizend«, hatte er mit ironischem Unterton zu mir gesagt, nachdem er sie kennengelernt hatte. »Eine schöne Seele. Fast zu schön, um wahr zu sein.«

Trotz des Neides, den ich empfand, weil jeder Regina auf Anhieb mochte, weil alle Herzen ihr zuflogen, war ich wütend über seine Reaktion gewesen.

Meine Gefühle unmittelbar vor dem Öffnen der Dateien waren zwiespältig. Welche Informationen auch immer auf Reginas USB-Stick gespeichert waren, sie waren nicht für mich bestimmt. Ich tat etwas Verbotenes. Der mit grellgrünem Stift geschriebene Satz *Wir brauchen hier keine Schnüff-*

ler fiel mir ein, auch die Frage des Übersetzers mit den hellen Augen, ob ich denn die Schnüfflerin sei. Ja, das war ich, ich war die Schnüfflerin. Die Spionin. Meine Handlungsweise ließ sich nicht rechtfertigen. Aber war Regina nicht auch meine engste Vertraute gewesen, mit der ich über alles gesprochen hatte? Es hatte keine Geheimnisse zwischen uns gegeben. Hätte sie mir nicht mit der ihr eigenen Offenherzigkeit und Großmut ohne zu zögern gestattet, die von ihr hinterlassenen Aufzeichnungen zu lesen? Schließlich war der Anlass ein ernster, sie war verschwunden, von einem Tag auf den anderen, und die Gründe für ihr Verschwinden waren bis heute nicht restlos geklärt. Ihr Leichnam war nie aufgetaucht. Die Dateien, welche einzusehen ich im Begriff war, enthielten vielleicht wichtige Hinweise, die zu einer Erhellung der quälenden Situation beitragen konnten. Ich empfand eine Erregung, eine gespannte Erwartung, fühlte mich hellwach und sehr lebendig. Ich wusste, dass ich etwas Wichtiges finden würde. Dass ich nicht eher aufhören würde zu suchen, als bis ich es gefunden hatte.

Zunächst stieß ich auf einen Ordner mit Gedichten – Rückert, Fontane, Goethe, Eichendorff, Mörike, Hebbel, Storm und andere. Texte, die zu Liedern vertont worden waren, wie ich annahm. Ich stöberte weiter. Im folgenden Ordner waren einige Dateien zusammengefasst, welche Steuerangelegenheiten betrafen. Ich überflog den Inhalt. Er schien mir nicht uninteressant, ich würde mich später ausführlicher damit beschäftigen. Danach kam ein Ordner mit mehreren Dateien, in denen Rezensionen ihrer CDs gespeichert waren, darauf ein weiterer mit ausführlichem elektronischen Schriftverkehr über musikalische Veranstaltungen, an denen sie teilgenommen hatte – Konzerte, Festivals, Liederabende.

Und schließlich einer, der fünf Dateien mit persönlichen

Niederschriften enthielt. Journale. Die Tagebücher erstreckten sich in chronologischer Reihenfolge über eine Periode von viereinhalb Jahren, sie setzten Anfang 1997 ein, zu einem Zeitpunkt, da wir uns noch ab und zu gesehen hatten. Eine Datei für jedes Jahr. Regina. Plötzlich war ihre Gegenwart greifbar, war dieses Hotelzimmer in Italien, das Hochzeitszimmer, in dem auch sie sich kurz aufgehalten hatte, von ihrer Anwesenheit erfüllt, so wie das alte Winzerhaus, wo sie mit Stefan gelebt hatte. Ich merkte, dass ich die Bewegung meiner Finger nicht kontrollieren konnte, sie begannen stark zu zittern. Als ich den Ordner für das Jahr 1997 öffnete, fing mein Herz heftig an zu pochen. Ich setzte mich aufrecht hin und versuchte, tief und regelmäßig zu atmen. Aufs Geratewohl sprang ich mitten in den Text hinein. Mein Blick fiel auf meinen Namen.

»*Sissi war ein paar Tage zu Besuch. Vor zwei Stunden hat Stefan sie zum Bahnhof gebracht. Ich bin erleichtert. Gott sei Dank wohnt sie nicht mehr in Wien, in unserer Nähe, sie absolviert einen Teil ihrer fachärztlichen Ausbildung in der Provinz, und ich hoffe, sie bleibt auch dort.*

Wie sagt man so treffend?: Fische und Gäste beginnen nach drei Tagen zu stinken. In ihrem Fall haben zwei ausgereicht. Es wird immer mühsamer, die bedingungslose Bewunderung dieser naiven Person zu ertragen. Früher hat mir ihre dümmliche Anbetung geschmeichelt, inzwischen ist sie mir lästig geworden. Ich brauche sie nicht mehr. Dieser arglose, hingerissene Blick aus den großen blauen Kinderaugen, unerträglich! Überhaupt sollten einen die Menschen mit ihren Gefühlen verschonen, vor allem mit den sogenannten aufrichtigen. Sie lasten wie ein Zentnergewicht auf einem, nehmen einem jede Freiheit. Im Grunde ist es nichts als eine ungeheure Zumutung, wenn andere einen zum Objekt ihrer schrankenlosen Zuneigung machen. Und die

Selbstverständlichkeit, mit der erwartet wird, daß man diese fragwürdigen Empfindungen auch noch erwidert!

Natürlich hat Sissi nicht die geringste Ahnung von dem Widerwillen, den ihre einfältige Verehrung hervorruft, dem Überdruß, den jeder ihrer verklärten Blicke in mir weckt. Ich lasse mir nichts anmerken. Es braucht ihr nicht bewußt zu sein, wie sehr ihre Ergebenheit mich langweilt. Man weiß nie, irgendwann kann einem eine solche devote Anhänglichkeit vielleicht von Nutzen sein. Menschen dieser Art lassen sich beim Verfolgen der eigenen Ziele gut einspannen. Sie merken es gar nicht, wenn man sich ihrer bedient.

Endlich ist sie abgereist, meine alte Freundin, ich atme auf. Ihre Ungeschicklichkeit macht mich rasend, sie hat die Begabung, anderen ununterbrochen im Weg zu stehen, vor allem, wenn es ihre Absicht ist, ihnen behilflich zu sein. Die langen, dünnen Arme und Beine, mit denen sie überall anstößt – enervierend! Die fahrigen Bewegungen! Sie erinnert mich an diese Spinne mit den langen Beinen. Weberknecht. Und das fliehende Kinn, das sie so beschränkt aussehen läßt! Insofern ist ihre ärgerliche Art, mich anzuhimmeln, begreiflich, natürlich kann sie sich äußerlich nicht im Entferntesten mit mir vergleichen. Etwas unglücklich, ihr Erscheinungsbild, das muß ihr klar sein. Unweiblich. Flach wie ein Brett. Und die ein Meter achtzig, die sie mißt! Sie müßte sich ganz anders anziehen, ich wüßte auch genau, wie, werde mich aber hüten, ihr zu raten. Mein Interesse an der Förderung weiblicher Konkurrenz hält sich in Grenzen. Schließlich gibt es Spiegel, in denen man sich betrachten kann. Wie ich damals –«

Jemand klopfte an die Zimmertür.

»Herein!«, sagte ich.

Es war die Pensionswirtin.

»Wollen Sie vielleicht heute hier zu Abend essen?«, fragte sie und lächelte ihr Raubtierlächeln. »Es gibt Sgombri alla marinara, frisch mariniert, mit Minze, Petersilie und Lorbeerblättern. Eines meiner Lieblingsrezepte, es kommt bei den Gästen sehr gut an.«

Ich dachte an das Schicksal des bedauernswerten Herrn Frijhoff aus Utrecht, von dem Achille mir erzählt hatte. Nein, diese Makrelen würde ich nicht essen. Allerdings war es nicht ratsam, Signora Smaldone durch brüske Ablehnung zu verärgern.

»Ach, das möchte ich gern, aber unglücklicherweise bin ich heute Abend zum Essen eingeladen«, log ich.

Das war einfach gewesen.

Das artifizielle Lächeln verschwand, und die haselnussbraunen Augen der Signora rundeten sich ungläubig.

»Eingeladen? Sie? Von wem denn? Eingeladen? Na, wenn das so ist …«

Sie schloss beleidigt die Tür, das energische Klicken der Absätze ihrer kirschroten Sandalen entfernte sich rasch.

Ich lehnte mich auf meinem unbequemen Sessel zurück und wunderte mich darüber, dass ich nach dem Schock, den die Lektüre von Reginas Journal mir versetzt hatte, überhaupt fähig gewesen war, auch nur ein Wort herauszubringen. Ich war mir sicher gewesen, dass ich auf etwas Wichtiges stoßen würde, und ich hatte mich nicht geirrt: Aus dem Tagebuch trat mir eine Frau entgegen, die zwei Seiten hatte, die völlig gespalten war. Eine, die mir ihre Freundschaft nur vorgespielt und mich insgeheim verachtet, über mich gelacht hatte. Die mich hasste! Es war ein Täuschung, die ich nicht begriff. Ich hatte ihr keinen Anlass zu der spöttischen Geringschätzung gegeben, mit der sie mich beschrieb, konnte ihre bösartige Beurteilung meiner Person, ihre hochmütige Abwertung nicht verstehen. Meines Wissens hatte ich mich immer loyal verhalten. Und ich hatte nichts gemerkt, nichts gespürt, hatte die leichte Entfremdung während der letzten Jahre der Tatsache zugeschrieben, dass wir an verschiedenen Orten lebten und beide beruflich gefordert waren, uns mit unterschiedlichen Dingen befassten. Wie hatte ich dermaßen ahnungslos sein und mit einem so unerschütterlichen Vertrauen an dieser Freundschaft festhalten können, fast zwanzig Jahre lang? Weshalb hatte sie sich nicht klar und bestimmt von mir abgewendet, wenn ihre Empfindungen mir gegenüber derart negativ gewesen waren? Nach außen hin war sie immer liebenswürdig und freimütig gewesen, rücksichtsvoll und hilfsbereit. Nie hatte ich Grund gehabt, an ihren freundschaftlichen Gefühlen zu zweifeln. Hatte es ihr Freude gemacht, dieses perverse Spiel mit mir zu treiben?

Ich suchte fieberhaft nach Erklärungen. Vielleicht war das Tagebuch als Fiktion zu betrachten? Regina hatte gelegentlich geschrieben, Kurzgeschichten, Gedichte. Sofort verwarf ich diese Deutung wieder. Nein, hier war nichts erfunden worden, es war das, was sie in Wahrheit dachte. Ich las weiter, konnte nicht anders.

»Wie ich damals, in unserem ersten Studienjahr in Wien, Lust verspüren konnte, sie zu verführen, ist mir unbegreiflich. Heute würde ich ihren mageren Körper, ihre ungeschickten Gesten als abstoßend empfinden. Zu meiner Rechtfertigung läßt sich sagen, daß es nur einmal vorkam und daß ich betrunken war. Ich kann mir mein Verhalten nur damit erklären, daß ich die Anziehungskraft, die ich von Anfang an auf Sissi ausübte, genie-

ßen, die Macht über sie, die sie mir so bereitwillig einräumte, auch sexuell geltend machen wollte. Sexuelle Abhängigkeit ist ein interessantes Thema, es ist die stärkste aller Besessenheiten und Knechtschaften, sehr befriedigend für den, der sie hervorruft. Man hat den Menschen, der einem solcherart verfallen ist, fest in der Hand, kann ihn nach Belieben manipulieren. Jedenfalls erinnere ich mich noch genau daran, wie wir auf meinem Bett saßen, wie Sissi mich ansah, von unten, einem unbeholfenen Kälbchen ähnlich, fast bettelnd, hilflos vor Verlangen. Es war grotesk. Da tat ich ihr den Gefallen. Sie zerfloß in meinen Händen, zu allem bereit. Nicht, daß ich es als unangenehm empfunden hätte, ihre ekstatische Servilität hatte ihren Reiz. Sie hat nie verstanden, weshalb ich nicht weiter mit ihr schlafen wollte, nicht erkannt, daß es nur eine Laune meinerseits war. Daß ich mich ihrer erbarmte. Daß das Erlebnis für mich eine ganz andere Bedeutung hatte als für sie. Und ich habe es ihr nie erklärt, wozu auch? Was Gefühle betrifft, ist es in jedem Fall vorteilhaft, die Menschen im Unklaren zu lassen. So sind sie leichter zu benützen. Ich frage mich, ob diese Nacht für Sissis späteres unglückliches Lavieren zwischen den Geschlechtern entscheidend war, ob ihr Unvermögen, sich eindeutig entweder zu Männern oder zu Frauen zu bekennen, damit zusammenhängt. Es ist offensichtlich, daß sie sich auch von Stefan angezogen fühlt. So offensichtlich wie unpassend. Aber Stefan merkt es nicht einmal, er ist für niemanden außer mir sexuell ansprechbar. Süchtig wie ein Junkie, wäre er weder willens noch fähig, eine andere Frau zu begehren, geschweige denn zu befriedigen. Noch dazu eine, die so wenig attraktiv ist. Ach, das Dummerchen, wie ein kleines Kind zwischen den Eltern saß sie an diesem Wochenende zwischen uns beiden, blickte einmal zu mir, dann wieder zu Stefan auf, glückselig und verzückt, ohne sich darüber im Klaren zu sein, wie lächerlich sie wirkte!

Was ihren Vater betrifft, verhielt es sich etwas anders. Ich fand seine Aura des Versagers, des Opfers seiner autoritären Mutter, dieses bigotten katholischen Monsters, ausgesprochen sexy. Da war ich die Interessierte. Schwächlinge haben mich immer gereizt. Ich weiß noch, wie ich einmal, als ich in den Sommerferien zwei sterbenslangweilige Wochen in diesem grauenhaften Haus mit den unsäglich geschmacklosen Türmchen und Arkaden in der Südsteiermark verbrachte und mich an einem späten Abend ganz unerwartet allein mit ihm fand, beschloß, ihm unmißverständlich zu erkennen zu geben, worauf ich aus war. Ich muß sechzehn oder siebzehn gewesen sein und war mir meiner Sache sicher. Aber der Idiot hat mir die kalte Schulter gezeigt, er fand meinen Versuch, den Vater meiner besten Freundin zu verführen, zynisch und kaltschnäuzig. Ich habe ihm diese Abfuhr nie verziehen, sie nicht vergessen – und nicht aufgegeben. Jahre später sah er es anders, da wurde er zugänglicher. Und dann lästig. Ganz wie die Tochter. Sissis Ahnungslosigkeit machte die Sache um so spannender. Je anhänglicher er wurde, desto mehr zog ich mich zurück. Katz und Maus, ein aufregendes Spiel. Solange man die Katze ist. Und die bin immer ich. Er hat gelitten, zu trinken begonnen, ein kleiner Triumph für mich. Sissi führte die Depression, in die er immer tiefer hineinglitt, darauf zurück, daß ihre Mutter ihn sehr bald nach ihrer Geburt verlassen hatte, sicher ein wichtiger Grund, aber nicht der einzige. Den entscheidenden Schlag, von dem er sich nicht mehr erholte, habe ich ihm versetzt. Man lehnt mich nicht ab! Ich war damals schon verheiratet, aber Stefan hätte mir sexuelle Untreue niemals zugetraut, ich hatte darauf geachtet, ihn diesbezüglich in Sicherheit zu wiegen. Erst später, als seine Gegenwart mir zuwider geworden war, habe ich ihn davon in Kenntnis gesetzt. Davon – und von anderen kleinen Betrügereien. Er fiel aus allen Wolken. Amüsant.«

Amüsant. Immerhin tröstlich, dass ich nicht die Einzige gewesen war, die Regina mit kaltem Genuss hintergangen hatte. Es war wohl nicht persönlich zu nehmen. Vor einer halben Stunde noch wäre das alles unvorstellbar für mich gewesen. Auch ich war aus allen Wolken gefallen, so wie Stefan. Auf eine Betonfläche. Doch je länger ich las, desto ruhiger wurde ich. Ich fühlte nichts. Offensichtlich stellte ich mich relativ schnell auf die veränderte, durch die neuen Informationen geschaffene Situation ein. Reginas abartiges Vergnügen an der Täuschung anderer bezog sich nicht nur auf mich und höchstwahrscheinlich auch nicht nur auf Stefan und meinen Vater. Sie schien unter dem Zwang gestanden zu sein, andere beherrschen, sie demütigen und verletzen zu müssen. Es hatte nichts mit uns zu tun. Aber glaubte ich das wirklich? Vielleicht war der Gleichmut, mit dem ich auf ihre höhnischen Sätze reagierte, nichts als ein Schutzmechanismus, der sich automatisch einschaltete, um das Unerträgliche erträglich zu machen.

Alle hatten wir uns von Regina blenden lassen – alle außer einem Kind, meiner Kusine Imelda, die ich nie hatte leiden können, und meinem Vater, der der Anziehungskraft meiner Freundin trotz seines berechtigten Misstrauens, das ich ihm verübelt hatte, letztlich doch erlegen war. Ich konnte es verstehen. Er war so gefangen, sexuell so bedürftig gewesen, hatte so einsam in dem unfertigen kalten, für ihn allein viel zu großen Haus gelebt, dass es mich wunderte, wie er ihr überhaupt längere Zeit hatte widerstehen können. Regina dagegen verstand ich weniger. Was für eine Genugtuung konnte es ihr bereitet haben, einen Menschen, der weitgehend zerstört war, völlig zu ruinieren? Nur weil er sich nicht von allem Anfang an von ihr hatte fesseln lassen?

Der Inhalt des halben Briefes aus Zürich, den ich im Winzerhaus gefunden hatte, war mir nun kein Rätsel mehr. Zweifellos war dieser Brief von einem von Reginas Liebhabern geschrieben worden, einem Kollegen, einem Musiker. Der offenbar glaubte, dass er der Erste, der Einzige war, mit dem Regina Stefan hinterging. Ein betrogener Betrüger.

Was ich nicht begriff, war die Art und Weise, wie Stefan von Regina sprach. Das Tagebuch ließ keinen Zweifel daran, dass er von Reginas Untreue wusste. Dass er mir nichts von ihren Affären erzählt hatte, konnte ich verstehen. Wer stand schon gern vor anderen als der gehörnte Ehemann da, noch dazu vor jemandem, der diese Ehe immer für ideal gehalten hatte? Aber weshalb betonte er mir gegenüber ständig, wie einzigartig in ihrer Intensität die Beziehung zwischen ihm und Regina gewesen war? Die Tränen um die Frau, die das Leben so lange mit ihm geteilt hatte, waren mir echt erschienen. Und warum sprach er nach allem, was geschehen war, überhaupt noch von ihr? Weshalb zog er es nicht vor zu schweigen? Wie stand er zu ihr? Hatte er sich trotz – oder gerade wegen – der Grausamkeit, mit der sie ihn behandelt hatte, innerlich noch immer nicht von ihr distanziert, sich nicht von ihr lösen können? Verdrängte er vieles einfach? Plötzlich empfand ich großes Mitleid mit Stefan. Er war wohl schwächer, abhängiger, als ich angenommen hatte.

Regina, mich als Weberknecht verspottend, eine harmlose Spinnenart ohne Giftdrüsen, selbst aber die räuberische Kreuzspinne, die sich in einem eingerollten Blatt neben ihrem kunstvoll gefertigten Netz versteckt, an dem glitzernde Tautropfen hängen, geduldig abwartend. Die hervorschießt, sobald der Augenblick günstig ist, ihr Opfer mit ihrem Gift betäubt und auflöst. Für das Männchen, das sich nicht genau an das artspezifische Ritual hält, ist die Paarung lebensgefährlich, es wird gefressen.

Ich schloss das Journal und schaltete den Laptop aus. Für heute hatte ich genug.

Der in der Via Vittorio Emanuele gelegene Eingang des Palazzo Catena, des Kettenpalastes, einer ausgedehnten Anlage aus dem zwölften Jahrhundert, an ihrer vom Hafen aus sichtbaren, imposanten Fassade von Zinnen gekrönt, war nicht schwer zu finden. Ich stand vor einer hohen, von einem Bogen aus Ziegeln überwölbten Toröffnung, deren unteren Teil eine alte Tür aus grün gestrichenen Brettern bildete. Zwischen dem oberen Ende der verwitterten Holztür und der Höhe des Bogens hingen die welken Zweige und roten Fruchtdolden eines Baumes über die Straße hinaus. Der rechte Flügel der Tür war offen und gab den Blick frei auf einen schmalen, von vertrockneten Sträuchern gesäumten Pfad. Ich ging durch den Bogen hindurch, betrat den Weg, sah mich um. Ein großer Innenhof, die Rückseite des Gebäudes, schmutzig, baufällig. An einem Fenster ein Schild mit der Aufschrift Polizia urbana. Eine hohe Steintreppe, die zum Eingang der Polizeiwachstube und des Übersetzerkollegiums hinaufführte. Auf dem oberen Treppenabsatz stand, mit nonchalanter Geste rauchend, den Ellbogen lässig auf die Balustrade gestützt, der Übersetzer Anders. Ich freute mich, ihn zu sehen. Unwillkürlich beschleunigte ich meine Schritte, lief die Treppe hinauf und erschrak, als eine graugrüne Mauereidechse blitzschnell neben mir in einem Spalt der die Treppe begrenzenden Mauer verschwand. Anders lachte sein asthmatisches, mir inzwischen vertrautes Lachen.

»Keine Angst!«, rief er. »Sie sollten im Sommer hier sein. Da wimmelt es von ihnen. Sie mögen das warme alte Mauerwerk. Kommen Sie, ich zeige Ihnen kurz das Kollegium, bevor wir Fausto besuchen.«

Er drückte seine Zigarette aus.

»In dem Gebäude darf man nicht rauchen, ich muss dazu ständig ins Freie gehen«, sagte er und fügte schmunzelnd hinzu: »Nur, damit Sie wissen, was ich Ihnen für ein Opfer bringe …«

Wir betraten das Gebäude und gingen einen Korridor entlang, von dem aus links und rechts geschlossene und halboffene Türen in verschiedene Räumlichkeiten führten, auch in die der Polizei. Am Ende des Ganges öffnete Anders die Tür zu einem großen Zimmer, in dem fünf Schreibtische, viele Regale voller Bücher und ein paar hohe Rollschränke standen. Ein Mann mittleren Alters mit einem feuerroten Lockenkopf und eine ältere Frau arbeiteten einander gegenüber. Ein kleiner, dünner Typ mit schütteren graumelierten Haaren stand neben einem Faxgerät und beobachtete, wie ein Blatt Papier langsam aus einer Öffnung am oberen Ende hervorglitt. Eine junge Frau, deren blondes Haar nachlässig mit einer breiten, strassbesetzten Spange aufgesteckt war, drückte ein aufgeschlagenes dickes Buch verkehrt auf die Glasfläche einer Kopiermaschine. Bei unserem Eintreten blickten alle vier auf.

»He, Anders, wen hast du da mitgebracht? Eine Kollegin?«, fragte der Mann am Schreibtisch auf Italienisch, verschränkte die Hände hinter dem Kopf und streckte den Brustkorb heraus. Mir fiel ein dicker Knoten an seiner rechten Handinnenfläche auf. Eine Fibromatose vielleicht.

»Wird auch langsam Zeit, dass wir hier ein neues Gesicht zu sehen bekommen«, brummte die ältere Frau mit Bürstenhaarschnitt und rot gerahmter, seitlich spitz zulaufender Brille ihm gegenüber, richtete den Blick wieder auf ihren Laptop und tippte weiter.

»Genau, noch dazu ein so hübsches«, sagte der Mann, der

am Faxgerät stand, und lächelte mich an. Seine Zähne waren lang und gelb, links oben hatte er einen Goldzahn.

Anders stellte mich seinen Kollegen vor. Die Frau mit dem Bürstenhaarschnitt war eine Übersetzerin aus Odessa, beschäftigt mit der Übersetzung von Goldonis Komödien ins Ukrainische.

»Zweihundert Stücke, stellen Sie sich das vor!«, stöhnte die Weißrussin. »Bis zu meinem Tod werde ich Goldoni nicht mehr los. Dabei mag ich seinen Humor gar nicht. Und dann noch die Libretti!« Sie stürzte sich wieder auf die Tastatur.

Der Mann am Faxgerät, ein aus seiner Heimat vertriebener Albaner aus dem Kosovo, ehemaliger Universitätsprofessor für Romanistik in Priština, übertrug gerade Macchiavellis Werk *Dell'arte della guerra* in die albanische Hochsprache.

»Ich habe Boccaccio, Dante, Petrarca und Macchiavelli übersetzt, außerdem auch noch Oriana Fallaci und Dario Fo«, sagte er und reckte selbstbewusst das Kinn. »Die gesamte Fachwelt kennt mich als renommierten Italianisten! Aber glauben Sie, die Serben hätten das auch nur im Geringsten gewürdigt? Ich wurde fristlos entlassen! Von einem Tag auf den anderen!«

»Sei nicht so wehleidig, Luan«, warf die junge blonde Frau ein. »Meine Autorin musste sich während des Krieges in einem Dorf in den Abruzzen verstecken, ihr Mann wurde von den Deutschen umgebracht. Fristlos entlassen, lächerlich! Ihr Gojim habt doch keine Ahnung.« Sie kam aus Tel Aviv und arbeitete an der Übersetzung eines Bandes mit Erzählungen von Natalia Ginzburg ins Hebräische.

»Auch wir Flamen sind immer unterdrückt worden!«, rief der Rothaarige. »Unsere Sprache wird verachtet, bis heute! Aber nicht mehr lange.« Er schlug sich mit der Faust gegen die Brust. »Ich bin aktiver flämischer Separatist und stolz darauf!« Der Mann, der aus Antwerpen kam, war dabei, einen Kriminalroman von Fruttero und Lucentini ins Flämische zu übertragen. »Wussten Sie übrigens, dass Fruttero und Lucentini auch übersetzt haben?«, fügte er hinzu. Dann griff er sich mit der rechten Hand an die Stirn. »Natürlich nicht, entschuldigen Sie, Sie sind ja Ärztin, hat Anders gesagt, wie sollen Sie das wissen?«

Wieder sah ich seine Handfläche. Eindeutig, Morbus Dupuytren, eine Beugekontraktur der Finger. Kann mit Alkoholismus, Tabakkonsum, Diabetes, Epilepsie und Aids zusammenhängen. Männer sind stärker betroffen als Frauen. Gut operierbar. Auf seinem Schreibtisch stand ein halbvolles Glas Rotwein, daneben eine fast leere Flasche.

Ein sonderbares Grüppchen, diese Übersetzer. Sie wirkten eher wie eine im Untergrund arbeitende kleine Zelle nicht sehr erfolgreicher Revolutionäre. Ich war froh, als Anders nach einem Blick auf seine Armbanduhr sagte, wir hätten es eilig, und wir uns verabschiedeten. Bevor ich die Tür hinter mir schloss, sprach ich den belgischen Übersetzer an: »Trinken Sie viel Alkohol?«

Er schaute mich verblüfft an. »Also – ehrlich gesagt, was geht Sie das an?«

»War nur eine Frage. Auf Wiedersehen.«

Wir gingen den Korridor ein Stück zurück. Aus einem Zimmer drang eine Männerstimme, ein angenehmer Bariton. Es klang wie Verdi.

»Hört sich ganz nach Fausto an«, sagte Anders. »Ich muss Sie vorwarnen, er ist ein bisschen – wie soll ich sagen? Von sich eingenommen. Etwas pompös vielleicht. Er hört sich gern reden. Stoßen Sie sich nicht daran. Er kann Ihnen helfen, darum geht es.«

Er machte eine Tür auf der rechten Seite, die einen Spalt offen stand, ganz auf. Dahinter saß an einem kleinen Schreibtisch, mit einem Notenblatt in der Hand, der Sänger. Er trug eine dunkelblaue Uniform mit hellen Kragenspiegeln und auf dem Kopf eine gleichfalls dunkelblaue Kappe, die mit einer stilisierten silberfarbenen Granate geschmückt war, aus der silberfarbene Flammen schlugen. Bei unserem Eintreten blickte er auf und verstummte.

»Er hat sich Ihnen zuliebe in Schale geworfen«, flüsterte Anders. »Den Uniformrock und die Kappe legt er im Büro normalerweise immer ab.«

»Ach, unser lieber Signor Cherz!«, rief der Polizeibeamte. Er hatte Mühe, das H zu artikulieren, aber immerhin versuchte er es und ließ es nicht weg, so wie die meisten Italiener. »Anders, schön, dich zu sehen!« Er wies auf das Notenblatt. »Endlich eine freie Minute, die ich nütze, um ein bisschen für unsere Aufführung in der Kirche der Madonna della Libera am Sonntag in zwei Wochen zu üben. Ein kleiner Streifzug durch Verdis Opern. Meine Frau und ich sind seit zwölf Jahren Mitglieder der Chorgemeinschaft dieser Kirche. Ich muss sagen, nicht einfach, die Partituren, gar nicht einfach.« Er legte das Blatt weg. »Nicht, dass ich hier nicht genug zu tun hätte, ganz im Gegenteil!«

Herz hieß er. Anders Herz. Der Name passte zu ihm. Er gefiel mir. Und allmählich auch der Mann.

Signor Sacco stand auf, nahm ein weißes Taschentuch aus seiner Rocktasche, entfaltete es, fuhr sich damit über die Stirn, steckte es wieder ein und trat mit ausgebreiteten Armen auf uns zu. Er war etwa einen Meter neunzig groß und wog, grob geschätzt, gute eineinhalb Zentner. Sein Gesicht war feist und hochrot, das Doppelkinn ging nahtlos in den dicken Hals über. Der ideale Kandidat für einen Herzinfarkt. Der Bauch, den er vor sich hertrug, war von beeindruckendem Umfang.

Er wurde von einer schwarzen Lederkoppel mit roter Einfassung und einer Metallschnalle umschlossen, auf der gleichfalls die Granate mit den Flammen aufgeprägt war. Seine Uniformhose hatte seitlich einen breiten roten Längsstreifen. Er ergriff meine Hand, drückte sie fest und schüttelte sie lange. »Gestatten, Sovrintendente Sacco.« Er lächelte selbstgefällig. »Ab Anfang Dezember übrigens Capo Sacco, wenn ich das erwähnen darf, eine kleine Beförderung. Freut mich sehr, Ihre Bekanntschaft zu machen, Signorina, freut mich ganz außerordentlich. Wie ich höre, sprechen Sie unsere Sprache fließend. Ich fühle mich geehrt, dass Sie sich in dieser heiklen und tristen Angelegenheit so vertrauensvoll an mich wenden. Wie gesagt, wir stecken hier bis zum Hals in Arbeit – Straßenverkehr, Bekämpfung der Kleinkriminalität, Umweltschutz, Fremdenverkehrssicherheit, Marktpolizei, Bauüberwachung, es gibt kaum etwas, das nicht in unseren Zuständigkeitsbereich fiele. Aber ein bisschen Zeit für unsere kleine Unterredung muss sein, nicht wahr? Nehmen Sie Platz, bitte sehr, nehmen Sie doch Platz!«

Er wies auf zwei unbequeme Sessel, die knarrten, als wir uns hinsetzten, ließ sich wieder hinter seinem Schreibtisch nieder, räusperte sich und schaute mich aus kleinen schwarzen, scharf blickenden Augen unter hängenden Lidern und über schlaffen Tränensäcken an. »Sie möchten also Genaueres über die Art und Weise erfahren, wie sich der Unglücksfall zugetragen hat, bei dem die österreichische Touristin Regina König umgekommen – genauer gesagt, verschwunden ist, nicht wahr?«

»Ja, ich –«, begann ich.

»Anders, ein lieber alter Freund, hat mir verraten, dass Sie das Ehepaar König sehr gut gekannt haben. Seine Freunde sind auch meine Freunde.« Ein gönnerhafter Blick in Richtung

Übersetzer. »So sind wir Süditaliener eben. Ich werde mir also erlauben, ganz privat mit Ihnen zu sprechen. Von Mensch zu Mensch sozusagen. Sie auch von einer weniger amtlichen Version des Vorfalls in Kenntnis setzen.«

Er beugte sich über den Schreibtisch. Sein Schädel war groß und kugelrund, das Haar dunkel, struppig und dicht. Seine Gesichtsfarbe vertiefte sich noch um ein, zwei Nuancen.

»Nun. Am besten komme ich gleich zur Sache. Offiziell war es ein Badeunfall. Wahrscheinlich war es tatsächlich einer. Höchstwahrscheinlich sogar. Aber mit hundertprozentiger Sicherheit lässt sich das nicht sagen.« Er beugte sich noch weiter über den Tisch. Gleich würde sein Kopf platzen. »Werte Signorina, es ist nicht mit absoluter Gewissheit auszuschließen, dass es sich um eine Entführung handelte.«

»Eine Entführung?«

Ich versuchte mir meine Überraschung nicht anmerken zu lassen. Der Sovrintendente lehnte sich wieder zurück. Ich atmete auf. Der Kopf war nicht explodiert, die unmittelbare Gefahr war vorüber.

»Ganz recht. Dass die Polizei von Procida in ihren Dokumenten als Ursache des Hinscheidens der bedauernswerten Signora König nach wie vor Tod durch Ertrinken angibt – was nach unserem Dafürhalten auch wesentlich eher dem wahren Sachverhalt entspricht als dieses von einem nicht unbedingt glaubwürdigen Zeugen behauptete Kidnapping –, hat einen Grund.«

Sovrintendente Sacco machte eine Pause. Wir starrten ihn an. »Einen ganz bestimmten Grund«, fuhr er fort. »Die Camorra.«

»Aber was hat denn –«, setzte ich an.

»Lassen Sie mich bitte ausreden. Einer unserer Gewährsleute, der uns mit Informationen aus dem Milieu dieser verabscheuungswürdigen Organisation versorgt, dessen Aussagen allerdings nicht immer verlässlich sind, da er heroinsüchtig ist, hat bezeugt, dass die Signora König im Jachthafen von Neapel von drei Mitgliedern eines bekannten Clans der Camorra aus einem luxuriösen Motorboot gezerrt und in einen schwarzen Mercedes gedrängt worden ist. Angeblich hat sie sich gewehrt und laut geschrien.«

»Die Witwe Ciaccoppoli –«, warf Anders ein.

»Mein lieber Anders, lass bitte die Witwe Ciaccoppoli aus dem Spiel, sie ist geistig unzurechnungsfähig, ihre Tochter hat sie entmündigen lassen.«

»Weshalb hat man –«, begann ich von neuem.

Der Sovrintendente erhob die Stimme.

»Seien Sie so liebenswürdig und unterbrechen Sie mich nicht. Ich habe Ihnen angedeutet, dass ich hier auf dem Revier förmlich in Arbeit ersticke. Meine Zeit ist begrenzt. Je aufmerksamer Sie mir zuhören, desto früher ist unser Gespräch zu Ihrer und meiner Zufriedenheit beendet.« Er schwieg kurz und fuhr etwas leiser fort. »Sie werden verstehen, dass sämtliche auch nur im Entferntesten mit der Camorra zusammenhängende Angelegenheiten mit äußerster Vorsicht behandelt werden müssen. Wir hier auf Procida sind natürlich nicht daran interessiert, uns Schwierigkeiten mit diesen gewissenlosen Kriminellen einzuhandeln. Stellen Sie sich vor, die gottlosen Verbrecher kämen auf den Gedanken, ihr Einflussgebiet auf unsere schöne Insel auszudehnen! Es wäre unser Ruin. Mit dem Tourismus wäre es aus und vorbei. Deshalb haben wir die Beobachtungen unseres Hintermannes, die möglicherweise aufgrund einer defekten Wahrnehmungsfähigkeit infolge seiner Drogensucht verzerrt waren, auch nicht weiter überprüft, sondern diese höchst unsichere Fährte sozusagen im Sande verlaufen und es offiziell bei der Verlautbarung bewenden lassen, dass Regina König ertrunken ist. Darin bestärkt hat uns auch die Tatsache, dass keine Lösegeldforderung einging.« Der Capo in spe lächelte selbstzufrieden. »Jeder vernunftbegabte Mensch wird für unser besonnenes Vorgehen Verständnis aufbringen. Die Angst vor der Camorra ist allgegenwärtig – und gerechtfertigt. Wenn ich Ihnen auch nicht verbieten kann, auf eigene Faust weitere Nachforschungen anzustellen, so rate ich doch nachdrücklich davon ab. Sie würden sich damit in Lebensgefahr begeben. Mit der Unterstützung der Polizei von Procida dürfen Sie jedenfalls nicht rechnen. Wir haben getan, was in unserer Macht stand.« Der Polizist stand auf. »Damit wäre alles gesagt. Selbstverständlich ist über das, was ich Ihnen gerade mitgeteilt habe, absolutes Stillschweigen zu bewahren. Ich hätte nicht so aufrichtig zu Ihnen gesprochen, wenn Sie nicht eine Bekannte meines alten Freundes Anders wären. Seine Freunde sind meine Freunde. Wir Italiener sind eben so.« Er nickte meinem Begleiter, der bereits Entzugserscheinungen erkennen ließ und nervös auf seinem Sessel hin und her rutschte, huldvoll zu und streckte sich. Sein Bauch ragte ein gutes Stück über den Schreibtisch. »Wie ich schon sagte, ich habe nicht ewig Zeit.« Er hielt uns seine plumpe Rechte hin. Wir ergriffen sie nacheinander. »Es hat mich wirklich sehr gefreut, Sie kennenzulernen, teure Signorina. Ich wünsche Ihnen alles Gute. Auf Wiedersehen. Ciao, Anders, ciao, bis bald!«

»Könnten Sie nicht –«, versuchte ich ein letztes Mal.

Signor Sacco wandte sich von uns ab und nahm das Notenblatt zur Hand. Wir gingen zur Tür. Während wir uns durch den Gang in Richtung Ausgang entfernten, ertönte seine Stimme von neuem. Ein angenehmer Bariton.

»Falstaff«, sagte Anders und grinste. »›E sogno? O realtà?‹«

Er begleitete mich zurück zur Pensione Paradiso.

»Was halten Sie von den Ausführungen des Sovrintendente?«, fragte ich. »Die Polizei kann es doch nicht einfach ignorieren, wenn zwei Zeugen unabhängig voneinander bestätigen, Regina in Gegenwart dreier Männer auf einer Motorjacht gesehen zu haben!«

Anders sog an seiner Lucky Strike wie ein ausgehungerter Säugling an der Mutterbrust.

»Na ja, eine demenzkranke alte Frau und ein drogensüchtiger Informant, ich weiß nicht …«

»Trotzdem, es ist doch ein eigenartiger Zufall.«

»Ja, eigenartig«, räumte er ein.

Wir begannen gleichzeitig zu lachen. Inzwischen waren wir vor der offen stehenden Eingangstür der Pension angekommen.

»Vielen Dank für Ihre Vermittlerdienste«, sagte ich.

»Also dann –«, sagte Anders. »Bis irgendwann.«

Er wandte sich zum Gehen.

»Ach, da fällt mir etwas ein«, setzte er hinzu, indem er sich noch einmal umdrehte. »Haben Sie vielleicht Lust, einem einsamen Mann in seinen uninteressanten vier Wänden beim Essen Gesellschaft zu leisten?«

»Sie kochen?«, fragte ich erfreut. »Eine lokale Spezialität vielleicht? Die Einladung nehme ich gern an.«

»Nein, ich koche nicht«, sagte Anders. »Aber ich versichere Ihnen, die Pizza, die ich mir ins Haus bringen lasse, ist nicht schlecht.«

Ich betrat das Foyer. Achille, der sich mit seinen ausgemergelten kleinen Fäusten auf der Tischplatte abstützte und auf Zehenspitzen hinter der Rezeption stand, das ohnehin vorspringende Kinn und den dünnen Hals in Richtung Haustür gereckt, setzte sich rasch hin und lächelte mir freundlich zu. Sein Akkordeon war nirgends zu sehen.

»Ein angenehmer Mensch, Signor Erz, nicht wahr?«, sagte er. »Nicht wahr? Verzeihen Sie, aber ich habe zufällig gesehen, wie Sie sich miteinander unterhalten haben. Es war nicht zu vermeiden. Verzeihen Sie. Ich glaube, ich darf nicht nur in meinem, sondern auch im Sinne aller übrigen Bewohner unserer Insel behaupten, dass er im Lauf der Jahre zu einem der Unsrigen geworden ist. Sie kennen ihn gut? Sehr gut?«

»Flüchtig«, sagte ich. »Wo ist denn Ihr Akkordeon?«

Die Miene des alten Mannes änderte sich abrupt, er blickte bekümmert und zog heftig an dem auf seinem Kinn sprießenden, langen weißen Haar.

»Die Chefin hat es weggesperrt«, sagte er und seufzte tief. »Sie kann ziemlich wütend werden, die Chefin. Der Chef ist sehr umgänglich, aber sie … Sie hat gemeint, ich störe die Gäste mit meiner Quetschkommode.« Er sah mich anklagend an. »Quetschkommode hat sie meine Victoria genannt. Im Augenblick wohnen doch nur Sie und Signor Tucci hier – er ist den ganzen Tag unterwegs, und ich hatte nicht das Gefühl, dass ich Sie mit meinem Akkordeon belästige.«

»Nein, nein – ganz im Gegenteil, ich habe es gern, wenn Sie spielen.«

Wieder wechselte Achille jäh den Gesichtsausdruck. Die braunen Augen in dem sympathischen Gesicht mit den zahllosen Fältchen leuchteten auf, er strahlte. »Ist das wahr? Vielleicht könnten Sie ein gutes Wort – also, Sie wissen schon, was ich meine, nicht? Damit sie mir mein Akkordeon wenigstens zurückgibt. Wenn ich hier auch nicht mehr darauf spielen darf.«

»Wenn Sie wollen, spreche ich mit der Signora.«

Der alte Mann griff nach meiner Hand und drückte seine

blutleeren, blasslila Lippen lange und fest darauf. Sie fühlten sich kalt an.

»Ich danke Ihnen, ich danke Ihnen tausendmal! Sie sind eine gute Frau. Wirklich, eine gute Frau.«

»Vielleicht können Sie mir auch einen Gefallen tun«, sagte ich.

»Selbstverständlich, selbstverständlich, ich tue alles für Sie, alles Menschenmögliche!«

»Kennen Sie die Signora Ciaccoppoli?«

Achille blickte überrascht, dann errötete er. Sein Mienenspiel war erstaunlich abwechslungsreich.

»Die Signora Ciaccoppoli – die Witwe, meinen Sie?«

»Ja, die Witwe.«

Er lächelte verschämt.

»Natürlich kenne ich sie, natürlich, ich kenne sie sogar sehr gut. Wissen Sie, wir sind – also, Renata und ich haben uns vor einem Jahr verlobt. Zwei Jahre nach Scipiones Tod.«

»Scipione?«

Man hielt es nicht für möglich.

»Ja, ihr seliger Mann. Wir haben zwei Jahre vergehen lassen, das ist lang. Es hätte genügt, das Trauerjahr abzuwarten. Aber wir wollten nichts überstürzen. Sie wissen ja, die Leute reden. Er – also Scipione, der Ehemann –, er war Zimmermann von Beruf. Auf einer Baustelle ist dem Unseligen ein Holzbalken auf den Kopf gefallen, er war auf der Stelle tot. Auf der Stelle. Eine Seele von einem Menschen. Die beiden, Renata und er, waren ausgesprochen glücklich miteinander. Ausgesprochen glücklich. Wissen Sie, ich habe schon vor fünfzig Jahren um Renatas Hand angehalten.« Er drehte verlegen an der Warze an seinem Kinn. »Ja, vor über fünfzig Jahren. Wir haben uns heimlich getroffen, sie wollte mich auch. Aber ihre Eltern waren dagegen, ich war ein Habenichts.«

Plötzlich lachte er laut und fröhlich auf. »Ja, ein Habenichts! Das hat sich bis heute nicht geändert, kein bisschen! Aber das macht nichts. Sie nimmt mich trotzdem. – Worum geht es denn?«

»Ich hätte gern eine Auskunft von der Signora und möchte wissen, wo sie wohnt.«

Achille beugte sich interessiert vor.

»Eine Auskunft? Eine Auskunft? Ja, worüber denn?« Seine Augen glänzten neugierig. Dann beherrschte er sich. »Ach, entschuldigen Sie, das geht mich natürlich nichts an, rein gar nichts. Und wo sie wohnt? Also, sie wohnt – Warten Sie, ich zeige es Ihnen, ich zeige es Ihnen gleich.« Er faltete eine Karte der Insel auseinander und fuhr mit einem krummen Zeigefinger über das Papier. »Sehen Sie, hier sind wir – hier. Und Renata wohnt dort. In der Via Ottimo. Via Ottimo Nummer drei. Es ist nicht weit. Gar nicht weit. Wenn Sie das Fahrrad nehmen, sind Sie in zehn Minuten dort. In zehn Minuten oder einer Viertelstunde.«

Das Haus in der Via Ottimo war nicht schwer zu finden, über der Eingangstür war eine Keramiktafel mit der Hausnummer angebracht. Das hellblau gestrichene kleine Gebäude stand für sich allein an einem steilen Abhang. Ein gewundener Pfad führte zwischen Sträuchern und windschiefen Bäumchen zum Meer hinunter. Ich lehnte mein Fahrrad an einen der morschen Pfähle des eingesackten Zaunes aus Drahtgitter und hoffte, er würde nicht umfallen. Dann stieß ich das hölzerne Gatter auf und ging über einen mit Bruchstücken aus bunten Fliesen ausgelegten Weg auf das Haus zu. In der von Unkraut überwucherten Wiese neben dem Weg liefen ein paar magere Hühner herum. Vor einem Loch im Erdboden lauerte eine rötlich und weiß gescheckte Katze. Eine winzige alte Frau mit weißen, erstaunlich dichten, gewellten Haaren, einer Brille und einem Buckel stand auf dem Gras vor einem der offenen Fenster und unterhielt sich mit einem großen schwarzen Vogel, der auf einer Stange in einem hohen und breiten, mit Goldfarbe gestrichenen Käfig hockte. Der Käfig saß auf einem runden Blechtisch unter dem Fenster. Die Tür des Gefängnisses war offen. In einem zweiten, kleineren Vogelbauer auf der Fensterbank zankten sich kreischend zwei grüne Wellensittiche.

»Kommen Sie nur, kommen Sie näher, Signorina«, sagte die Alte, ohne sich vom Vogel abzuwenden. Ich fuhr zusammen, weil ich nicht damit gerechnet hatte, dass meine Anwesenheit bereits bemerkt worden war. »Uckebein fliegt nicht weg. Nicht wahr, Uckebein, du fliegst nicht weg? Nein, nein.«

Uckebein. Ich musste schmunzeln. Sie sprach das H nicht aus.

»Huckebein ist ein deutsches Wort«, sagte ich. »So heißt ein Rabe in einer Geschichte. Hans Huckebein. Wie kommt der Vogel zu dem Namen?«

Die zarte, fast gebrechliche Frau wandte mir ihr rundes Gesicht mit der kleinen, gebogenen Nase zu. Ein Eulengesicht. Die Brillengläser in der schweren, altmodischen Fassung aus durchsichtigem Kunststoff waren dick, die Augen dahinter sahen groß und verschwommen aus.

»Signor Anders, der Deutsche, der öfter vorbeikommt, hat ihn so genannt, als ich ihn als kleines Vogeljunges von meinem Bruder geschenkt bekam. Der Name ist ihm geblieben. Er ist ja auch ein Rabe – genauer gesagt, ein Kolkrabe. Corvus corax.«

Anders schien hier wirklich alle Welt zu kennen.

»Wir Italiener haben Vögel gern, wissen Sie«, fuhr die alte Frau fort. »Besonders Singvögel. Wir haben sie gern, aber wir essen sie auch. So ist das Leben, nicht wahr?« Sie hob den Kopf und gackerte vergnügt. »Uckebein ist sehr intelligent, er spricht auch. Manchmal schaut er in den Spiegel, und er versteht, dass er selbst es ist, den er darin sieht. Meine Katzen begreifen das nicht, obwohl auch sie nicht dumm sind. Seine Lieblingsbeschäftigung ist das Stehlen – er stiehlt alles, was glänzt, aber auch die Wäsche von der Leine. Vorzugsweise Unterwäsche.« Wieder lachte sie. »Und er weiß, dass seine Beute nur dann sicher ist, wenn ihn niemand beim Verstecken beobachtet.«

Sie sprach lebhaft und unterstrich, was sie sagte, mit anschaulichen Gesten ihrer krallenartigen Hände. Auf den ersten Blick machte sie nicht den Eindruck, als litte sie an Demenz.

»Du bist ganz schön raffiniert, nicht wahr?«, sprach sie weiter mit dem Vogel. »Ja, ganz schön raffiniert, mein Schöner!« Dann wandte sie dem Raben den Rücken zu. »Na, komm schon, komm.« Huckebein kletterte umständlich aus dem Käfig und ließ sich auf ihrer Schulter nieder. Der Vogel war wirklich sehr groß. Seine schmächtige Betreuerin griff mit einer Krallenhand hinter sich und strich ihm über die glänzenden blauschwarzen Federn. Er ließ es sich gefallen.

»Er fliegt nicht weg. Und wenn, dann nur ein Stückchen. Er kommt gleich wieder zurück, er ist ganz zahm«, sagte die Frau. »Nicht wahr, du fliegst nicht weg? Nein, nein, du bleibst bei mir. Für immer und ewig.«

Ich trat näher und streckte die Hand nach seinem Gefieder aus. Es wirkte glatt und weich, ich wollte es berühren. Sofort hackte das Tier mit seinem großen schwarzen Schnabel nach mir, und ich zog die Hand erschrocken zurück. Wieder gackerte die alte Frau wie ein Huhn.

»Ja, ja, mit dir ist nicht zu spaßen, nicht wahr?«, sagte sie.

Und, zu mir gewandt: »Er kennt Sie nicht, wissen Sie. Wenn ihm jemand vertraut ist, lässt er sich streicheln. Bleiben Sie länger?«

»Nein, nur noch ein paar Tage. Sie sind doch die Signora Ciaccoppoli? Ich hätte Sie gern etwas gefragt.«

»Ach ja? Was denn?« Plötzlich wurde sie misstrauisch, wich zurück, legte den Kopf schief, was Huckebein augenblicklich nachahmte, schaute zu mir hoch, nahm die Brille ab und zog die Brauen über ihren großen runden, hellbraunen Nachtvogelaugen zusammen. »Woher kennen Sie mich überhaupt? Ich habe Sie hier noch nie gesehen. Und wer hat Ihnen gesagt, wo ich zu finden bin?«

»Signor Achille von der Pensione Paradiso. Ich wohne dort.«

Die Brauen glätteten sich unverzüglich. Sie setzte die Brille wieder auf.

»Sie kennen Achille? Na, wenn das so ist … Wir sind verlobt, wissen Sie.« Ein kokettes kleines Gackern.

»Ja, ich weiß, er hat es mir anvertraut.«

Das überraschte die Signora.

»Tatsächlich? Er hat es Ihnen erzählt? Aber so etwas verrät man doch nicht jedem dahergelaufenen Fremden! Ein indiskreter Mensch.« Sie lächelte. »Aber auch nobel. Eine noble Seele. Beinahe so nobel wie mein erster Mann.«

»Signor Scipione?«

Sie fuhr hoch.

»Wie? Das wissen Sie auch? Also wirklich, ich werde mit Achille sprechen müssen, er sollte doch etwas verschwiegener sein. Als Rezeptionist in dieser hochherrschaftlichen Pension! Ein Vertrauensposten.« Sie schüttelte den kleinen Kopf, die gewellten Haare flogen. »Ich glaube fast, er wird langsam dement.«

Die gescheckte Katze hatte etwas gefangen, sie hielt es mit den Pfoten fest. Eine Grille? Eine Maus? Einen Maulwurf?

Renata Ciaccoppoli setzte den Raben wieder in seinen goldenen Käfig und deutete auf das zweite Vogelhaus mit den beiden Wellensittichen auf der Fensterbank.

»Romulus und Remus«, sagte sie. Sie stieß mich mit dem Ellbogen erstaunlich kräftig in die Seite. »Dabei sind es zwei Weibchen!« Von neuem das gackernde Lachen. »Natürlich vertragen sie sich nicht. Aber was soll man machen? Jetzt habe ich sie eben. Sie sind hübsch, nicht wahr?« Sie beugte sich zum Käfig hinunter. »Sehen Sie die kleinen blauen und schwarzen Fleckchen hier? Und die zitronengelbe Kehle? Wirklich niedlich. Inzwischen sind sie neun Jahre alt – Greisinnen. Steinalt, so wie ich.« Ein kurzes Gackern, dann ein langes Ächzen. »Sie haben ja keine Ahnung, was mich das Futter für meine Tiere kostet! Ein Vermögen! Der Rabe, die Sittiche, die Katzen, der Hund …« Sie wandte den Kopf in Richtung Wiese. »Und jetzt habe ich auch noch eine griechische Landschildkröte. Die hat mir mein Enkel geschenkt, dieser Taugenichts. – Silvio! Silvio!« Sie hielt inne. «Man sieht sie nicht, sie ist perfekt getarnt. Das heißt, er. Es ist ein Männchen. Mein Enkel hat ihn nach Berlusconi benannt, er bewundert ihn. Ich weniger. Vielleicht sollte ich ihn umtaufen. Wie gefällt Ihnen zum Beispiel der Name Peppone? So hieß der kommunistische Bürgermeister in *Don Camillo und Peppone*, dieser alten Serie. Der gefällt mir besser als der Ministerpräsident.« Sie wartete meine Antwort nicht ab. »Aber ich rede und rede, und Sie wollten mich doch etwas fragen. Fragen Sie!«

»Es geht um den Badeunfall vor zwei Jahren – eine Freundin von mir ist dabei ums Leben gekommen. Regina König. Sie ist ertrunken.«

Die alte Frau schaute mich mitleidig an.

»Sie haben sich diesen Unsinn nicht etwa auch von unserer Polizei verzapfen lassen? Diese Stümper, allen voran Fausto Sacco! Na ja, er war schon in der Schule ein Einfaltspinsel. Ich war nämlich seine Lehrerin, wissen Sie. Ein dummer Mensch, ich frage mich, wie er über die Volksschule hinausgekommen ist. Ein Schwätzer. Aufgeblasen wie ein Pfau. Und so hässlich, finden Sie nicht auch? Ein Kopf wie ein Kürbis, ganz wie Mussolini, auch das Gehabe. Solche Ignoranten gehen gern zur Polizei, dort machen sie Karriere.«

Nein, die Witwe schien nicht unter einem Defizit kognitiver, sozialer und emotionaler Fähigkeiten zu leiden. Sie trat sehr nahe an mich heran, packte mich mit einer ihrer Krallen am Unterarm, nahm die Brille wieder ab und richtete den Blick ihrer Eulenaugen mit den riesigen schwarzen Pupillen auf mich.

»Die Dame ist eine Freundin von Ihnen, sagen Sie? Sie müssen entschuldigen, aber das spricht nicht für Sie. Sie sollten bei der Auswahl Ihrer Bekannten vorsichtiger sein.«

»Weshalb?«

»Weil sie eine leichtfertige Person ist.« Sie schob die Brille wieder auf ihre kleine Nase. »Und das ist noch milde ausgedrückt. Eine verheiratete Frau, die sich von drei lichtscheuen Figuren klitschnass in einem Fetzchen von schwarzem Badeanzug aufgabeln lässt! Es wird ein schlechtes Ende nehmen mit diesen Touristinnen aus dem Norden, die glauben, sie könnten sich ebenso benehmen wie Männer!« Sie hob ihre freie Kralle in einer warnenden Geste, eine fragile, alterssichtige Kassandra mit chronischer Polyarthritis. »Womit nicht unbedingt gesagt sein soll, dass Sie auch zu dieser Sorte gehören, mein liebes Fräulein. Nicht unbedingt. Jedenfalls, ich habe genau gesehen, wie Ihre unternehmungslustige Bekannte ohne Umstände zu diesen Männern in ihr schnittiges Motorboot gestiegen ist. Ich war nämlich gerade dabei, in der Bucht nach Muscheln zu suchen. Das Boot war nicht weit von mir entfernt.« Sie deutete auf ihre Augen. »Ich bin vielleicht uralt, aber ich sehe noch wie ein Luchs und habe die zwielichtigen Gestalten sofort erkannt.« Sie seufzte. »Einer von ihnen war mein missratener Enkel.« Dann drückte sie sich an mich und verstärkte ihren Krallengriff. »Es geschieht meiner Tochter ganz recht, dass sie einen solchen Tunichtgut von Sohn hat«, flüsterte sie. »Eine Tochter, die die eigene Mutter entmündigen lässt!« Sie machte eine kurze Pause, um die Wirkung zu ermessen, die die Eröffnung dieser ungeheuerlichen Tatsache auf mich hatte, und ließ meinen Arm los. Ich schüttelte den Kopf und schnalzte ein paarmal missbilligend mit der Zunge. »Sehen Sie, das empört auch Sie!«, fuhr die alte Frau fort. »Es empört jeden anständigen Menschen. Angeblich bin ich demenzkrank, dabei gibt es auf der Insel kaum jemanden in meinem Alter, der seine fünf Sinne besser beisammen hat.« Sie neigte den Kopf und lächelte, ein feines Lächeln. »Seine sechs, um genau zu sein. Natürlich geht es meiner Tochter darum, so rasch wie möglich ans Erbe heranzukommen. Achille und ich haben das Urteil sofort angefochten, wir sind optimistisch. Das Verfahren dauert seine Zeit, aber sobald es abgeschlossen ist, werden wir heiraten.«

»Konnten Sie sehen, ob meine Freundin mit Gewalt ins Boot gezerrt wurde?«

Signora Ciaccoppoli sah mich ungläubig an, dann gackerte sie los, laut und lange. »Mit Gewalt? Das glauben Sie doch nicht im Ernst!«, sagte sie dann. Sie fasste sich und wies auf ihre Ohren. »Ich habe nämlich nicht nur Augen, sondern auch Ohren wie ein Luchs. Sie hat mit den Männern gescherzt und gelacht, und der eine, ich glaube, er heißt Salvatore, ein recht ansehnliches Mannsbild, hat gleich den Arm um sie gelegt. Gewalt, lachhaft!«

»Salvatore? Sie kennen die beiden anderen Männer persönlich?«

»Nein, nicht persönlich, nicht wirklich. Ich habe sie ein-, zweimal auf der Insel gesehen, in Begleitung meines Enkels, deshalb weiß ich, dass einer von ihnen Salvatore heißt. Der Name des anderen ist mir unbekannt. Alle beide haben Kontakte zur Camorra, so viel ist sicher. Ich habe keine Ahnung, wie weit diese nichtswürdigen Kerle meinen Enkel schon in ihre Gaunereien hineingezogen haben. Im Grunde ist er ein guter Bub, verstehen Sie, er ist ja noch so jung, da gerät man leicht in schlechte Gesellschaft. Ich bin sicher, in ein paar Jahren ist er mit einem netten Mädchen aus Procida verheiratet und arbeitet als Zimmermann, so wie sein Großvater und sein Vater.«

»Wissen Sie vielleicht, wie und wo ich einen der drei treffen könnte?«

Die alte Frau überlegte.

»Na ja, Dante Gabriele – also, mein Enkel – hat uns verlassen«, sagte sie dann. »Ihm ist ein armseliges Zimmer in diesem Sündenpfuhl von Neapel lieber als unsere wunderschöne Insel. In Scampia noch dazu – eine fürchterliche Gegend, völlig gesetzlos! Alles lebt vom Drogenhandel. Er hat mir erzählt, dass er dort weder Miete, Wasser, Strom noch Heizung bezahlt. Er weigert sich einfach, so wie viele andere auch. Die Behörden sind machtlos. Soviel ich weiß, hält er sich oft in einer Kneipe in der Nähe dieser Bruchbude auf, wie heißt die Straße noch?« Sie dachte nach. »Ich glaube – ja, ich glaube, es ist die Via dell' Abbondanza. Seine Mutter hat ihn schon mehrmals dort angetroffen.«

»Dante Gabriele, ein schöner Name. Wissen Sie, wie das Lokal heißt?«

»Lassen Sie mich nachdenken ... Irgendetwas mit – ja, Bar degli amici heißt es. Ha! Schöne Freunde sind das! Er spielt Billard mit ihnen, im Hinterzimmer, und verliert sein ganzes Geld dabei.«

»Ich danke Ihnen vielmals, Signora Ciaccoppoli«, sagte ich. »Ihre Hinweise sind mir eine große Hilfe.«

»Bitte gern, bitte gern. Schließlich stehen Sie auf vertrautem Fuß mit meinem Verlobten und zukünftigen Ehemann. Aber wenn ich Ihnen einen Rat geben darf, liebes Fräulein: Lassen Sie die Finger von der Sache. Ich gehe jede Wette ein, Ihre Bekannte treibt sich irgendwo in Neapel herum und amüsiert sich bestens. Man sollte sich nicht in die Angelegenheiten anderer einmischen, schon gar nicht in die der besten Freundin. Sie wird wissen, was sie tut.«

Die kleine Frau machte ein paar Schrittchen in die Wiese hinein und deutete ins Gras. »Sehen Sie, dort ist Peppone!«, rief sie. »Dort drüben, gleich neben der Katze! Der Panzer ist gelbbraun, mit dunklen Flecken. Er hat sein Gehege hinter dem Haus, aber am liebsten läuft er in der Wiese herum und frisst. Er frisst ununterbrochen. Sehen Sie ihn?«

Sie hatte Silvio kurzerhand umgetauft. Ich sah Peppone nicht.

»Ja!«, rief ich. »Ja, ich sehe ihn genau!«

Allmählich wurden diese harmlosen kleinen Lügen zur Gewohnheit. Sie vereinfachten einiges.

»Wissen Sie, was wir im Winter mit ihm machen?« Die Signora gackerte kurz auf. »Wir stecken ihn vier Monate in eine Lade der Kühltruhe. Er muss nämlich ...«

Die Alte redete und redete und redete, aber ich hörte nicht mehr zu. Nachdem sie mir verraten hatte, was ich wissen wollte, war mein Interesse an ihrer Menagerie deutlich zurückgegangen.

»Also, nochmals herzlichen Dank«, unterbrach ich sie. »Und auf Wiedersehen.«

Ich wandte mich zum Gehen. Da meldete sich Huckebein zu Wort. Ich hörte ihn ganz deutlich. »Wo gehst du hin? Wo gehst du hin? Fettarsch! Fettarsch!«, kreischte er.

Ein langgezogenes Gackern folgte mir, ich war nicht sicher, ob es von der Signora oder einem ihrer Hühner stammte. Wie zum Trotz schwang ich meine schmalen Hüften. Ich würde nach Neapel fahren. Aber vorher würde ich noch ein bisschen in Reginas Journalen lesen.

8

»Gestern habe ich Stefan von der Abtreibung informiert. Ich war mir sicher, die Mitteilung würde ihn hart treffen. Er hatte sich entschieden dagegen ausgesprochen, hatte sich das Kind gewünscht, mich beschworen, es zu behalten, obwohl ich ihm, sobald ich wußte, daß ich schwanger war, klar und deutlich auseinandergesetzt habe, daß ich kein Kind will – und von ihm schon gar nicht. Ich hätte ihm die Schwangerschaft verschweigen können. Aber die Aussicht darauf, ihn in Hochstimmung zu versetzen und seinen dummen, unberechtigten Optimismus gleich darauf wieder zu zerstören, war zu verlockend. Man fühlt sich ziemlich stark, wenn man die seelische Verfassung eines anderen beeinflussen, sie nach Gutdünken steuern kann. Ein angenehmes Gefühl. Ich habe schon früh Geschmack daran gefunden. Stefan hat es sich selbst zuzuschreiben, er fordert mich heraus. Sich vorzustellen, daß er sich von diesem Kind eine Verbesserung unserer Beziehung versprochen hat! Der naive Trottel hört nicht auf zu hoffen. Als ob unsere Ehe noch zu retten wäre. Ich habe ihn belogen, ihm erzählt, daß es Zwillingsembryos waren, da ich wußte, das würde ihn noch mehr verstören. Es war nur ein Kind. Aber seine verbissene Zuversicht, dieses unnachgiebige Festhalten an unserer Verbindung, die längst ruiniert ist, macht mich so wütend! Er verdient es, verletzt zu werden, er legt es darauf an. Sein zähes Anklammern nimmt einem den Atem, er lechzt danach, daß man ihm weh tut. Es macht einem sogar Spaß.

Jedenfalls erleichtert es mich ungemein, daß ich mir das Kind vom Hals geschafft habe. Ich bin überzeugt, es wäre ein

Mädchen geworden. Diese kleine Frau, diese Rivalin hätte alles zunichte gemacht, meine Karriere, meine Freiheit, meine Attraktivität – alles, an dem mir etwas liegt. Ich fuhr in die Innenstadt, in die Klinik auf dem Fleischmarkt. Ein Segen, daß es sie gibt. Die Schwestern und Ärztinnen dort sind mir bekannt, schließlich war es nicht das erste Mal, dass ich ihre freundlichen Dienste in Anspruch nahm. Zwei ebenso hausbacken wie verbissen wirkende Abtreibungsgegnerinnen und ein fanatischer männlicher Mitstreiter mit flackerndem Blick standen mit ihren Plakaten vor dem Eingangstor und versuchten mich von meinem Entschluß abzubringen. Ärgerlich. Wie ich diese scheinheiligen katholischen Mütter mit ihrem vernünftigen Schuhwerk und ihren monströsen, mit Alarmanlage, Bordcomputer, Klimatisierungsautomatik, elektrisch verstellbarem und beheizbarem Außenspiegel, getönten Scheiben, Zentralverriegelung, Nebelscheinwerfern und Navigationsgerät ausgestatteten Kinderwagen verabscheue, mit denen sie einen auf dem Gehsteig zu rammen versuchen! Man erkennt sie von weitem. Umgekehrt ist das offenbar ebenso, die selbstgerechten Missionarinnen haben einen Blick für Frauen, deren Gebärfreudigkeit weniger ausgeprägt ist als die ihre. Es war jedenfalls nicht schwierig, sie mir vom Leib zu halten. Die Intervention war eine Bagatelle, man schläft ein, spürt nichts, ruht sich ein paar Stunden aus und verläßt die Klinik froh und befreit.

Stefan hat mir aufgelauert, wie üblich, wenn er nicht weiß, wo ich gewesen bin. Und wie üblich war er betrunken. In diesem Zustand ist er nicht zu ertragen. Er hat sofort mit seinem Verhör begonnen – wo warst du? Mit wem? Wo warst du? Mit wem? Ich bin in mein Zimmer gegangen, ohne etwas zu sagen, und habe abgeschlossen. Er hat an die Tür gehämmert wie ein Verrückter, ich hatte Angst, er könnte die Axt aus dem Keller holen und versuchen, die Füllung einzuschlagen, so wie schon einmal. Allmählich wurde er ruhiger, aber ich mußte mir noch eine Weile sein Lallen und Schluchzen anhören. Welche Frau kann einen Mann achten, der sich so vor ihr erniedrigt? Schließlich wurde es still, und ich konnte endlich einschlafen. Ich war todmüde. Als ich am nächsten Tag aus dem Zimmer ging, lag er schlafend davor, eingerollt, die Hände unter das Kinn geschoben, wie ein Hund. Ich mußte lachen, unwillkürlich.«

Die Stelle stammte aus dem Jahr 1998. Damals hatten die beiden das Winzerhaus noch nicht erworben gehabt, sie wohnten in der Hauptstadt, in der Nähe des Türkenschanzparks, hatten das erste Stockwerk einer gepflegten Villenetage im achtzehnten Bezirk gemietet, dieser grünen Hölle Wiens, im Cottageviertel, dort, wo ich sie ein Jahr zuvor an dem Wochenende besucht hatte, das Regina in ihrem Journal beschrieb.

»Wir sind umgezogen, wir wohnen jetzt im Koteesch-Viertel«, hatte Regina mir am Telefon etwas herablassend erzählt. *Koteesch*, hatte sie gesagt, so wie das Wiener Bürgertum das Wort auszusprechen pflegt. Im Erdgeschoß der Villa wohnte der Besitzer, ein ungehobelter Tierarzt im Ruhestand, der Wert darauf legte, als Herr Oberveterinärrat angesprochen zu werden, mit seiner hochnäsigen Frau, einer ehemaligen Operettensoubrette, die vor Jahrzehnten ein paarmal auf zweitklassigen Bühnen gesungen hatte, bevor sie nach ihrer Eheschließung mit dem Veterinär ihre Laufbahn beendete, was sie nicht davon abhielt, sich seit Jahrzehnten als Frau Kammersängerin titulieren zu lassen.

Die Ernüchterung ging weiter. Ich las seit einer halben Stunde. Regina, die mir so verbunden, mit der ich so vertraut gewesen war, hatte mir nie von einer Schwangerschaft erzählt. Der Gedanke, sie und Stefan könnten eine Bereicherung ihres Lebens durch ein Kind nötig gehabt haben, war mir niemals gekommen, ich war davon überzeugt gewesen, dass sie einander in ihrer gegenseitigen Hingabe völlig genügten. Insofern war es überraschend für mich zu erfahren, dass Regina ein Kind erwartet hatte – und noch frappierender, dass sie einen Abbruch der Schwangerschaft herbeigeführt hatte. Es passte nicht zu meiner Einschätzung ihrer Person. Sie war für mich von großer Vitalität gewesen, und ich hatte den Eindruck gehabt, dass sie sich unwiderstehlich zu allem Lebendigen hingezogen gefühlt, es ohne jeden Vorbehalt bejaht hatte. Ich war blind gewesen.

Dennoch: Je mehr ich durch sie selbst über sie erfuhr, desto größer wurde meine innere Gelassenheit, desto weniger brachten mich ihre Sätze aus der Fassung. Ich hörte einfach auf, mich zu entrüsten, zu empören, schockiert zu sein. Es ging ganz von selbst, ich brauchte mich nicht um Selbstbeherrschung zu bemühen. An die Stelle von Zorn, Bestürzung, Gekränktheit traten eine Art unpersönliche Anteilnahme, eine distanzierte Aufmerksamkeit. Ich begann meine extreme Desillusionierung als etwas Interessantes zu empfinden. Die Entdeckungen, die ich machte, waren niederschmetternd, aber auch erhellend, aufregend. Ich hatte Blut geleckt, würde weiterlesen. Ich konnte es aushalten. Wenn man diese erbarmungslosen, vernichtenden Sätze mit genügend innerem Abstand las, erfuhr man Aufschlussreiches über die Abgründe der menschlichen Natur. Aus erster Hand. Es war ein Verlust der Unschuld. Wahrscheinlich war es Zeit dazu. Regina war eine Sadistin gewesen. Eine grandiose Schauspielerin, die Zuneigung, Freundschaft, Güte, Mitgefühl vollendet und für nahezu jeden glaubhaft dargestellt und ihre Herzlosigkeit, ihre Selbstsucht, ihre Grausamkeit meisterhaft kaschiert hatte. Und Stefan? War er das ideale masochistische Gegenstück zu ihr gewesen? Es hatte ganz den Anschein. Oder waren die Rollen umkehrbar?

Dass er versucht hatte, die Tür von Reginas Zimmer einzuschlagen, konnte ich nachempfinden. Es war eine Reaktion auf ihre Gefühlskälte und Rücksichtslosigkeit gewesen. Immerhin hatte er nicht sie angegriffen, sondern seine Aggression gegen ein unbelebtes Objekt gerichtet. Ich verstand nun auch besser, weshalb dieser auf Frauen sehr anziehend wirkende Mann seit Reginas Verschwinden keine engere Beziehung mehr angefangen hatte. Er war übermäßig stark von ihr abhängig gewesen, hatte sehr viele Kränkungen und Demütigungen hingenommen. Nun war er misstrauisch. Dass er mit mir zusammen war, war vielleicht nur möglich, weil ich eine Brücke zu Regina bildete, sie gut gekannt hatte, weil er wusste, dass ich sie, ebenso wie er, grenzenlos bewundert hatte, ihr absolut ergeben gewesen war. Wieder empfand ich Anteilnahme für diesen Mann, der den zerstörerischen Launen seiner Ehefrau ausgeliefert gewesen war, sich nicht dagegen hatte wehren können, an seiner Zuneigung zu ihr festhielt.

Ich öffnete die nächste Datei, 1999, scrollte hinunter und ging mit dem Cursor an den Anfang eines beliebigen Absatzes.

»Wir werden ein altes Bauernhaus im Sausal kaufen. Ich habe es Stefan vorgeschlagen, ihm eingeredet, daß es immer mein Bedürfnis war, in dieser bezaubernden, mir seit so langer Zeit vertrauten Landschaft zu leben. Daß ich mich aufgrund der langen Freundschaft mit Sissi an diese Region gebunden fühle, an ihr hänge. Der Ahnungslose ist glücklich, mir diesen Wunsch erfüllen zu können, er ist davon überzeugt, daß uns in der veränderten Umgebung ein Neuanfang gelingen wird. Was für ein Narr! In Wahrheit liegt mir daran, nicht ständig in Wien sein zu

müssen. M. wird immer aufdringlicher, er beginnt den Kopf zu verlieren, verfolgt mich nach den Proben, nach den Konzerten, versucht mich zu stellen, macht mir Vorwürfe, belästigt mich mit seinen Beteuerungen, will sich von seiner Frau scheiden lassen, eine absurde Idee. Mir war klar, daß es ihm von Anfang an ernst war, sonst hätte ich mich auf die Affäre nicht eingelassen. Was die Männer betrifft, mit denen ich ins Bett gehe, habe ich immer auf leidenschaftlichen Gefühlen bestanden. Wenn schon ich selbst nichts empfinde, wenigstens ihr Verlangen soll maßlos sein! Was für ein Gefühl der Überlegenheit, derart heftige Emotionen auszulösen, ohne selbst beteiligt zu sein, die Person, die sich vergebens nach einem verzehrt, in ihrer ganzen Ohnmacht beobachten zu können, so, als wäre sie ein Insekt, ein Wurm, der sich krümmt und windet, wenn man ihn zwischen den Fingern hält. Imstande zu sein, diese Kreatur jederzeit zu zerquetschen.

Aber es geht nicht nur darum, mir M. vom Hals zu schaffen. Der Bratschist, den ich durch die Arbeit mit dem Streichquartett kennengelernt habe, spielt bei den Grazer Symphonikern, und mit einem Wohnsitz in der Südsteiermark wäre es für mich viel einfacher, ihn zu treffen. B. ist fünfundzwanzig, es ist seine erste Anstellung. Er ist hinreißend sexy, ohne sich dessen bewußt zu sein, nachgerade rührend in seiner Arglosigkeit und Unerfahrenheit! Und so weich und beeinflußbar, unwiderstehlich für eine Frau wie mich. Wenn man klug und kaltblütig vorgeht und sie nicht erschreckt, fressen einem diese gutgläubigen jungen Typen binnen kürzester Zeit aus der Hand. Sobald sie so richtig Feuer gefangen haben, lassen sie alles mit sich machen.

Mit Stefan werden die Dinge immer unerquicklicher. Er weiß, daß ich ihn betrüge, kann mir aber nichts nachweisen. Daß ich aus dem Schlafzimmer ausgezogen bin, hat er nicht verkraftet. Ich ertrage seine Berührungen nicht mehr, sein Körper ist mir zuwider, und das nicht erst, seit ich mit B. schlafe, der so viel jünger ist als er. In seiner erbärmlichen Schwäche ist Stefan in letzter Zeit mehrmals gewalttätig geworden, hat mich geohrfeigt und mit den Fäusten auf meine Oberarme eingeschlagen. Die Blutergüsse sehen häßlich aus, außerdem sind mir die Fragen peinlich, die B. stellt. Ich könnte Stefan anzeigen, bin davon überzeugt, daß einer Klage wegen Körperverletzung stattgegeben werden würde. Aber ich ziehe es vor, ihn mir noch eine Weile anzusehen in seiner ganzen Jämmerlichkeit und Armseligkeit. Was für ein abgeschmacktes Spektakel! Vor ein paar Tagen ist er vor mir auf die Knie gefallen, hat meine Beine umfaßt und mich weinend angefleht, ins Ehebett zurückzukehren. Natürlich bin ich nicht darauf eingegangen, und als ich auf ihn hinunterschaute und über seine entwürdigende Darbietung laut lachen mußte, stand er auf, stieß mich zu Boden und trat mir mit dem Fuß gegen die Hüfte. Es tat weh, aber die Genugtuung, ihn seine Selbstbeherrschung verlieren zu sehen, hat mich für den Schmerz entschädigt. Solche infantilen Ausbrüche bereut er unweigerlich ein paar Minuten später, er weiß, daß ich ihn dafür zutiefst verachte. Wenn er wenigstens zu seinen haßerfüllten Attacken stehen würde! Alles ist mir lieber als die unterwürfige Weise, auf die er mich danach um Verzeihung bittet.

Nicht er wird es sein, der mich verläßt, ich werde diejenige sein, die geht. Aber vorher werde ich ihn noch ein bißchen quälen. Er hat es sich selbst zuzuschreiben. Zu sehen, wie er sich jedesmal von neuem provozieren läßt, jedesmal die gleichen Reflexe zeigt, ist belustigend. Klassische Konditionierung, der ideale Pawlowsche Hund. Zweifellos wäre es interessant zu beobachten, wie er reagiert, wenn ich ihm die Liste vorlege.«

Die Liste. Welche Liste? Was war darunter zu verstehen? Mittlerweile traute ich Regina jede Niederträchtigkeit zu.

Ich schloss die Datei und ging ins Internet, um mich über

die Abfahrts- und Ankunftszeiten der Schnellfähren zu informieren, die zwischen Procida und dem Festland verkehrten, denn ich hatte vor, nach Neapel zu fahren und Signora Ciaccoppolis ungeratenen Enkel ausfindig zu machen. Ich war sicher, er würde mir weiterhelfen können. Zwar galt einstweilen noch der übliche Fahrplan, doch wurde darauf hingewiesen, dass wegen der Wetterverschlechterung, die für die folgenden Tage zu erwarten war, Verspätungen und sogar Ausfälle im Fährverkehr nicht ausgeschlossen werden konnten. Der Gedanke, ich könnte auf Procida festsitzen, behagte mir nicht.

Ich schaltete den Computer aus, stand auf, legte mich auf das Bett, auf die Seite, und streckte die Beine aus. Die Wolldecke roch muffig. Das rechte Auge der großen Plastikpuppe blickte mich starr an, das linke war fast geschlossen. Ja, sie zwinkerte mir zu, so, als sei sie im Bilde, als wisse sie Bescheid.

Stefan hatte sicher Schlimmes durchgemacht, und das jahrelang. Er benötigte Zuwendung, Verständnis. Ich nahm mir vor, ihn nach meiner Rückkehr besonders liebevoll und einfühlsam zu behandeln, er verdiente es. Wir würden uns gegenseitig dabei unterstützen, über den Betrug hinwegzukommen, den Regina an uns begangen hatte. Von meiner Entdeckung des Journals würde ich ihm nichts erzählen, es war nicht nötig. Dass ich auf eigene Faust nachgeforscht hatte, würde er mir übelnehmen, außerdem war es wenig sinnvoll, ihn an seine traumatischen Erfahrungen zu erinnern. Es genügte, dass ich wusste, was passiert war, und mich entsprechend rücksichtsvoll verhielt. Er brauchte mich.

Und Anders? Ein sympathischer Mann, der einen ungünstigen Zeitpunkt gewählt hatte, um in mein Leben zu treten. Was nichts daran änderte, dass ich mich auf das Essen freute, zu dem er mich eingeladen hatte. Wenn es auch nur eine Takeaway-Pizza sein würde.

Der Deutsche wohnte in der Via San Rocco Nummer 14. Ich lehnte mein Fahrrad an die Hausmauer und drehte mich um. Die Aussicht war beeindruckend, der Blick ging über den ganzen Golf von Neapel hinweg. Inzwischen waren Wolken am Himmel aufgezogen, das Meer war grau und bewegt, es wehte ein kühler Wind. Der kaum sichtbare Streifen in weiter Ferne musste die Halbinsel Sorrent sein. Ich wandte mich wieder dem Haus zu, betrachtete die Fassade.

Ein altes Gebäude. Der Putz war abgeblättert, unter dem neueren, weißen waren alte Farbschichten erkennbar, ockerfarben und türkis. Eine Steintreppe, überwölbt von einem Torbogen, führte steil hinauf und hinein in das Haus. Rechts neben der Treppe war auf einem Täfelchen die Hausnummer angebracht, in Weiß auf dunkelblauem Grund. Darunter lehnte mein Fahrrad, violett, mit rosa Sattel. Über eine Mauer links vom Torbogen hingen Zweige, welke Blätter.

Das Bild kannte ich. Aus meinem Traum und aus dem Internet. Es fehlte nur noch Regina, die auf der Treppe stand. Ich hob den Blick.

Nein, Regina war es nicht, die von links auf den oberen Treppenabsatz trat und winkte. Es war Anders. Und er blickte auch nicht ernst, sondern lachte. Ich musste schmunzeln, unwillkürlich. Solche Dinge gab es eben. Sie beunruhigten mich nicht. Oder kaum.

Offenbar flunkerte der Mann aus dem Norden ebenso gern wie ich: Es gab keine Pizza vom Zustellservice, er kochte selbst. In seiner Küche herrschte außer dichtem Nebel, einer Mischung aus Zigarettenrauch und Wasserdampf, auch heillose Unordnung, was mich wenig überraschte. Ich trat an den Herd. In einem Topf schmorte etwas. Es roch verheißungsvoll. Ich griff nach dem Deckel.

»Weg mit den Fingern!«, rief Anders und schlug mir spielerisch auf die Hand. »Wir brauchen hier keine Schnüffler!« Er lachte heiser.

Auf der Arbeitsplatte stand eine flache Schüssel, in der, mit einer durchsichtigen Flüssigkeit bedeckt, eine Unmenge kleiner, rosafarbener Fischfilets lagen. Sardellen. Anders bemerkte meinen Blick.

»Als Vorspeise gibt es Alici marinate«, sagte er. »Ich bin gestern eigens nach Pozzuoli gefahren, auf den Fischmarkt. Meine Händlerin hat mir gezeigt, wie man sie ausnimmt, es ist ganz einfach.« Seine schmalen Hände mit den langen, vom Nikotin braunen Fingern nahmen sich Zeit für die entsprechenden Gesten und ließen dabei die Zigarette nicht los. »Man dreht den Kopf ab, klappt das Fischlein auf und zieht die Mittelgräte von oben nach unten ab, samt der Schwanzflosse.«

Barbarisch. Ich war hingerissen. Endlich ein Mensch, der meine Vorliebe für die italienische Küche teilte, sie mir nicht vorspielte, so wie Emma. Der nicht nur aß, sondern auch selbst kochte. Der es bestimmt zu schätzen wissen würde, wenn man ihm florentinische Kutteln oder einen gefüllten Schweinsfuß vorsetzte.

»Manche nehmen Zitronensaft für die Marinade, ich ziehe Weißweinessig vor«, fuhr er fort. »Entscheidend ist der Zeitpunkt, zu dem man die Filets aus dem Essigbad nimmt. Er ist nicht leicht zu bestimmen. Die Sardellen sollten noch fast roh sein.« Er sah mich an und lächelte. »Ein magischer Augenblick sozusagen. Eine Minute zu viel kann alles verderben.«

Es war ich, die den Blick zuerst abwandte. Anders hustete heftig, dann nahm er eine Flasche Weißwein aus dem Kühlschrank und öffnete sie, ohne die Zigarette wegzulegen. Noch nie hatte ich jemanden so langsam einen Korkenzieher in einen Weinkorken drehen sehen.

»Während man wartet, trinkt man ein Glas«, sagte er. »Mindestens. Uralter kampanischer Brauch.« Wieder das rauhe Lachen.

Wir stießen miteinander an.

»Coda di Volpe«, sagte er. »Eine spät reifende Sorte.«

»Fuchsschwanz«, sagte ich. »Origineller Name für einen Wein.« Erst jetzt fiel mir auf, dass ich gar nicht auf die Idee gekommen war, Deutsch mit dem Deutschen zu sprechen.

«Man kann auch Caprettone, Falerno oder Pallagrello Bianco dazu sagen.«

Angenehm wohlklingend, diese italienischen Bezeichnungen. Wie konnte Emma nur das prosaische österreichische Wort *Zweigelt* ertragen? Ein Wort, das mit der unschönen Konsonantenverbindung *zw* anfängt und mit der nicht weniger hässlichen Buchstabenkombination *lt* aufhört?

Der Übersetzer stellte das Glas abrupt ab. Ich zuckte zusammen. So rasche Bewegungen war ich von ihm nicht gewohnt.

»Schauen Sie!«, rief er und deutete mit der Zigarette aufgeregt auf die Schüssel. Ein bisschen Asche fiel hinein. »Das Fleisch wird von außen nach innen langsam weiß. Man sieht nur noch einen dünnen rötlichen Streifen in der Mitte. Das ist der Moment! Wir müssen sofort handeln.«

Er begann die Filets aus der Schüssel zu nehmen und sie auf einem Küchentuch zu verteilen, damit sie trockneten. Ich half ihm dabei. Es machte Spaß, mit diesem liebenswerten, wenn auch etwas sonderbaren Gastgeber ein Essen vorzubereiten.

»So, und nun trinken wir ein zweites Glas, um uns von der Anstrengung zu erholen«, meinte er dann und füllte die Gläser von neuem.

Schließlich legten wir die aufgeklappten Sardellen mit der silbrigen Außenseite nach oben Schicht für Schicht in eine Schüssel. Jede Lage wurde von meinem Gastgeber großzügiger als die vorige mit kleingeschnittenem Knoblauch und Oregano bestreut und reichlicher mit Olivenöl begossen.

»Fertig«, sagte er zufrieden und verteilte die restlichen zehn Zentimeter Wein in der Flasche auf die beiden Gläser. Der Wein namens Fuchsschwanz begann mir zu Kopf zu steigen. Ich sah Anders dabei zu, wie er eine zweite Flasche nahm, daraus Rotwein in den Topf goss, aus dem ein so delikates Aroma aufstieg, und einen Schluck aus der Flasche trank, bevor er sie zurückstellte. Der Mann erschien mir von Minute zu Minute einnehmender. Ich brachte es mit dem steigenden Alkoholspiegel in Zusammenhang.

Nach der Hauptspeise war ich angenehm satt und ziemlich betrunken. Das, was so köstlich gerochen hatte, waren Pezzetti di cavallo gewesen, geschmortes Pferdefleisch. Es hatte ebenso köstlich geschmeckt.

»Ein Rezept aus Apulien«, hatte Anders erklärt. »Von meiner Schwiegermutter – ich meine, von der Mutter meiner Exfrau. Allegra. Sie stammt von dort, aus einem Dorf in der Provinz Lecce, am äußersten Ende des Stiefelabsatzes. Eine miserable Köchin. Und nicht sehr heiter.« Er hatte ein Fleischstückchen auf die Gabel gespießt, es nachdenklich angeblickt und langsam den Kopf geschüttelt. »Nein, überhaupt nicht heiter, Allegra, meine Exfrau.« Anschließend hatte er sich den Bissen vorsichtig in den Mund geschoben. »Gar nicht schlecht«, hatte er dann gemeint und zufrieden genickt. »Wichtig ist, dass die Stücke eineinhalb Stunden lang schmoren und keine Minute weniger. Zusammen mit Tomaten, Peperoni, Lorbeer und Salbei.«

Im Augenblick war mein Gastgeber in der Küche mit der Zubereitung des Desserts beschäftigt. Er ließ sich Zeit. Dass ich dabei zusah, hatte er nicht gewollt, er hatte gemeint, ich solle mich überraschen lassen. Man hörte das scheppernde Geräusch eines Schneebesens. Ich blickte mich im Wohnzimmer um. Ein paar altmodische Lampen mit dunklen Holzfüßen und vergilbten, schief stehenden Schirmen aus Pergament strahlten warmes gelbes Licht ab. Die Möbel waren abgenutzt und passten nicht zueinander. Auf Regalen, die aus rohen Brettern gezimmert waren und bis zur Decke reichten, standen und lagen in doppelten Reihen abgegriffene Bücher, und auf dem Fußboden, der zur Gänze mit hübschen, wenn auch zerschlissenen Teppichen ausgelegt war, schlängelte sich an den Wänden entlang eine endlos lange Reihe von CDs. Die Wände waren mit fadenscheinigen Behängen und mit verblichenen Zeichnungen und Farbdrucken bedeckt. Ein großformatiges, den jungen Clint Eastwood in Schwarzweiß abbildendes Plakat. Die Lithografie *Nie wieder Krieg* von Käthe Kollwitz. Ich musste lächeln. Es sah Anders ähnlich. Zwei massige hellbraune, in der Mitte durchhängende Ledersofas mit abgewetzten Bezügen, auf denen zerdrückte Kissen und ein Haufen Kleidungsstücke lagen, standen rechtwinkelig zueinander in einer Ecke.

Die Behausung eines Mannes. Eines sanftmütigen Mannes. Eine anheimelnde Höhle, die einer Frau keine Angst machte.

Mit einem großen Teller, auf dem sich duftendes goldbraunes, rautenförmiges Gebäck stapelte, kam Anders schließlich aus der Küche. Im linken Winkel seines Fischmundes hing eine Zigarette. Sein Gang war unsicher.

»So, hier ist die Crema fritta«, sagte er. »Man muss sie gleich essen. Sofort! So– solange sie warm ist.«

»Das sieht nicht aus wie eine Creme«, sagte ich.

»Ist es aber, ist es aber!«, sagte er vehement. Seine Aussprache war ein bisschen undeutlich. »Man lässt sie eindicken und er– erk– also, auskühlen, dann schneidet man sie in diese –

hm – in diese kleinen Karos, taucht sie in Ei und bäckt sie in Öl heraus. Genau.«

Nebeneinander auf einem der Sofas sitzend, aßen wir die Rhomben. Sie schmeckten ausgezeichnet. Ich schrieb mir das Rezept auf. Der Koch hatte nichts dagegen.

»Sie haben sich einen zauberhaften Platz für Ihr Domizil ausgesucht«, sagte ich.

»Nicht wahr? Das Haus ist denkmal– denkmal– Nicht wahr?«

»Denkmalgeschützt?«

»Genau, denkmal– Es wird oft fotografiert. Unun– ununter– jedenfalls oft. Im Internet sind Ab– Ab– also, Fotos.«

»Das kann ich mir gut vorstellen«, sagte ich und lächelte.

Anders blickte versonnen vor sich hin.

»Ich liebe die Insel«, sagte er. »Ich möchte mir hier ein kleines Haus kaufen. Ja, das möchte ich. Und hier sterben – also, zumindest – zumindest begraben werden. Genau. Auf dem Friedhof hier. Er ist so – so romantisch. Ich habe mir schon eine Grabstelle gekauft. Sie war gar nicht teuer.« Er sah mich an. »Nein, gar nicht teuer. Und, wissen Sie – wissen Sie –«

»Ja?«

»Ich habe das Essen mit Ihnen genossen«, sagte er und nickte ein paarmal mit Nachdruck. »Un– unendlich genossen.« Er nickte nochmals. »Unendlich! Ja.« Dann dämpfte er seine Zigarette auf dem Fußboden aus, dehnte und streckte sich und legte seinen Arm auf die Lehne hinter meinem Kopf. Ich sank noch tiefer in die weichen Kissen. »Unendlich«, wiederholte er und wandte mir das Gesicht voll zu. Ich sah zu ihm auf. »Wir sollten – also, ich finde, wir sollten endlich das Du-Wort – Ich meine, wir sollten – uns duzen. Genau. Uns duzen. Finden Sie – findest du –« Sein Gesicht kam immer näher, und seine langen Finger begannen sacht meinen Nacken zu streicheln. Ich rührte mich nicht. Da läutete das Mobiltelefon in meiner Handtasche, die neben mir auf dem Fußboden stand.

»Entschuldige – entschuldigen Sie, bitte«, sagte ich und begann in der Tasche zu kramen. Ich fand das Handy gleich. Das Display zeigte Stefans Nummer an. Es war das erste Mal seit meiner Abreise, dass er mich anrief.

Anders nahm den Arm vom Sofa, seufzte und stand auf. Er schwankte leicht. »Sie können auf dem Balkon telefonieren, da sind Sie un–« Er setzte von neuem an. »Un– wie sagt man schon?« Er griff nach dem leeren Teller. »Ist ja egal.«

In dem Augenblick läutete das Festnetztelefon, das neben dem Sofa auf einem kleinen Tischchen stand. Wir sahen einander an.

»Eigenartiger Zufall«, sagte Anders und hob den Hörer ab. »Bestimmt Allegra. Sie ruft un– unun–« Er holte Luft. »– ununterbrochen an, wegen der Kinder, wissen Sie.«

Der exzentrische Mensch hatte also eine Exfrau und Kinder. Erstaunlich.

»Ja, eigenartig«, sagte ich und nahm das Gespräch entgegen. Ich trat auf den Balkon hinaus. Inzwischen war der Wind stärker geworden, ich hörte, wie die Wellen weit unter mir an die Kaimauer der Marina Corricella, an die Wände der dort verankerten Boote schlugen.

»Wie, eigenartig?«, fragte Stefan. »Was, eigenartig? Du klingst so heiter. Die Finnen sind doch ernste Menschen. Wo bist du überhaupt? Sissi? Sissi!«

»Ja, ja, ich bin da, ich bin da«, sagte ich. »Wie geht es dir?«

»Wo bist du?«, wiederholte Stefan misstrauisch. »Bist du nüchtern?«

»Bei einem Essen«, sagte ich. »Und natürlich bin ich nüchtern. Ein offizielles Essen für die Teilnehmer der Konferenz.

Im großen Festsaal des Rathauses von Helsinki. Der Bürgermeister hat eben eine Rede gehalten.« Gab es in Helskini einen Bürgermeister? In diesen skandinavischen Ländern wurden doch so viele politische Ämter von Frauen bekleidet. Egal, Stefan würde es nicht wissen. »Eine lustige Rede.«

»Lustig? Auf Finnisch?«, fragte Stefan. »Du verstehst doch kein Wort Finnisch! Kein Mensch versteht Finnisch. Außer den Finnen.«

Ich hätte ihm gern den Inhalt der Rede des Bürgermeisters von Helsinki in großen Zügen wiedergegeben, beschloss dann aber, mich im Zaum zu halten.

»Nein, auf Englisch natürlich. Die Finnen haben eine Begabung für Fremdsprachen. Die Bürgermeisterin spricht fünf Sprachen – ich meine, der Bürgermeister. Was gibt es?«

»Was ist das für ein Geräusch im Hintergrund? Klingt wie Meeresrauschen.«

»Ist es auch. Ich stehe auf dem Balkon des Rathauses, um mich besser mit dir unterhalten zu können. Hier ist es ruhiger. Das Rathaus von Helsinki liegt direkt am Meer, wusstest du das nicht?«

»Bist du verrückt? Im Freien? Bei dieser Kälte! Es hat minus drei Grad! Ich schaue jeden Morgen im Net nach, wie das Wetter in Helsinki ist. Und du, dem festlichen Anlass entsprechend in einem leichten Kleid! Du wirst dich erkälten! Du fehlst mir, Prinzessin, weißt du das?«

»Du mir auch. Was gibt es Neues?«

»Nichts Besonderes. Ziemlich viel Arbeit. – Ach ja, es gab eine kleine Aufregung hier. Deine Kusine Imelda. Sie hatte einen Schock.«

»Aber weshalb denn?«

»Einen leichten. Sie hat sich bald wieder erholt. Florian – der Bruder des Forstgehilfen, du kennst ihn ja –«

»Was ist mit ihm?«

»Er hat deine Kusine belästigt. In der Nähe der Mühle. Es hat sie sehr erschreckt. Ihrer Ansicht nach war es ein Vergewaltigungsversuch. Florian bestreitet das. Er sagt, er habe nur ihre blonden Haare streicheln wollen, und als sie das nicht zuließ, habe er sie umgestoßen. Sie behauptet, er habe sich auf sie geworfen und sich an ihr vergehen wollen. Jedenfalls halten ihn die meisten im Dorf für sexuell abartig, sie sind dafür, dass er in eine Anstalt kommt. Aber sein Bruder will nichts davon wissen. Er meint, Florian sei gutmütig und völlig harmlos.«

»Das glaube ich auch.«

»Ich bin mir da nicht so sicher. Meiner Ansicht nach ist er ziemlich verhaltensgestört. Schwer einzuschätzen, wozu er imstande ist. Ich traue ihm jedenfalls einiges zu. Diesmal ist es noch gutgegangen. – Aber wir müssen aufhören, Prinzessin, sonst holst du dir auf dem finnischen Rathausbalkon noch den Tod. Ich melde mich wieder. Ich umarme dich.«

»Ich dich auch.«

Ich schaltete das Mobiltelefon aus und ging zurück ins Wohnzimmer. Anders lag auf dem Sofa. Seine Füße ragten über den Rand hinaus. Er hatte sein Handy ans rechte Ohr gelegt und schlief. Ich beschloss, ihn nicht zu wecken und zurück zur Pension zu fahren.

9

Am Morgen darauf nahm ich das Aliscafo nach Neapel. Es war kalt und windig, Himmel und Meer hatten denselben schiefergrauen Farbton. Mit der U-Bahnlinie eins fuhr ich bis zur Station Piscinola. Als die Türen sich öffneten, ertönte ein heulendes Signal. Ein paar Leute hasteten aus den Waggons, ich eilte mit ihnen mit. Im Aufzug bekreuzigte sich eine junge Frau.

Ich ging durch die menschenleeren Straßen, sah mich um. Ein Vorort von schwer überbietbarer Tristesse, desolate Zweckbauten aus den siebziger Jahren, hässliche große, von Stahlzäunen umgebene Wohnkomplexe, halbfertige Betonskelette, der beißende Geruch von schwelendem Plastikmüll. Kein Geschäft, keine Bank, kein Supermarkt. Auf der Fahrbahn spielten drei Kinder. Über allem der bedeckte Himmel.

Eines der Kinder, ein kleiner Junge, stellte sich vor mich hin und schaute mich aus großen schwarzen Augen mit langen, aufgebogenen Wimpern starr an. Eine schlecht oder gar nicht behandelte einseitige Lippenspalte zog sich von seiner Oberlippe bis zum Nasenloch. Eine Hasenscharte. Er grinste, schob sich den Lauf seiner großen gelben Plastikpistole zwischen die Lippen und drückte ab. Dann nahm er die Pistole aus dem Mund, zielte auf mein Gesicht, drückte abermals ab, blies den imaginären Rauch von der Mündung und lief zu seinen Freunden zurück. Alle drei blickten in meine Richtung und lachten, dann liefen sie um eine Ecke.

Ich ging weiter, suchte schließlich unter dem Plexiglasdach einer ramponierten Bushaltestelle Schutz vor dem Wind und faltete den Stadtplan auseinander, den Achille mir überlassen hatte. Die Via dell' Abbondanza musste in der Nähe sein. Zwei dicke Frauen mit Einkaufstaschen, bunte Wolltücher um Kopf und Oberkörper geschlungen, stellten sich zu mir und musterten mich eine Zeitlang schweigend von der Seite.

»Scheußliches Wetter«, sagte die eine, etwas Größere, schließlich. Sie lispelte ein wenig.

»Wissen Sie, wo die Via dell' Abbondanza ist?«, fragte ich. »Sie kann nicht weit sein.«

Die Frauen sahen mich erstaunt an.

»Sie sind hier fremd, das merkt man gleich«, sagte die Kleinere. »Wir sind hier auf der Via dell' Abbondanza!«

Die Größere zog eine plumpe Hand unter ihrem Tuch hervor und beschrieb damit eine umfassende, halbkreisförmige Geste. »Sehen Sie sich doch um – abbondanza! Was für ein treffendes Wort für dieses Stadtviertel, nicht wahr?«

Sie lachte, laut und herzhaft, sodass das Fleisch ihres fülligen Oberkörpers auf und ab hüpfte. Dann kramte sie in ihrer Einkaufstasche, lange und umständlich, fand schließlich ihre Geldbörse, öffnete sie, entnahm ihr ein Foto und zeigte es mir. Es war ein abgegriffenes, unscharfes, leicht braunstichiges Schwarzweißfoto, auf dem vor einem Hintergrund aus Olivenbäumen inmitten von Schafen und Ziegen ein dünnes Mädchen mit einem langen Stab in der Hand stand.

»Das bin ich, mit meiner Herde«, sagte sie und klopfte mit dem Zeigefinger auf die kleine, helle Figur. »So hat es früher hier ausgesehen, eine ländliche Gegend. Die reine Idylle. Es gab einfache Wirtshäuser, Bauernhöfe, Ziegen, Schafe, Olivenhaine, man konnte den Vesuv sehen, auch das Meer und die Inseln. Dann, nach dem Erdbeben von 1980, kam der sogenannte soziale Wohnbau. Sozial!«

Wieder lachten die beiden.

»Die obdachlos gewordenen Familien sind hierhergezogen«, setzte die kleinere Frau fort, »die kinderreichsten, ärmsten. In diesem Ghetto leben heute siebzigtausend Menschen, die meisten von den Drogen. Es gibt kaum Geschäfte, Brot kaufen ist ein Problem! Dafür haben sie uns das Gefängnis hergebaut und lassen die Zigeuner hier hausen, unter der Autobahntrasse – wir kriegen alles, was niemand will. Sie haben uns abgeschrieben.« Die Frau sah mich an und nickte. »Jawohl, abgeschrieben. Wir sind die Letzten.«

»Der Abschaum«, warf die Größere ein.

»Genau, der Abschaum«, wiederholte die Kleinere. »Die Verdammten von Neapel.« Sie machte eine Pause und musterte mich erneut von oben bis unten. »Wo wollen Sie denn hin, Signorina?«

»Kennen Sie vielleicht –«

Die größere Frau unterbrach mich.

»Nicht, dass Sie Angst haben müssten«, lispelte sie. »Auf der Straße überfällt sie keiner, die Leute haben Geld, das Geschäft mit den Drogen rentiert sich. Zumindest verdient man sich ein bisschen dazu. So wie meine Nachbarin hier.« Sie stieß die Kleinere in die Rippen. »Nicht wahr, Valentina? Für die Klavierstunden deiner Tochter.«

Valentina grinste und zuckte die Achseln.

»Was soll man machen?«, sagte sie. »Die Familie muss leben.«

»Aber wenn Sie einen der Wohnblocks betreten wollen«, fuhr die andere fort, »dann wird es schwierig. Wer ein und aus geht, wird kontrolliert. Sie halten einen an, stellen Fragen: Wer bist du? Was willst du hier? Zu wem möchtest du?« Sie blickte ihre Bekannte an. »Wenn wir in unser Haus wollen, müssen wir uns in eine Schlange von Süchtigen einreihen. Sage ich die Wahrheit oder nicht, Valentina?«

Valentina nickte.

»Die reine Wahrheit«, bestätigte sie. »Man braucht nicht einmal die Wohnung zu verlassen, um die Ware loszuwerden.«

»Ja, so weit ist es gekommen, Signorina«, sagte die größere Frau und seufzte.

Ein elegantes schwarzes Sportcoupé mit getönten Scheiben rollte langsam und geräuschlos an uns vorüber. Valentina packte ihre Bekannte am Arm.

»Hast du gesehen, Federica? Das war Lorenzo. Mit Aldo, dem Sohn von Concetta. Der ist doch vor kurzem noch im Gefängnis gesessen, oder nicht?« Sie wandte sich an mich. »Das sind Dealer. Die haben sich schon hochgearbeitet, haben schon ein paar andere ausgeschaltet. Aber sie sind immer noch Handlanger.«

»Genau. Fußvolk.« Federica nickte. »Die Bosse lassen sich hier nicht blicken, sie wohnen in Posilippo, in Capri, Spanien, Amerika, was weiß ich …«

Mittlerweile war mir ziemlich kalt.

»Gibt es hier in der Nähe eine Bar degli amici?«, fragte ich.

»Ja, gleich da vorne«, sagte Valentina. »Es ist die einzige Bar weit und breit. Vor dem Haus sitzt einer auf der Mülltonne, mit einer Spritze, und drückt sich gerade was rein. Sehen Sie ihn? Dort ist es.«

»Vielen Dank«, sagte ich und ging in die Richtung, die sie mir gewiesen hatte. Schräg rechts über mir, nicht sehr hoch, kreiste ein Hubschrauber. Der Typ mit der Spritze bemerkte mich nicht.

»Meine Großmutter? Das gibt's ja nicht!«, sagte der Enkel der Signora Ciaccoppoli, schlug sich auf die Oberschenkel und lachte. »Die Alte hat vielleicht Nerven!« Er wandte sich an seinen Nachbarn. Wir saßen zu dritt um einen kleinen runden Blechtisch. »Hast du gehört, Salvatore? Die Nonna hat sie geschickt. Wegen dieser Deutschen damals, du weißt schon. Die wir mitgenommen haben. Als wir mit dem Boot in Procida waren.«

»Ach, die!«, sagte Salvatore und pfiff durch die Zähne. »Nicht mehr die Jüngste, aber ganz schön scharf.«

»Österreicherin«, sagte ich.

»Ist doch egal«, sagte Salvatore. »Hauptsache, wir haben unseren Spaß mit ihr gehabt. Zuerst im Boot und später in der Wohnung von Gianluca.«

»Dann kam noch dein Bruder dazu. In der Wohnung. Und Gianlucas Cousin.« Dante Gabriele grinste.

»Genau«, sagte Salvatore, nickte und grinste ebenfalls. »Jetzt fällt es mir wieder ein. Die Frau war echt nicht schlecht. Hat uns gut bedient.«

»Du hast ihr deinen Anhänger geschenkt, weißt du noch? Dieses große S, das du immer um den Hals getragen hast. An dem schwarzen, geflochtenen Lederband. Sie hat es dir abgeluchst.« Der junge Mann lachte. »Mitten im Geschehen.«

»Du sagst es! Sie wollte das Ding unbedingt haben. Für ihren Mann, hat sie gesagt und sich kaum eingekriegt vor Lachen. Da hab ich es ihr um den Hals gehängt. Das ärgert mich noch heute. Ein Geschenk meiner Mutter. Aus Kupfer. Ein Glücksbringer. Sah aus wie eine Schlange. Die Schuppen waren fein herausgearbeitet, und die Augen waren zwei kleine Smaragde. Ziemlich teuer.«

»Du warst stockbesoffen.«

»Wir waren alle stockbesoffen.«

Sie lachten laut.

Ich hatte nicht lange warten müssen, bis die beiden erschienen waren. Bei meinem Eintreten hatten die wenigen Gäste aufgeblickt und waren verstummt. Ich setzte mich in einiger Entfernung von ihnen an einen Tisch im hinteren Teil des großen, kalten Raumes, von dem aus man durch eine Tür in ein Hinterzimmer sehen konnte, in dem ein paar alte Billardtische mit abgenutztem Filzbelag standen. Da die stark geschminkte, nicht mehr junge Frau hinter dem Schanktisch keine Anstalten machte, mich zu bedienen, stand ich nach einer Weile auf und ging zu ihr hin.

»Einen Espresso, bitte«, sagte ich.

»Fremde sind hier nicht willkommen.«

»Ich warte auf Dante Gabriele.«

Ein abschätziger Blick aus honigbraunen, mit breitem schwarzem Lidstrich umrahmten Augen und dick getuschten Wimpern.

»Was Sie nicht sagen! Sind Sie Journalistin?«, fragte sie.

»Nein. Eine Bekannte.«

Meine Behauptung schien die Kellnerin nicht zu überzeugen.

»Ständig kreuzen Schnüffler auf, glotzen uns an, wollen alles Mögliche wissen und bemitleiden uns. Widerwärtig!«, sagte sie und zog die Mundwinkel voll Abscheu hinunter. Ihre Lippen waren bis weit über den Rand hinaus grellrosa bemalt. Auch der Plastikhaarreifen, der ihr langes, gefärbtes, strähniges blondes Haar zurückhielt, war grellrosa. »Als wären wir im Zoo! Keine Ahnung, ob der Kleine heute kommt.« Sie stellte eine dicke weiße Tasse auf die durchlöcherte Metallplatte der Espressomaschine, einer alten Gaggia Achille mit Manometer und Handhebel. Ich war seit längerem auf der Suche nach einem solchen Gerät. »Glauben Sie, wir leben freiwillig hier?«, fragte die Frau. »Sehen Sie sich meine Tochter an: mit vierzehn das erste Kind. Zwei Jahre später ist der Mann weg. So ergeht es den meisten Frauen. Die Kinder landen auf der Straße. Meine Tochter kann von Glück reden, dass ich den Job hier habe und sie finanziell unterstütze. So kann sie sich um ihre Söhne kümmern. Sie sind sieben und neun. In dem Alter entscheidet sich schon das meiste. Sie sehen die Dealer, kriegen mit, wo man die Drogen versteckt, wie die Größeren in den Autos Crack inhalieren. Ein paar Jahre später fangen sie als Wachtposten an. Eine gefährliche Sache. Eins von zehn Kindern kann sich raushalten.«

Sie blickte in Richtung Eingang. »Sie haben Glück«, sagte sie. »Hier kommt der Kleine. Mit Salvatore. – Sagen Sie, hören Sie mir überhaupt zu?«

»Würden Sie mir die Gaggia verkaufen?«, fragte ich. »Unter Umständen?«

Die Kellnerin blickte mich entgeistert an.

»Wie bitte?«

»Nur eine Frage.«

Wie zu erwarten war, war die Maschine unverkäuflich.

Jedenfalls fand ich Dante Gabriele und seinen Genossen nicht unsympathisch. Offenbar hatte die Signora Ciaccoppoli mit ihrer Vermutung recht gehabt. Regina war aus freien Stücken mitgekommen und hatte sich mit den drei Männern vergnügt.

»Wann ist sie gegangen?«, fragte ich. »Und wohin?«

»Ich weiß es nicht mehr. Sie blieb ein paar Tage, nicht wahr, Kleiner?«

»Ja, zwei, drei Tage«, sagte Dante Gabriele und hob mehrmals rasch die Augenbrauen. »Und Nächte.«

»Und Nächte! Genau!« Salvatore schüttelte den Kopf. »Eine wilde Sache. Am Ende war ich total erschöpft. In der letzten Nacht bin ich irgendwann eingeschlafen. Als ich aufwachte, war sie nicht mehr da. – Wollen Sie noch einen Grappa?« Er wartete meine Antwort nicht ab, schnippte mit den Fingern und rief: »Noch drei Grappa, Antonella!«

»Ich erinnere mich noch«, sagte Dante Gabriele. »Sie hat angerufen. Als es hell wurde, hat sie jemanden angerufen. Keine Ahnung, was sie gesagt hat, sie hat Deutsch gesprochen. Ganz schön laut. Sie war wütend. Wir waren alle ziemlich erledigt. Ich hab Kaffee gekocht, und sie hat mich gebeten, sie zum nächsten Taxistand zu begleiten. Das war's dann. Ich hab sie nie mehr gesehen. Schade eigentlich. Geile Frau, die Deutsche.«

»Österreicherin«, sagte ich.

»Ist doch völlig egal«, sagte Salvatore. »Hauptsache, wir haben Spaß gehabt. Hätten Sie nicht auch Lust, sich ein bisschen zu amüsieren, Signorina?«

Auf der Rückfahrt mit der Fähre saß ich unter Deck, meinen dünnen Mantel eng um mich gezogen, die Arme überkreuzt und die Hände in die Ärmel gesteckt, und schaute hinaus auf das stürmische Meer. Weiße Schaumkronen schaukelten auf den Wellen. Es war kalt, feucht, zugig. Ich fragte mich, wie weit man dem Bericht der beiden jungen Männer Glauben schenken konnte. Sie mochten mit der Camorra in Verbindung stehen, aber sie hatten ganz unbefangen erzählt und nicht den Eindruck gemacht, dass sie logen. Wenn sie die Wahrheit gesagt hatten, dann war Regina an jenem Frühlingstag vor zwei Jahren nicht ertrunken. Wen hatte sie von der Wohnung in Neapel aus angerufen? Stefan? Es lag nahe. Oder jemand anderen in Österreich? Was war geschehen? Hatten sie und Stefan sich auf dem Ausflug nach Vivara gestritten? Nach den Passagen aus Reginas Journalen zu urteilen, die ich gelesen hatte, war es ohne weiteres möglich, dass sie sich auf Sex mit ein paar fremden jungen Männern eingelassen hatte,

Stefan zum Trotz. Um ihn vor den Kopf zu stoßen. Oder einfach, weil sich die Gelegenheit geboten und sie Lust gehabt hatte.

Wohin hatte sie sich danach vom Taxi bringen lassen? Zum Hafen? War sie wieder nach Procida gefahren? Oder zum Bahnhof – um den nächsten Zug zurück nach Österreich zu nehmen? Es gab viele Möglichkeiten. Hatte sie beschlossen, nach dem Scheitern ihrer Ehe ein neues Leben ohne Stefan zu beginnen? Ich konnte mir nicht vorstellen, dass sie bereit war, ihren Beruf, ihre Kontakte, ihre ganze komfortable Existenz aufzugeben. Hatte sie einen ihrer Liebhaber aufgesucht, um bei ihm zu bleiben? Im Ausland vielleicht?

Bisher hatte ich mich auf einzelne Ausschnitte aus Reginas Tagebüchern konzentriert, hatte nicht zusammenhängend gelesen, wusste nicht, wann ihre Aufzeichnungen endeten. Vielleicht hatte sie die letzten Eintragungen in Procida vorgenommen? Das ließ sich herausfinden.

Regina war nicht ertrunken.

Und Stefan – hatte er mich belogen? Aus welchem Grund? Wenn er es gewesen war, den sie angerufen hatte, dann wusste er, dass sie lebte, dass sie nicht im Wasser den Tod gefunden hatte. Weshalb hielt er dann weiterhin an der Begründung fest, die die italienische Polizei offiziell für Reginas Verschwinden angegeben hatte? Weil er die Ungewissheit nicht ertrug?

Plötzlich wurde mir übel. Sicher war es der hohe Seegang, die schwankende, schlingernde Bewegung der Fähre. Ich stand auf, ging rasch zu einer der Toiletten und erbrach mich.

In meinem Zimmer in der Pension setzte ich mich an den Laptop und steckte den USB-Stick an. Reginas Aufzeichnungen endeten im Jänner 2001. Zu diesem Zeitpunkt war die Ehe meiner ehemaligen Freunde längst zerrüttet, doch sie wahrten weiterhin den Schein:

»Inzwischen bin ich vorsichtiger geworden, hüte mich, Seitensprünge zuzugeben. In letzter Zeit spricht Stefan davon, eine Scheidungsklage einzubringen, er versucht mich auf diese Weise unter Druck zu setzen, mich gefügig zu machen. Es ist sein letzter Trumpf. Er weiß, daß ich finanzielle Einbußen nur ungern in Kauf nehmen und nicht ohne weiteres auf das angenehme Leben verzichten würde, das er mir ermöglicht. Daß ich die soziale Fassade, die wir aufgebaut haben, aufrechterhalten möchte. Sie ist sehr zweckmäßig: die sensible, begabte, sympathische Sängerin, dazu berufen, die Menschen mit ihrer Stimme zu erfreuen, und der selbstlose, hart arbeitende Arzt, bereit, sein Leben der Heilung kranker Kinder zu widmen. Zwei Stützen der Gesellschaft, einander rückhaltlos ergeben. Was für eine Farce!

Bei offiziellen Anlässen treten wir nach wie vor gemeinsam auf. Es bereitet mir keine Schwierigkeiten, die strahlende Ehefrau zu spielen, im Gegenteil, es macht mir Spaß, die Leute irrezuführen. Ich bin mir sicher, niemand käme auf die Idee, in uns etwas anderes zu vermuten als ein erfolgreiches, gutaussehendes, sich nach langen Jahren gemeinsamen Lebens immer noch wunderbar verstehendes Paar in den besten Jahren. Man beneidet uns. Ich lasse mich gern beneiden. Keiner ahnt, daß wir einander hassen. Daß es Haß ist, der uns aneinanderbindet, nicht Wertschätzung, nicht Liebe.

Wie dumm die Menschen sind, wie sentimental! Wie leicht sie sich täuschen lassen! Man kann nicht anders, als sie für ihre Beschränktheit verachten.

Jedenfalls werde ich mich von Stefan nicht einschüchtern lassen, seine Drohungen sind leere Drohungen. Das ist ihm bewußt. Und er weiß, daß ich weiß, daß es ihm bewusst ist. Er hat keinen einzigen stichhaltigen Beweis für meine Untreue, meine mündlichen Geständnisse können nicht vor Gericht verwendet werden. Außerdem bin ich nach wie vor davon überzeugt, daß er nicht imstande wäre, ohne mich zu leben.

Er kommt nicht von mir los. Niemals. Man verläßt mich nicht. Ich werde es nicht zulassen.«

Das war die letzte Eintragung. Ich schaltete den Laptop aus und lehnte mich im Sessel zurück.

Wie sollte ich weiter vorgehen? Welchen Spuren sollte ich folgen? Im Grunde verliefen sie sich in Neapel, an jenem frühen Morgen im Mai vor mehr als zwei Jahren. Meine Nachforschungen ohne die Unterstützung der italienischen Polizei fortzusetzen, war wenig ratsam, es würde sich als mühsam erweisen und kaum zu positiven Ergebnissen führen. Und mit einer derartigen Hilfe war nicht zu rechnen, wie dieser ölige Sovrintendente mir klar und deutlich zu verstehen gegeben hatte. Außerdem blieb mir nur noch wenig Zeit, in zwei Tagen würde ich nach Österreich zurückkehren und meine Arbeit wiederaufnehmen müssen.

Ich war verwirrt, müde und entmutigt. Was ich ausfindig gemacht hatte, stieß mich ab, ernüchterte, deprimierte und schmerzte mich. Ich trat ans Fenster. Es regnete, der Wind trieb die Tropfen in schrägen Bahnen vor sich her. Der Himmel hatte sich verfinstert, obwohl es noch nicht spät war. Im Zimmer war es kalt, und ich schlüpfte unter die Patchworkdecke. Im Halbschlaf zogen chaotische Bilder an mir vorüber, bekannte und fremde Gesichter. Ich sah eine dunkle Wasserfläche, Stimmen flüsterten, lachten, sprachen zusammenhanglose Sätze, erschreckten mich. Schließlich weckte mich das Telefon. Es war der Übersetzer Anders, der für den nächsten Tag einen Spaziergang auf der Insel Vivara vorschlug.

»Das Wetter ist nicht ideal«, sagte er, »aber du sollst nicht abreisen, ohne die Insel gesehen zu haben.« Das Du ging ihm mühelos über die Lippen. Ich hatte nichts gegen die vertraute Anrede. »Es ist mein Lieblingsort hier, einsam und verlassen, voller seltener Pflanzen und Tiere. Voriges Jahr wurde sie in ein Naturschutzgebiet umgewandelt. Außer einem Ornithologen der Universität von Neapel treibt sich dort niemand herum.« Er schwieg. »Hast du Lust?«

Es war die kleine Insel, von der Stefan gesprochen hatte. Wo Regina vor zwei Jahren von einem Felsen ins Meer gesprungen und für immer aus seinem Gesichtskreis verschwunden war.

Angeblich.

»Ja, klar«, sagte ich. »Hab ich.«

»Ein Erdbeerbaum«, sagte Anders, wich vom Weg ab, tat ein paar Schritte in die dichte Macchia hinein und bog den Zweig eines immergrünen Baumes zu sich herab. »Er ist ein Symbol für Italien. Zu dieser Jahreszeit trägt er Blüten und Früchte zugleich, eine Merkwürdigkeit. Grün, Rot und Weiß, die Farben der italienischen Flagge.«

Ich trat zu ihm ins dornige Dickicht, berührte die glockenförmigen weißen Blüten, die wie große runde Walderdbeeren aussehenden roten Früchte, die dunkelgrün glänzenden, am Rand fein gesägten Blätter. Anders pflückte eine Frucht und brach sie auf. Innen war sie gelb.

»Man kann die Früchte essen«, sagte er und streckte mir die offene Hand entgegen. »Probier doch.«

Wieder überraschte mich der Mann aus dem Norden. Ich sah ihn an, wie er dastand im leichten Regen, lang und dünn, fast bucklig, die Kapuze seiner blassgrünen Windjacke über den Kopf gezogen, in einer Hand die Frucht des Erdbeerbaums, in der anderen die Zigarette. Seit über einer Stunde erklärte mir der Übersetzer, der rauchte wie ein Schlot und hustete wie ein Asthmatiker, Flora und Fauna der kleinen Insel. Seine Kenntnisse waren beeindruckend. Wir hatten die Brücke überquert, die Vivara mit Procida verband. Das vom Wind aufgewühlte, an die Brückenpfeiler gepeitschte Meerwasser zerstob zu weißer Gischt, die bis zu uns hochsprühte und deren winzige Tröpfchen, hie und da vom Licht zu kleinen Regenbogenfragmenten gebrochen, uns einhüllten. Dann waren wir über Stufen aus schwarzen Steinen, zwischen denen Gras wuchs, den Hang der halbmondförmigen Insel, die den westlichen Teil eines Kraters bildete, hinaufgestiegen und befanden uns nun auf dem Weg, der wie das Rückgrat eines Fisches von Norden nach Süden verlief. Denn wenn man Procida von seiner Form her mit einem Riesenkraken vergleichen konnte, dann ähnelte Vivara außer einem Halbmond auch einem aus dem Meer aufsteigenden Delfin.

Ich kostete von der Frucht. Sie schmeckte mehlig und leicht süß. Wir gingen weiter, auf einem von nassem Laub bedeckten und von den langen, starken Ästen alter Steineichen überdachten Hohlweg, an einem zerfallenen, von Efeu und Moos überwachsenen kleinen Steinhaus vorüber, aus dem ein bröckelnder Kamin aus roten Ziegeln ragte. Anders trat in ein kleines Farnwäldchen am Wegrand und deutete auf etwas, das auf einem Farnblatt lag und aussah wie ein etwa zehn Zentimeter langes, dünnes Holzstäbchen.

»Eine Mittelmeerstabschrecke«, sagte er. »Ein Weibchen. Die Männchen werden höchstens sechs Zentimeter lang. Gut getarnt, nicht? Bei Tage bewegen sie sich kaum.« Er bog den Farn zurück und betrachtete prüfend die Unterseite. Das Holzstückchen bewegte sich träge. »Ein Tüpfelfarn«, stellte er fest. »Es gibt hier viele Farnarten, Moosfarne, Streifenfarne, Adlerfarne …«

Er richtete sich auf, sah mich an, streckte die Hand aus, die ausnahmsweise keine Zigarette hielt, zog mich zu sich und küsste mich. Sein Fischmund legte sich über meine Lippen, umfasste sie ganz. Ein eigenartiges, nicht unangenehmes Gefühl, trotz des Geschmacks von Nikotin. Eine weiche Besitznahme. Ich sah keinen Grund, mich zu sträuben.

»Das war nachzuholen«, sagte er dann und grinste. »Unbedingt. Nachdem unsere Handys meinen ersten Versuch sabotiert haben.«

Er nahm meine Hand, und wir gingen weiter, vom Gewölbe der Steineichen vor dem Nieselregen geschützt. Seine Hand war kühl, fast kalt, die Finger knochig. Ich sah ihn von der Seite an. Regina und Stefan waren höchstwahrscheinlich denselben Weg gegangen. Nun war ich es, die ihn beschritt, mit einem Übersetzer, einem Koch, einem Botaniker, einem Entomologen. Jedenfalls mit jemandem, der mit meiner Vergangenheit nicht das Geringste zu tun hatte. Es war wohltuend. War er ein Mann für alle Jahreszeiten? Welche Karten hatte er noch im Ärmel? Plötzlich drang die Sonne durch das dichte Laub, fiel auf die Moospolster am Wegrand, die gelbgrün aufleuchteten und in denen Regentropfen glitzerten, und wir traten hinaus auf eine langgezogene, von Sträuchern gesäumte Wiese, an deren anderem Ende ein großes, baufälliges, villenartiges Haus stand, umgeben von etlichen Nebengebäuden. Eine kleine Hochebene, von der aus sich der Blick in alle Richtungen auftat, nach Westen in Richtung Ischia, nach Osten zurück auf die Insel Procida, nach Südosten auf den Golf von Neapel. Unwillkürlich hielt ich die Luft an. Die Aussicht nahm einem den Atem.

»Was hast du?«, fragte Anders, sah mich an und drückte meine Hand.

»So viel Schönheit«, sagte ich. »So viel Offenheit.«

»Nicht wahr?«, sagte er und küsste mich wieder. Ein gefährlicher Mund. Man konnte sich an ihn gewöhnen.

Wir schritten auf das Haus zu, das von wildwachsendem Strauchwerk und Gebüsch umgeben war, von reich verzweigten Feigenkakteen, Agaven mit ihren charakteristischen, meterhohen, bereits vertrockneten Blütenständen, Oleandersträuchern und anderen, mir unbekannten Pflanzenarten. Eine Art Gutshaus, Säulen, Torbögen, Treppen, eine Terrasse, zwei hohe Kamine. Mir fiel das in seiner südsteirischen Umgebung bizarr wirkende, mittlerweile ebenso verfallene Gebäude ein, das mein Vater für meine Mutter hatte erbauen lassen. Im Gegensatz dazu fügte sich dieses Bauwerk harmonisch in die Landschaft ein.

»Das ehemalige Jagdhaus des Herzogs von Bovino«, sagte Anders. »Aus dem Jahr 1681. Ein besonderer Ort.«

Ein graubrauner kleiner Hase saß reglos im Gras und schaute uns aus runden Augen an. Anders blieb stehen und berührte mich am Arm. Plötzlich stieß das Tier einen lauten Pfiff aus, trommelte mit den Hinterläufen auf die Erde und verschwand im Gesträuch.

»Ein Wildkaninchen. Es warnt seine Artgenossen vor uns«, sagte mein Begleiter. »Die Insel ist voll von ihnen. Wahrscheinlich ist es in seinen Bau gerannt.«

»Die sind ja süß!«

»Genau so eines hat Vittorio dir serviert«, sagte Anders, zog an seiner Lucky Strike, blies den Rauch aus und grinste. »Und was wir nicht verspeisen, holen sich die Raubvögel und Eulen, die Marder und Iltisse. Viele überstehen den ersten Winter nicht. Das ist gut so, denn sie vermehren sich – wie die Kaninchen.« Er lachte sein unwiderstehliches, kehliges Lachen.

Wir gingen die unebenen Stufen einer Steintreppe hinauf, über die das gelb verfärbte Laub einer Glyzinie hing, betraten die kleine, von vier bröckelnden Steinpfeilern und einer Steinbank begrenzte und von einer Art Pergola aus durchhängenden, ausgetrockneten Holzpfählen geschützte Terrasse und schließlich das Innere des Hauses. In einem großen, lichtdurchfluteten, teilweise mit einem schönen alten Fliesenboden in Blau, Weiß und Schwarz ausgelegten Raum stand an einer Wand neben einem offenen Fenster ein altarartiger, reichverzierter Aufbau aus hellem Stein. Wir traten näher. Ein Relief zweier kindlicher Engelsköpfe mit stilisierten Flügeln schmückte den mittleren, oberen Teil des Altars. Respektlose Besucher hatten das eine Gesicht mit einem schmalen Kinnbart, das andere mit einem Schnurrbart und einem Ziegenbart versehen. Der Raum daneben war mit einem offenen Kamin ausgestattet, der gleichfalls mit Kritzeleien bedeckt war, ebenso wie die Wände.

Ich verstand nicht, wie man ein solches Bauwerk derart verwahrlosen lassen konnte, teilte Anders meine Bestürzung aber nicht mit. In diesem Umfeld, in diesem Augenblick hätte jedes Wort gestört. Wir verließen das Gutshaus und sahen uns in den Nebengebäuden um, entdeckten an einer von grünem Schimmel befallenen Mauer in einer Ecke eine Feuerstelle, deren geborstene steinerne Abzugsüberdachung von einer schönen alten Säule gestützt war, auch eine verrostete Presse, Fässer aus verrottetem Holz mit schiefen Dauben, eine Mühle mit schweren runden Mühlsteinen. Wieder war ich versucht, Anders zu fragen, ob hier Oliven zu Öl gepresst worden waren, denn ich hatte auf unserem Spaziergang auch Olivenbäume gesehen, und wieder schwieg ich, um den Zauber des Ortes, der Stunde nicht zu brechen. Auch er hatte offenbar kein Bedürfnis zu sprechen, hielt nur meine Hand in seiner, in festem Griff, ließ sie nicht los. Wir gingen wieder ins Freie, versuchten uns einem für sich allein stehenden, schmuck- und fensterlosen Turm in der Form eines plumpen Obelisken zu nähern, den wir von den Fenstern der Villa aus erspäht hatten, was uns wegen des ihn einschließenden Pflanzendickichts nicht gelang. Als wir uns vom Gutshof abwandten, stießen wir noch auf grasüberwachsene, archaisch wirkende alte Weinkeller aus roh behauenen Steinen. Dann gingen wir, uns stumm an den Händen haltend, weiter in Richtung Süden. Auf der Insel war es nicht still, man hörte Vogelrufe, es zirpte, summte, brummte, piepste, trillerte, pfiff, es raschelte, knisterte, knackte, schnarrte und zischte in Gebüsch und Gesträuch. Die Macchia war voller Leben. Inzwischen hatte es aufgehört zu regnen, gelegentlich zeigte sich sogar die Sonne und tauchte die Landschaft kurz in ein intensives gelbes Licht. Der Weg weitete sich zu einer kleinen Lichtung, und mitten auf dieser grünen Fläche stand, durch ein Fernglas zum Himmel aufblickend, ein dünner kleiner Mann mit dichten dunklen Haaren in einem blauen Parka mit einem roten Querstreifen in Brusthöhe. Als er uns kommen hörte, ließ er das Fernglas sinken und blickte uns entgegen.

»Ah, der Vogelkundler!«, sagte Anders. »Ich habe mich schon gefragt, wo er steckt.«

Wir blieben vor dem Mann stehen. Er musste um die fünfzig sein, trug eine randlose Brille und hatte auffallend rote, bartlose Wangen.

»Hallo, Signor Bocchetti!«, sagte Anders. »Heute schon unbekannte Flugobjekte gesichtet?«

»Schönen guten Tag, Signor Anders«, erwiderte der Ornithologe. »Ausnahmsweise einmal in Begleitung auf Ihren Spaziergängen hier, das ist ja neu!« Er verbeugte sich leicht vor mir. »Meine Verehrung, Signorina!«

Es hätte mich gewundert, wenn die beiden sich nicht wie alte Bekannte begrüßt hätten. Anders kannte hier jedermann.

»Eine Freundin aus Österreich, Sissi Fux«, stellte er mich kurz vor und ließ meine Hand los. Eine Freundin, das war ich also. »Sind denn die Flugobjekte bereits auf ihrer herbstlichen Durchreise?«, fragte er dann.

»Natürlich, natürlich!«, rief Signor Bocchetti. »Die Flugrouten sind stark frequentiert. Es geht zu wie auf der A1 zwischen Mailand und Neapel. Ich habe gerade einen Zug von Kormoranen beobachtet. Sie fliegen in V-Formation.« Er wandte sich an mich. »Wissen Sie, Vivara ist ein Rastplatz für viele Zugvögel – Seidenreiher, Kraniche, Kormorane, Störche und so weiter und so weiter und so fort. Zweihundert Arten! Manche bleiben den ganzen Winter über hier.« Er seufzte. »Ach, ein Leben ist viel zu kurz, um sie alle genau zu studieren. Aber ich tue mein Bestes.« Er sah mich an. »Merops apiaster. Kennen Sie den?«

Ich schüttelte den Kopf. Ich hatte keine Ahnung.

»Nicht? Nicht? Aber das ist doch nicht möglich!«, rief Signor Bocchetti. »Er ist vom Aussterben bedroht!«

»Er meint den Bienenfresser«, warf Anders auf Deutsch ein. Dann sprach er auf Italienisch weiter. »Er frisst tatsächlich Bienen.«

»Ja, ja, er frisst Bienen, er frisst Bienen!«, rief Signor Bocchetti begeistert. »Bienen, Wespen, Hummeln, Libellen, Zikaden! Aber Bienen sind ihm am liebsten. Er kann die giftigen von den ungiftigen Insekten unterscheiden. Ein kluger Vogel – und wunderschön! Leider kommt er erst im Frühling vorbei.« Er packte mich an den Schultern. »Sie müssen im Frühling wiederkommen. Sie müssen! Man kann nicht in Vivara gewesen sein, ohne einen Bienenfresser gesichtet zu haben! Eine Farbenpracht ohnegleichen!« Er stieß mir seinen Zeigefinger in den Bauch, dann in die Brust. »Bauch- und Brustbereich sind türkisfarben.« Hernach klopfte er sich auf den Kopf, den Nacken und den Rücken. »Rücken- und Nackenpartien sind rostbraun.« Er imitierte Flugbewegungen, indem er die Arme abbog und die Ellbogen heftig auf und ab bewegte. Es sah aus, als würde er im nächsten Augenblick abheben und sich seinen geliebten Flugobjekten auf ihrer Reise nach Afrika anschließen. »Die Flügel sind ebenfalls rostfarben und türkis«, setzte er fort. »Und das Kinn –« Er fasste mich an der Kinnspitze. »Das Kinn ist gelb.« Darauf strich er mit beiden Händen über meine Schläfen. »Und dann noch der schwarze Augenstreif. Das leuchtende Gelb, das tiefe Schwarz, ein großartiger Farbkontrast! Ein Wunder, der Vogel, ein echtes Wunder! Und ruffreudig, äußerst ruffreudig noch dazu.« Er spitzte die Lippen. »Prürr! Prürr!«, rief er, danach: »Krük, krük, krük!«, und schließlich: »Pitt, pitt, pitt, pitt! – Aber nur, wenn er aufgeschreckt wird«, setzte er erklärend hinzu. Hierauf schwieg er, blickte mich an und änderte abrupt das Thema. »Aus Österreich sind Sie? Aus Österreich, sagen Sie? Ach, da muss ich Ihnen etwas Unliebsames erzählen. Bedauerlicherweise wurde ich vor zwei Jahren auf dieser friedlichen Insel, auf der praktisch nur Vogelstimmen zu vernehmen sind, Zeuge einer heftigen und lautstarken Auseinandersetzung. Ich befand mich auf einer Anhöhe der Punta di Mezzogiorno, dem südlichsten Punkt der Insel, und war im Begriff, mich an einen Wiedehopf anzuschleichen. Sehr scheue Vögel, die Wiedehopfe, extrem scheu! Da brach der Streit aus, und der Wiedehopf flog fort. Höchst unangenehm. Ich trat näher an den Abhang heran, der zum Meer abfällt, und blickte hinunter, in die Richtung, aus der das Gezeter kam. Ein Mann und eine Frau, beide in Badekleidung, standen auf einer Felsplattform zwei, drei Meter über dem Meer und schrien einander in einer mir unbekannten und unschönen Sprache an. Sie waren sehr erregt. Plötzlich schlug die Frau den Mann ins Gesicht, worauf er sie an den Rand der Plattform drängte und ins Meer stieß. Ich war entsetzt. So benimmt man sich doch nicht in einem Vogelschutzgebiet! Noch vom Wasser aus schimpfte die Frau auf ihn ein. Sie schwamm von ihm weg, schließlich verschwand sie hinter einem Felsen, und ich sah sie nicht mehr.« Signor Bocchetti machte eine kleine, nicht unwirkungsvolle Pause. »Zwei Tage später musste ich unserer Tageszeitung *Il Mattino* entnehmen, dass die Frau ertrunken war. Sie kam aus Ihrer Heimat – deshalb ist mir der unerfreuliche Vorfall jetzt in den Sinn gekommen. Ich bitte um Verzeihung, aber wie Sie sich vielleicht vorstellen können, hielt sich mein Mitgefühl für Ihre beiden Landsleute in Grenzen. Mir mit ihrem unbeherrschten Verhalten den Wiedehopf zu verscheuchen! Eine so rare Spezies! Sein Ruf ist unverwechselbar.« Wieder spitzte er die Lippen. »U-pu-pu! U-pu-pu! U-pu-pu!«, flötete er.

Sicher hätte der Vogelkundler uns noch länger über sein Fachgebiet unterrichtet und weitere Rufe seiner gefiederten Freunde nachgeahmt, wenn Anders das zufällige Treffen nicht höflich, aber entschlossen beendet hätte. Signor Bocchettis »U-pu-pu-pu!« war noch eine Zeitlang deutlich zu vernehmen.

Wir gingen weiter, mitten durch die Macchia hindurch, bis zur Punta di Mezzogiorno, dem Ort, von dem der Ornithologe gesprochen hatte. Ich wollte die Stelle mit eigenen Augen sehen, an der sich meine beiden Freunde, jedenfalls laut Stefans Behauptung, für immer getrennt hatten. Signor Bocchetti hatte ihren Badeausflug völlig anders dargestellt als Stefan, der mir die pure Idylle geschildert hatte, ja, nach seiner Beschreibung in Tränen der Trauer, der Rührung, der Liebe ausgebrochen war. Auf Schritt und Tritt begegneten mir hier Menschen, die das Paar gesehen, gehört, gekannt hatten. An tragische Todesfälle dieser Art, bei denen ein junger, schöner, begabter, bewunderter und beneideter Mensch umkommt, erinnert man sich eben gern und lange. Allerdings wurden die beiden nur von der Wirtin meiner Pension uneingeschränkt positiv beurteilt, sie war die Einzige, die ebenso begeistert und schwärmerisch von Regina gesprochen hatte wie meine Großmutter, Frau Dirnböck, nicht wenige andere Bewohner meines Heimatdorfes – und ich selbst. Der Zeuge Jehovas, die Schwester des Zimmermädchens der Pensione Paradiso, der Wirt der Trattoria Gabriela, die Witwe Ciaccoppoli, ihr Enkel und dessen Freund, der Ornithologe und vor allem Regina selbst in ihrem Journal hatten mir einen ganz anderen Eindruck vermittelt, mich auf mir bislang völlig unbekannte, weit weniger liebenswerte Seiten des Ehepaares hingewiesen.

Schließlich endete der Weg, und wir stiegen den Abhang zum Meer hinunter. Anders machte mich immer wieder auf Pflanzen, Vögel und anderes Getier aufmerksam, auf wilde Orchideen, Pilze, Käfer, Reptilien, nannte mir ihre Namen auf Italienisch, Deutsch, Lateinisch: Zistrose. Rondine di mare. Orchis papilionacea. Leuchtender Ölbaumpilz. Gabbiano di liliana. Gelbgrüne Zornnatter. Lupino azzurro. Falco tinnunculus.

»Hier gibt es auch verschiedene Libellenarten«, sagte er und deutete auf den Zweig eines Ginsterstrauches, auf dem ein ockerfarbenes Insekt mit langem dünnem Hinterleib saß. »Eine Heidelibelle, ein spätes Exemplar – das ist ungewöhnlich, die Flugzeit dieser Gattung ist praktisch vorüber.« Er trat näher und besah sich das Tierchen. »Die Arme, ihre Flügel sind ganz verklebt vom Regen.« Er rupfte einen Grashalm aus, und ich sah ihm dabei zu, wie er mit dessen Hilfe vorsichtig einen transparenten, fein geäderten Flügel vom anderen trennte, zunächst das erste Paar, dann das zweite. Er blieb so lange stehen, bis die Libelle ihre Flügel ausbreitete und sich leicht torkelnd in die Lüfte erhob. Wir sahen ihr nach, dann kletterten wir das letzte kleine Stück hinunter, bis der Pfad endete und wir auf einem über das Meer hinausragenden Felsplateau etwa drei Meter über dem Wasser standen, wohl dasjenige, von dem Stefan und der Ornithologe gesprochen hatten. Die unendliche Behutsamkeit, mit der Anders die zarten Flügel der Libelle voneinander gelöst hatte, hatte mich gerührt und beeindruckt. Was gab es an diesem Mann noch zu entdecken? Diesmal war ich es, die sich vor ihn hinstellte, seinen schmalen Kopf in die Hände nahm und ihn küsste, wahrscheinlich an derselben Stelle, wo sich zwischen meinen Freunden ein heftiger Streit abgespielt hatte, wenn man dem Vogelkundler glauben durfte.

An diesem Abend, meinem letzten auf der Insel Procida, aßen wir noch einmal gemeinsam bei Vittorio in der Trattoria Gabriela. Wir waren die einzigen Gäste, hatten beide wenig Appetit und sprachen nicht viel. Auch Vittorio war eher schweigsam und verdrossen und ließ sein Geschirrtuch ziemlich häufig gegen den Schanktisch schnalzen.

Vor der Pensione Paradiso nahm mich der Mann aus Hamburg in die Arme und drückte mich lange und fest an sich. Dann ließ er mich abrupt los.

»Ciao, bella«, sagte er und zog kräftig an seiner Zigarette. »Bis irgendwann.«

Damit drehte er sich um und ging. Ich wusste nicht, was ich von diesem Abschied halten sollte.

Am nächsten Morgen stand ich zeitig auf, um das frühe Schnellboot nicht zu versäumen. Vor Kälte zitternd trat ich ans Fenster meines Zimmers. Dunkelgraue Wolken hingen tief über dem Horizont, die Meeresoberfläche war bewegt, es stürmte.

Als ich den Frühstücksraum betrat, saß Signor Tucci bereits an seinem Tisch. Das wunderte mich. Vielleicht beabsichtigte er, dasselbe Aliscafo zu nehmen wie ich? Bei meinem Eintreten schaute er auf.

»Trostlos, das Wetter«, sagte er. Seine Miene war trister denn je. Ich war nicht sicher, ob ich mich angesprochen fühlen sollte, denn er blickte an mir vorbei. »Ich fürchte, die Fähren werden nicht verkehren«, fuhr er betrübt fort. Gleich würde er zu weinen beginnen.

»Haben Sie Ihre Geschäfte hier erledigt?«, fragte ich, nur um etwas zu sagen. Er würdigte mich keiner Antwort und starrte weiter verzagt vor sich hin. In diesem Augenblick erschien die Pensionswirtin ungekämmt und unausgeschlafen in einem abgetragenen, nicht gerade sauberen Morgenmantel aus zerfranstem Frottee. Ihre Schritte in den flachen Stoffpantoffeln waren wesentlich weniger rasch und resolut als sonst.

»Ich bin in aller Herrgottsfrühe aufgestanden«, sagte sie vorwurfsvoll und gähnte, ohne die Hand vor den Mund zu halten. »Nur wegen Ihrer Abreise.«

»Das wäre nicht nötig gewesen«, sagten Signor Tucci und ich gleichzeitig.

Sie musterte uns eingehend aus runden Haselnussaugen.

»Ich kann Sie doch nicht ohne Frühstück aus dem Haus gehen lassen«, sagte sie dann. »Ohne Kaffee. Das Meer ist unruhig, und wenn Sie nichts im Magen haben, wird Ihnen auf dem Boot womöglich schlecht.« Das Lächeln, das sie aufsetzte, sollte mitfühlend wirken, geriet aber zu ihrem üblichen Raubtierlächeln. »Obwohl Sie Glück haben, dass die Schiffe heute überhaupt fahren«, ergänzte sie. Signor Tucci wandte ihr das fahle Gesicht zu, einen schwachen Schimmer der Hoffnung in den Augen.

Die Frau blickte mich voll Argwohn von der Seite an. »Ich hoffe jedenfalls, Sie haben gefunden, wonach Sie suchten.«

»Ja«, antwortete ich. »Das habe ich. Ein paar Tage Ruhe und Erholung.«

»So, so«, sagte die Signora skeptisch. »Ein paar Tage Ruhe und Erholung. Tatsächlich.«

Die Bitte des alten Rezeptionisten fiel mir ein.

»Und ich habe Signor Achilles Akkordeonspiel genossen«, fuhr ich fort. »Sehr angenehm, diese Musik. Ich hoffe, er erfreut die Gäste weiterhin damit.«

»Also, ich weiß nicht –«, warf Signor Tucci beunruhigt ein.

»Das ist doch nicht Ihr Ernst«, sagte die Signora schroff. »Der alte Narr. Es wird Zeit, dass er geht. Wir haben ihn aus reiner Nächstenliebe so lange behalten.«

Der Handelsreisende wirkte erleichtert.

Signora Smaldone verhielt sich eindeutig weniger liebenswürdig als bei meiner Ankunft. *Wir brauchen hier keine Schnüffler.* Auch in dieser Hinsicht gab es Ähnlichkeiten zwischen der Insel und meinem Heimatdorf. Denen, die von außen kamen, begegnete man mit falscher Freundlichkeit, in Wahrheit wurden sie misstrauisch beäugt und belauert. Man wusste Bescheid über jeden ihrer Schritte. Ich würde nie erfahren, wer diese Worte geschrieben und den Zettel unter den Gepäckträger des Fahrrades geklemmt hatte.

Nur wenige Passagiere benützten das Aliscafo. Der Handelsreisende saß mir gegenüber. Lange sagte er nichts, dann beugte er sich plötzlich zu mir vor. »Konnten Sie Neues über das Schicksal Ihrer Freundin in Erfahrung bringen?«, erkundigte er sich.

Die Frage war mir peinlich. Sogar er war unterrichtet. Der junge Mann bemerkte mein Unbehagen. »Jeder in Procida weiß, weshalb Sie hier waren«, sagte er sanft. »Die Leute auf der Insel sind neugierig, schwatzhaft und indiskret, vor allem die Frauen.« Er schüttelte resigniert den Kopf. »Lauter Hexen. Man kann sich nicht genug in Acht nehmen.«

»Nachdem Sie schon Bescheid wissen«, sagte ich. »Wie denken Sie über die Angelegenheit?«

»Ach«, sagte der Handelsreisende tonlos, »ich glaube nicht, dass die Frau noch lebt.« Er machte eine kleine Pause und seufzte tief. »Sich mit der Camorra einzulassen, wie Ihre Freundin es unvorsichtigerweise getan hat, ist sehr gefährlich. Ich halte es durchaus für möglich, dass man sie umgebracht hat. Diese Leute schrecken vor nichts zurück.«

Der junge Mann deprimierte mich, und ich stand auf, verließ den Passagierraum, betrat das Deck und stellte mich an die Reling. Mir war nicht gut, und ich atmete ein paarmal tief durch. Ich dachte daran, wie ich vor einer knappen Woche auf die Insel gekommen war, in der Sonne, unter einem hohen blauen Himmel und voll gespannter Erwartung. Wie die drei Delfine, Symbole guter Vorbedeutung, aus dem Meer aufgetaucht waren und wie mich gleich danach der Zeuge Jehovas mit dem Flammenmal auf der Stirn, wohl einem weniger günstigen Vorzeichen, angeredet hatte. Nur wenige Tage lagen dazwischen, aber ich war nicht mehr dieselbe. Alles hatte sich verändert. Eine eiskalte Windbö zerrte an meinen Haaren, und ich schlug den Kragen meines dünnen Mantels hoch und steckte die Hände in die Taschen. In der Tiefe der rechten Manteltasche spürte ich den USB-Stick. Ich nahm ihn heraus und betrachtete ihn. Ja, nichts war wie vorher. In diesem Augenblick hob eine Welle das Schiff, ich geriet aus dem Gleichgewicht und griff rasch nach der Balustrade, um mich daran festzuhalten. Dabei öffnete ich unwillkürlich die rechte Hand, und der USB-Stick fiel ins Wasser. Ich sah ihn kurz auf den grauen Wellen schaukeln, dann war er verschwunden.

III

SAUSAL

10

»Schön, dich zu sehen«, sagte Emma. »Wie war es auf der Insel?«

Wir saßen am Esstisch in meinem Wohnzimmer in der Währinger Straße. Ich war entschlossen, meine kulinarische Mission fortzuführen und nicht aufzugeben, bevor ich Emma endgültig von den Vorzügen der italienischen Küche überzeugt hatte.

»Entspannend«, sagte ich. Dann schwieg ich. Ich hatte nicht vor, sie über meine Nachforschungen ins Bild zu setzen. Jedenfalls nicht im Augenblick, nicht während dieses ganz speziellen Essens, das ich für sie vorbereitet hatte. Emma schaute mich von der Seite an und sagte ebenfalls eine Weile nichts.

»Ein ausführlicher Reisebericht«, sagte sie dann. »In der Tat.«

»Es gibt nicht viel zu erzählen. Ich habe lange Spaziergänge gemacht, viel geschlafen und gut gegessen.«

»Gut gegessen …«, wiederholte Emma und schaute auf den Teller, den ich eben vor sie hingestellt hatte. Misstrauen lag in ihrem Blick. »Was ist das für ein Vogel, Sissi?«

»Das sind Piccioni alle olive.«

»Ich bitte dich zu berücksichtigen, dass ich kein Italienisch spreche.«

»Tauben. Tauben mit Oliven. In Butter und Olivenöl angebraten und mit Lorbeerblättern und Wacholderbeeren in Marsala geschmort.«

Emma fuhr zusammen. »Tauben? Die kann man doch nicht essen!«, rief sie entsetzt.

»Natürlich kann man das. Das Fleisch einer jungen Haus- oder Feldtaube ist sehr zart, nahrhaft und leicht verdaulich. Ich hatte das Glück, auf dem Naschmarkt welche zu finden.«

Emma war nicht zu beruhigen.

»Auf dem Naschmarkt? Womöglich sind es diese abstoßenden Tiere, die in den Wiener Hinterhöfen dahinvegetieren, sich von Abfällen ernähren, kaum noch fliegen können und Krankheiten übertragen!«

Dass meine Freundin so wenig Vertrauen in meine Kochkünste hatte, tat mir weh. Der Übersetzer Anders Herz hatte mir das Rezept verraten, auf unserem Spaziergang in Vivara. Eine apulische Köstlichkeit, Spezialität seiner ehemaligen Schwiegermutter. Ich versuchte, meine gekränkten Gefühle nicht zu zeigen.

»Es sind hübsche junge Masttäubchen, Emma. Aus Italien importiert. Nicht billig.«

Emma schüttelte den Kopf. »Wer weiß, ob das stimmt«, sagte sie. »Gerupft schauen alle Tauben gleich aus. Mehr oder weniger.« Sie schob den Teller von sich. »Nein. Niemand kann erwarten, dass ich dieses Federvieh zu mir nehme. Es tut mir leid.«

»Aber ich schwöre dir, es ist Delikatessgeflügel! Mit Zertifikat! Wie kannst du nur …«

Emma unterbrach mich. »Nein«, wiederholte sie entschieden und schob den Teller noch weiter weg. »Das kann niemand von mir verlangen.« Damit war das Thema für sie erledigt, sie wechselte es unvermittelt. »Hab ich dir eigentlich je erzählt, dass ich einen Sohn habe?«

Diese Mitteilung überraschte mich. Offenbar hatte sie mir noch weniger von sich erzählt als ich ihr von mir.

»Nein, hast du nicht. Warum nicht?«

»Es ist nicht so wichtig. Philipp. Er ist vierzehn und lebt

bei meiner Mutter. Bis jetzt jedenfalls. Meine Eltern haben eine Villa in Pötzleinsdorf. Dort ist viel mehr Platz als in meiner Wohnung. Außerdem findet er, dass meine Mutter besser kocht als ich.« Sie machte eine kurze Pause und blickte leicht angeekelt auf die appetitlich mit Bratenfond übergossene Taube. Es war wirklich verletzend. »Er mag Hausmannskost, weißt du. Die traditionelle österreichische Küche. Unkompliziert und schmackhaft.«

Ich ließ diese Bemerkung durchgehen.

»Was ist mit deinem Sohn?«

»Ich wollte dir sagen, dass ich beabsichtige, mit seinem Vater zusammenzuleben. Ich habe Philipp allein großgezogen, ohne ihn. Alfred und ich waren nie ein Paar, ich dachte immer, er bevorzugt Männer. Offenbar hat sich das geändert.« Sie lehnte sich im Sessel zurück. »Wir werden in die Leopoldstadt ziehen. Er hat dort eine Abzeichenfabrik geerbt. Unser Sohn wird wahrscheinlich bei uns wohnen. Nur damit du weißt. Wir werden eine Familie sein.«

»So, wie es sich gehört?«, fragte ich.

»So, wie es sich gehört«, sagte Emma und lachte.

Am Wochenende darauf fuhr ich zu Stefan. Er war eine Spur enttäuscht, weil ich ihm kein Geschenk aus Helsinki mitgebracht hatte.

»Weißt du, so ein handgestrickter bunter Wollpullover hätte mir schon gefallen«, sagte er. »Mit einem Rentiermuster. Oder mit Elchen.«

Davon abgesehen, behandelte er mich zuvorkommender und liebevoller denn je.

»Ich hatte Sehnsucht nach dir«, sagte er und strich mir übers Haar. »Du hast dich kein einziges Mal gemeldet, wir haben nur einmal miteinander gesprochen. Als ich dich anrief.«

»Ach, du weißt ja, wie das ist auf Kongressen. Während des Tages hat man keine Minute Zeit, und abends ist man hundemüde.«

Es war frostig und feucht, wir wanderten lange Hand in Hand im Nebel durch die Weinberge, ohne einer Menschenseele zu begegnen. Die Reben hatten bereits ihr Laub verloren. Stefan besichtigte seine Stöcke. »Mir fehlt die Arbeit im Weingarten«, sagte er, »aber im Augenblick gibt es nichts zu tun. Zum Schneiden der Reben ist es noch zu früh.«

Er wandte sich zu mir um.

»Wirst du mir dabei helfen, Prinzessin?«, fragte er ernst, drehte mich zu sich und legte mir die Hände mit festem Druck auf die Schultern. Er schaute mich direkt und liebevoll an, anders als vor meiner Reise, als er oft zerstreut und wenig interessiert an mir vorbeigeblickt hatte, in eine Vergangenheit, zu der ich im Grunde keinen Zugang, an der ich keinen Anteil hatte. »Wirst du mich im nächsten Jahr auch noch besuchen?«

Ich antwortete nicht. Wir standen auf der Hügelkuppe, die Sonne war am Untergehen, der östliche Teil des Himmels in diffuses rötliches Licht getaucht. Wie Blut, das sich in Wasser verliert, fiel mir ein, und ich erschrak über diesen Vergleich. Ich schaute zu Stefan auf und dachte an all das, was ich in Procida über ihn und Regina erfahren hatte. Dieser Mann mit dem zarten Gesicht, dem empfindsamen Ausdruck sollte ein Lügner, ein Betrüger, ein Gewalttäter sein? Es war absurd. Ich wusste nicht mehr, was ich glauben sollte, schob die Gedanken an die Woche auf der Insel, meine Zweifel, meine Ahnungen kurzerhand beiseite und schmiegte mich an seine Schulter. Stefans Gegenwart war mir angenehm. Ich atmete den Geruch seines Lodenmantels ein. Seinen Geruch. Das Verlangen nach seinem Körper schoss in mir hoch, heftig und plötzlich.

»Gehen wir zurück«, flüsterte ich.

Auf dem Weg zum Winzerhaus hielt Stefan meine Taille umfasst. Im Gehen küsste er mich auf die Schläfe.

»Ich glaube, in dieser Woche habe ich begriffen, wie viel du mir bedeutest«, sagte er. »An Regina denke ich kaum noch.« Er zögerte, dann sprach er langsam weiter. »Vielleicht habe ich sie idealisiert – wahrscheinlich neigt man dazu, wenn ein geliebter Mensch plötzlich nicht mehr da ist.« Wieder hielt er inne. »Unsere Ehe war nicht immer harmonisch, Sissi«, sagte er dann. »Ich habe übertrieben. Wir hatten auch Probleme.«

»Das ist normal«, sagte ich, vorsichtig, hellhörig.

»Regina konnte – manchmal konnte sie –«

Ich schwieg, wartete darauf, dass er den Satz fortsetzte. Aber er setzte ihn nicht fort, gab nur ein kurzes Ächzen von sich. Ein merkwürdiges Geräusch, eine Art Klagelaut, wie ein unterdrücktes Schluchzen.

Täuschte ich mich, oder wurde Stefan auch als Liebhaber aufmerksamer, ging mehr auf die Wünsche und Bedürfnisse ein, die ich andeutete? Ich hatte den Eindruck, als öffne er sich, als habe er stärkeres Zutrauen zu mir gefasst. Wenn er nachts leise sprach, wie im Schlaf, wie im Traum, so waren es keine beleidigenden Worte mehr, sondern zärtliche Äußerungen, kleine Kosenamen. Ich war überrascht und erfreut. Vielleicht trug ich ja mein Teil dazu bei, da ich mir nach der Lektüre von Reginas Journalen, die mir die Augen geöffnet und deutlich gemacht hatte, wie mitleidlos er von ihr hintergangen, gedemütigt und verspottet worden war, vorgenommen hatte, ihm mit mehr Rücksicht und Zuwendung zu begegnen? Ich beschloss, diese Intensivierung unserer Sexualität einfach zu genießen und die Befriedigung, die mit der innigeren Nähe einherging, nicht durch unnützes Grübeln über mir großteils unklare Vorfälle und Umstände zu schmälern. Procida schien sehr weit. Endlich war der Zeitpunkt gekommen, da ich keinen Grund mehr sah, mich Regina unterlegen zu fühlen. Sie mochte schöner, interessanter, verführerischer gewesen sein als ich: Es gab auch andere Qualitäten, die zählten.

Nicht einmal meine Großmutter war imstande, im Verein mit der Witwe Dirnböck mein neu gewonnenes weibliches Selbstbewusstsein zu untergraben. Mich um einen Besuch bei ihr herumzudrücken, hatte wenig Sinn, ich war davon überzeugt, dass sie spätestens eine halbe Stunde nach meiner Ankunft im Dorf bereits davon unterrichtet war, dass ich das Wochenende bei Stefan verbrachte. Also machte ich ihr meine Aufwartung. Wir saßen zu dritt am großen Tisch in der Stube, der Großvater schlief in seinem Ohrensessel in der Ecke. Die *Kleine Zeitung* lag auf seinen Knien, er schnarchte verhalten.

Die Großmutter und die Witwe Dirnböck blickten mich mitfühlend an. Das irritierte mich.

»Ist etwas?«, fragte ich.

Die Großmutter, die keine Doris-Day-Perücke mehr trug, da ihre Haare nachgewachsen waren, seufzte tief. Nun war ihr Haar wieder gefärbt, schwarz wie die Nacht.

»Du bist wahrlich nicht zu beneiden«, sagte sie dann.

»Wirklich und wahrhaftig nicht«, sagte die Witwe Dirnböck und wiegte ernst ihr grauhaariges Haupt mit der neuen Wasserwelle. Sie trug eine selbstgestrickte dunkelgraue Trachtenweste mit Zopfmuster und grüner Einfassung über dem blau-weiß geblümten Kleid, das sie fast immer anhatte, braune Wollstrümpfe und die üblichen, schmutzigen weißen Nike-Laufschuhe.

»Weshalb? – Ich meine, weshalb nicht?«, fragte ich.

Die Großmutter schaute mich teilnahmsvoll an.

»Ach, du weißt schon.«

»Ich weiß gar nichts«, sagte ich. Es war enervierend.

»Nicht, dass ich dir die Bekanntschaft mit unserem Doktor

König missgönne«, meinte sie und bedachte mich mit einem schrägen Blick. »So bin ich nicht.«

»Nein, so sind wir nicht«, bekräftigte die Witwe Dirnböck und schüttelte emphatisch den Kopf. »Selbstredend gönnen wir sie ihr!«

»Aber es muss dir bewusst sein, dass du sie nie wirst ersetzen können. Keine Frau könnte das.«

»Was meinst du damit?«

»Na ja«, sagte meine Großmutter, »es war nicht zu übersehen, dass er seine Frau regelrecht angebetet hat.«

»Angebetet ist gar kein Ausdruck!«, rief die Witwe Dirnböck.

Der Großvater wachte auf und hustete kräftig und lange.

»Du hast deine guten Seiten, Sissi«, sagte die Großmutter, hielt inne und schaute mich prüfend an. »Nicht viele. Man muss gründlich danach suchen, dann findet man sie.« Sie seufzte erneut. »Wenn man Glück hat. Aber natürlich wirst du immer die Zweite bleiben. Ich hoffe, du bist dir darüber im Klaren.« Sie verzog die immer noch recht vollen Lippen zu einem schadenfrohen Lächeln.

Die Witwe Dirnböck nickte bedächtig.

»Genau. Zweite Wahl. Man darf sich da keine Illusionen machen«, sagte sie.

»Lasst sie doch in Ruhe«, meldete sich der Großvater zu Wort.

»Sei still, Ägyd!«, fuhr die Großmutter ihn an. »Nichts liegt mir so fern, als das Kind zu entmutigen. Aber sie soll wissen, was ihr bevorsteht, wenn sie sich mit unserem Doktor König einlässt. Nach allem, was er durchgemacht hat, wird er kaum daran interessiert sein, vor Gott und den Menschen einen neuen Bund fürs Leben einzugehen. Schon gar nicht mit Sissi. Das ist alles. Schlaf weiter.«

»Ja, das ist alles«, wiederholte die Witwe Dirnböck und erhob den rechten Zeigefinger. Ihre kalten hellblauen Augen blitzten. »Man sollte sich nicht leichtfertig über den Platz erheben, den Gott einem zugewiesen hat. Das führt zu nichts Gutem.«

»Ach, ihr seid doch nur neidisch, ihr alten Weiber!«, sagte der Großvater. »Er ist jung, sympathisch, sieht gut aus und hat Geld.«

»Neidisch? Neidisch!«, entrüsteten sich die beiden Frauen im Chor.

Die Großmutter schnappte nach Luft wie ein Karpfen auf dem Trockenen.

»Das ist eine bösartige Unterstellung«, sagte sie dann. »Sag das noch einmal, Ägyd!« Sie wandte sich zu mir. »Wir wollten dich nur aufklären. Du sollst nicht blindlings in dein Unglück rennen.«

»Nein, sehend, sehend!«, rief die Witwe Dirnböck.

Ich stand auf.

»Also, ich gehe jetzt«, sagte ich.

»Recht hast du«, sagte der Großvater, legte den Kopf auf das bestickte Deckchen, das die Rückenlehne schonte, und schloss die Augen.

Als ich Stefan das nächste Mal besuchte, war es Anfang Dezember. Ich kam gegen Abend an, der Sonnenuntergang war spektakulär, blutrote Wolkenmassen zogen tief über dem Horizont dahin. Am Samstagmorgen lag Reif auf den Wiesen, den dunklen Schollen der Äcker wie ein weißlicher Schleier. Die Bäume und Weinstöcke waren mit Frostnadeln gespickt, eine schwarzweiße, gespenstische Landschaft, die im Lauf des Vormittags wieder Farbe annahm. Die Luft war scharf, der Wind trieb einem die Tränen in die Augen.

Über dem großen quadratischen Tisch in der Stube meiner Großeltern, denen ich die obligate kurze Anstandsvisite abstattete, hing ein Adventkranz von gewaltigen Ausmaßen mit voluminösen violetten Schleifen. Von den vier dicken gelben Kerzen war eine ein Stück niedergebrannt.

»Wie man hört, bist du schon bei unserem Doktor König eingezogen. Mit Sack und Pack. Du scheinst es eilig zu haben«, sagte meine Großmutter spitz und stellte, wie bei jedem meiner Besuche, einen mit fettigem Speck und geräucherten Würsten nebst weiteren deftigen südsteirischen Leckerbissen angehäuften Teller vor mich hin. Und wie bei jedem meiner Besuche rührte ich kaum etwas davon an, wofür ich normalerweise entsprechend gerügt wurde. Diesmal aber unterließ meine Großmutter die üblichen Maßregelungen, sie hatte Wichtigeres auf dem Herzen. »Na ja, schließlich bist du nicht mehr die Jüngste, das stimmt«, fuhr sie fort und strafte mich mit einem leicht verächtlichen Blick. »Zaundürr und ellenlang obendrein. Dass unser Herr Doktor König sich für dich erwärmt, ist, genau genommen, ein unerhörter Glücksfall. Du solltest täglich ein Dankgebet zu unserem Herrgott sprechen. Oder zwei.« Sie seufzte. »Caspar würde sich im Grab umdrehen, wenn er wüsste, dass dir sein Erbe vollkommen gleichgültig ist.« Sie stützte die dünnen Arme auf die breiten Hüften und erhob die Stimme. »Wann hast du die Mühle zum letzten Mal betreten, frage ich dich! Ginge es nach dir, sie wäre binnen kürzester Zeit komplett verfallen. Gottlob haben deine Tanten und ich mehr Familiensinn. Wenn schon du dich um nichts kümmerst, wir halten das geliebte alte Heim deines Vaters in Ehren!«

Meine Großmutter hatte ausnahmsweise recht. Im Prinzip. Aber ich fand es so viel angenehmer, mich im Winzerhaus auf der Kuppe des Hügels aufzuhalten, mit dem hohen Himmel darüber, dem weiten Ausblick nach allen Seiten, als in der alten Mühle tief im Graben, im Schatten. Ich hatte Mühlen immer als unheimlich empfunden. In den Märchen und Sagen, die ich in meiner Kindheit gehört und gelesen hatte, war häufig die Rede von Teufelsmühlen gewesen, von Mühlsteinen, die sich nachts mit Getöse drehten, ohne dass jemand sie in Bewegung gesetzt hätte, von habgierigen Müllern, die unter Bergen von gemahlenem Weizenkorn erstickten. Auch erinnerte ich mich noch an den von innen erleuchteten und später wie von Geisterhand mit der Axt gespaltenen Kürbis vor der Mühle meines Vaters. Emma hatte mich mit ihrer Furchtsamkeit angesteckt. Dennoch beschloss ich, meiner Großmutter keinen weiteren Grund zur Klage zu geben und die Mühle sogleich aufzusuchen.

»Dass ich nie in der Mühle bin, stimmt nicht. Ich übernachte manchmal im ersten Stock«, log ich. »Gerade jetzt bin ich auf dem Weg dorthin, um ein bisschen nach dem Rechten zu sehen.«

Plötzlich meldete sich der Großvater, der in seiner Ecke schlief, zu Wort. »Wer's glaubt, wird selig«, sagte er mit geschlossenen Augen. »Steht in der Bibel, nicht wahr, Toni? So ähnlich jedenfalls.«

»Markus, Kapitel 16, Vers 16«, zitierte die Großmutter wie aus der Pistole geschossen.

Obwohl die Ebereschen, die Holundersträucher, die Erlen am Bachufer inzwischen keine Blätter mehr hatten, war es dunkel im Wald, auf dem Pfad, der zur Mühle hinunterführte. Dunkel, feucht und kalt. Es herrschte tiefe Stille. Im Haus des Forstgehilfen, an dem ich rasch vorüberging, brannte Licht. Kurz bevor ich zur Mühle gelangte, hörte ich hinter mir gedämpfte Tritte, ein Stolpern, leises Knacken. Erschrocken wandte ich mich um, doch niemand war zu sehen. Es musste ein Tier gewesen sein, das diese Geräusche verursacht hatte. Als ich im Begriff war, den großen eisernen Schlüssel ins Schloss zu stecken, legte mir jemand von hinten die Hände auf die Augen. Rauhe Hände, die nach Holz, Rauch und säuerlicher Milch rochen. Ich unterdrückte einen Ausruf, ergriff die fremden Hände mit meinen, drückte sie von mir weg und drehte mich um. Florian starrte mich böse an. Er hatte eine ihm viel zu große, schmutzige, mit ehedem wohl weißem, jetzt aber fleckigem grauen Plüsch gefütterte Fliegermütze aus braunem Wildleder mit Ohrenklappen auf dem Kopf. Eine Klappe bedeckte ein Ohr, die zweite stand nach der Seite ab, was ihn komisch aussehen ließ, wie einen großen Hund mit einem abgeknickten Lauscher. Wider Willen musste ich schmunzeln.

»Was ist, Florian?«, fragte ich. Ich hatte keine Angst vor ihm, dazu bestand kein Anlass. Florian war geistig zurückgeblieben, aber grundsätzlich gutartig und friedfertig, davon war ich überzeugt, selbst nachdem Stefan mir von seiner angeblichen Attacke auf meine Kusine Imelda berichtet hatte. »Was hast du denn? Du sollst mich nicht erschrecken, hörst du?«

Der junge Mann trat auf mich zu und stieß mir wütend seinen Zeigefinger vors Gesicht. »Ida omen!«, sagte er. Den Rest des Wortschwalls, der sich über mich ergoss, verstand ich nicht. »Ida omen! Ida omen!«, wiederholte er zum Schluss mit Nachdruck.

Ich erinnerte mich an das Versprechen, das ich ihm vor Monaten gegeben hatte, ohne es ernst zu meinen. Er hatte mich beim Wort genommen. Ich hatte nicht die mindeste Lust, mich an diese Zusicherung zu halten.

»Ja, natürlich«, sagte ich beschwichtigend. »Natürlich

kannst du wiederkommen, ich habe es dir ja versprochen. Aber jetzt nicht, jetzt habe ich keine Zeit für dich. Ein andermal.«

Florian schüttelte finster den Kopf und trat noch näher an mich heran. Er riss mir den Schlüssel aus der Hand und presste mich grob gegen die Tür. Als ich merkte, dass er viel stärker war als ich und seine Kraft nicht unter Kontrolle hatte, wurde mir doch etwas beklommen zumute, und ich begann mich halbherzig zur Wehr zu setzen. In diesem Moment hörte ich jemanden weiter oben im Graben mehrmals Florians Namen rufen. Der Angerufene horchte auf, lockerte augenblicklich seinen Griff, und ich machte mich los und trat ein paar Schritte zur Seite. Da kam der Forstgehilfe um die Ecke gelaufen.

»Florian! Geh sofort nach Hause!«, rief er, packte seinen Bruder am Kragen seines dunkelblauen Anoraks und stieß ihn auf den Weg. Ohne ein Wort zu sagen, gab Florian mir den Schlüssel und trottete mit gesenktem Kopf davon.

»Er meint es nicht böse, ehrlich nicht«, sagte der Forstgehilfe, »es sind nur die Folgen seiner Krankheit, weißt du.« Er blickte mich beschwörend an. »Ich bitte dich, erzähl niemandem etwas von dem Vorfall! Die Leute im Dorf sind ohnehin schon gegen ihn aufgebracht, seit die junge Fux behauptet hat, dass er ihr – also, dass er sie sexuell bedrängt hat. Aber das ist nicht wahr! Auf diese farblose fromme Milchkuh hat es nicht einmal mein armer Bruder abgesehen!« Er schüttelte niedergeschlagen den Kopf. »Was ist, wenn sie tatsächlich erreichen, dass er in eine Anstalt gesteckt wird? Ohne mich kommt er nicht zurecht. Ohne mich geht er zugrunde!« Er schlug die Hände vors Gesicht.

»Nein, nein«, sagte ich, »ich erzähle es nicht weiter. Keine Sorge.«

Mir war die Lust vergangen, mich in der Mühle aufzuhalten, und ich ließ den Forstgehilfen stehen und ging den Weg zurück zu meinem grünen Polo, den ich am Waldrand abgestellt hatte. Als ich am Haus der beiden Brüder vorbeikam, sah ich Florians Kopf im Rahmen eines erleuchteten Fensters. Er hatte den Mund weit aufgerissen und die Nase an die Scheibe gedrückt.

Zu dieser Jahreszeit wurde es sehr früh dunkel. Schon am Nachmittag holte Stefan die erste Flasche aus dem Keller, und wir betranken uns planmäßig und ohne Eile. Er trank mehr als sonst. Gegen zehn Uhr abends war er stark alkoholisiert. Normalerweise wurde er, so wie die meisten, zunächst redselig und etwas kindisch, danach eher reizbar und rechthaberisch und später rührselig und weinerlich. Diesmal aber sprach er, selbst nachdem er zwei Flaschen Wein und einige Schnäpse konsumiert hatte, weder unklar noch zusammenhanglos oder stockend, sondern artikulierte besonders deutlich, und sein Gesicht rötete sich nicht, es wurde blasser. Je mehr er trank, desto beherrschter schien er und desto starrer wirkte seine Haltung. Er wurde immer einsilbiger, saß schließlich schweigend auf der Eckbank und starrte reglos auf seine Unterarme und Hände, die vor ihm auf der Tischplatte lagen. Diese ungewöhnliche Reaktion verunsicherte mich, und ich beschloss, mich zurückzuziehen, nahm ein Buch zur Hand, das ich aus Wien mitgebracht hatte, setzte mich ein kleines Stück von ihm entfernt in den Schaukelstuhl und schlug den Band auf. Das Werk befasste sich mit Viktimologie, einer Teildisziplin der Kriminologie. Nach einer Weile hob Stefan den Kopf und blickte auf den Umschlag.

»*Das Verbrechensopfer in der Strafrechtspflege*«, las er. »*Theorie, Methoden und Empirie der Viktimologie.*« Er bewegte den Kopf langsam hin und her. »Opfer und Täter«, sagte er nachdenklich, in leicht singendem Tonfall, »Opfer und Täter. Täter und Opfer.«

Ich blickte auf.

»Das Thema interessiert mich«, sagte ich, erleichtert darüber, dass er sich wieder äußerte. »Schon seit langem. Was macht jemanden zum Opfer? Weshalb werden manche Menschen eher Opfer von Straftaten als andere? Gibt es eine Wechselbeziehung zwischen Täter und Opfer?«

»Täter und Opfer. Opfer und Täter«, wiederholte Stefan und wiegte weiter den Kopf. »Ich und Regina. Regina und ich.« Er legte die Stirn auf seine Hände. Ich verstand ihn nur schwer, als er weitersprach. »Es war nicht das große Glück – das Eheglück –, es war das Unglück. Das große Eheunglück. Das Ehefiasko. Das Ehedebakel. Ich habe dich belogen, Sissi. Wir haben alle belogen, Regina und ich. Jahrelang. Wir waren perfekte Lügner. Perfekt. Keine Harmonie. Keine Harmonie … Nein … Das Gegenteil. Das Gegenteil!« Plötzlich stand er vom Tisch auf. »Ich zeig dir etwas«, sagte er. »Ich zeig dir etwas.«

Er verließ das Zimmer, aufrecht und ohne zu schwanken. Ich hörte, wie er die Treppe hinaufstieg, mit regelmäßigem, festem Schritt, hörte ihn im Dachgeschoß umhergehen. Nach einer Weile trat er wieder in die Stube. Er hatte ein Blatt Papier in der Hand.

»Ich zeige dir jetzt etwas«, sagte er wieder und legte das Blatt auf das Buch, das aufgeschlagen auf meinen Knien lag.

Auf dem dünnen, zartrosa Bogen, dem Briefpapier, das Regina verwendet hatte, standen Namen untereinander, eine lange Reihe, mit blauem Füllhalter geschrieben. Männliche Vornamen, auch einige Familiennamen. In Reginas Handschrift. Ihre Schriftzüge waren unverkennbar. Übertrieben groß, am Rande des Megalomanen, weit nach rechts geneigt, mit langen Ober- und Unterlängen, vielen Haken, spitz, harpunenartig.

Die Liste, fuhr es mir durch den Kopf. Das ist die Liste. Der eine oder andere Name war mir bekannt.

»Was sind das für Namen?«, fragte ich.

»Es sind Reginas Liebhaber«, sagte Stefan und lachte auf, freudlos. Er verwendete das Präsens, so als sei seine Frau niemals verschwunden, als könne sie im nächsten Augenblick den Raum betreten, heiter und selbstsicher, sich mit dieser für sie typischen, anmutigen Geste das schwarze Haar aus der schönen, gerundeten hohen Stirn streichen und am Tisch Platz nehmen. »Ein lückenloses Verzeichnis. Alle unsere ehemaligen männlichen Bekannten sind darunter, jeder einzelne. Meine Studienfreunde, meine Kollegen. Einer meiner Brüder. Mein Cousin. Ein Nachbar. Unser Trauzeuge.« Wieder lachte er, länger, lauter. »Und natürlich Musiker, jede Menge. Ich habe einige Leute auszuhorchen versucht, diskret. Regina hat ständig gelogen, allerdings nicht in diesem Punkt.« Er sah mich an, unbewegt. »Was sie tat, das tat sie gründlich, nicht wahr, Sissi? In diesem Punkt hatte sie ihren Ehrgeiz. Sie verabscheute halbe Sachen. Sie ging sorgfältig und methodisch vor. Ihre Untreue hatte System. Es war harte Arbeit. Regina hat sich nichts geschenkt.«

Ich schwieg. Diese Aufzählung war die größte aller Ungeheuerlichkeiten, die meine einstige Freundin sich erlaubt hatte. Aber was Stefan mir eben anvertraute, kam nicht ganz überraschend, Reginas Tagebücher hatten mich darauf vorbereitet.

Er stand vor mir, seine Arme hingen an den Seiten herab, sein Mund, sein Blick zeigten keine Regung.

»Sie hat mir die Aufstellung ein paar Monate vor ihrem – ihrem Ab… – ihrem Verschwinden präsentiert. Nach einem schrecklichen Streit. Mit einem selbstgefälligen Lächeln. Natürlich ging es ihr darum, mich zu erniedrigen, aber darüber hinaus war ihr der Stolz anzumerken – auf die Anziehungskraft, die sie auf Männer ausübte, auf die Mühelosigkeit, mit der sie sie alle, alle zu verführen vermocht hatte.«

Stefan stieß einen sonderbaren Laut aus, eine Art leises Brummen, und sank neben mir auf die Knie. Er legte den Kopf in meinen Schoß, auf das aufgeschlagene Buch, auf Reginas Liste, und umfasste meine Taille. »Ich habe sie gehasst, Sissi«, sagte er mit monotoner Stimme. »Ich habe diese Frau gehasst.«

Instinktiv setzte ich den Schaukelstuhl in Bewegung, wie eine Mutter, die ihr müdes, trauriges Kind in den Schlaf wiegen will. Ich streckte die Hand aus, beließ sie ein paar Sekunden über dem Kopf meines Freundes in der Schwebe, unschlüssig, und legte sie dann auf sein Haar.

In der Nacht, die wir nach Stefans Eröffnung im einstigen Ehebett des einstigen Ehepaares König miteinander verbrachten, riss mich seine Lust mit sich fort. Zum ersten Mal hatte ich das Gefühl, dass er mich wirklich begehrte, keine Angst hatte, weder vor mir noch vor seinem eigenen Verlangen, dass er sich ganz auf mich konzentrierte und nichts und niemanden in Gedanken zwischen uns treten ließ. Er wagte es, aus sich herauszugehen. Ich verhielt mich passiv, fühlte mich mächtig, ganz als Frau. Die Barrieren, die Regina und unsere Erinnerung an sie errichtet hatten, waren gefallen. Ihre Herrschaft war zu Ende.

Während des Frühstücks am nächsten Morgen beobachtete ich Stefan heimlich. Er wirkte gelöst und heiter, lachte viel, erwies mir kleine Gefälligkeiten, berührte mich ständig, leicht, doch voll Wärme und Intimität. Noch nie hatte ich mich so wohl und entspannt, so unbeschwert mit ihm gefühlt. Etwas

Neues, Unverfälschtes war im Entstehen. Es spielte keine Rolle, ob all das, was man mir auf der Insel Procida hinterbracht hatte, der Wahrheit entsprach oder nicht. Regina war die falsche Frau für ihn gewesen, eine fatale Wahl. Die Vergangenheit war nicht mehr von Bedeutung.

An diesem Sonntag fand ein Flohmarkt vor der Kirche statt. Der Erlös würde notleidenden Pfarrmitgliedern zugutekommen. Es war kalt und windig, aber da die Sonne schien, beschlossen wir hinzugehen. Die Auswahl war groß, es gab Kleidung aus zweiter Hand und gebrauchte Haushaltsartikel zu kaufen, Vasen, Geschirr, Porzellan, Besteck, Töpfe, Pfannen, alte Vinyl-Schallplatten, CDs, Videokassetten und DVDs, Bücher, Fotos, Poster und Gemälde, Bilderrahmen, abgenutztes Spielzeug, Werkzeug – alles Ausgediente, das die Leute nicht mehr brauchten, und darüber hinaus manches Neue. Auch Imbissbuden waren aufgestellt.

Der Stand der Freiwilligen Feuerwehr war beeindruckend, Oberfeuerwehrmann Kienreich und Probefeuerwehrmann Jauk machten gute Geschäfte mit dem Verkauf alter Helme, Kappen, Kragenspiegel und Uniformen. Vor allem aber waren es ihre Abzeichen, Medaillen und Orden, Anstecknadeln und Plaketten, darunter viele aus den Jahren 1938 bis 1945, die guten Absatz fanden. Eine Medaille des Reichsnährstandes mit den eingravierten Worten *Blut und Boden* wurde angeboten, ein sternförmiger Schützenorden am grün-weißen Band, diverses Eichenlaub, goldkoloriert, etliche Frontflugspangen, Verdienstmedaillen des Sängerbundes. Bücher und Fotos aus dieser Zeit fanden gleichfalls ihre Käufer, auch Liederbücher mit Melodien, wie sie von den Mitgliedern der Schutzstaffel intoniert worden waren. Ein reichhaltiges Sortiment. Mein Großvater stand vor all den Kostbarkeiten und ließ sinnend eine ovale Medaille am Band durch seine Finger gleiten. Als er mich sah, winkte er mich zu sich.

»Gut, dass du hier bist, Sissi«, sagte er. »Du hast studiert. Was meinst du, sind zwanzig Euro nicht zu viel für dieses Stück?« Er wandte sich an den Oberfeuerwehrmann. »Das sind Wucherpreise, Kienreich!«

»Hier handelt es sich um ein Sammlerobjekt«, sagte der Oberfeuerwehrmann ungerührt. »Dafür werden Liebhaberpreise bezahlt. In Wien kostet es das Vierfache.«

»Genau«, sagte Probefeuerwehrmann Jauk. »Wenn nicht mehr.«

Ich sah mir die Medaille an. Sie war aus Messing, wie mir schien. *Blank die Wehr, rein die Ehr*, stand darauf zu lesen. Mein Großvater sah mich unsicher an.

»Was dir das Stück wert ist, musst du schon selbst wissen«, sagte ich.

»Genau«, sagte Probefeuerwehrmann Jauk. »Diese Entscheidung kann ihm niemand abnehmen.«

»Du bist mir wirklich keine Hilfe«, sagte der Großvater missvergnügt. »So wie dein Vater. Der war mir auch nie eine. Dort drüben steht deine Großmutter, sei so freundlich und begrüße sie.«

Ich sah mich nach Stefan um. Er unterhielt sich mit meiner Tante Dagmar, die, wie es aussah, ziemlich ramponierte alte Puppen feilbot. Gleich neben der Feuerwehr hatte die Kirche ihren Verkaufsstand, gewissenhaft betreut von meiner Kusine Imelda mit dem leichten Kropf und der Witwe Dirnböck mit dem scharfen Blick. Davor stand meine Großmutter, die katholische Hexe, in ihrem dunklen Mantel aus gutem Wollstoff. Auf ihrem Kopf saß ein majestätisches topfartiges Gebilde aus dem Fell irgendeines exotischen Pelztieres. Ich stellte mich neben sie, doch sie sah mich nicht gleich, da sie gerade in einem ebenso zähen wie hitzigen Handel mit der Witwe begriffen war. Es waren wieder andere Devotionalien, die man hier erwerben konnte, andere Gesangbücher als am Stand der Freiwilligen Feuerwehr, auch Rosenkränze mit Holzperlen, Glasperlen, Keramikperlen, Broschen der Katholischen Jungfrauenvereinigung, Schlüsselanhänger aus Bronze in Schutzengelform, Briefbeschwerer aus Glas mit Kreuzsymbolik, eine Silberne Ehrennadel des Katholischen Gesellenvereins, Secondhand-Bücher mit Titeln wie *Know-how für Ministranten* oder *Das Hosentaschen-Gebetbuch*, Gebetswürfel aus Holz mit einem Tischgebet auf jeder ihrer sechs Seiten, ein kaum gebrauchter aufklappbarer Reisealtar aus Buchenholz, dreizehn mal dreizehn, Höhe viereinhalb Zentimeter, mit Teelicht und Reliefkreuz.

»Du musst sie alle nehmen, Toni«, sagte die Witwe Dirnböck gerade entschieden. »Ich verkaufe sie *en gros* oder gar nicht, und damit basta.«

»Aber ich brauche keine achtundvierzig Medaillen, eine müsste doch genügen für ein Wunder!« Meine Großmutter erblickte mich. »Findest du nicht auch, Sissi?«

»Worum geht es?«, fragte ich.

»Ach, grüß Gott, Frau Doktor Fux, wie schön, dass Sie an unseren dörflichen Aktivitäten Anteil nehmen!«, sagte die Witwe Dirnböck und lächelte zuckersüß, so wie es ihre Art war. »Ihre Großmutter interessiert sich für diese wundertätigen Medaillen aus Aluminium, achtundvierzig Stück zu fünf Euro«, setzte sie erklärend hinzu und wandte sich wieder an diese. »Fünf Euro sind eine lächerliche Summe! Du kannst ja verschenken, was du nicht brauchst. Über eine wundertätige Medaille der Madonna Immaculata Milagrosa, goldfarben eloxiert, freut sich doch jeder!«

»Lass mich nachdenken«, sagte meine Großmutter und

überlegte. »Wenn du mir eine verkaufst, dann kostet sie … sie kostet – zehn Cent!« Im Kopfrechnen war meine Großmutter immer ausgezeichnet gewesen, selbst ihr fortgeschrittenes Alter beeinträchtigte diese Fertigkeit kaum. Zahlen lagen ihr. »Ich gebe dir fünfzig Cent dafür, Leni. Damit machst du einen Riesengewinn!«

In diesem Augenblick trat Stefan zu uns. Auf der Stelle war der Handel vergessen, die beiden Frauen würdigten einander keines Blickes mehr und schenkten dem Ankömmling ihr schönstes Lächeln.

»Ach, unser Herr Doktor König! Was für eine Überraschung! Was für eine Freude!«, flöteten sie im Duett.

»Schönen guten Tag, die Damen!«, sagte Stefan und zog mich mit sich weiter.

Wir schlenderten an den Ständen vorüber, nahmen diesen und jenen Gegenstand, der uns gefiel, in die Hand, überlegten, ob wir das eine oder andere Stück gebrauchen konnten. Stefan wurde immer wieder freundlich begrüßt, mich beäugte man eher diskret. Manche Verkäufer hatten einfach eine Decke auf dem Asphalt ausgebreitet und versuchten ihre Waren auf diese Weise abzusetzen. Eine dicke Frau mit einem imposanten Doppelkinn, die sich einen knallroten Wollponcho mit zahlreichen baumelnden Pompons übergeworfen hatte und einen Trachtenhut aus dunkelgrünem Loden mit einem kleinen Gamsbart trug, streckte Stefan freudestrahlend die Hand entgegen. Mich übersah sie.

»Lieber Herr Doktor, wie reizend von Ihnen, dass Sie gekommen sind! Schauen Sie sich um bei mir, vielleicht finden Sie etwas, das Ihnen zusagt. Sie werden sehen, ich habe viele schöne Artikel zusammengetragen und auch selbst einiges angefertigt.« Sie wies auf ihre nicht sehr ansprechenden Waren – Modeschmuck, billige Halsketten, Armreifen, Finger-

und Ohrringe, wenig geschmackvolle Broschen, Hutnadeln, Manschettenknöpfe. »Sie selbst haben mir ja auch ein paar schöne Stücke gespendet, nochmals vielen Dank, das war wirklich großzügig von Ihnen. Na ja, schließlich ist es für einen guten Zweck, nicht wahr? Dieses kupferne Amulett zum Beispiel, erinnern Sie sich?« Sie deutete auf einen massiven Anhänger in der Form eines S, das wie eine Schlange gestaltet war, mit fein ziselierten Schuppen, einer vorschießenden gespaltenen Zunge und Augen aus winzigen grünen Steinen. Er hing an einem geflochtenen schwarzen Lederband. »Sie sehen, es ist noch hier – wenn Sie wollen, können Sie das Stück wieder erwerben!« Die Frau warf den Kopf in den Nacken und lachte herzlich, bevor sie weitersprach. »Die hübsche Schmuckschatulle mit der Dekoration aus Muscheln habe ich bereits verkauft, die kleine runde Spieldose mit der Einlegearbeit aus Holz auch, sie haben schon am frühen Vormittag eine Abnehmerin gefunden, eine sympathische Gymnasiallehrerin aus Radkersburg …«, fuhr sie fort. Ihre Stimme wurde immer leiser, bis ich nicht mehr hören konnte, was sie sagte, obwohl ihre Lippen sich bewegten. Ich bückte mich und griff nach dem Anhänger. Dabei wurde mir kurz schwarz vor den Augen, und ich schwankte. Ein kräftiger Arm kam mir zu Hilfe. Stefans Arm.

»Ist alles in Ordnung, Prinzessin?«, hörte ich ihn wie von weitem fragen. »Fühlst du dich nicht wohl? Du bist so blass.«

»Doch, doch«, sagte ich und richtete mich auf. »Es geht mir gut. Es ist nur der Wein von gestern Abend.« Ich ließ das Lederband durch meine Finger gleiten. »Ein hübscher Anhänger.«

Stefan nahm mir die kunstvoll geflochtene Schnur aus der Hand und legte sie mir um den Hals. Er trat zwei Schritte zurück und betrachtete mich, schaute mich aufmerksam an, prüfend, wachsam. So wie damals, als er mich mit dem halben Brief aus Zürich in der Hand überrascht hatte. Aber vielleicht bildete ich mir das nur ein, hatte es mir auch damals nur eingebildet?

»Ich schenke dir das Amulett«, sagte er dann und lachte. »Ich kaufe es tatsächlich zurück!« Die dicke Frau stimmte in sein Lachen ein, ihr Brustkorb wogte, die knallroten Pompons flogen. »Es ist für dich bestimmt. S wie Sissi.«

»Oder S wie Stefan«, sagte die dicke Frau und hörte auf zu lachen. »So heißen Sie doch mit Vornamen, nicht?« Sie schaute argwöhnisch von ihm zu mir, ließ ihren Blick wenig freundlich auf mir ruhen und dann wieder zu ihm zurückschweifen. »Es ist doch wohl kein Geschenk Ihrer verstorbenen Frau?«

Er antwortete nicht.

Während der restlichen Zeit, die ich an diesem Sonntag mit Stefan verbrachte, bemühte ich mich, die Fassung zu bewahren und gleichmütig zu erscheinen, zumal ich das Gefühl hatte, dass er mich genau beobachtete. Aber wahrscheinlich war auch das nur Einbildung. Als mir klar wurde, dass ich den Aufruhr in meinem Inneren nicht länger würde verbergen können, gab ich vor, mich am Abend noch auf eine Lehrveranstaltung für den nächsten Tag vorbereiten und deshalb früher als sonst losfahren zu müssen. Stefan zeigte sich freundlich und verständnisvoll. Als ich wegfuhr, stand er vor der Haustür und winkte mir nach.

Am Beginn der Fahrt nach Wien hätte ich zweimal um ein Haar einen Unfall verursacht, so unkonzentriert steuerte ich meinen VW. Mit zunehmender Dunkelheit ließ die Anspannung etwas nach, die Wärme der Autoheizung, der heimelige rote Schein der Rückleuchten der Wagenschlange vor mir beruhigten mich, auch die Regelmäßigkeit, mit der die Scheinwerferlichter der mir auf der anderen Richtungsfahrbahn entgegenkommenden Fahrzeuge aufleuchteten und wieder in die Finsternis eintauchten. Dass Stefan ein sehr feinfühliger Mann war, darüber bestand kein Zweifel. Er kannte mich seit Jahrzehnten und wusste mich ganz gewiss gut einzuschätzen. Natürlich war ihm das Entsetzen, das mich beim Anblick der kupfernen Schlange überkommen und sich als plötzliche Schwäche manifestiert hatte, nicht verborgen geblieben, ebenso wenig wie meine innere Erregung in den Stunden danach. Aber er konnte doch nicht im Entferntesten ahnen, dass ich über die Herkunft des Anhängers Bescheid wusste! Und es war unleugbar das Amulett, von dem Dante Gabriele und Salvatore gesprochen hatten, ein Irrtum war nicht möglich, dazu hatten die beiden das Objekt zu genau beschrieben.

Stefan hatte gelogen, das stand nun außer Frage. Er war nach dem Tag, an dem Regina angeblich ertrunken war, nach ihrem Ausflug nach Neapel, wieder mit ihr zusammengetroffen, und bei dieser Gelegenheit hatte sie ihm ihr Präsent offeriert, in einer beispiellos zynischen Geste. S wie Stefan.

Was war danach geschehen?

Und sein Geschenk an mich? Seine Geste? War nicht vielleicht auch sie beispiellos zynisch gewesen? S wie Sissi.

Weshalb musste der Anhänger in einem Augenblick auftauchen, da unser Verhältnis im Begriff war, sich zu vertiefen? Da wir unsere Ängste und Traumata ernsthaft zu überwinden versuchten und eine emotionale Annäherung riskierten? Zu einem Zeitpunkt, zu dem der Spuk, den das Phantom Regina mit uns getrieben hatte, endgültig vorüber zu sein schien? Das Vertrauen, das wir so langsam und zögernd zueinander gefasst, das Gefühl der Zuversicht, das wir so zaghaft und vorsichtig entwickelt hatten, beides war mit einem Schlag zerstört – zumindest, was mich betraf. Nun konnte ich die

Einsichten, die ich auf der Insel gewonnen hatte, nicht mehr beiseiteschieben, ignorieren, verdrängen, die Begebenheiten, denen ich auf die Spur gekommen war, nicht mehr als Hirngespinste abtun. Nach der Entdeckung des aus Neapel stammenden Schmuckstücks auf dem Flohmarkt im Sausal war das nicht länger möglich.

Plötzlich war mir kalt, es schauderte mich, obwohl die Heizung mittlerweile auf Hochtouren lief.

11

Nicht ganz zwei Wochen später rief mich meine Großmutter an. Als ich ihre Stimme hörte, erschrak ich, denn sie meldete sich nur sehr selten telefonisch, und im Allgemeinen bedeutete ein solcher Anruf nichts Gutes. Meine Großmutter, die Hexe, war eine passionierte Überbringerin schlechter, oftmals katastrophaler Nachrichten. Sie sparte sich die üblichen Begrüßungsfloskeln und kam gleich zur Sache.

»Es ist etwas Grauenvolles passiert!«, schrie sie mir ins Ohr, sodass ich zusammenfuhr. Ich hielt den Hörer etwas weiter weg. »Stell dir vor, man hat eine Leiche im Fuchsweiher gefunden! In einem verheerenden Zustand, unkenntlich, man weiß nicht einmal, ob es sich um einen Mann oder eine Frau handelt. Sie muss eine Ewigkeit im Wasser gelegen sein, diese Leiche. Eine Tragödie, Sissi, eine Tragödie! Wie steht unser Dorf da? Wie stehe ich da? Wie stehen wir da? Als eine Gemeinschaft von mutmaßlichen Selbstmördern – oder gar Verbrechern! An einen Unfall glaubt doch keiner, dieser unheimliche Weiher mitten im Wald ist die ideale Stelle für einen Freitod oder, noch besser, für einen Mord. Kein Mensch käme auf die Idee, darin zu schwimmen, das Wasser ist schwarz und schlammig. Ekelerregend!« Ich konnte geradezu sehen, wie es meine Großmutter schüttelte. Sie senkte ihre Stimme zu einem angestrengten Flüstern. »Ich sage dir, Sissi, der Ort ist verhext, davon bin ich überzeugt. Man spürt es körperlich, sobald man in die Nähe kommt.« Dann fuhr sie wieder in ihrem normalen, seit dem Trommelfellriss infolge des Blitzunfalls überlauten Tonfall fort. »Übrigens ist der Teich der Lieblingsplatz von Florian, du kennst ihn ja – der geistig umnachtete Bruder von Felix Temmel, dem Forstgehilfen. Er treibt sich ständig dort herum, hockt im Röhricht, sodass man ihn kaum sieht, und starrt stundenlang ins Wasser, hat die Leni Dirnböck gesagt. Tagelang. Und die Dirnböck muss es wissen, sie geht viel im Wald spazieren.« Die Großmutter hielt inne. »Sissi, ich habe ein sehr ungutes Gefühl«, sagte sie dann. In ihrer Ausdrucksweise lag zu gleichen Teilen falsche Besorgnis und Sensationslust. »Höchst ungut. Du weißt, ich habe den sechsten Sinn. Manche Menschen sind damit gesegnet – oder geschlagen, wie man es nimmt. Ich habe ihn jedenfalls von meiner Mutter, deiner Urgroßmutter, geerbt, mir blieb keine Wahl. Es liegt in der Familie. Dir wurde die Gabe leider nicht zuteil – oder zum Glück, das ist Ansichtssache. Jedenfalls hast du keinerlei Verbindung zum Übersinnlichen. Na ja, in deinem Beruf wäre das auch nur hinderlich. Und damit –«

Ich beschloss, meine Großmutter kurzerhand zu unterbrechen.

»Wer hat die Leiche gefunden?«, fragte ich.

Die Großmutter schwieg, verblüfft über diese ungebührliche Zwischenfrage meinerseits. Dann atmete sie tief ein. Wenn ich mich nicht irrte, bedeutete dies, dass sie zu einer längeren Erklärung ausholte, die atemtechnisch bewältigt werden wollte.

»Es war so«, begann sie. »Der Jakob Zirngast, der Enkel der Kusine zweiten Grades deines Großvaters, der seit drei Jahren mit der Susi Strohmaier zusammen ist, der Tochter des Fahrdienstleiters, neigt zur Melancholie, wie dir sicher bekannt ist.«

»Klar«, sagte ich, der Einfachheit halber. Denn es war mir nicht bekannt, ich hörte zum ersten Mal vom offenbar nicht ungetrübten Glück der beiden jungen Menschen.

»Eine unselige Veranlagung«, fuhr sie fort, »er ist nicht der Einzige in der Familie, der davon betroffen ist. Außerdem trinkt er und ist ein Raufbold. Kein Wunder, dass die junge Strohmaier – ein bildschönes Kind, das muss man ihr lassen – allmählich zugänglicher wird für die Annäherungsversuche der anderen Burschen im Dorf. Unglücklicherweise ist der Jakob auch noch krankhaft eifersüchtig, eine Eigenschaft, die nicht selten mit dem Hang zur Schwermut einhergeht. Du weißt ja, dass der Allmächtige auch die Familie deines Großvaters nicht vor dieser Heimsuchung verschont hat.«

»Ja, das weiß ich«, sagte ich und seufzte zur Sicherheit. Ich wusste es nicht. Doch solche kleinen Lügen kürzten einiges ab.

»Ich könnte dir Sachen erzählen, Sissi – na ja, ein andermal vielleicht.« Meine Großmutter schwieg, vermutlich Erinnerungen nachhängend, bedauerlicherweise nicht lange genug, als dass ich diese Pause zu dem Versuch hätte nützen können, ihren Bericht etwas zu raffen. »Beim letzten Kirchtag hat der Jakob jedenfalls befunden, dass die Susi zu oft mit dem jungen Rupp tanzt, dem Sohn des Tischlermeisters, worauf er sie und den Rupp auf dem Tanzboden zur Rede gestellt hat. In aller Öffentlichkeit! Eine solche Blamage, immerhin ist er entfernt mit uns verwandt, die Schande fällt auf uns zurück. Er hat die Susi gefragt, was sie davon halten würde, wenn er sich umbringt. Die Susi hat gelacht und gefragt, wie er das anstellen will. Da hat er angekündigt, dass er ins Wasser gehen wird, in den Fuchsweiher, und ist weinend weggelaufen. Daraufhin haben plötzlich alle geschwiegen, mit der lustigen Kirchtagsstimmung war es vorbei, die hat der Jakob uns gründlich verdorben. Denn jeder weiß, dass er nicht schwimmen kann und dass der Fuchsweiher an einer Stelle fast zwanzig Meter tief ist.«

»Genau«, sagte ich. Auch dies hatte ich nicht gewusst. Dann schaltete ich mich beherzt ein zweites Mal ein. Es musste sein.

»Und? Hat er sich ertränkt oder nicht?«

Wieder geriet meine Großmutter einen Moment aus dem Konzept.

»Wie? Was? Unterbrich mich nicht, Sissi, sonst verliere ich den Faden. Nein, er hat sich nicht ertränkt, wie sich aber erst nach Tagen herausgestellt hat. Der Jakob war nirgends zu finden, seine Eltern haben sich natürlich entsetzliche Sorgen gemacht und eine Abgängigkeitsanzeige erstattet. Auf diese hin hat die Polizei jeden Kubikzentimeter Wasser des Fuchsweihers durchsucht, auch den stinkenden Schlamm auf dem Grund, mit einem Spezialbagger und mit Schaufeln und Sondierstäben. Frage mich nicht, was ein Sondierstab ist, Sissi – ich glaube, diese Gerätschaften werden auch bei Lawinenabgängen eingesetzt. Das hat jedenfalls dein Onkel Hannes behauptet, aber auf den Verstand dieses Hohlkopfs ist nicht unbedingt Verlass. Schließlich haben dann die Leichensuchhunde angeschlagen, die Köter, die sie eigens aus Graz geholt haben, und man hat eine schauerlich verweste Leiche aus dem Wasser gezogen. Der Binder, unser Gendarm, der dabei war, liegt mit einem Nervenzusammenbruch im Krankenhaus. Wahrscheinlich werden sie ihn auf die Grazer Nervenklinik verlegen. Er hält nicht viel aus, wie du weißt, er hätte Schneider werden sollen.«

»Das stimmt, der hält nicht viel aus«, wiederholte ich erfreut. Diesmal war ich nicht völlig ahnungslos, denn der Forstgehilfe hatte mich bereits auf die mangelnde seelische Robustheit des Gendarmen hingewiesen, dessen linkes Augenlid zuckte, seit er, wie der Gehilfe behauptete, den Geist meiner Mutter erblickt hatte.

»Und der junge Zirngast?«

»Der ist mit einem Zechkumpan nach Slowenien gefahren und nach einer Sauftour von fünf Tagen aus Maribor zurückgekehrt, in einem fürchterlichen Zustand, wie man sich denken kann. Die Weber Hilde hat mir erzählt, dass die Susi ihm den Verlobungsring vor die Füße geworfen hat, vor allen Leuten, im Gasthaus Zur blauen Traube, wo er gleich weitergetrunken hat. – Aber stell mir nicht dauernd unwesentliche Fragen, es geht hier nicht um den jungen Zirngast, es geht um die Wasserleiche. Wie gesagt, der Binder Karl, der Gendarm, ist zu nichts zu gebrauchen, er liegt bei den Barmherzigen Schwestern und murmelt unverständliches Zeug. Die Polizisten, die am Teichufer herumstehen, ihre Kappen abnehmen und sich den Kopf kratzen, haben keine Ahnung, das sieht man gleich. Und der Amtsarzt, den man sofort gerufen hat – du weißt ja, der Doktor Absolon aus Leibnitz, der senile Trottel –, verrät keine Silbe.« Herr Doktor Absolon war fast zwanzig Jahre jünger als meine Großmutter. »Mit einem Wort, die Dorfbevölkerung tappt im Dunkeln, ein Skandal! Wir haben ein Anrecht auf Aufklärung, es ist schließlich unser Weiher und somit unsere Leiche! Du bist Gerichtsmedizinerin, Sissi, ich bitte dich, komm in deine Heimat und schau nach dem Rechten. Als eine der Unsrigen ist es deine Pflicht!«

Ich kannte meine Großmutter gut genug, um zu verstehen, dass dies keine Bitte war, sondern ein Befehl. Na ja, ich hatte ohnehin vorgehabt, zwei Tage später wieder in den Sausal zu fahren. Stefan hatte mich fast täglich in Wien angerufen, mir beteuert, wie sehr er mich vermisse, und mich beschworen, ihn wieder zu besuchen, sobald ich könne. Nach allem, was ich nun wusste, wäre es fraglos vernünftig gewesen, mich von ihm fernzuhalten, doch ich war nicht bereit, eine Beziehung, die sich endlich zum Positiven entwickelte und sexuell immer aufregender wurde, von einem Tag auf den anderen aufzugeben. Außerdem war ich neugierig. Bevor ich mich zu diesem Schritt entschloss, musste ich noch mehr über die Ehe meiner beiden Freunde herausfinden – und vor allem über das, was mit Regina geschehen war.

Wie gesagt, ich kannte meine Großmutter. Für sie war absolute Sippenloyalität eine Selbstverständlichkeit, sie würde mich nicht in Frieden lassen, bevor ich mit den zuständigen Beamten gesprochen hatte. Den Anfang würde ich mit dem Amtsarzt machen. Vielleicht war es auch möglich, Einblick in die Fotos des Polizeifotografen zu nehmen. Es war zu hoffen, dass man auf dem steirischen Land einem Profi auf dem Gebiet der Rechtsmedizin, der an der Universität Wien arbeitete und lehrte, den ihm gebührenden Respekt bezeugte. Selbst wenn es sich bei diesem Profi um eine Frau handelte.

Einmal mehr fuhr ich also in den Sausal. Diesmal mit Winterreifen.

»Ach, deine Großmutter übertreibt«, sagte Stefan, nachdem ich ihm von ihrem Anruf berichtet hatte. »Klarerweise hoffen die Leute hier, dass es sich um ein Verbrechen handelt – oder wenigstens um einen Selbstmord. Ein Mord wäre natürlich die Krönung, auch wenn er schon länger her wäre. Dann stünde der Ort endlich einmal im Mittelpunkt des öffentlichen Interesses, und das nicht nur als Bezirkssieger im Blumenschmuckwettbewerb. Zeitungsjournalisten, Fernsehleute und Neugierige kämen hierher, noch dazu im Winter, wo sich jeder im Dorf unsäglich langweilt. Ein echter Gewinn. Aber ich wette, die Sache stellt sich als relativ harmloser Unglücksfall heraus.«

Wir saßen in der Gaststube des örtlichen Kirchenwirts und aßen zu Abend. Ich hätte ein italienisches Restaurant vorgezogen, aber das nächste war einige Kilometer entfernt, und da viel Schnee gefallen war, wollten wir nicht mit dem Auto fahren. Stefan, der sich weiterhin von einer sehr einnehmenden Seite zeigte, bestand darauf, mich zum Essen einzuladen.

Das Lokal prangte im schönsten Weihnachtsschmuck. Beim Betreten des Gasthauses hatten wir uns nur mit Mühe an einer monumentalen Krippe in Form eines alpenländischen Bauernhofs, ausgestattet mit bunt bemalten, nahezu lebensgroßen Holzfiguren, vorbeidrücken können, über der ein Stern von Bethlehem mit ausladendem Schweif in allen Regenbogenfarben blinkte. Mitten in der Stube stand eine hohe und breite Tanne, an deren Ästen lange, ebenfalls farbenfroh blinkende Ketten hingen. Aus dem dicken Bauch eines etwa einen halben Meter hohen Weihnachtsmannes mit lachendem Plastikgesicht, der auf einem Fenstersims in unserer Nähe stand, drang in regelmäßigen Abständen das Lied *Jingle Bells.* Auf dem weißen Plüschrand seiner roten Mütze blinkten unaufhörlich Sterne. All das Blinken, Leuchten, Schillern, Funkeln und Spiegeln machte einen ganz nervös. Ging man durch den Raum, musste man unter den silbern und gülden glitzernden Girlanden durchtauchen, die ihn kreuz und quer durchzogen. Wir hatten gerade eine Schilcherrahmsuppe zu uns genommen und waren vom Genuss des feuerfarbenen Weines der Sorte Blauer Wildbacher, der offensichtlich in großzügigen Mengen zu ihrer Zubereitung verwendet worden war, nicht mehr völlig nüchtern.

»Weiß man inzwischen schon mehr über den Hergang des Todesfalles?«, fragte ich und ertappte mich dabei, wie ich Stefans Reaktion auf meine Frage einzuschätzen versuchte. Überhaupt beobachtete ich ihn nun genauer als sonst, musterte ihn öfter von der Seite, versuchte an seiner Miene abzulesen, was in seinem Kopf vorging. Doch falls er etwas zu verbergen hatte – und das hatte er höchstwahrscheinlich –, ließ er sich nichts anmerken.

»Polizei und Gendarmerie schweigen. Aber ich bin sicher, dass es ein Unfall war, allenfalls noch ein Selbstmord. An ein Verbrechen glaube ich nicht.« Er legte seine Hand auf meine und streichelte sie sacht. »Nicht hier. Nicht in dieser ländlichen Idylle. Ich kenne fast alle Dorfbewohner, es sind einfache, arbeitsame, gottesfürchtige Menschen. Wer würde den Mut zu einer so extremen Tat aufbringen? Ich kann mir wirklich niemanden vorstellen, außer vielleicht …«

Er hielt inne. Dem Wirt, einem kleinen, flinken, schwitzenden Mann mittleren Alters, den seine Frau um Haupteslänge überragte und der eben an unseren Tisch getreten war, um den Braten, Hirschmedaillons mit Sellerienudeln und gedünstetem Kürbis, zu servieren, war offenbar nicht entgangen, was Stefan zuletzt gesagt hatte. Er beugte sich zu uns herunter, seine Stirnglatze gleißte mit dem Weihnachtsschmuck um die Wette.

»Außer vielleicht? Außer vielleicht?«, wiederholte er leise und beantwortete die Frage gleich selbst. »Außer dem jungen Temmel, dem Verrückten, wollen Sie sagen, nicht wahr, Herr Doktor? Wer käme sonst in Frage? Vor drei Jahren ist die alte Frau Baumgartner verschwunden und nie wieder aufgetaucht, wie Sie wissen.« Ich nickte bejahend, obwohl ich es nicht wusste. Meine Wissenslücken im Hinblick auf das soziale Leben in meinem Geburtsort wurden mir langsam peinlich. »Zuletzt wurde sie beim Weiher gesehen. Es ist allgemein bekannt, dass Florian Temmel andauernd in der Nähe des Fuchsweihers umhergeschlichen ist.«

»Ja, jeder weiß das«, sagte ich, da meine Großmutter mich von dieser Tatsache unterrichtet hatte, und nickte wieder, diesmal vehement. Der Wirt blickte mich leicht irritiert an.

»Und dass er der Baumgartnerin nachgelaufen ist wie ein Hund«, setzte er fort. »Sie hat sich sogar beim Binder darüber beschwert. Aber dieser Jammerlappen von Gendarm hat nichts unternommen.«

Stefan nickte langsam zu den Worten des Gastwirts.

»Ich habe mich davor gescheut, es auszusprechen«, sagte er dann, »aber ich fürchte, Sie haben nicht unrecht. Der junge Mann ist stark verhaltensauffällig, das ist unbestreitbar. Er hat schon einige Frauen sexuell belästigt, erst vor kurzem wurde er gegenüber Imelda Fux gewalttätig. Ich bin kein Psychiater, aber ich muss sagen, ich halte ihn für ziemlich unberechenbar, um nicht zu sagen gefährlich.«

Ich starrte Stefan an. Offenbar war auch er zu all jenen zu zählen, die Florian die schändlichsten Handlungen zutrauten. Verfolgte er damit bestimmte Absichten? Der Wirt beugte sich noch tiefer zu uns, sodass ich die Schweißperlen auf seiner Stirn, die großen Poren auf Kinn und Wangen und die borstigen schwarzen Haare, die aus seinen Nasenlöchern ragten, überdeutlich wahrnahm, auch die roten Äderchen in den Augen und auf den Wangen.

Wahrscheinlich eine Bindegewebsschwäche. Oder Trunksucht. Aus nächster Nähe betrachtet, waren die wenigsten Männer schön.

»So ist es. So ist es«, flüsterte er. »Und wissen Sie was? Mein Schwager, der Gemeindesekretär, hat aus zuverlässiger Quelle erfahren, dass der junge Temmel heute schon im Beisein seines Bruders von zwei Kriminalbeamten aus Graz verhört worden ist. Und zwar verdächtig lange.« Er richtete sich wieder auf und reckte triumphierend das Kinn. »Das sagt doch alles. Mir kann keiner was vormachen. Ich habe es kommen sehen. – Was sagen Sie übrigens zu unserem Festtagsschmuck? Wir sind sehr stolz darauf. Heuer haben wir uns selbst übertroffen.« Er verneigte sich kurz. »Guten Appetit zu wünschen, die Herrschaften!«

Hoffentlich waren die Hirschmedaillons inzwischen nicht kalt geworden.

Am nächsten Morgen rief ich den Amtsarzt Doktor Absolon, den ich flüchtig kannte, in seiner Privatwohnung in Leibnitz an. Stefan schlief noch, es war eine lange und leidenschaftliche Nacht geworden.

Der Arzt musste mittlerweile kurz vor seiner Pensionierung stehen. Er war mir schon vor einem Vierteljahrhundert alt erschienen. Ich hatte ihn als sanften, etwas umständlichen und gehemmten Mann in Erinnerung. Aufgrund meiner Tätigkeit an der medizinischen Fakultät Wien hatte er eine hohe Meinung von mir, und so hoffte ich, ihm die eine oder andere Information entlocken zu können.

»Also – selbstredend bin ich zu strengster Geheimhaltung verpflichtet, was diese Sache betrifft, liebes, verehrtes Fräulein Doktor Fux«, sagte er, nachdem ich mein Anliegen geäußert hatte, »aber ich denke, also, ich denke, in Ihrem Fall darf ich, hm, eine kleine Ausnahme machen. Schließlich sind wir Kollegen, wenn ich das, also, in aller Unbescheidenheit so ausdrücken darf. Viel kann ich Ihnen nicht verraten, ich bitte Sie um Verständnis. Ich habe die Leiche nur kurz besehen, gleich nachdem man sie aufgefunden hatte. An der tiefsten Stelle des Weihers. Sie war, hm, na ja, stark verwest, von Algen bewachsen und durch Tierfraß zum Großteil bereits skelettiert. Also, Sie können es sich ja vorstellen – Fische, Krebse, Schnecken, Blutegel, wahrscheinlich auch Ratten. Da es sich mir um einen verdächtigen Todesfall, also, um ein mögliches Tötungsdelikt zu handeln schien, habe ich sofort veranlasst, dass ein Gerichtsmediziner beigezogen wird. Es ist anzunehmen, dass der Körper sehr lange im Wasser lag. Mindestens, hm, na ja, zwei, drei Jahre. Mehr möchte ich, also, im Augenblick nicht preisgeben, meine Verehrteste. Wenn Sie mehr wissen wollen, müssen Sie sich, hm, an Herrn Dozent Doktor Hasiba von der Grazer Gerichtsmedizin wenden, der Ihnen sicher bekannt ist.«

Herr Dozent Hasiba. Ausgezeichnet. Und ob er mir bekannt war. Noch von meiner Studienzeit in Wien. Er war etwa zehn Jahre älter als ich, hatte damals als Assistent am rechtsmedizinischen Institut gearbeitet und war später nach Graz, in seine Heimatstadt, zurückgekehrt. Eine Zeitlang waren wir recht gut miteinander befreundet gewesen, ich war ein paar Mal mit ihm ausgegangen, aber eine engere Beziehung hatte sich nicht ergeben. Zu seinem Leidwesen. Zwar standen wir seit Jahren nicht mehr in persönlichem Kontakt, aber ich war mir sicher, dass er gegen ein Treffen nichts einzuwenden haben würde. Im Gegenteil.

Am Sonntag fuhr ich schon gegen zwei Uhr nachmittags durch eine weite, tief verschneite Winterlandschaft auf der A9 nach Norden. Der Schnee auf den Feldern zu beiden Seiten der Autobahn glitzerte in der Sonne. Wie öfter beim Autofahren hatte ich eine der unzähligen mir von meinem Vater hinterlassenen CDs in den Player geschoben. *Yessongs.* Manchmal fand ich seinen Achtundsechzigergeschmack gar nicht so übel. *A seasoned witch could call you from the depths of your disgrace …* Und wenn ich mir seine Musik anhörte, wurde er wieder lebendig, saß neben mir auf dem Beifahrersitz und sang mit. *In her white lace, you could clearly see the lady sadly looking*, sangen wir gemeinsam mit Jon Anderson. Plötzlich fiel mir ein, dass meine Eltern einander auf dieser Strecke kennengelernt hatten, durch einen unglaublichen, gefährlichen Zufall. Ich hatte mein Leben der Existenz der Pyhrn-Autobahn zu verdanken. *Down at the end, round by the corner / Close to the edge, just by a river*, sangen wir mit Jon Anderson. *Seasons will pass you by.* Wirklich nicht übel, *Yessongs.* Nun weinte ich. Ich wischte mir die Tränen mit dem Ärmel meines Pullis aus den Augen. Die Lenkerin des Wagens, der mich gerade überholte, hupte und schüttelte den Kopf. Ich war auf der Fahrbahn viel zu weit nach rechts geraten. Rasch korrigierte ich den Kurs. Ich blickte auf den Beifahrersitz. Mein Vater saß nicht mehr neben mir.

Am Vortag hatte ich Fritz Hasiba telefonisch erreicht, er war meiner Bitte zugänglich, ja erfreut darüber gewesen, und wir vereinbarten, uns um drei Uhr im Café Erzherzog Johann in der Grazer Sackstraße wiederzusehen. Ich hatte überlegt, Stefan meine Absicht mitzuteilen, mehr über die Leiche im Fuchsweiher zu eruieren, es dann aber gelassen und denselben Vorwand wie bei meinem letzten Besuch gebraucht, um mein frühes Aufbrechen nach Wien zu rechtfertigen. Diesmal schien er mir die Ausrede nicht ganz abzunehmen. Mein Telefonat mit Doktor Absolon hatte ich ebenfalls nicht erwähnt. Wozu auch? Es war ein Auftrag, den ich für meine Großmutter zu erfüllen hatte. Abgesehen davon, dass mich die Sache selbst interessierte. Stefan brauchte nicht über jeden meiner Schritte Bescheid zu wissen. Und ich war mir sicher, dass es sich mit den Bewohnern des Sausal ähnlich verhielt wie mit denen der Insel Procida. *Wir brauchen hier keine Schnüffler.*

»Ich freue mich so, dich zu sehen, Sissi! Du hast dich überhaupt nicht verändert«, sagte Fritz Hasiba treuherzig und strahlte mich an.

Diese als Kompliment gemachte Behauptung überzeugte mich nicht, sicher war allerdings, dass er sich verändert hatte.

Er saß mir seit einer Dreiviertelstunde im sogenannten Wintergarten gegenüber, dem überdachten, mehrere Stockwerke hohen Innenhof des barocken Palais, über dessen Balustraden sich üppige, mit roten und goldenen Weihnachtsgirlanden durchflochtene Grünpflanzen ergossen wie einst in den hängenden Gärten der Semiramis zu Babylon. Auch dieses relativ noble Restaurant war bereits weihnachtlich geschmückt, allerdings wesentlich dezenter als der Kirchenwirt im Sausal. Über uns hing, beunruhigend wie ein Damoklesschwert, ein funkelnder Kronleuchter. Wenigstens blinkte er nicht. Der ehemalige Assistent trank den dritten kleinen Braunen, verschlang in Windeseile sein zweites Stück Apfeltorte und versuchte, durch beständiges Fuchteln seines linken Arms die Aufmerksamkeit der Kellnerin zu erregen, um ein weiteres zu bestellen. Das wunderte mich, denn er war viel dünner, als ich ihn in Erinnerung hatte, nahezu ausgemergelt. Offensichtlich ein guter Futterverwerter. Seine Gesichtszüge hatten Ähnlichkeit mit einem Totenkopf, die Augen lagen in tiefen Höhlen, die Wangen waren eingefallen, die Nase war klein und spitz, und er hatte fast alle Haare verloren. Vielleicht hatten die vielen Skelette, mit denen wir uns beruflich befassten, bereits auf sein Äußeres Einfluss genommen, was wusste man? Er strahlte mich weiter an, die kleinen Lücken zwischen seinen Zähnen waren mit gelblicher Tortenmasse ausgefüllt. Ich war rückblickend sehr froh, dass wir damals in Wien kein Verhältnis miteinander angefangen hatten.

»Du dich auch nicht«, log ich. »Kein bisschen.«

Er fuhr fort zu strahlen.

»Bist du verheiratet?«, fragte er dann.

»Nein.«

Das Strahlen nahm kein Ende. Der personifizierte Weihnachtsschmuck.

»Ich auch nicht«, gestand er und überlegte kurz. »Dann bist du ja noch zu haben!«, rief er freudig. Er beugte sich über den Tisch, näher zu mir. Zu nahe. »Ganz im Vertrauen, Sissi, du bist die einzige Frau, die ich je heiraten wollte. Bis heute. Die einzige, Ehrenwort.«

Die Kellnerin trat an unseren Tisch. Sie war jung und hübsch, hatte die Hände auf ihrer kleinen weißen Servierschürze übereinandergelegt und lächelte nonchalant.

»Haben der Herr Dozent noch einen Wunsch?«

»Ein Stück Apfeltorte, bitte.«

Das Mädchen blickte verblüfft.

»Noch eines?«, fragte sie.

Der Herr Dozent fuchtelte von neuem herum, offensichtlich mit dem Ziel, die Serviererin zu verscheuchen.

»So gehen Sie schon, gehen Sie schon!«, sagte er gereizt und strahlte nicht mehr. »Und noch einen kleinen Braunen!«

Ich blickte auf meine Armbanduhr. Es war höchste Zeit, das Thema anzuschneiden, das meiner Großmutter am Herzen lag und auch mich interessierte. Fritz Hasiba ging sofort darauf ein, lehnte sich in seinem Sessel zurück, verschränkte die Finger und begann zu dozieren. Unwillkürlich kam mir der Polizist Fausto Sacco von der Insel Procida in den Sinn. Dieser Mann hier war fast zum Gerippe abgemagert, der andere feist wie ein Mastschwein. Dennoch – in ihrer Selbstzufriedenheit glichen sie einander aufs Haar.

»Du weißt, dass ich nicht befugt bin, dir Informationen weiterzugeben. Aber ich kann dein Interesse an diesem ungeklärten Todesfall in deinem Heimatort natürlich begreifen.« Er lächelte mich verständnisvoll an. Die Tortenmasse saß noch immer zwischen seinen Zähnen. Steirische Apfeltorte. Vermutlich aufgeweichte Biskotten. »Man weiß nie, vielleicht kannst du sogar zu seiner Lösung beitragen! In Anbetracht unserer alten Bekanntschaft und der Tatsache, dass du vom Fach bist, halte ich es jedenfalls für gerechtfertigt, dir die wichtigsten Ergebnisse der Untersuchung mitzuteilen. Auf die Feinheiten werde ich nicht eingehen, du kennst dich ja aus.« Er atmete hörbar ein. Wie der italienische Sovrintendente hörte er sich gern reden. »Es handelt sich um ein Tötungsdelikt, Sissi, daran besteht kein Zweifel. Der Tod trat durch Schädelbruch infolge von stumpfer Gewalt ein. Die Leiche wurde mithilfe von Eisenketten mit einem dreißig Kilogramm schweren Betonständer für Sonnenschirme beschwert und im Weiher versenkt.«

Also doch Mord. Meine Großmutter würde sich freuen. Nicht nur sie, das ganze Dorf. Womöglich war es tatsächlich die vermisste Frau Baumgartner? Dann stand es nicht gut für Florian. Ich hatte mich in Regina und in Stefan getäuscht, vielleicht täuschte ich mich ja auch in ihm? Nichts mehr war sicher.

Die junge Serviererin kam mit der bestellten Apfeltorte und setzte den Teller mit schwungvoller Geste vor Fritz ab. Sie grinste ungeniert.

»Hier bitte, der Herr, der kleine Braune und das dritte Tortenstück. Mahlzeit!« Sie begann zu kichern, hielt sich die Hand vor den Mund und entfernte sich eilends. Der Herr Dozent ignorierte dieses respektlose Benehmen, trank einen Schluck Kaffee und sprach weiter.

»Es wird noch etwas dauern, bis aus der weitgehend skelettierten Leiche DNA aus Knochenmarksgewebe isoliert und mit Glück ein Profil erstellt werden kann. Damit wird auch das Geschlecht feststellbar sein. Und hoffentlich einiges Weitere. Fingerabdrücke können nicht mehr abgenommen werden, da sich die Waschhaut bereits vollkommen abgelöst hat und unbrauchbar ist. Aus der Beschaffenheit des Körpers kann geschlossen werden, dass er etwa zweieinhalb Jahre im Wasser gelegen ist. Der oder die Tote war bei Todeseintritt ungefähr fünfunddreißig Jahre alt. Wegen des sehr schlechten Zustandes der Leiche wird die Identifikation nicht einfach werden.«

Die alte Frau Baumgartner konnte es also nicht sein.

Wieder neigte sich Fritz Hasiba über den Tisch zu mir. Sein Atem roch nicht gut, und ich wich ein kleines Stück zurück. Er rückte nach, unerbittlich. »Aber wir haben zwei Besonderheiten entdeckt, Sissi«, verriet er wichtigtuerisch. »Ein Zahnimplantat aus Titan, der rechte mittlere Schneidezahn im Oberkiefer. Und einen schlecht ausgeheilten Drehbruch des linken Unterschenkels. Das Schienbein. Die Kriminalbeamten geben dieses Wissen den Medien allerdings noch nicht bekannt, sie ermitteln zunächst weiter, bis sie mehr in Erfahrung gebracht haben. Ich bitte dich also um absolute Verschwiegenheit.«

Ich sah ihn an. Er bleckte das Gebiss. Der vierte kleine Braune hatte einen Teil der Biskottenmasse weggespült.

»Entschuldige mich bitte einen Augenblick«, sagte ich und stand auf.

»Aber gern, aber gern«, sagte der Dozent und lachte. Ein wenig angenehmes, unechtes Lachen. »Solange du zurückkommst und mir nicht wieder wegläufst …«

Wie ich auf die Toilette gelangt bin, weiß ich nicht mehr genau, ich glaube, eine Kellnerin, die meinen verstörten Zustand bemerkte, begleitete mich hin. Ich betrat die Kabine gerade noch rechtzeitig, um mich nicht auf einem der schönen Teppiche des Palais, auf dem gepflegten Parkettboden oder den spiegelblanken Fliesen übergeben zu müssen. Nachher saß ich noch eine Weile auf dem Toilettensitz. Alle Kraft war aus mir gewichen, ich fühlte mich wie ausgesogen.

Das Implantat, das man ihr nach einem Sturz über die

Treppe in der Villa in der Sternwartestraße eingesetzt hatte, bei dem der Schneidezahn ausgebrochen war. Der rechte, mittlere, obere. Der Drehbruch des linken Schienbeins, verursacht durch einen Skiunfall in Zermatt. Wir hatten den Urlaub zu dritt verbracht. Eines dieser Merkmale konnte man unter Umständen noch als Zufall werten. Beide zusammen nicht.

Die Tote war Regina.

Sie lag nicht auf dem Grund des Tyrrhenischen Meeres, vor der Westküste der Apenninenhalbinsel, sondern war erschlagen, in einen dunklen Weiher mitten in einem österreichischen Wald geworfen, von seinen Bewohnern langsam gefressen worden und in seinem fauligen Schlamm verwest. Im Lande ihrer Herkunft. Nicht die Fremde war das Gefährliche, es war die Heimat.

Ich ging nicht mehr zum Kaffeehaustisch im Wintergarten des Palais Erzherzog Johann zurück, an dem ich mit dem Herrn Dozenten Hasiba gesessen war, sondern verließ das Gebäude durch den Hoteleingang, irrte eine Zeitlang in den Grazer Straßen und Gassen umher, bis ich mein Auto gefunden hatte, und fuhr nach Wien weiter. Wie ich es schaffte, wohlbehalten dort anzukommen, ist mir ein Rätsel. Fest steht, dass ich gegen Abend wieder in meiner Wohnung in der Währinger Straße war. Ich stellte meine Tasche im Vorzimmer ab, ging ins Schlafzimmer und verkroch mich in meinem Bett.

Was sollte ich tun? Dass ich der Großmutter meine Entdeckung mitteilte, war für den Augenblick ausgeschlossen. Sollte ich die Kriminalpolizei von dem, was ich wusste, in Kenntnis setzen? Es war nicht anzunehmen, dass es ihr gelang, in absehbarer Zeit eine Verbindung zu Regina herzustellen. Wenn überhaupt. Sie galt offiziell als ertrunken, die italienische Polizei hatte ein Dokument ausgestellt, das dies bestätigte. Niemand zog diese Tatsache in Zweifel. Falls ich den Beamten mein Wissen über das Implantat, den schlecht vernarbten Drehbruch und den Kupferanhänger, den ich bei mir hatte, weitergab, würde Stefan augenblicklich unter schwerem Verdacht stehen. Und ich weigerte mich zu glauben, dass er Regina ermordet hatte. Der Mann, der sich an diesem Wochenende im Bett derart zartfühlend und anschmiegsam verhalten hatte, konnte nicht derselbe sein, der seine Frau mit einem schweren Gegenstand erschlagen und den toten Körper, mit Gewichten beschwert, an der tiefsten Stelle eines dunklen Weihers versenkt hatte.

Nein, es war nicht möglich. Und doch blieb ein Rest von Argwohn. Aber selbst wenn man das Undenkbare dachte und es nicht für gänzlich absurd hielt, dass Stefan dieses abscheuliche Verbrechen begangen hatte: Ich konnte meinem langjährigen Freund und jetzigen Geliebten eine solche Tat nicht zur Last legen. Was, wenn ich ihn zu Unrecht bezichtigte? Ich würde es mir nie verzeihen. Zu verwirrt, um einen klaren Gedanken zu fassen, versuchte ich zu schlafen. Kurz bevor ich einnickte, kam mir der Gedanke, mit Emma über die Angelegenheit zu sprechen.

»Bist du verrückt?« Emma blickte mich entgeistert an. »Du musst der Polizei mitteilen, was du weißt. Es ist doch völlig klar, dass dieser Mensch seine Frau umgebracht hat!« Sie dachte kurz nach. »Ehrlich gesagt, ich fand ihn von Anfang an unsympathisch, das hast du ja gemerkt. Und die Aversion war gegenseitig.«

Es war ein kalter Wintertag, wir saßen an einem Tisch am Fenster in Emmas Wohnung, die in einer ruhigen Seitengasse in der Nähe des Margaretenplatzes gelegen war, in einem kleinen Biedermeierhaus in schlechtem Zustand, und tranken Eisenkrauttee. Die Wohnung war nicht geräumig und auch nicht sonnig, aber man fühlte sich wohl darin. Alle Fenster gingen auf einen Innenhof hinaus, in dem Bäume und Sträucher wuchsen, deren Zweige sich unter dem vielen frisch gefallenen Schnee bogen. Auch auf dem abgenutzten Holztisch und den drei Plastiksesseln, auf denen nie jemand saß, lag eine dicke Schneeschicht. Es sah hübsch aus. Das Rosenbäumchen, das im Sommer dunkelrote, stark duftende Blüten trug, war gegen die Kälte mit Jute umwickelt. Nur die leuchtend blaue Rosenkugel ragte heraus. Im ersten Stock des Hauses gegenüber stand ein junger Mann an einem Fenster, blickte auf einen Notenständer und blies in ein Saxofon. Es war merkwürdig, ihn spielen zu sehen, aber nicht zu hören.

»Ich begreife dich nicht, Sissi«, sagte Emma und schenkte mir Tee ein. »Du darfst diesen Mann auf keinen Fall mehr sehen, auf keinen Fall, verstehst du?«

»Er hat mich über die Weihnachtsfeiertage zu sich eingeladen. Das ist mir wichtig, Emma. Es ist das erste Mal seit Reginas Tod, dass er dieses Fest nicht allein verbringt.«

Reginas Tod. Noch nie hatte ich dieses Wort, so wie jetzt, ohne Zögern ausgesprochen, ohne zu stocken, ohne einen anderen, umschreibenden, harmloseren, ungenaueren Ausdruck dafür zu verwenden.

»Ich werde nicht zulassen, dass du hinfährst!«, rief Emma, stieß in ihrer Erregung mit einer abrupten Handbewegung ihre Teetasse um, nahm eine Papierserviette und wischte den verschütteten Tee damit auf. «Versprich mir, dass du das nicht tun wirst. Dass du dich nicht bewusst in eine gefährliche Situation begibst. Es wäre Wahnsinn. Du musst es mir versprechen, Sissi! Auf der Stelle!«

Ich sah meine Freundin an, die vorhatte, Weihnachten mit ihrem Sohn und dessen Vater zu verbringen. Ihre schmalen grauen Augen mit den jadegrünen Einsprengseln, die ich nach wie vor bezaubernd fand, blitzten. Sie war ehrlich um mich besorgt und würde nicht aufhören, nicht nachgeben, bevor sie mir diese Zusicherung abgerungen hatte.

»Ich verspreche es dir«, sagte ich.

12

Ja, Lügen vereinfachten vieles, dachte ich, als ich mich wieder auf der Südautobahn, kurz vor Hartberg, befand. Auf dem Weg in den Sausal, zu Stefan. Drei Tage vor Weihnachten. Emma würde nie mehr ein Wort mit mir reden, wenn sie das erfuhr.

Inzwischen hatte ich mich von den schockierenden Mitteilungen des Dozenten Hasiba erholt. Ich fand, dass ich noch immer nicht genug wusste. Ich war immer noch neugierig. Neugieriger denn je. Und ich wollte weiterhin mit Stefan schlafen. Ich hatte keine Angst. Wir hatten uns die drei Tage vor Weihnachten freigenommen, um möglichst viel Zeit im Bett verbringen zu können. Emma hatte mich gewarnt, sie fürchtete, ich könnte mich in Gefahr bringen, wenn ich Stefan besuchte. Aber ich hatte nicht das Gefühl, ein großes Risiko einzugehen. Mein Freund hatte nicht die leiseste Ahnung, dass ich so viel über Regina und ihn wusste. Und dass es sich bei der Leiche nahezu hundertprozentig um Regina handelte, hieß nicht unbedingt, dass er sie getötet hatte. Es gab zwar Verdachtsmomente, aber keine Beweise.

»Ich freue mich so, dass du mit mir Weihnachten feierst«, hatte Stefan bei meiner Abreise gesagt, meine Hände genommen und sie überschwänglich geküsst. »Es bedeutet mir sehr viel. Jetzt, wo du weißt, was für ein Albtraum meine Ehe in Wahrheit gewesen ist, wirst du das verstehen. Mit deiner Hilfe werde ich die Vergangenheit hinter mir lassen, Sissi, Schritt für Schritt. Bis sie nicht mehr existiert.«

Ich hatte es verstanden. Auch ich wollte Reginas Verrat ein für alle Mal aus meinem Gedächtnis streichen. Dass sich die Situation seit meinem letzten Besuch in der Steiermark aufgrund der neuen Informationen, an die ich gelangt war, geändert hatte, war unleugbar. Nichts von dem, was bisher als sicher, als wahr gegolten hatte, galt mehr. Die Desillusionierung, die auf Procida begonnen hatte, schritt fort, unaufhörlich. Aber das schreckte mich nicht ab, im Gegenteil: Ich musste der Sache auf den Grund gehen. Es war die einzige Möglichkeit. Ich musste ganz genau wissen, was geschehen war.

»Fällt dir nichts auf?«, fragte Stefan.

Wir saßen in der Stube des Winzerhauses beim Essen. Vor den Fenstern fiel Schnee in großen, dichten Flocken. Es war behaglich warm im Zimmer, die Stehlampe und die zahlreichen Kerzen, die schon bei meiner Ankunft gebrannt hatten, tauchten den Raum in ein angenehmes Licht. Stefan hatte sie auf die Regale und die Anrichte, die Kommode, das Beistelltischchen und den Deckel des Stutzflügels, ja selbst auf den Fußboden und die Fenstersimse gestellt und angezündet, um mich zu überraschen. Die Überraschung war ihm gelungen. Und er hatte gekocht, was er selten tat. Er gab sich wirklich viel Mühe, mich zu verwöhnen. Der Tisch war festlich gedeckt und ebenfalls mit einem Arrangement aus hohen weißen, sich nach oben verjüngenden Wachskerzen geschmückt.

»Abgesehen von den Kerzen, meinst du?«, fragte ich.

»Ja.«

»Doch«, sagte ich und musste schmunzeln.

Die vielen Fotos an den Wänden, Erinnerungen an Reisen, die Regina und er, nicht selten in meiner Begleitung, unternommen hatten, waren entfernt worden, man sah nur noch die undeutlichen Konturen der Bilderrahmen an den Stellen, wo sie gehangen waren. Auch die gerahmte Kette mit dem Mondstein, die sie gern getragen hatte, war verschwunden. Desgleichen ihre CDs. Sofort nach meiner Ankunft waren wir über die Treppe ins ebenfalls von zahlreichen Kerzen erleuchtete Schlafzimmer im Dachboden gestiegen und hatten uns im breiten Bett geliebt. Ich hatte auf den ersten Blick bemerkt, dass der Scherenschnitt mit Reginas Profil nicht mehr auf dem Nachtkästchen stand. Und als ich mich später in ihren weinroten Kimono hüllen wollte, der üblicherweise an einem Haken im Badezimmer hing, suchte ich ihn vergebens. Ich hatte all diese Veränderungen registriert, es jedoch vermieden, mich dazu zu äußern.

»Und?«, fragte Stefan.

Ich stand auf, ging um den Tisch herum, legte meine Arme von hinten um seine Schultern, beugte mich zu ihm hinunter und küsste ihn auf den Scheitel und auf die Wangen. Dann setzte ich mich wieder auf meinen Platz.

»Ich bin froh, dass dieses Haus keine Gedenkstätte mehr ist«, sagte ich. »Ein ganz bestimmtes Erinnerungsstück habe ich hier aber nie gesehen.«

Stefan schaute mich interessiert und fragend an.

»Den Buddha, den du Regina in Katmandu geschenkt hast. Aus diesem grauen Stein aus dem Himalaya. Eine beeindruckende Statue. Erinnerst du dich? In den Rücken war ein Drache eingemeißelt, sehr kunstvoll, darunter ein Mantra. *Om Mani Padme Hum.* Der Wunsch nach Befreiung aus dem Kreislauf der Wiedergeburten.«

Erneut dieser Blick. Vorsichtig. Auf der Hut.

»Ach, der Buddha aus Nepal!«, sagte er nach einer Pause und deutete in die dem Esstisch gegenüberliegende Ecke der Stube. »Er stand lange dort drüben, auf der kleinen Konsole neben dem Klavier. Irgendwann gefiel er ihr nicht mehr, sie fand ihn plump. Sie wollte ihn nicht mehr sehen. Ich weiß nicht, wo er ist. Vielleicht hat sie ihn hergeschenkt. Oder er steht irgendwo im Keller.«

Unsere Blicke trafen sich kurz, bevor sie sich wieder auf die Speisen senkten, die in Tellern und Schüsseln vor uns standen. Eine Weile aßen wir stumm. Schließlich brach Stefan das Schweigen.

»Hast du Lust, in die Christmette zu gehen?«, fragte er leichthin. »Ich weiß, dass du nicht religiös bist. Ich bin es auch nicht. Aber dieser Heilige Abend ist etwas Besonderes, findest du nicht?« Er lächelte mich an. »Der Kirchenchor ist nicht schlecht, die Direktorin der Volksschule leitet ihn. Sie ist immer auf der Suche nach alten Liedern. Ich bin sicher, sie hat für den Gottesdienst ein paar schöne ausgegraben.« Er legte das Messer weg und griff nach meiner Hand. »Es sind unsere ersten gemeinsamen Weihnachten, Prinzessin. Ich möchte diese Tage stimmungsvoll gestalten.«

Ich blickte auf die Hand, die auf meiner lag. Eine schmale, gepflegte, wohlgeformte Hand mit sorgfältig manikürten Fingernägeln. Dass eine solche Hand brutal zuschlug, war schwer vorstellbar.

»Weshalb sagst du nichts?«, fragte Stefan, neigte sich über den Tisch und küsste mich auf die Wange. »Du bist wortkarg heute.«

»Ich bin müde«, log ich. »Die letzten Tage waren ziemlich anstrengend. Es gab viel zu tun vor den Feiertagen.«

In diesem Augenblick wurde heftig an der Haustür geklopft. Stefan nahm die Serviette von seinem Schoß, legte sie neben seinen Teller, stand auf und ging in den Flur hinaus. Ich folgte ihm, blieb auf der Schwelle der Stubentür stehen und lehnte mich mit verschränkten Armen gegen den Türstock.

»Wer kann das sein?«, meinte er. »Ich erwarte niemanden.

Außerdem bin ich im Urlaub. Hoffentlich ist es kein Notfall. Falls ein Kind erkrankt ist und man mich braucht, mache ich natürlich einen Hausbesuch. Das kann ich nicht ablehnen.«

Es war kein Krankheitsfall, der dringend Stefans Anwesenheit erfordert hätte, es war Hochwürden Wojcik, der frierend und fassungslos vor der Tür stand. Er hatte sich eine lange, dicke braune Wollweste übergeworfen, darunter trug er die Soutane mit dem Priesterkragen, der sich gelöst hatte und dessen eines Ende auf einer Seite hinausragte. Seine hohlen Wangen bedeckte ein schwarzer Stoppelbart, er hatte dunkle Ringe unter den Augen, und sein Teint spielte ins Gelbgrünliche. Auf seinem Kopf saß eine hellblaue, handgestrickte, schneebedeckte Pudelmütze. Verstört trat er in den Flur.

»Ich bin zutiefst betroffen, Herr Doktor! Eine solche Aufregung, und das so kurz vor der Geburt unseres Erlösers!« Er blickte Stefan ratlos an. »Es ist undenkbar, aber Florian Temmel hat gestanden. Er hat zugegeben, die Person ermordet zu haben, die man tot im Weiher aufgefunden hat. Sie bringen ihn gerade nach Graz. Angeblich ohne seinen Bruder. Das können sie nicht machen, er kann sich kaum ausdrücken! Felix muss doch seines Bruders Hüter sein! Man kann Florian nicht aus seiner Umgebung herausreißen, das verkraftet er nicht.«

»Beruhigen Sie sich, Hochwürden«, sagte Stefan. »Man wird jemanden finden, der sich mit ihm verständigen kann. Kommen Sie in die Stube, setzen Sie sich und trinken Sie ein Glas Wein mit uns!«

»Nein, nein! Ich gehe gleich wieder. Wir dürfen keine Zeit verlieren, wir müssen Florian helfen. Ein solches Geständnis kann doch nicht ernst genommen werden, der junge Mann ist geistig nicht zurechnungsfähig. Bestimmt hat man ihn eingeschüchtert. Und wie kommt die Polizei überhaupt auf die Idee, dass dieser erbarmungswürdige Mensch jemanden töten könnte? Das ist doch widersinnig! Wie sagt unser lieber Herr Jesus? Selig sind die, die da geistig arm sind, denn das Himmelreich ist ihrer. Matthäus, Kapitel fünf, Vers drei. Wir müssen protestieren, Herr Doktor! Auch Sie! Ihr Wort hat Gewicht!«

Er hatte sich in Hitze geredet. Wenigstens noch einer, der den Schwachsinnigen für unschuldig hielt.

»Ich fürchte, wir können nichts tun«, sagte Stefan ruhig. Sehr ruhig. »Die Ermittlungen der Polizei dürfen nicht gestört werden. Lassen Sie die Beamten arbeiten, Hochwürden. Ich bin sicher, es geht alles seinen korrekten Weg.«

»Wie können Sie so gelassen sein? Das Kind ist frei von Schuld!« Der Pfarrer blickte zur gewölbten Decke auf und bekreuzigte sich. »Vater, vergib ihnen, denn sie wissen nicht, was sie tun. Lukas 23, Vers 34. Kommen Sie, kommen Sie mit, Herr Doktor!«

»Bitte verzeihen Sie, aber ich bleibe hier«, sagte Stefan kühl. »Ich bin, so wie die meisten im Dorf, nicht von Florians Harmlosigkeit überzeugt.«

»Enttäuschen Sie mich nicht, Herr Doktor! Wir müssen uns hinter das bemitleidenswerte Lamm Gottes stellen. Gerechtigkeit erhöhet ein Volk.«

»Nein«, sagte Stefan. »Es tut mir leid. Wir sollten Vertrauen in die Justiz haben.«

Der Pfarrer maß Stefan mit einem hilflosen, verwirrten Blick. Dann wandte er sich jählings um und verließ das Haus. Wir sahen ihn von hinten, sahen, wie er davoneilte, wie er eine zur Faust geballte Hand zum Himmel erhob und schüttelte. Sein Priesterrock flatterte im Schneetreiben.

»Denn Gott wird alle Werke vor Gericht bringen, alles, was verborgen ist, es sei gut oder böse!«, hörten wir ihn rufen, als er seinen Wagen bestieg. Und dann, leiser: »Und der

Engel sprach zu ihnen: Fürchtet euch nicht … Fürchtet euch nicht …«

Ich schaute Stefan direkt ins Gesicht. Er wandte den Blick ab.

Später fuhr ich kurz zu den Großeltern. Der übliche Pflichtbesuch. Es schneite nur noch leicht. Meine Großmutter war allein zu Hause. Der Großvater war bei einem Treffen des Kameradschaftsbundes im Wirtshaus. Die Nachricht von Florians Geständnis hatte sich schon herumgesprochen. Nicht einmal die Exekutive vermochte in diesem Dorf etwas geheim zu halten. Die Großmutter schien jedenfalls nicht unzufrieden mit dem Fortgang der Ereignisse.

»Meine Ahnungen haben mich nicht getrogen«, frohlockte sie mit Grabesstimme, was bei ihr nicht notwendigerweise ein Gegensatz war. »Fluch und Segen zugleich, so ein sechster Sinn. Eine furchtbare Geschichte. Aber es hat sich abgezeichnet. Seit langem. Wir Frauen aus dem Dorf sind jedenfalls sehr erleichtert, wie du dir vorstellen kannst.«

Ich enthielt mich einer Äußerung.

»Weshalb sagst du nichts?«, fragte sie gereizt. »Du wirst doch nicht für dieses geisteskranke Individuum Partei ergreifen wollen?«

Dass ich weiterhin auf jeden Kommentar verzichtete, erboste sie noch mehr. »Wozu habe ich dich eigentlich gebeten, der Sache nachzugehen? Nichts hast du herausgefunden, die Behörden, dumm, wie sie sind, waren schneller als du.« Sie seufzte. »Du magst eine gute Ärztin sein, Sissi. Was nicht verbürgt ist. Alles in allem bist du jedenfalls zu nicht viel nütze. So wie deine Mutter, das muss leider gesagt sein.«

Darauf verfiel sie übergangslos in Klagen über meine angebliche Missachtung der väterlichen Hinterlassenschaft.

»Deine Tanten haben den Kaminofen in der Mühle eingeheizt, damit du es bei deiner Ankunft warm hast«, sagte sie vorwurfsvoll. »Wenn Beate nicht zufällig beim Konsum unseren Herrn Doktor König getroffen hätte, wüssten wir überhaupt nicht, dass du Weihnachten hier verbringst. Na ja, offenbar war die Arbeit dieser braven Frauen umsonst. Wie ich dich kenne, wirst du bei ihm im Winzerhaus auf dem Hügel logieren.«

Auf all diese Beanstandungen hin wagte ich es nicht, zu Stefan zurückzufahren, ohne mich zuerst zur Mühle zu begeben.

Während ich den Bach entlangging, immer tiefer in den Graben hinein, hörte es allmählich ganz auf zu schneien. Als ich um die Ecke des Gebäudes bog, schreckte ich zurück. Der Forstgehilfe saß, den speckigen kleinen Lodenhut auf dem Kopf, die dicke, kaputte, notdürftig mit einem rosa Heftpflaster reparierte Brille vor den Augen, die Hände in den Hosentaschen seiner zu dünnen Jacke, eine unangezündete Zigarette im Mund, zitternd vor Kälte auf dem Hackstock. Auf seinem Schoß lag die Axt, die normalerweise in diesem steckte. Es sah aus, als habe er auf mich gewartet. Er stand auf, trieb das Beil mit einem gezielten Hieb in den Stock, nahm die Zigarette aus dem Mund, schob sie in die Brusttasche seiner Jacke und streckte mir die Rechte entgegen. Eigenartig, das Gefühl, eine Hand mit einem fehlenden Zeigefinger zu drücken.

»Ich muss mit dir reden«, sagte er.

Ich fühlte mich überrumpelt.

»Na gut, komm herein«, sagte ich schließlich und sperrte die Tür auf. Ich hatte es aufgegeben, ihn beharrlich in der Höflichkeitsform anzusprechen, es war zu mühsam. Wir traten ein. Es war angenehm warm im Raum. Ohne von mir aufgefordert zu werden, ließ Florians großer Bruder sich in den alten Lehnstuhl fallen und sackte darin zusammen.

»Ich habe deinen Vater hier oft besucht«, sagte er. »Wir haben uns gern miteinander unterhalten. Er wusste viel. Über alles Mögliche.«

Ich zog einen Stuhl heran und setzte mich zu ihm.

»Worum geht es?«

Er blickte zu Boden. Niedergedrückt. Mutlos.

»Es ist nicht so einfach«, sagte er dann und holte tief Luft, bevor er weitersprach. »Es ist wegen der Leiche, die man im Fuchsweiher gefunden hat. Sie haben Florian verhaftet. Und er hat zugegeben, dass er diese Leiche – ich meine, diesen Toten – also, diese Person umgebracht hat. Vielleicht vermuten sie, dass es die alte Baumgartnerin ist? Die Vermisste?« Er schaute mich verzweifelt an. Ich klärte ihn nicht auf. »Aber er weiß doch gar nicht, worum es geht!«, rief er dann. »Sie haben ihn so lange verhört, er war schon ganz verwirrt. Ganz durcheinander. Er kann sich nicht verteidigen. Im Gegenteil, mit seinem ganzen Gehaben schadet er sich noch, obwohl er mit der Sache nichts zu tun hat. Das kommt daher, dass er sein Leben lang angeschwärzt und verleumdet worden ist. Immer war er der Schuldige, der Sündenbock für alles. Nur weil er krank ist. Weil er sich nicht zur Wehr setzen kann. Das geht einem in Fleisch und Blut über. Bis man sich schuldig fühlt. Sich schuldig spricht. Bis man an seine Minderwertigkeit glaubt. Sie wollen ihn aus dem Dorf weghaben. Jeder will ihn loswerden. Nur weil er anders ist.« Nun wurde er wütend. »Er hat nie jemandem etwas zuleide getan, aber alle fallen über ihn her! Sogar der Doktor König, dein Bekannter, der Arzt ist und Verständnis mit einem benachteiligten Menschen haben müsste, macht mit bei der Hetze.« Er schwieg und schaute finster. Dann setzte er sich aufrecht hin. »Aber ich werde dir jetzt was sagen, Sissi: Der hat selbst Dreck am Stecken, der Doktor König. Der ist ein Lügner. Dem wäre es nur recht, wenn Florian verurteilt wird. Alle im Dorf bewundern und verehren den Doktor, alle Frauen himmeln ihn an – aber das ist er nicht wert!«

Ich horchte auf.

»Komm zur Sache«, drängte ich. »Sag, was du sagen willst!«

»Er behauptet, dass seine Frau ertrunken ist. In Italien. Niemand bezweifelt es. Aber ich weiß, dass es nicht stimmt.«

»Was meinst du damit?«

Ich war hellwach.

»Sie kann nicht in Italien gestorben sein.« Er schaute mich an. »Weil sie lebend mit ihm zurückgekommen ist.« In seinem Blick lag eine Art triumphierende Schläue. »Ich habe sie beobachtet. Am Abend nach ihrer Rückkehr aus dem Urlaub. Im Mai vor zwei Jahren. Es war spät. Ich bin zufällig an ihrem Haus vorbeigegangen, als sie ankamen. Ich habe Florian gesucht – manchmal, wenn es draußen warm ist, vergisst er, nach Hause zu kommen, und übernachtet im Freien. Sie sind aus dem Auto gestiegen, haben sich angeschrien. Er hat das Gepäck aus dem Kofferraum gehoben, dann sind sie ins Haus gegangen. Ich hab durch ein Fenster geschaut und gesehen, wie sie sich weiter gestritten haben. Wie er sie an den Schultern gepackt und geschüttelt hat. Es hat mich so abgestoßen, dass ich weggelaufen bin. Ich schwöre es dir, Sissi, ich sage die Wahrheit. Es war dunkel, sie haben mich nicht gesehen. Aber ich sie. Du musst mir glauben.«

Seine eindringlichen Beteuerungen waren nicht nötig. Ich glaubte ihm. Alles passte zusammen.

»Warum hast du nie etwas gesagt?«

»Wer hätte mir geglaubt? Was gilt das Wort eines armen Teufels, eines Hilfsarbeiters mit einem geistig beschränkten Bruder? Gegen das eines angesehenen, wohlhabenden Mannes? Der bei allen beliebt ist. Weil er sich um kranke Kinder kümmert, Kinder heilt.« Er schwieg, seine Miene verzerrte sich. »Der turmhoch über mir steht!« Er begann zu weinen. »Du bist Ärztin, Sissi«, sagte er schluchzend. »Dir wird man Glauben schenken. Hilf meinem Bruder.«

Ich schaute ihn an. In seinem Blick lag keine Spur von dem Spott, der Unverfrorenheit, Anzüglichkeit und leisen Verachtung, die bei unserer Begegnung vor dem niemals fertig gewordenen Haus meiner Eltern darin zu erkennen gewesen waren. Mit einem Mal war ich nicht mehr der Bastard mit der ortsfremden Mutter. Wahrscheinlich hatte er sich an mich gewandt, gerade weil ich eine halbe Ausländerin war. Denn alle Einheimischen, alle, die keine Fremden waren, hatten sich gegen seinen Bruder, einen der Ihren, verschworen.

Noch immer glaubte ich nicht daran, dass Stefan ein so schweres Verbrechen begangen hatte. Mit aller Verbissenheit sträubte ich mich gegen diese Einsicht. Doch dass Florian schuldlos war, stand für mich fest. Und dass ein Unschuldiger für die Tat eines anderen einstehen sollte, ein leidender Mensch, ein halbes Kind, war nicht in Ordnung, ganz und gar nicht. Das durfte man nicht zulassen. Ich würde die Polizei anrufen und aussagen, was ich wusste. Was ich noch nicht wusste, war, dass die Polizei mir zuvorkommen und mich anrufen würde.

Rückblickend betrachtet, war es mehr als waghalsig, ja, vollkommen unvernünftig, wieder zu Stefan ins Winzerhaus zurückzukehren. Aber ich konnte nicht anders. Der Instinkt, der mich vor drohender Gefahr warnte und auf den ich mich normalerweise verlassen konnte, funktionierte nicht mehr, er war längst überlagert von dem obsessiven Drang, bis ins kleinste Detail zu ergründen, was vorgefallen war.

Als ich zurückkam, waren die Kerzen in der Stube bis auf

zwei niedergebrannt. Stefan saß, die Hände hinter dem Kopf verschränkt, im Dunkeln im Schaukelstuhl und wippte leicht vor und zurück. Bei meinem Eintreten erhob er sich und schloss mich in die Arme. In diesem Augenblick läutete sein Handy, das auf dem Tisch lag. Er ging hin, griff danach, blickte kurz auf das Display und nahm das Gespräch entgegen. Ich verließ das Zimmer, damit er ungestört telefonieren konnte, und stieg die Treppe hinauf in den Dachbodenraum, wo meine Reisetasche stand. Nachdem ich aus den Winterschuhen geschlüpft war und ein leichteres, hübscheres Paar angezogen hatte, ging ich wieder hinunter. Stefan hatte eine Lampe eingeschaltet, deren schwacher Lichtschein nur einen Teil des Raumes erhellte, saß noch immer in dem Stuhl und starrte, sanft und regelmäßig schaukelnd, vor sich hin. Ich nahm seine Gesichtszüge nur undeutlich wahr. In seinem Schoß lag das Handy.

»Ein Kriminalbeamter aus Graz hat angerufen«, sagte er, »ein Inspektor Bierbaumer. Deine Telefonnummer war ihm nicht bekannt, deshalb hat er sich bei deinen Großeltern erkundigt. Deine Großmutter hat ihm gesagt, dass du bei mir bist. Meine Nummer steht im Telefonbuch.«

»Was wollte er?«, fragte ich und hoffte, dass ich mich gelassen und unbeteiligt anhörte.

»Du sollst zurückrufen. Es geht um die Leiche im Fuchsweiher. Vielleicht wollen sie deinen Rat?«

»So kurz vor Weihnachten? Ich habe Urlaub. Eine Zumutung. Und weshalb ich? Nur weil ich von hier stamme und zufällig Rechtsmedizinerin bin? Die sollen mich in Frieden lassen.« Ich sprach hastig, überlegte fieberhaft. »Gib mir die Nummer. Ich werde diesem Inspektor sagen, dass ich es ziemlich unverschämt finde, mich hier zu belästigen.«

Stefan reichte mir sein Mobiltelefon.

»Du kannst mit meinem Handy telefonieren«, sagte er. »Name und Nummer sind gespeichert.«

Ich nahm das Handy.

»Ich gehe hinaus in die Diele«, sagte ich. »Um dich nicht zu stören.«

Ich ging aus dem Zimmer, schloss die Tür hinter mir und lehnte mich, davon abgewandt, ein paar Meter entfernt an die Mauer des Vorhauses. Der Putz war rauh. Dann wählte ich die Nummer des Kriminalbeamten. Er nahm den Anruf sofort entgegen und erklärte, dass Fritz Hasiba ihm meinen Namen genannt hatte.

»Wir würden gern Ihre Meinung hören«, sagte der Inspektor. »Ganz inoffiziell. Können Sie kommen und sich die Leiche ansehen?«

Ich zögerte. Es war riskant.

»Okay. Morgen Vormittag. Um elf.«

Er nannte mir die Adresse. Sie war mir ohnehin bekannt.

Ich senkte die Stimme.

»Ich glaube, ich weiß, um wen es sich bei der Leiche handelt.«

Damit beendete ich das Gespräch und wandte mich um. Stefan stand im Rahmen der Stubentür und blickte mich an. Ich hatte keine Ahnung, wie viel von meinen Worten er verstanden hatte. Ob überhaupt etwas. Es war möglich. Ich hatte leise gesprochen, aber sein Gehör war sehr gut. Ich ging auf ihn zu, zwang mich zu einem Lächeln.

»So, diesem Inspektor habe ich meine Meinung gesagt. Die werden den Fall doch wohl ohne fremde Hilfe lösen können«, sagte ich.

Stefan schwieg und fixierte mich weiter. Plötzlich überfiel mich Panik. Ich wollte weg. Sofort. Ich versuchte, ruhig zu bleiben und mir meine Angst nicht anmerken zu lassen.

»Übrigens«, sagte ich beiläufig, »wir brauchen Milch und Brot für morgen früh. Ich fahre zum Konsumgeschäft. Bevor sie schließen. Da kann ich gleich auch bei meiner Tante und bei meinem Onkel vorbeischauen, ihr Haus liegt auf dem Weg. Du kennst meine Verwandten – wenn ich sie nicht wenigstens kurz besuche, fühlen sie sich übergangen.«

»Ist gut«, sagte er, nahm mein Gesicht in die Hände und küsste mich. Es fiel mir schwer, den Kuss zu erwidern.

13

Während ich meinen Polo langsam und unsicher durch die tiefe Schneefahrbahn manövrierte, versuchte ich das hysterische Entsetzen und die unkontrollierbare Angst, die mich angefallen hatten wie rabiate Tiere, zu bändigen, indem ich mich zwang, langsam, tief und bewusst zu atmen. Ich hatte Mühe, mich auf der Straße zurechtzufinden, zumal es inzwischen wieder zu schneien begonnen hatte und die Sicht beeinträchtigt war. Allmählich beruhigte ich mich, war wieder fähig, mich zu orientieren.

Mit großer Wahrscheinlichkeit hatte Stefan nicht gehört, was ich gesagt hatte. Und selbst wenn er den letzten Satz vernommen hatte, musste das nicht heißen, dass ich in Gefahr war. Weshalb also diese Kopflosigkeit? Es war sein Blick gewesen. Etwas in seinen Augen. Ich merkte, dass ich ständig in den Rückspiegel schaute.

Automatisch schlug ich die Richtung ein, die zum Haus meiner Großeltern führte. Nachdem ich vor ihrem Winzerhof geparkt hatte, ging ich in meinen leichten Schuhen mit den hohen Absätzen durch den Schnee zum Haustor. Die Tür war versperrt, es brannte kein Licht. Wahrscheinlich machte meine Großmutter gerade einen Besuch oder hatte sich ihrem Mann im Wirtshaus angeschlossen. Erneut ergriffen Unruhe und Anspannung von mir Besitz, eine Art unbestimmtes Grauen, das klares Denken verhinderte. Eine Serie von ungeordneten Bildern und Gedanken ohne Zusammenhang zog in gesteigertem Tempo durch meinen Kopf. Ein Film in hoch beschleunigtem Zeitraffer. Mein Hirn suchte nach Möglichkeiten, Auswegen. Zuletzt sah ich meinen Vater vor mir, in dessen Gegenwart ich mich trotz seiner labilen und eigenwilligen Wesensart, seiner psychischen Schwierigkeiten und seiner Alkoholprobleme immer beschützt und geborgen gefühlt hatte.

Die Mühle. Sein Erbe. Mein Erbe. Dort würde ich in Sicherheit sein.

Ich war nie mit Stefan in der Mühle gewesen, war mir ziemlich sicher, dass ich sie ihm gegenüber nicht einmal erwähnt hatte, konnte mir nicht vorstellen, dass er wusste, wo sie sich befand. Die Stelle war entlegen, schwer zu finden. Der große eiserne Schlüssel lag im Handschuhfach meines Wagens.

Zum zweiten Mal an diesem Tag brach ich vom Haus der Großeltern in Richtung Mühle auf. Ich parkte den Polo am Waldrand, an einer Stelle, wo er nicht leicht zu sehen war, und betrat den Pfad, der in den Wald führte. Diesmal war der Weg hinunter in den Graben wesentlich beschwerlicher, da meine Schuhe mit den Absätzen und den dünnen Ledersohlen für das Gehen auf dem schneebedeckten, immer steiler werdenden Steig nicht geeignet waren. Ich glitt mehrmals aus, fiel hin, schürfte mir erst das Knie, dann den rechten Handballen auf. Meine Füße waren eiskalt, nach einer Weile spürte ich sie kaum noch. Da ich nicht vorgehabt hatte, mich im Freien aufzuhalten, trug ich keinen Mantel, nur eine Jacke aus Baumwolle, in der ich schrecklich fror. Ich hoffte, dass es in der Mühle noch warm sein würde. Mir wurde bewusst, dass ich mich auch auf diesem anstrengenden Fußweg fortwährend umsah. Als folge mir jemand. Ich hatte das Gefühl, den Verstand zu verlieren. Stefan würde mich doch nicht verfolgen! Die Fenster im Haus des Forstgehilfen waren nicht erleuchtet. Ich erschrak, als zwei Krähen einen Meter von mir entfernt mit lautem Gekrächze aufflogen. Ich fühlte mich sehr allein.

Nachdem ich erschöpft vor der Mühle angekommen war, sperrte ich die Tür auf, schlug sie nach meinem Eintreten sofort wieder zu und drehte den Schlüssel im Schloss, so lange er sich drehen ließ, bevor ich auch noch den Riegel vorschob, der innen an der Tür angebracht war. Im Zimmer war es tatsächlich noch warm, durch das Sichtfenster des Kaminofens sah ich die glosenden Holzreste auf dem Rost. Ich öffnete die Feuertür und legte Anzündholz aus einem Weidenkorb auf die Glut. Dann ließ ich Leitungswasser aus dem Wasserhahn des Abwaschbeckens in einen Topf rinnen und stellte das Gefäß auf die Kochplatte oben auf dem Heizkörper. Ich nahm zwei dicke runde Buchenscheite von dem kleinen Stoß Brennholz neben dem Ofen und schob sie über das Anzündholz in den Feuerraum. Danach zog ich meine Schuhe aus, schob den alten Lehnsessel näher zum Ofen hin, wickelte mich in die abgenutzte graubraune Wolldecke, die darauf lag und an der ich noch den Geruch meines Vaters wahrzunehmen glaubte, setzte mich in den Stuhl und streckte die Beine aus, sodass die Wärme, die das Gusseisen des Ofens abstrahlte, meine Füße erreichen konnte.

Mein Denken wurde ruhiger, sachlicher. Dass ich hierhergekommen war, war unüberlegt gewesen, ich hatte kopflos gehandelt. Es gab keinen plausiblen Grund für meine Paranoia. Und wenn es einen gab, war es vernünftiger, unter Menschen zu gehen. Mich an einen so abgeschiedenen Ort zu begeben, machte meine Lage nur noch schlimmer. Mein Vater war tot, er konnte mir nicht mehr helfen, mich nicht mehr behüten. Ich würde mich in der Mühle ausruhen und aufwärmen, einen Parka und ein Paar feste Schuhe suchen, die hier sicher zu finden waren, den Weg durch den Wald zurückgehen und nach Wien aufbrechen. Es war logisch, das einzig Sinnvolle, das ich in meiner Situation tun konnte.

Vor dem Holzstoß türmte sich auf dem Fußboden ein windschiefer Stapel von Zeitschriften. Ich beugte mich hinunter, berührte sie. Es waren alte, zerlesene Fachzeitschriften über Motorräder und über Rockmusik. *Bikers News. Spex. Mojo. Motorrad. Spin. Rolling Stone.* Jede Menge Exemplare von *Rolling Stone.* Mehr als die Hälfte der Blätter der obersten Zeitschrift waren herausgerissen. Womöglich hatten meine Großmutter und meine Tanten die heiligen Schriften meines Vaters als Zündpapier verwendet? Ich suchte mir ein paar Nummern von *Rolling Stone* heraus, strich über das Papier, musste lächeln. Mein Vater. Es stimmte, er konnte nicht mehr auf mich achtgeben, mich nicht mehr beschützen, doch der Gedanke an ihn, das Anfassen der Hefte, die ihm so viel bedeutet hatten, in denen er so oft gelesen, deren Seiten er so oft umgeblättert hatte, lenkten mich ab von meiner Verfolgungsangst, nahmen mir meine Panik.

Half a million strong. Ein Artikel über Woodstock. Ein Schwarzweißfoto, eine riesige Menge junger Menschen, auf dem Erdboden sitzend, liegend, in Jeans, T-Shirts, mit entblößten Oberkörpern. »*It was Sunday afternoon, Joe Cocker and the Grease Band had finished their powerhouse set, and suddenly the sky turned black and everyone knew it was going to rain again. It did.*« So schrieb jemand namens Greil Marcus. Der Name kam mir bekannt vor. *The Madness and Majesty of Pink Floyd. The ugly truths and bitter rivalries behind rock's most visionary band.* John Lennon, nackt und in Embryo-Stellung auf der schwarzen Yoko Ono liegend, ihre Wange küssend, ihren Kopf mit seinem linken Arm einrahmend. *January 22, 1981.* Ein Foto von Kurt Cobain. *Cobain's death affected fans so deeply that fourteen copycat suicides ensued that year. »›I've been relieved of so much pressure in the last year and a half‹, Kurt Cobain says with discernible relief in his voice. ›I'm still kind of mesmerized by it.‹«*

Ich war todmüde. Gleich würde ich aufstehen, mir mit dem heißen Wasser im Topf auf dem Ofen einen Tee kochen, ihn trinken und mich dann auf die Suche nach warmer Kleidung und solidem Schuhwerk machen. Die Hitze, die der Ofen mittlerweile ausstrahlte, betäubte mich. Gleich würde ich dieses Haus, dieses Dorf verlassen und nach Wien zurückkehren. In eine Stadt, die nicht meine Heimat war, die ich nicht liebte, nicht einmal mochte, die mir wenig bedeutete, an der ich nicht hing, die aber immerhin die Stadt war, in der ich lebte. Eine Art von Zuhause. Wann die Zeitschriften von meinem Schoß glitten, weiß ich nicht mehr. Wann ich eingeschlafen bin, auch nicht.

»Hallo, Prinzessin«, sagte jemand, lachte leise und berührte mich leicht an der Schulter. Es war in einem Traum. Ich träumte. Langsam, langsam tauchte ich aus meinem Dahindämmern auf, öffnete die Augen halb, hob den Kopf ein wenig, mit Mühe, Millimeter um Millimeter, wie mir schien. Stefan stand schräg vor mir und blickte auf mich herab. Er hatte eine schwarze Tasche in der Hand, eine Art Sporttasche. Ja, es war wie in einem dieser Träume, in denen man gelähmt ist oder sich nur mit größter Anstrengung bewegen kann. In einer Welt aus Watte. Nur – ich war aufgewacht. Ich entsann mich, dass ich die Tür zugesperrt und den Riegel vorgeschoben hatte.

»Wie bist du hereingekommen?«, fragte ich. Es erstaunte mich, dass ich sprechen konnte.

»Durch das Fenster im ersten Stock.«

Mir fiel ein, dass neben dem Schnittholz, das an der Rückseite des Hauses aufgeschichtet war, immer eine Leiter stand. Vielleicht war ein Fenster einen Spaltbreit offen gestanden?

»Wie hast du mich gefunden? Ich habe dir nie von der Mühle erzählt.«

Seine Antwort interessierte mich tatsächlich. Der Gedanke zu fliehen kam mir nicht, ich hatte nicht einmal das Bedürfnis aufzustehen. Es war so wohlig warm in diesem Zimmer, vor dem Ofen.

»Du unterschätzt mich«, sagte Stefan. »Ich bin dir nachgefahren, in angemessenem Abstand natürlich. Es war kein großes Problem, das geparkte Auto zu finden.« Er lächelte nachsichtig. »Und die Mühle? Ich lebe hier, Sissi, ich praktiziere als Arzt, ich spreche mit den Leuten, erfahre vieles. Hast du tatsächlich gedacht, ich würde dich hier nicht finden?«

»Was willst du?«, fragte ich weiter. Obwohl ich die Antwort kannte. Seit wann, war mir nicht ganz klar.

»Dich töten«, sagte er in sanftem Ton. Er hatte es ausgesprochen, die Worte klangen banal. »Aber das weißt du doch, Prinzessin, das weißt du längst. Und du müsstest auch wissen, dass ich nicht erst heute auf diesen Gedanken gekommen bin.« Er blickte mich teilnahmsvoll an. »Wie könnte ich dich leben lassen? Auch wenn die Vorstellung, dich umzubringen, entsetzlich für mich ist.« Er kniete sich vor mich hin, blickte traurig zu mir hoch. »Weshalb konntest du deine Neugier nicht bezähmen? Weshalb konntest du die alten Zeiten nicht auf sich beruhen lassen? Ich bin wirklich in dich verliebt, Prinzessin, hast du das nicht gemerkt?« Tränen traten in seine Augen.

Mit einem Mal begriff ich, dass er verrückt war. Und dass mir dies, zumindest in meinem Unterbewusstsein, schon lange klar war.

»Wir hätten gut miteinander leben können«, sprach er weiter. »Die Vergangenheit wäre immer farbloser geworden, blass und blasser, so wie Regina auf dem Grund des Weihers.« Er begann zu schluchzen, sprach stockend, undeutlich. »Es wäre so einfach gewesen. So einfach. Wir waren auf dem besten Weg. Warum hast du eingegriffen? Warum hast du nachgeforscht?« Er fasste sich wieder, wischte sich die Tränen mit den Fingern von den Wangen. »Hast du ernsthaft geglaubt, ich hätte nicht gewusst, dass du nach Procida gefahren bist?« Er schüttelte den Kopf. »Nachdem ich dich, angeblich in Helsinki, angerufen hatte, wurde ich misstrauisch und kontaktierte Signora Smaldone. Sie hat mir bestätigt, dass du in Procida warst, in ihrer Pension. Auf die Frau ist Verlass, sie mochte Regina und mich. Dich mochte sie weniger. Jedenfalls war es mit diesem Wissen nicht mehr allzu schwierig, die Schritte, die du unternehmen würdest, im Voraus zu berechnen.« Er atmete tief ein und wieder aus. »Zugegeben, ich war unvorsichtig. Ich hätte das Amulett verschwinden lassen müssen. Deine Reaktion auf dem Flohmarkt hat mir augenblicklich bewiesen, dass du im Bilde warst.«

Plötzlich grinste er. Ja, er war verrückt. Im Bruchteil einer Sekunde erkannte ich, dass ich keine Chance hatte zu überleben.

»Aber es machte mir Spaß, das Ding zu spenden. Es war ein Spiel, und ich spiele gern.«

Er stand auf.

»Ich hatte schon länger vermutet, dass du zu viel weißt. Dennoch zögerte ich, war unentschlossen, traf keine endgültige Entscheidung, konnte mir immer noch vorstellen, dass es eine Zukunft für uns gab.« Er öffnete den Reißverschluss der schwarzen Tasche. »Aber nach dem Satz, den du heute an diesen Kriminalbeamten aus Graz gerichtet hast, war mir klar, was zu geschehen hat. Ich wusste, dass du Regina aufgrund des Implantats und der Operationsnarbe sofort identifizieren würdest.« Er sah mich mitfühlend an, strich mir sanft über die Wange. »Dass ich das verhindern muss, verstehst du doch?«

»Regina hat Verwandte, die ihre Identität bestimmen können.«

»Vielleicht. Aber ohne deine Hinweise wird keiner auf die Idee kommen, dass es sich um Regina handelt. Niemand hier weiß von dem Implantat, dem Drehbruch. Wie könnte man auf Regina schließen?« Er lachte. »Sie ist in Italien ertrunken. Alle sind davon überzeugt. Noch dazu hat Florian gestanden.«

»Man wird herausfinden, dass er es nicht gewesen sein kann.«

»Möglich. Aber das spielt keine Rolle. Keiner wird mich verdächtigen, darum geht es. Kein Mensch. Ich bin eine geachtete Persönlichkeit in diesem Bezirk. Mein Wort wird hier nicht angezweifelt.«

Ich dachte an Florians Bruder. Er hatte recht gehabt.

In aller Ruhe entnahm Stefan der Tasche ein aufgerolltes, nicht sehr dickes Seil. Ich machte einen Versuch, mich zu erheben, aber er drückte mich in den Sessel zurück. Ich war unfähig, Widerstand zu leisten. Der Sog der Angst hatte mir jeden Funken Energie geraubt, ich fühlte mich willenlos, paralysiert, ohnmächtig.

»Ich muss es tun, Prinzessin. Verzeih mir.« Noch ein bedauernder Blick. »Es ist deine Schuld, alles hätte anders kommen können.« Er wand das lange Seil geschickt erst um mich und die Decke, in die ich noch immer gehüllt war, sodass ich meine Arme nicht mehr bewegen konnte, und dann noch um die Stuhllehne, an die ich somit gefesselt war. Er zog die Schnur fest, verknotete sie, nahm ein Schweizermesser aus der

Tasche, schnitt sie durch und band mit einem Teil der restlichen Länge meine Füße zusammen.

»Ich habe an alles gedacht«, sagte er, nicht ohne Stolz. »Sobald ich deinen Wagen entdeckt und daraus gefolgert hatte, dass du in der Mühle bist, fuhr ich zurück und holte aus dem Haus, was ich brauchen würde.« Er zeigte mir die offene Tasche. »Hier«, sagte er und zog ein Tuch hervor. Es gehörte mir. »Damit werde ich dich knebeln. Ein Klebeband wäre wirkungsvoller, aber ich bin mir nicht sicher, ob es ohne Rückstände verbrennt. Im Gegensatz zu diesem Hanfseil.«

Das war es. Das war der Plan. Und es war kein schlechter. Er hatte vor, die Mühle in Brand zu stecken. Mit mir darin. Wie zur Bestätigung meines Gedankenganges nahm er einen nicht sehr großen Plastikkanister aus der Tasche.

»Das optimale Setting für einen durch Unvorsichtigkeit verursachten Brand«, sagte er und schloss den ganzen Raum in einer ausladenden Geste seiner Hand ein. »Es wird wenig Benzin nötig sein. Man wird nicht eruieren können, dass es sich um Brandstiftung handelt.«

»Doch, das wird man«, sagte ich. »Die Verwendung von Brandbeschleunigern kann heute zuverlässig mithilfe der Kopplung eines Gas-Chromatografen mit einem Massenspektrometer nachgewiesen werden.« Mir war klar, dass ich mich lahm anhörte, wissenschaftlich-theoretisch, so, als hielte ich meine Vorlesung. Das lag daran, dass mir das, was vor sich ging, völlig unwirklich erschien. Es konnte nicht die Realität sein. »Es existieren auch noch andere Verfahren«, setzte ich, ebenso wenig überzeugend, hinzu.

»Das glaube ich nicht«, sagte Stefan. Er hob selbstbewusst den Kopf. »Und wenn schon. Man wird niemals auf mich als Täter kommen.« Er blickte um sich und nickte zufrieden. »Das Gebäude ist klein und alt, praktisch alles ist aus Holz.

Fußboden, Decken, Wände. Das brennt wie Zunder. Man sitzt nahe am Feuer. Ein bisschen zu nahe. Die Wärme macht einen schläfrig. Es kann passieren, dass man vergisst, die Feuertür zu schließen. Dass man sie schlecht geschlossen hat, sodass sie sich langsam wieder öffnet. Oder dass man sie bewusst offen gelassen hat, damit es wärmer ist. Ein brennendes Holzstück fällt aus dem Ofen auf den Fußboden.« Mit dem Fuß schob Stefan den Zeitschriftenstapel näher zum Heizkörper hin. »Solche Dinge geschehen ständig. Das Papier fängt sofort Feuer. Aber da ist man schon eingenickt. Gleich neben dem Ofen ist der Brennholzvorrat.«

Ich fragte mich, weshalb ich nicht schrie. Aber wer würde mich hören? Im Haus des Forstgehilfen war niemand. Außerdem würde Stefan mein Schreien auf der Stelle unterbinden. Und warum setzte ich nicht all meine Überredungskünste ein, um ihn von seiner Absicht abzubringen? Weil ich wusste, dass es zwecklos war. Ich hatte Schutz gesucht an dem Ort, wo mein Vater gelebt hatte. Reine Sentimentalität. Ich hatte mich für die verkehrteste, verfehlteste aller Möglichkeiten entschieden.

Opfer und Täter. Ich, die Rechtsmedizinerin, die so viel mit Verbrechen zu tun hatte, so viel über Verbrechen wusste, hatte mich als ideales, geradezu mustergültiges Opfer herausgestellt.

»Du hast es mir leichtgemacht, Prinzessin«, sagte Stefan wie als Antwort auf meine Überlegungen.

»Ich werde dich nicht verraten«, hörte ich mich sagen.

Ich wollte nicht sterben.

»Doch, das wirst du. So wie Regina mich verraten hat. Alle Frauen sind Verräterinnen. Von Natur aus. Aber mich verrät keine mehr.«

»Ich sage es niemandem, ich schwöre es dir!«

Nein, ich wollte nicht sterben.

Stefan antwortete nicht, lachte nur leise und schüttelte den Kopf. Er nahm das Tuch in die Hand. Es war eines meiner Halstücher, ein weiches Seidentuch in fein abgestuften Brauntönen, im Batikverfahren eingefärbt. Ich hatte es in Yogakarta an der Südküste Javas gekauft. Auch die Reise nach Indonesien hatten wir zu dritt unternommen.

»Entschuldige bitte, aber ich muss dich jetzt knebeln. Es ist nötig. Mach es mir nicht schwer.«

Ich versuchte mit dem Kopf auszuweichen, ihn hin und her zu werfen. Er wurde böse.

»Halt still!«, herrschte er mich an. Dann band er mir das Tuch fest um den Kiefer, so, dass es zwischen meinen Lippen lag und die Mundwinkel zurückzerrte. »Atme durch die Nase«, sagte er. Wieder dieses wahnsinnige Lächeln. »Solange es möglich ist.«

Er begann, im Raum hin und her zu gehen.

»Es passierte im Affekt«, sagte er. »Anders als das, was demnächst hier passieren wird. Ich verlor die Kontrolle über mich.« Er machte eine kurze Pause. »Regina hat es verstanden, mich in Wut zu bringen. Es hat ihr Spaß gemacht. Sie hat mir ihre Affären im Detail geschildert, mir die sexuellen Finessen, die sie mit ihren Liebhabern genoss, genau beschrieben, auch die Lust, die sie bei diesen manchmal nicht ungefährlichen Spielen empfand. Sie hat sich an meiner Erniedrigung, meinem Schmerz geweidet.«

Ich wusste, wovon die Rede war, ich kannte Reginas Journale. Aber ich konnte nicht sprechen, also versuchte ich zu nicken und zustimmende Geräusche von mir zu geben. Stefan beachtete mich kaum, schaute mich nicht an, während er weiter auf und ab ging. Auf und ab. Hin und her.

»Auch in Procida betrog sie mich. Mit dem erstbesten jungen Typen. Ich versuchte mich zu rächen, es ihr mit gleicher Münze heimzuzahlen, schlief mit dem jungen Zimmermädchen der Pension, in der wir wohnten, erzählte ihr davon. Es ließ sie kalt. Regina hatte keine Gefühle.«

Der Zeuge Jehovas. Und Elettra. Was mir berichtet worden war, hatte gestimmt.

»Ich hatte mir von der Woche in Italien etwas Ruhe und Frieden versprochen, hatte gehofft, dass die Sonne, das Meer, die südliche Vegetation einen besänftigenden Einfluss auf Regina haben würden. Das war ein Irrtum. Auf der Insel eskalierte die Situation, da unsere Arbeit nicht mehr als Puffer funktionierte. Wir waren ständig zusammen.« Er wandte mir den Blick zu. »Ich habe dir von dem Badeausflug nach Vivara erzählt. Davon, wie sie über die Bucht schwamm und ertrank. Es war ganz anders. Wir stritten uns. Sie sprang ins Wasser und schwamm weg.«

Wieder versuchte ich zu nicken. Hätte ich mich artikulieren können, wäre es mir vielleicht gelungen, mich zu retten. Ich hätte Stefan klarmachen können, dass ich Bescheid wusste, dass ich während der Lektüre von Reginas Tagebüchern mit ihm mitgefühlt hatte. Dass ich von seiner Frau ebenfalls betrogen worden war. Auf andere Weise, aber nicht weniger schändlich.

»Nach ihrem Verschwinden blieb ich noch zwei, drei Tage in Procida, hoffte zunächst, sie würde doch noch, doch wiederauftauchen. Aber es ergab sich keine neue Wendung der Situation, und so beschloss ich, nach Österreich zurückzufahren. Ich wollte nicht länger bleiben. Ich hatte genug.« Er hielt kurz inne in seinem Hin- und Hergehen. »Da rief sie mich an, sehr früh am Morgen. Aus Neapel. Erzählte mir irgendeine Geschichte von ein paar Leuten, die sie aus dem Wasser und zu sich auf ihr Motorboot geholt hatten. Mit denen sie nach

Neapel gefahren war. Sie verlangte, dass ich sie am Hafen in Neapel abholte. Sie wollte auf der Stelle nach Hause.«

Er hielt kurz inne, dann ging er weiter hin und her, hin und her.

»Ich brach sofort auf, nahm die nächste Fähre. Ohne den Wirtsleuten Bescheid zu sagen. Ich würde später anrufen und ihnen das Geld für das Zimmer und das Essen überweisen. Sie würden meine überstürzte Abreise verstehen, ich stand unter Schock. Als wir in den Hafen von Neapel einfuhren, sah ich Regina schon von weitem an der Anlegestelle der Fährschiffe stehen. Sie wirkte so klein, so zerbrechlich.« Er schaute mich an. »Ich war so froh, sie zu sehen, Sissi. Trotz allem. Ich nahm sie in die Arme, wollte sie nicht loslassen.« Er machte eine kurze Pause, verzog das Gesicht in einer Grimasse. »Auf der Rückfahrt verging mir die Wiedersehensfreude sehr bald. Regina schilderte mir die Tage und Nächte, die sie mit diesen Männern aus Neapel verbracht hatte, in aller Ausführlichkeit.«

Ich weiß Bescheid. Ich weiß es. Ich litt darunter, es nicht sagen zu können. Ich weiß es. Ich weiß.

»Die Männer hatten offenbar Kontakte zur Camorra. Sie fand das witzig. Aufregend. Abenteuerlich.«

Er blieb stehen, griff sich mit beiden Händen an den Kopf.

»Sie hörte nicht auf, Sissi. Sie hörte einfach nicht auf. Wieder und wieder beschrieb sie mir genüsslich und sadistisch, was sich abgespielt hatte. Ich versuchte abzuschalten, einfach nicht zuzuhören, aber das war schwierig. Ohne irgendwo lange anzuhalten, fuhr ich bis nach Österreich. Mitten in der Nacht kamen wir im Sausal an.«

Er setzte sich wieder in Bewegung. Auf und ab. Auf und ab.

»Ich war völlig überanstrengt vom langen Fahren, ausgelaugt, einem Zusammenbruch nahe. Und voller Wut. Ich konnte nicht mehr. Zuerst Reginas Verschwinden, ein paar Tage darauf ihr Anruf, dann das Zusammentreffen am Hafen in Neapel. Die Tortur der Rückfahrt. Es war zu viel für mich.« Er hielt inne, wie um sich zu sammeln. »Wir gingen ins Haus, ich trug das Gepäck in die Stube. Wir stritten uns. Plötzlich wandte sie sich mir zu, mit einem hintergründigen Lächeln, zog die Kette, die du kennst, unter dem T-Shirt hervor, nahm sie von ihrem Hals und hängte sie mir um.« Wieder verzerrte sich sein Gesicht. »S wie Salvatore, sagte sie. So hieß einer der Typen. Ich habe sie ihm vom Körper gestohlen, sagte sie, während der Orgie. Ein Geschenk für dich, habe ich mir gedacht. S wie Stefan, nicht? Sie begann laut zu lachen. Gefällt sie dir? fragte sie. Gefällt sie dir?«

Er presste die Lippen aufeinander.

»Es ging sehr schnell, ich erinnere mich kaum«, setzte er fort. »Ich nahm den Buddha von der Konsole und schlug damit auf ihren Kopf ein. Wie oft, weiß ich nicht. Auch nicht, woher ich die Kraft dazu nahm. Du kennst die Statue, sie ist schwer.«

Er setzte sich auf den Fußboden, ließ den Kopf hängen, schwieg eine Weile. Das Erzählen hatte ihn erschöpft. Wenn er verrückt war, so war ich es auch: Noch jetzt, kurz bevor er auch mich töten würde, hörte ich trotz meiner Angst mit Interesse zu, empfand eine Art Mitgefühl für ihn. Regina hatte uns beide auf die schlimmste Weise herabgesetzt und ausgenutzt. Er hob den Kopf und sprach weiter.

»Was mich danach noch lange beunruhigt hat, war die Gewissheit, gleich nach unserer Ankunft einen Schatten gesehen zu haben. Die Konturen eines Mannes, der durch eines der straßenseitigen Fenster zu uns hereinschaute. Vielleicht waren es meine überreizten Nerven.« Er stand auf, ging wieder hin und her. »Auch wie ich die körperliche Stärke aufbringen konnte, die Leiche, die Eisenketten, den Sonnenschirmständer und die Buddha-Statue ins Auto zu schaffen, damit zum Teich zu fahren und alles die letzten Meter noch über den Waldboden bis zum Wasser zu schleppen, zu zerren, ist mir unbegreiflich. Die Leiche zu beschweren und schließlich zu versenken. Und dann noch mit der massiven Skulptur um den halben Teich herumzugehen, an einer anderen Stelle ins Wasser zu waten und sie fallen zu lassen. Manchmal tauchen Bilder auf. Im Wachen, im Traum. Die blutige Masse, die Reginas Kopf gewesen war. Ihre verklebten langen Haare. Die Spitzen der eleganten italienischen Schuhe, die aus dem Gras ragten. Die feinen Hände, auf dem Boden dahinschleifend. Der Buddha mit Reginas Blut auf den lächelnden Lippen. Die Worte *Om Mani Padme Hum*, durchtränkt von dem roten Saft. Ich muss lange für meine Arbeit gebraucht haben. Aber es war tiefe Nacht, und ich war mitten im Wald. Die Gefahr, dass mich jemand überraschte, war gering. Trotz des Terrors in mir wusste ich, dass ich mir Zeit lassen konnte. Panik und Klarsicht können nebeneinander bestehen. Was zu tun war, war eindeutig. Ich war ein Automat. Eine Maschine.«

Stefan blieb stehen, strich sich mit den Händen langsam über das Gesicht. Er wirkte müde. Vieles von dem, was er mir erzählt hatte, war mir bereits bekannt gewesen, vieles hatte ich geahnt. Nun wusste ich alles.

»Ich liebe dich, Sissi«, sagte er. »Das musst du mir glauben.«

Er besann sich wieder auf den Benzinkanister, öffnete den Drehverschluss und begann, den Fußboden mit Benzin zu besprenkeln. Er ging sparsam mit der Flüssigkeit um.

»Ich kann dir versichern, dass du nicht leiden wirst«, sagte er, ohne mich anzusehen. »Man verliert rasch das Bewusstsein.« Er fuhr ruhig in seiner Tätigkeit fort, ging dazu über, die

Zeitschriften und das Brennholz leicht mit dem Benzin anzufeuchten.

Er hatte keine Ahnung. Inhalationstrauma. Kopfschmerzen, Schwindel, Sehstörungen, Atemnot, Müdigkeit, Erbrechen. Schließlich tiefe Bewusstlosigkeit und Kreislaufstillstand. So schnell erstickte man nicht an Rauchgasen. Und während man all diese Qualen aushalten musste, erlitt der Körper zudem schwere Brandverletzungen.

Jetzt erst, als es zu spät war, versuchte ich zu schreien. Was aus meinem Mund kam, war ein langgezogenes, unartikuliertes, erstaunlich lautes Geräusch. Es klang, als hätte nicht ich es produziert, sondern jemand anderer.

Stefan schob den Lehnstuhl etwas näher zum Ofen hin und öffnete die Feuertür. Ein Hitzeschwall traf mich.

»Ich gehe jetzt ins Freie, Prinzessin. Ich werde im Schnee vor dem Haus stehen, durch die Fenster schauen und beobachten, ob alles so verläuft, wie ich es mir vorgestellt habe.«

Er verstaute seine Utensilien in der schwarzen Tasche und zog den Reißverschluss zu, dann nahm er ein Holzstäbchen aus dem Weidenkorb und stieß ein Stückchen Glut auf dem Ofenrost an, sodass es auf den dünnen kleinen Flickenteppich fiel, der auf dem Fußboden lag. Ein Flämmchen züngelte hoch. Er griff nach der Tasche, ging rasch zur Tür, entriegelte und öffnete sie und verließ das Haus. Ich hörte, wie er die Tür von außen zusperrte. Noch ein Flämmchen. Ein drittes, höher. Eine Flamme. Ich hatte den Eindruck, Stimmen zu hören. Zwei Männerstimmen. Ein Schreien. Mein Schreien? Nein, es war der Schrei eines Mannes. Dann muss ich das Bewusstsein verloren haben.

Irgendwann erlangte ich es wieder. In einem Bett. Meine Füße und Fußgelenke schmerzten, auch meine Waden. In meiner Ellenbeuge steckte ein Venenkatheter. Ich folgte dem transparenten Schlauch mit dem Blick. Er endete in einer Infusionsflasche aus Plastik, die an einem Ständer hing.

»Heilige Maria, Mutter Gottes, das Kind hat die Augen aufgeschlagen! Ein Weihnachtswunder!« Es war die Stimme meiner Großmutter. Ich wandte den Kopf in die Richtung, aus der sie kam. Sie stand am Fußende des Bettes.

»Unsinn! Es waren die achtundvierzig Medaillen der wundertätigen Madonna Immaculata Milagrosa, die du mir schließlich doch abgekauft hast.« Eine zweite Stimme. »Der minimale finanzielle Aufwand von fünf Euro hat sich gelohnt, ich habe es dir prophezeit.« Nach Inhalt und Klangfarbe musste es sich um das Organ der Witwe Dirnböck handeln.

»Sie sieht recht munter aus.« Das war die Stimme von Onkel Rudolf. Ich bewegte den Kopf nach rechts. Er saß neben mir und schmunzelte, was ihm nur unvollkommen gelang, da er den linken Mundwinkel noch immer nicht hochziehen konnte.

Ich schaute um mich. Ein Krankenzimmer. Mit nur einem Bett. Ein kleiner Raum. Er war gedrängt voll. Um mich herum standen und saßen elf Menschen: meine Großeltern, Tante Dagmar und Onkel Rudolf, Tante Beate und Onkel Hannes, Florian und Felix Temmel, meine Kusine Imelda, die Witwe Dirnböck und Hochwürden Wojcik. Alle lächelten mich an. Am breitesten lächelte Florian. Er trug das violette T-Shirt mit dem grellroten umgekehrten Kreuz darauf. Seine vier Brauenpiercings glitzerten.

Am Heiligen Abend konnte ich aus dem Landeskrankenhaus Wagna entlassen werden. Ich hatte Brandwunden ersten

Grades an den Füßen und am unteren Teil der Waden davongetragen, die bald verheilt sein würden.

Inspektor Bierbaumer aus Graz hatte mir einen Krankenbesuch abgestattet, und ich hatte ihm mitgeteilt, was ich wusste. Nicht alles, aber das Wichtigste. Die Grazer Kriminalpolizei arbeitete rasch. Sie setzte sich sofort mit Reginas Zahnarzt in Wien in Verbindung, welcher bestätigte, ihr ein Implantat eingesetzt zu haben. Mithilfe mehrerer Zahnröntgen, die sich in seinen Aufzeichnungen fanden, konnte der Nachweis erbracht werden, dass es sich bei der Leiche zweifelsfrei um Regina König handelte. Auch der ärztliche Nachweis aus der Schweiz, die Operation von Reginas Schienbein betreffend, war eingetroffen, ein weiteres Beweisstück, das Stefan schwer belastete. Im Grunde war es nicht mehr erforderlich. Der Fuchsweiher wurde von neuem durchsucht, man fand die Buddha-Skulptur tatsächlich an einer anderen, seichteren Stelle des Teiches. Florian wurde auf freien Fuß gesetzt. Reginas Überreste zu besehen, blieb mir erspart.

»Was ich gemacht habe? Ganz einfach. Ich habe die Axt aus dem Hackstock gezogen und ihm einen ordentlichen Hieb aufs Haupt versetzt«, sagte Felix Temmel und grinste. «Nicht mit der Schneide, mit der Rückseite. Obwohl er es verdient hätte – ich meine, dass man ihm den Schädel spaltet. Jedenfalls ist er umgefallen und hat sich nicht mehr gerührt.«

»Und dann?«, fragte Tante Beate, die ihm gegenübersaß, beugte sich gespannt über den Tisch und riss die Augen auf.

»Dann habe ich ihm den Schlüssel aus der Hand genommen und die Tür aufgesperrt. In der Stube hat schon alles gebrannt. Ich habe Sissi aus dem Sessel gehoben, bin mit ihr aus dem Haus gelaufen und habe sie in den Schnee gelegt. Neben den Doktor König.«

»Neben den Doktor König«, hauchte Tante Dagmar. »Ergreifend. Trotz allem.«

»Ich bitte dich, Dagmar, verschone uns mit deiner Rührseligkeit!«, sagte meine Großmutter, die Hexe.

»Weiß wie Schnee, rot wie Blut … das arme Schneewittchen«, flüsterte meine Tante, ihrer Schwiegermutter zum Trotz, und sah mich voll Mitgefühl an.

Alle, die mich im Krankenhaus besucht hatten, saßen nun beim Weihnachtsessen um den Tisch in der Stube im Haus meiner Großeltern. Gerade war eine Frittatensuppe aufgetragen worden. Florian schlürfte laut. Dass meine Großmutter beide Brüder Temmel eingeladen hatte, war lediglich damit zu erklären, dass sie sich aufgrund des Christfestes in ungewöhnlich friedfertiger Verfassung befand. Zu einem anderen Zeitpunkt wäre eine solche Großherzigkeit kaum denkbar gewesen, auch wenn Felix Temmel mir das Leben gerettet hatte. Ich trug ihre weichen, flachen Hausschuhe aus grün-braun kariertem Stoff. Normale Schuhe konnte ich noch nicht anziehen.

»Ein Glück, dass ich bemerkt habe, dass etwas nicht stimmt«, erzählte der Forstgehilfe weiter. »Ich bin von der Arbeit nach Hause gekommen und habe auf dem Weg Spuren von Stöckelschuhen entdeckt. Bei diesem Wetter zieht hier doch keine Frau Schuhe mit hohen Absätzen an! Man konnte sehen, dass sie ausgerutscht und ein paarmal hingefallen ist. Das kam mir merkwürdig vor. Und dann hörte ich ihn schreien.«

»Wen?«, fragte Onkel Hannes.

»Gott, Hannes, bist du begriffsstutzig!«, seufzte die Großmutter und verdrehte die Augen.

»Na, den Doktor König. Er brüllte wie ein Verrückter. Ich bin sofort zur Mühle gelaufen. Er stand vor dem Haus, reckte die Arme zum Himmel und heulte und schrie.«

»Was?«, fragte Onkel Rudolf.

»Wie?«, meinte Felix Temmel.

»Was hat er geschrien?«

»Ich weiß es nicht mehr genau, er hat ständig einen Satz wiederholt: Eine liegt im Wasser, die andere stirbt im Feuer. Eine liegt im Wasser, die andere stirbt im Feuer. Dass ihnen recht geschieht. Dass man die Frauen alle umbringen soll. Weil sie die Männer zu Tode quälen. Oder so ähnlich. Ich habe durchs Fenster geschaut und gesehen, dass es im Haus brennt. Dass Sissi gefesselt und geknebelt im Lehnstuhl sitzt. Da habe ich gehandelt.«

Florian, der neben seinem Bruder saß, schaute zu ihm auf und streichelte seinen Ärmel.

»Uda!«, sagte er stolz. »Uta Uda! Tarka Uda!«

»Halt den Mund, Florian!«, sagte meine Großmutter. »Dich versteht doch kein Mensch.«

Florian zog beleidigt den Kopf ein.

»Und dann?«, fragte Tante Beate.

»Dann habe ich sofort Polizei, Rettung und Feuerwehr verständigt. Sie waren ziemlich schnell zur Stelle. Wenn man bedenkt, dass sie sich mit ihren Geräten und den Tragbahren zu Fuß durch den Graben kämpfen mussten. In der Zwischenzeit ist der Doktor zu Bewusstsein gekommen. Da hab ich ihm noch einmal auf den Kopf gehauen.« Er schmunzelte amüsiert. »Der Axtstiel hat gereicht. Sie haben beide ins Krankenhaus gebracht. Ich bin mitgefahren.«

»Du bist ein Held!«, rief Tante Dagmar und klatschte verzückt in die Hände.

Florian nickte vehement.

»Ich halte sie nicht aus«, murmelte die Großmutter. »Wer hält eine solche Schwiegertochter aus?«

»Na ja, dass die Mühle niederbrennt, konnte ich nicht verhindern«, sagte der Forstgehilfe. »Es ging so schnell. Sie ist klein, alles ist aus Holz. Ich war froh, dass ich mich und die beiden Verletzten vor den Flammen in Sicherheit bringen konnte.«

»Du hast mehr Glück als Verstand gehabt, Sissi«, stellte meine Großmutter fest. »Wie üblich. Unbeschreiblich, eine derartige Dummheit! Auf einen Menschen hereinzufallen, dem man seine Brutalität geradezu ansieht. Iss deine Suppe!«

Es verschlug mir die Rede, so verblüfft war ich über diesen Umschwung ihrer Sympathien um hundertachtzig Grad.

»Red keinen Unsinn und lass sie in Frieden!«, sagte der Großvater, der ausnahmsweise wach war und sich ausgiebig Suppe aus der Terrine des Festtagsservice nachschöpfte. »Sei froh, dass sie noch lebt.«

»Genau!«, sagte Onkel Hannes. »Sie könnte verkohlt in der Mühle liegen.«

»Sei still!«, herrschte meine Großmutter ihn an. »Denk an dein Herz.«

»Ach, die Mühle!«, sagte Tante Beate traurig. »Es gibt sie nicht mehr.«

»Also, mich hat der Doktor König auch nicht lange täuschen können mit seiner charmanten Art«, griff die Witwe Dirnböck die Bemerkung meiner Großmutter auf. »Jetzt kann ich es ja zugeben. Er war mir von Anfang an nicht geheuer. Es war sein Gesichtsausdruck.«

»Der Ausdruck eines Gewalttäters, man kann es nicht anders nennen«, brachte Tante Beate es auf den Punkt. Es schauderte sie leicht. »Ich habe es genauso empfunden.«

»Ganz recht«, stimmte die Witwe bei. »Das Gesicht eines Mörders.«

Entgeistert schaute ich von einer zur anderen. Es war nicht zu glauben.

»Na, na, meine lieben Pfarrkinder! Richtet nicht, auf dass ihr nicht gerichtet werdet!«, warf Hochwürden Wojcik besorgt ein. Niemand hörte auf ihn.

»Was hatten die beiden überhaupt in unserer Gegend zu suchen?«, fragte Onkel Hannes. »Zwei Dahergelaufene.«

»Wer ohne Sünde ist, werfe den ersten Stein«, mahnte Hochwürden beharrlich weiter.

»Ach was!«, sagte die Großmutter mit einer wegwerfenden Handbewegung. »Man hat ihn auch als Arzt bei weitem überschätzt. Ich habe da von einem Fall gehört … Er soll ein Kind mit Scharlach völlig falsch behandelt haben. Die Kleine ist gestorben. Mit vier Jahren. Es wurde natürlich vertuscht.«

»Und diese Frau, die er hatte! Eine hochmütige Gans!«, sagte Tante Beate.«

»De mortuis nihil nisi bene«, sagte Hochwürden Wojcik und bekreuzigte sich erschreckt. Diesmal wurde er immerhin zur Kenntnis genommen.

»Was heißt denn das?«, fragte Onkel Hannes.

»Dass man über die Toten nur wohlwollend sprechen soll«, antwortete meine Kusine Imelda unverzüglich, denn sie war gebildet.

»Ja, ja, das mag schon sein«, sagte Tante Dagmar. »Aber es stimmt, dass diese Frau etwas Überspanntes an sich hatte. Etwas Extremes. Eine typische Künstlerin. Es wundert einen nicht, dass sie ein so schreckliches Schicksal ereilt hat.«

»Ihr Mezzosopran war auch nicht so besonders«, sagte meine Kusine Imelda leise. »Ihre Stimme war nicht schlecht, aber nicht so außergewöhnlich, wie alle behauptet haben. Guter Durchschnitt.«

»Da hast du recht, mein Kind«, sagte meine Großmutter und tätschelte Imeldas Hand. Sie hatte sie immer lieber gemocht als mich. »Höchstens. Dein Sopran ist viel schöner, viel harmonischer, kein Vergleich! Wir werden ihn ja heute noch in der Christmette zu hören bekommen.«

Meine Kusine lächelte verschämt und schlug die Glotzaugen nieder.

Wenn es mir möglich gewesen wäre, aufzustehen und zu gehen, wäre ich gegangen. Aber das Gehen tat weh, und in den karierten Stoffhausschuhen meiner Großmutter wäre ich nicht weit gekommen. Mein Polo stand noch am Waldrand, dort, wo ich ihn abgestellt hatte, als ich in die Mühle geflohen war.

»Was passiert denn jetzt mit dem Doktor?«, fragte Onkel Rudolf.

»Es wird ihm der Prozess gemacht, was sonst? In Graz. Mord und Mordversuch«, sagte die Witwe Dirnböck und lächelte hämisch. »Dafür sitzt man ganz schön lange.«

»Wahrscheinlich kommt er in die Anstalt für abnorme Rechtsbrecher«, vermutete Onkel Hannes. »In der Karlau in Graz ist ein Bereich für diese Abartigen reserviert. Das wäre doch das Richtige für ihn.«

»Blödsinn!«, sagte der Großvater und machte eine resolute horizontale Handbewegung in Höhe seines Halses. »Kopf ab, sage ich! Kopf ab!«

Die Großmutter stand auf und strich ihr Festtagskleid glatt. Ihr rabenschwarzes Haar war frisch onduliert. »So, die Gans müsste inzwischen gar sein«, sagte sie. »Es gibt Rotkraut und Erdäpfelknödel dazu.«

Ich beschloss, auf den Besuch der Christmette zu verzichten. Bis auf meine Großmutter, die katholische Hexe, würde man es mir nachsehen.

Erleichtert streckte ich mich im Ohrensessel meines Großvaters aus, der sogar ein Fußteil hatte. Meine Füße schmerzten weniger, wenn ich sie hoch lagerte. Nach ausgiebigem Essen und Trinken, dem Anzünden des Christbaums und der sogenannten Bescherung waren alle bis auf mich zur Messe aufgebrochen. Einzig meine Kusine Imelda war nicht alkoholisiert. Der Großvater hatte sich zu Ehren der Festlichkeit die neue, ovale Medaille mit der Aufschrift *Blank die Wehr, rein die Ehr* angesteckt. Meine Großmutter hatte sich, wie anzunehmen gewesen war, wenig erbaut gezeigt über meinen Entschluss, der Heiligen Messe fernzubleiben.

»Gerade heute! Du solltest dem Herrn für deine Errettung aus höchster Not danken. Die Gottlosigkeit in Person, dieses Mädchen!«

»Es sind die Gene«, sagte Onkel Rudolf. »Brasilianischerseits. Das Kind ist nur zum Teil verantwortlich. Außerdem ist sie gesundheitlich angeschlagen.« In ihm hatte ich immer einen Fürsprecher.

»Eben deshalb«, sagte meine Großmutter. »Ihre Anwesenheit bei der Mitternachtsmette würde die Genesung erheblich beschleunigen.«

Ich lehnte mich im Stuhl des Großvaters zurück und betrachtete den Christbaum. Ich musste lächeln. Er erinnerte mich an meine Kindheit.

Lametta in großzügigen Mengen, bunte Wachskerzen in silbrigen Kerzenhaltern, farbige Kugeln und gläserne Figuren – ein Tannenzapfen, ein glitzernder Pantoffel, ein Fliegenpilz, ein Vogel mit Glasfaserschwanz –, Schokoladenüsse in glänzendem Stanniol, Fondantringe und Ringe aus Windbäckerei mit bunten Streuseln, Bonbons in pastellfarbenem, gefranstem Wickelpapier. Auf dem Gipfel des Baumes eine goldene Christbaumspitze. Und jede Menge Spritzkerzen, zum

Teil verbrannt. Ihr typischer Geruch hing noch im Raum. Ich stand auf, zündete die Kerzen, die meine Großmutter ausgelöscht hatte, nochmals an, setzte mich wieder, blickte wie hypnotisiert auf die flackernden Lichter und versuchte mir ins Gedächtnis zu rufen, was sich in den letzten Tagen, Wochen und Monaten ereignet hatte. Da klingelte mein Handy, das ich aus dem Winzerhaus geholt hatte, zusammen mit allen anderen Dingen, die mir gehörten. Ich hatte mich möglichst kurz im Haus aufgehalten und es verlassen, ohne mich umzusehen.

»Frohe Weihnachten!«, sagte Emma. »Wie geht es dir?«

»Gut«, sagte ich. »Dir auch ein frohes Fest.«

»Ich habe mit Philipp und seinem Vater Weihnachten gefeiert. Es war gar nicht so übel. Schließlich bin ich das Familienleben nicht gewohnt.«

»Ich auch nicht.«

»Bin ich froh, dass ich deine Stimme höre! Ich hatte Angst um dich. Ich hab von dir geträumt, nichts Gutes. Ich sah dich, in dieser unheimlichen Mühle, ganz in Schwarz gekleidet, mit ernstem, traurigem Blick. Eigentlich wollte ich dich schon früher anrufen, habe aber befürchtet, du könntest es als Kontrolle empfinden. Auch als unnötige Beunruhigung. Wir könnten uns morgen treffen.«

Nach kurzem Überlegen beschloss ich, Emma die Wahrheit zu sagen. Es wunderte mich, dass sie nicht schon durch die Medien erfahren hatte, was vorgefallen war.

»Ich bin nicht in Wien, Emma. Ich bin im Sausal.«

Eine Pause.

»Was! Du hast mir versprochen, nicht zu fahren!«

»Ich weiß. Es tut mir leid. Aber es ging nicht anders.«

Noch eine Pause. Ein Räuspern.

»Na ja, ich verzeihe dir. Weil Weihnachten ist.«

Sie würde also doch weiter mit mir sprechen. Ich hatte sie falsch eingeschätzt. So wie vieles in letzter Zeit.

»Deine Besorgnis war nicht unberechtigt«, sagte ich. »Es hat sich einiges abgespielt in den letzten Tagen.«

»Erzähl!«

»Ich rufe dich zurück, von der Festnetznummer meiner Großmutter aus. Das ist bequemer.«

Und ich erzählte.

14

Wieder stand ich vor einem Grab. Fast drei Monate später, Mitte März. Diesmal nicht aus Anlass eines Begräbnisses, wenn das Grab auch noch frisch, der Erdhügel noch nicht bepflanzt war. Es war ein blanker Frühlingstag, Pfützen überall, es taute und tropfte. Ich weinte. Die Bäume waren kahl, auch die Weide, die neben Reginas Grab stand. Überall lagen noch die alten, braungrauen Blätter, auf denen man leicht ausglitt. Hie und da ein kleiner grüner Fleck. Aber auf den von Grabstätten freien Flächen und auf einigen Gräbern blühten schon Schneeglöckchen, Primeln, Krokusse, Buschwindröschen.

Auf Wunsch ihrer Familie waren Reginas Überreste in Graz bestattet worden. Ich hatte nicht an der Beerdigung teilnehmen wollen, war nicht erpicht darauf gewesen, ihre Verwandten, sehr bürgerliche Leute, die ich kaum gekannt hatte, zu sehen, mit ihnen zu sprechen. Doch jetzt, zu Frühlingsanfang, hatte ich an einem Samstagmorgen ganz plötzlich beschlossen, nach Graz zu fahren und den Friedhof zu besuchen, auf dem sie beigesetzt worden war.

Ich stand lange vor dem Grab und blinzelte in die neue Sonne, die noch schwach war, so wie ich selbst. Ich war froh über jeden ihrer Strahlen. Eine Rekonvaleszente. Eine Geläuterte? Ich dachte an die belustigte Frage, die Stefan mir gestellt hatte, als er mich, die ich nach dem Blitzunfall im Grab meines Vaters stand, zum ersten Mal nach langer Zeit wiedersah.

»Auferstanden von den Toten?«

So fühlte ich mich jetzt. Aber damals wusste ich noch nicht, dass man dazu erst zu ihnen hinabsteigen muss. Mir fiel auf, dass eine Frau, die in meiner Nähe mit einer Gießkanne hantierte, in meine Richtung schaute, und merkte, dass ich leise mit meiner alten Freundin sprach.

Nach dem Besuch an Reginas Grab fuhr ich sofort zurück nach Wien. In mir war es ruhig. Es war eine angenehme Autofahrt, in der hellen gelben Märzsonne, durch eine sich erneuernde Landschaft. Kurz nach Hartberg legte ich eine CD meines Vaters ein. Chicago mit ihrem Bläsersatz, ihrer jazzigen Klangfarbe. *Wake up sunshine / Let me feel your warm sunlight on me / Can't have you hidin' / Night was long and night was cold / But today we're one day older …* Ich schaute auf den Beifahrersitz. Ja, da saß er wieder, mein Vater, lachte mich an, sang, wippte vor und zurück im Rhythmus der Musik. Ich stimmte ein. *You got to wake up girl / And face the day ahead.* Gar nicht so schlecht, sein Achtundsechzigergeschmack. Er sah gut aus, jung, nicht älter als zwanzig, das lose weiße Hemd offen bis zum Brustbein, mit dichten dunklen, ihm bis auf die Schultern fallenden Haaren, einem Schnurrbart und einer John-Lennon-Brille. *There's no time to delay / We've got to live for today / I've got so much to give / There is so much to say.* Ja.

Diesmal blieb er neben mir, verließ mich erst, nachdem ich den Wagen in der Nähe meiner Wohnung in der Währinger Straße geparkt hatte. Ich ging zum Haustor. Aus dem kleinen, einfachen Gasthaus gegenüber trat ein Mann und kam auffallend langsam quer über die Straße auf mich zu, ohne auf den Verkehr zu achten, sodass der Fahrer der Straßenbahn in Richtung Gersthof, die gerade angefahren kam, wie verrückt klingelte und schimpfte. Ein sehr großer, sehr dünner, leicht buckliger Mann mit schmächtigen Schultern in einem abgeschabten hellbraunen Ledermantel und einem ebenso abgeschabten Lederkoffer in derselben Farbe mit vielen Aufklebern. Auf dem Rücken hatte er einen schwarzen Rucksack und in der freien Hand eine Zigarette. Gab es in Hamburg Straßenbahnen? Er blieb vor mir stehen und grinste.

»Ciao, bella«, sagte er mit heiserer Stimme. Ein langes Gesicht, ein breiter Mund, schmale Augen, hell wie Wasser. »Da hab ich ja Glück gehabt. Ich warte erst seit sechs Stunden.« Er brach in sein verrücktes, ansteckendes Lachen aus. Die Wiener Fußgänger drehten sich indigniert nach ihm um. Er ignorierte sie und zog kräftig an seiner Zigarette.

»Kann ich bleiben?«, fragte er dann. »Eine Zeitlang?«